KB137862

하렘의 남자들

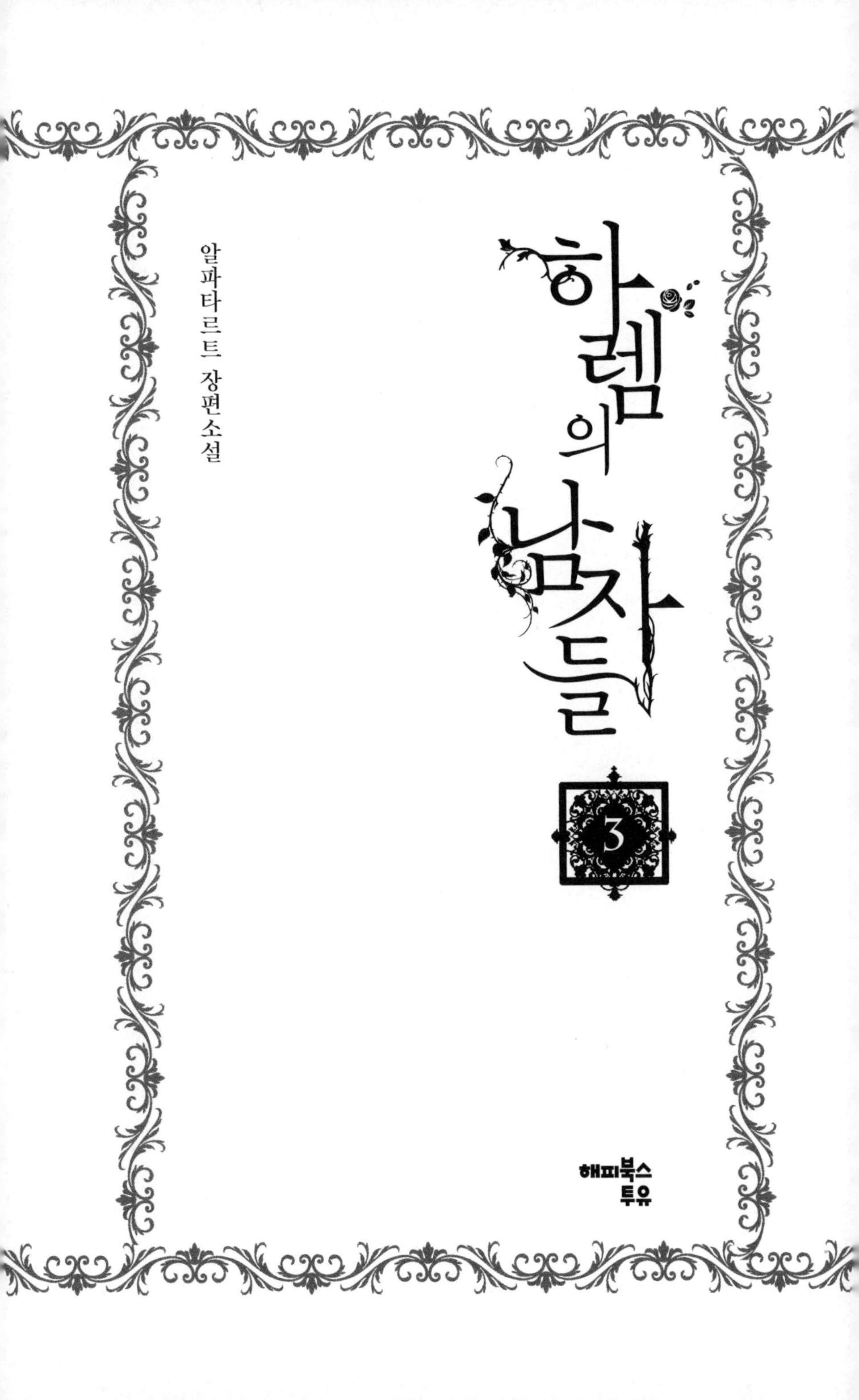
하렘의 남자들
3
알파타르트 장편소설
해피북스 투유

차례

11 중간에서 입장이 난처하게 됐다

하이신스에게는 라트라실밖에 없잖아? 시녀의 외침에 아이니는 물수건을 옆에 두면서 고개를 갸웃했다.

“그럴 리가.”

하이신스는 순정적인 남자였다. 그 순정을 자신에게 주지 않아서 문제지. 그런 남자가 이상한 여자를 데려왔다고? 그것도 몰래?

“상인이거나 다른 나라 사절단이거나, 아니면 새로 온 관리거나 그렇겠지.”

“아니에요, 폐하. 황제께선 직접 그분의 망토로 여자를 꽁꽁 싸매서 어느 방 안에 데려가셨답니다. 그러더니 둘이서 한참이나 그 안에 있었대요. 외국 사신이나 관리를 데리고 회의실이나 집무실도 아니고 구석진 방에 데려가 오랫동안 있진 않을 거잖아요.”

시녀의 목소리는 분노와 흥분으로 평소보다 들떠있었고, 아이니는 안 그래도 지끈거리던 관자놀이의 통증에 이젠 멀미까지 더해져 인상을 구겼다.

"폐하께서 집무실에 웬 조각상을 가져다 뒀는데, 그 조각상이 그 이상한 여자를 조각한 거래요."

"무슨 소리인지 원."

혀를 차면서도 아이니는 우선 침대에서 몸을 일으키고서 응접실을 가로질러 복도로 나갔다. 시녀의 말을 다 믿을 수는 없었지만 저렇게 소란을 피워대는 걸 보니 무언가 평소와 다른 일이 있긴 있을 터. 그게 무엇인지 확인하기 위해서였다. 게다가 내내 누워있던 터라 뒷골이 당기고 허리도 뻣뻣해졌으므로, 밖의 공기를 쐬고 싶기도 했다.

그런데 하이신스 황제를 만나기 전 잠시 정원이 내려다보이는 하얀 3층 테라스로 갔을 때였다. 희미한 장미향이 풍겨오는 난간에 기대어 서서, 저 아래로 펼쳐진 노란 장미밭을 바라보던 아이니의 눈에 시녀가 말한 '이상한 여자'가 들어왔다. 뻣뻣하고 거칠어 보이는 회백색 머리카락을 엉성하게 하나로 묶고 장식 없는 연보라색 드레스를 입은 낯선 여자가 황제와 어깨를 나란히 하고서 장미길을 따라 걸어가고 있었다.

"그것 보세요."

함께 온 시녀가 목소리를 최대한으로 낮추어서 볼멘소리를 뱉었다.

"몰래 데려온 것도 아니네. 아주 당당하게 데리고 다니시잖아요."

"……."

최근 아이니가 침대에 누워있는 시간이 길어진 건 연인의 죽음과 가장 친한 친구의 죽음, 죽은 줄 알았던 연인의 부활에 놀라서가 아니었다. 물론 그 세 가지도 힘들었지만, 결정적인 건 시녀이자 친구였던 레들러가 죽은 후 다시 만나게 된 혜움의 모습이었다. 이전에 피아노 방에서 만났을 때는 자신의 얼굴조차 보이고 싶어 하지 않아 자리를 급히 피했던 혜움은, 이번에는 그녀의 창가에 온전한 모습을 보였다. 반역을 일으키기 전 건강하던 모습과는 거리가 멀었으나, 이목구비며 팔다리가 모두 멀쩡했고 혈색만 조금 나쁠 뿐이었다.

— *네가 보고 싶었다.*

혜움은 상냥하게 웃으며 다가왔으나, 그날 이후 아이니는 불쾌한 의심에 시달려야 했다. 왜 친구가 죽자마자 혜움의 상태가 저렇게 호전된 걸까, 하는. 미친 듯이 죽은 자의 부활과 흑마법 등에 관해 조사하기 시작한 아이니는, 마침내 자신의 의심이 그저 의심이 아닐지도 모른단 끔찍한 정보를 얻게 되었다.

혜움이 옛 모습을 되찾은 건 혹시 레들러를 죽여서가 아닐까. 시체를 먹는다거나 피를 마신다거나 그런 짓을 해서? 이유야 뻔했다. 죽기 직전 레들러가 시도한 특이한 행동은 단 하나뿐이니까. 부적.

"후우……."

그런데 이런 상황에서 남편이란 작자는 여자까지 데려오다니. 아이니는 뜨겁고 조용한 분노를 느꼈다. 불에 벌겋게 달아오른 숯이 마음 어딘가에 놓인 느낌이었다.

"황후 폐하, 황제 폐하를 어떻게 해야 하지 않을까요?"

"어떻게?"

"황후 폐하가 쉽게 이혼해 줄 것 같지 않자 일부러 저러는 게 분명해요. 공작님을 동원해서라도 압박해야 해요."

아이니는 돌로 만든 난간을 손톱 끝으로 타닥 타닥 소리가 나게 두드리다가, 미간을 찌푸리고서 돌아섰다.

"멋대로 하게 두어라. 저런 식으로 내게 상처를 주려는 모양인데, 어쨌든 난 절대 물러나지 않을 테니."

아이니가 테라스를 떠나버리자, 소식을 전한 시녀는 뒤에 선 시녀를 돌아보았다. 그 시녀의 표정은 소식을 전한 시녀와 거의 흡사했다.

"황후 폐하는 다 좋은데 너무 방어적이세요. 때론 공격이 최선의 방어란 걸 왜 모르실까요."

"우리 선에서라도 저 여잘 치워드려야 해요. 안 그래도 요즘 몸도 안 좋으신데 저런 여자까지 활개를 치게 됐다간……."

"음?"

라틸이 말을 하다 말고 고개를 들어 테라스를 올려다보자, 하이신스가 장미 한 송이를 꺾다 말고서 "왜?" 하고 물었다.

"아니. 누가 내려다보는 거 같아서."

"내려다볼 사람들이야 많지."

"신경 안 쓰나 보네?"

"괜찮아. 내가 황후와 사이 나쁜 건 전 국민이 아는 얘기니까."

"……."

"네가 신경 쓸 일 아니야, 라틸."

"내가 신경 쓸 일이 아닌 게 아닌 거 같으니 그러지. ……전에 얼핏 만났을 때 괜찮은 사람 같았어."

"나와 그 여자의 문제는 상대가 괜찮은 사람이고 말고의 문제가 아니야."

"그럼?"

"난 저 여자한테 원수야. 사랑하는 남자를 죽이고 황제 자리에 오른 원수. 내게 저 여자는 날 죽이려던 동생의 연인이었다가 내 아내가 된 여자지."

"……."

"저 여자와 난 부부로 지내도 평생 서로를 의심할 수밖에 없어. 네가 얽히지 않았더라도 마찬가지니까 정말로 신경 쓸 거 없어."

단호하게 말한 하이신스가 꺾은 장미에서 가시를 빼기 시작했다. 더는 그 화제를 잇고 싶지 않단 태도였다.

'하긴. 나도 하이신스가 내 하렘 일에 잔소리를 하면 싫겠지. 어찌 됐든 나와 하이신스는 이제 남이고, 하이신스 부부 문제는 하이신스가 알아서 할 일이니까.'

도움을 청하러 온 입장이기에, 라틸은 하이신스의 뜻을 존중해서 적당히 다른 데로 말을 돌렸다.

"여기 새소리 들으니 좋네."

"성의 없다."

"진짜야. 여기 새소리 들으니까 네가 작고 귀여운 하얀 쥐처럼 우리나라에 숨어들어 왔을 때가 떠올라. 그때도 새들이 마구 울어댔지. 쥐를 봐서 그런가."

"그 '작고 귀여운 하얀 쥐'가 혹시 쥐새끼 같았단 뜻인가?"

"흐흠."

라틸이 헛기침을 하며 시선을 피하자, 하이신스는 어이가 없단 듯 바람 빠지는 소리를 내며 웃었다.

"유령 들린 조각상으로 분장해 온 사람보단 작고 귀여운 하얀 쥐가 훨씬 나은데, 사기꾼 양."

"누구더러 사기꾼이래?"

"그보다 그 새들은 네가 즉위하면서 풀어놓은 새들인가? 내가 유학한 시절엔 새가 많이 없던 걸로 기억나는데."

"아니. 아닌데."

"그래? 그럼 언제부터 늘어난 거지?"

"무슨 소리야, 새가 늘기는……."

라틸은 말을 하려다가 고개를 기우뚱했다. 예전에 하이신스가 유학하던 시절. 그러고 보니 그가 '카리센에는 새가 많다'면서 '우리나라에 오면 꼭 새들이 목욕하는 호수를 보여주고 싶다' 말했던 기억이 나서였다.

"그러네. 원래는 새가 많이 없었는데."

라틸은 중얼거리면서 미간을 찌푸렸다. 그런데 왜 지금은 새가 많지? 가짜가 나타나 달아나기 전, 라틸은 하렘을 오가면서도 새소리를 자주 들었다. 하지만 그 새소리를 들으면서도 이상하단 생각을 하지 못했으니, 아마 새소리는 하나둘 자연스럽게 늘어났을 것이다. 거기까지 떠올린 라틸은 눈을 동그랗게 뜨고 멈춰 서서 확 몸을 돌렸다.

"새!"

"새?"

"오빠인지 틀라인지 모르겠지만 새, 아니면 새소리를 이용해서 궁전 안 정보를 주고받은 게 분명해!"

"정보라니?"

"젠장. 궁전 내부에 적이 많단 생각을 계속하고 있었거든. 정보가 자꾸 새어나가서. 하지만 새를 이용했다면 숫자가 적어도 정보를 빠르게 교류할 수 있으니까…… 제기랄."

하이신스는 라틸의 부탁에 따라 외부로 오가기 쉬운 가장 변두리에 손님방을 마련해 주었고, 라틸은 얼른 책상에 앉아 수도의 한 여관에서 소식을 기다리고 있을 칼라인에게 편지를 썼다. 그 쪽지는 하이신스가 빌려준 믿을 만한 심부름꾼이 궁전 통행증과 함께 칼라인에게 전하기로 되어있었다. 하지만 심부름꾼이 칼라인에게 도착하기 전, 그보다 한발 앞서 흑림의 암살자들이 칼라인을 습격하고 있었다.

"하녀와 사랑의 도피를 했단 분이 왜 여기서 우리를 사칭하고 있는지?"

그 암살자 중 하나가 칼라인의 얼굴을 알아보고 빈정거렸으나, 칼라인은 대답 대신 다섯 명의 암살자들을 차례로 훑어보며 스산하게 중얼거렸다.

"필요한 건 하나인데. 나머지는 어쩔까."

그리고 흑림 암살자들이 저게 무슨 소리인지 이해하기도 전. 그는 눈 깜짝할 사이 암살자 다섯 명 모두를 제압하고서 다시 원래 자리로 돌아와 탁상 위에 조용히 앉았다. 암살자들은 칼라인이 '움직인다'고 느끼자마자 종아리와 무릎 부근에 큰 충격을 느끼고서 바닥을 굴렀다. 정신을 차렸을 땐 자신뿐만 아니라 다른 동료들도 모두 같은 꼴이었다. 역시 용병왕. 암살자들은 속으로 탄식했다. 용병왕은 선한 이미지가 아니었고, 맡은 의뢰는 무서운 정도로 냉정하게 처리했다. 그런 자이니 분명 이번에도 섬뜩한 면모로 그들을 죄다 죽일 게 분명했다. 그러나 칼라인은 그들의 목을 몸에서 분리해주는 대신, 가장 가까이에 있는 암살자의 멱살을 잡아 힘만으로 일으켜 세우더니 이상한 말을 했다.

"너희 수장에게 이 말을 전해라."

칼라인의 입에서 수장 소리가 나오자, 암살자들이 서로서로 눈치를 살폈다. 용병왕이 뜬금없이 그들을 사칭한 것도 이상한데, 갑자기 수장에게 말을 전하라니? 하지만 상대는 이미 반격할 용기조차 나지 않을 정도로 그들을 꺾은 인물이었다. 멱살이 잡힌 암살자가 캑캑대며 고개를 끄덕이자, 칼라인은 그를 바닥에 쓰레기 버리듯 툭 놓아주고 섬뜩한 눈으로 내려다보며 또박또박 한 자 한 자

말했다.

"암시장. 가자미. 아이스 타시르에 슈크림 올려서."

"!"

왜 용병왕이 우리 수장님 위에 슈크림을 올려달라 요구하는 거지? 암시장에서 가자미는 왜 사다 달라는 거고? 혼란에 빠진 암살자들이 쫓기듯 나간 후. 라틸의 임무를 완벽하게 수행한 칼라인은, 자신의 할 몫이 끝나자 다시 조각상으로 변신해 잠입한 라틸이 걱정되어 창문을 열고 궁전을 바라보았다. 하늘은 점점 어두워지고 있었다. 커다란 그의 몸을 가려줄 만큼.

기척을 감추고 라틸이 무사한지 확인하고 와야 하지 않을까? 하지만 곧 그럴 필요가 없게 되었다. 하이신스의 심부름꾼이 라틸이 보낸 쪽지와 궁전 통행증을 전달해 준 덕이었다. 굳이 밤에 몰래 궁전에 잠입할 필요가 없어지자, 칼라인은 얼굴까지 가릴 수 있는 풍성한 검은 망토를 걸치고 하이신스의 심부름꾼과 함께 궁전으로 바로 들어갔다. 심부름꾼은 통행증을 전달하긴 했으나 상대가 그걸 받고 바로 따라올 줄 몰랐기에 많이 당황한 기색이었으나, 칼라인은 남들이 당혹스러워하는 데는 별 관심이 없었다.

이후 말없이 심부름꾼의 뒤를 따라가던 칼라인은, 심부름꾼이 어색한 상황을 견디다 못해 "저기…… 폐하의 손님은 저쪽 방향에 머물고 계십니다"라고 알려주자 그제야 그를 두고서 라틸이 머문단 방향으로 홀로 걸어갔다.

비슷한 시각. 하이신스는 아이니와 헤움에 관해 이야기해 보기 위해 아주 간만에 황후의 방을 찾아갔다.

"죄송합니다, 폐하. 황후 폐하께선 잠시 산책하러 나가셨습니다."

하지만 아이니는 보이지 않았고, 응접실에 남아 있던 시녀들은 평소 이상으로 그를 불편해하는 눈치였다. 하이신스는 '여기서 기다리겠다'고 하려다가, 불현듯 낮에 라틸이 정원에서 한 말을 떠올리고서 깨달음을 얻었다.

"황후가 누굴 찾아간 모양이지."

"예?"

하이신스가 중얼거리는 말에 표정 관리를 못하는 시녀 하나가 유독 손을 심하게 꼼지락거리며 시선을 떨구었다. 하이신스는 혀를 차고서 몸을 돌려 아까 라틸을 바래다준 곳으로 걸음을 옮겼다.

그리고 하이신스의 예상대로 아이니는 '황제가 어떤 여자를 숨겨둔' 손님방을 향해 걸어가고 있었다. 숨겨두었다고 하기엔 너무 공개적인 듯하지만. 해코지할 생각은 아니었다. 하지만 이러니저러니 해도 지금 하이신스의 아내는 자신이기에, 그가 데려온 여자가 어떤 사람인지 불쾌한 호기심이 들긴 했다.

그런데 그 여자가 머문다는 방 근처에 도착해 보니, 키가 아주 커다란 누군가 역시 그쪽 문 앞에 서있었다. 망토에 달린 모자를 깊게 눌러써 얼굴은 보이지 않았으나, 모습을 다 감추었는데도 분위기가 아주 위압적인 사람이었다. 그 사람 역시 자신 외 또 다른 손님이 있을 줄 몰랐던지, 인기척을 듣자 바로 이쪽으로 고개를 돌렸다. 관심 없다는 듯 바로 홱 고개를 돌려버렸지만.

대체 누구길래? 의아해하고 있자니 닫혔던 문이 열리면서 "왔어?" 하는 밝은 목소리가 났다. 문이 열리고 튀어나온 여자는 아까 테라스에서 보았던 그 회백색 머리 여자였다. 여자는 망토를 쓴 사람을 몹시 반갑게 맞이했는데, 그러다 아이니를 발견하고는 눈을 커다랗게 뜨고서 "어라." 하는 소리를 냈다. 마치 아이니가 누구인지 아는 것처럼.

"아는 사람입니까?"

그러자 망토를 쓴 사람도 그제야 아이니 쪽을 다시 보며 회백색 머리 여자에게 질문을 던졌는데……. 그 순간. 아이니는 심장이 바닥으로 쿵 내려앉는 느낌을 받고서 자기도 모르게 입술을 달싹였다.

"칼라인?"

이게 무슨 상황이지? 라틸은 눈을 휘둥그렇게 뜨고서 아이니를

쳐다보았다. 그러나 아이니는 라틸 쪽은 쳐다도 보지 않고 있었다. 시선을 칼라인에게 고정하고만 있을 뿐. 처음 보았을 때 감탄했던 그 예쁜 멜론색 눈동자가 미동도 않고 한 사람에게 단단히 못 박혀 있다. 절대로 모르는 사람을 대하는 태도가 아닌데? 게다가 목소리만 듣고서 바로 칼라인 이름이 나올 정도면 스치듯 본 사람도 아닐 것 같다.

"아는 사이?"

그러나 라틸이 묻자 칼라인은 대번에 대답했다.

"모르는 사람입니다."

아이니와 달리 칼라인의 목소리는 뚝뚝 떨어지는 쇠못 같았다. 아이니에게 화가 나서 저런다기보다는, 그냥 칼라인이 대다수 안 친한 사람들에게 보이는 평균적인 태도. 본인의 말처럼 그는 아예 아이니가 누구인지 모르는 눈치였다. 하지만 그 태도가 아이니에게 상처가 된 걸까?

"날 모른다고?"

아이니는 반쯤 끊어진 털실처럼 연약한 목소리를 냈다. 칼라인이 한 말에 두 눈은 커다래졌고 속눈썹은 파르르 떨렸다. 칼라인은 '네' 대답하곤 한마디도 더 하지 않고서 라틸 쪽으로 도로 고개를 돌렸다.

'무슨 사이인 거야, 대체?'

라틸은 괜히 볼을 긁적이고서 칼라인과 아이니를 번갈아 쳐다보았다. 하나는 아주 중요하고 소중한 사람을 만난 것처럼 굴고, 다른 하나는 그런 상대를 '왜 저래?' 하듯 대하니 중간에서 뭘 어떻게 해야 할지 감이 잡히지 않았다.

"일단 들어가자."

라틸은 손가락으로 자신의 어깨 너머를 가리키고서 세 걸음 뒤로 물러났다. 칼라인은 그 뒤를 따라오려 했으나, 누군가에게 옷을 잡혀 멈칫했다. 아이니. 그녀가 손을 뻗어 칼라인의 망토 자락 허리 부근을 잡아당긴 것이다. 그 바람에 칼라인이 썼던 망토 모자 부분이 뒤로 넘어가자, 검은 망토 안에 가려졌던 달빛 같은 스산한 아름다움이 드러났다. 그걸 본 아이니의 눈동자가 더욱 크게 울렁였다. '역시 너 맞잖아' 하듯이.

반면 칼라인은 라틸을 보며 '이 사람 왜 저럽니까?' 하는 듯 눈에 힘을 주고 입술을 꽉 일자로 닫았다. 라틸은 어깨를 으쓱하면서 '나도 난처해' 하는 표정을 지었다. 아이니는 이 나라 황후인데. 자신은 지금 정체를 감춘 처지이다 보니, 하지 말라고 딱 잘라 말하기가 곤란해서. 그러자 결국 칼라인이 대놓고 아이니를 쳐다보며 말했다.

"누구신지 모르겠습니다만, 옷은 안 잡아당기셨으면 합니다."

딱 잘라 말한 칼라인은 몸을 한 걸음 앞으로 뺐다. 그러면서 자연스럽게 아이니의 손에서 옷자락이 빠져나가자, 멍해졌던 그녀의 얼굴이 커피를 부은 것처럼 삽시간에 얼룩졌다. 이윽고 그녀는 무어라 말하고 싶은 게 있는 듯 입술을 달싹거렸다. 하지만 말을 다 하기도 전에 실 끊어진 꼭두각시 인형처럼 풀썩 앞으로 쓰러졌다.

"으."

라틸은 반사적으로 달려가 아이니를 받아 들었다.

"칼라인. 이 사람 이 나라 황후야."

라틸은 아이니를 푹신해 보이는 풀 위에 조심스레 눕히면서 작은 목소리로 칼라인에게 알려주었다.

"그렇습니까."

그러나 칼라인은 여전히 시큰둥한 태도였다.

"진짜 모르는 사람이야?"

그걸 본 라틸이 어리둥절해서 묻자, 칼라인은 생각할 것도 없단 듯이 바로 대답했다.

"네."

"만난 적 있는데 기억 못 하는 건 아니고?"

"일방적으로 절 알 수는 있겠군요. 저는 모릅니다."

라틸은 핏기가 싹 빠져나가 창백해진 아이니를 내려다보다가 한숨을 내쉬고서 그녀의 목 아래에서 손을 빼고 일어났다.

"일단 사람들한테 황후가 기절했단 걸 알려야 할 텐데."

그러고서 '어떻게 알리지?'라고 칼라인에게 말하려는 순간. 빠르게 가까워지는 발소리가 들렸다. 힘주어 돌을 밟고 오는데, 화가 가득한 발소리였다. 라틸은 물으려던 걸 멈추고 고개를 들었다. 저만치 자주색 돌길을 꽉꽉 밟으면서 한 무리의 여자들이 달려오는 게 보였다. 하나같이 비싸 보이는 옷차림인 데다 머리 역시 공들여 손질한 걸 보니, 아이니의 시녀들이 분명했다. 잘됐다 싶어서 라틸이 그들에게 말을 걸려는 순간. 가까이 다가온 시녀들은 곧장 바닥에 누운 아이니에게 가더니, 마차에 치인 사슴이라도 발견한 것처럼 비명을 질러댔다.

"세상에, 황후 폐하!"

"이게 무슨 일이야!"

"폐하, 괜찮으세요?"

기절한 아이니가 대답할 리가 없었다. 불러도 아이니가 누워있기만 하자, 그들은 아이니를 부르길 멈추고 굽혔던 허리를 펴더니 라틸을 비난하기 시작했다.

"감히 황후 폐하께 이런 무례를 저지르다니, 제정신인가요?"

"여기 오는 길에 상황을 다 보았습니다."

"당신이 황후 폐하를 쓰러트리는 거 다 봤다고!"

라틸은 황당해서 입을 벌렸다.

'내가 뭘 어쨌다고?'

못 보고서 저러면 그냥 기가 찰 텐데, 다 봤다면서 저런 말을 하니 황당하기 짝이 없었다. 이쪽이 뭐 저들 눈에만 보이는 염력을 써서 아이니를 쓰러트리기라도 했단 말인가?

"그쪽 이름과 신분이 뭐지? 누군데 감히 황후 폐하의 집에 눌러앉아 황후 폐하를 공격하느냐."

그러나 라틸이 대답하기 전.

"여기는 내 집이고 사디 양은 내 친구인데."

또 다른 발소리와 낮은 목소리가 들려왔다.

"너희는 무슨 권리로 짐의 친우를 괴롭히고 있는 거지?"

마지막으로 나타난 사람은 하이신스였다. 뒷짐을 지고 나타난 그가 시녀들을 온기 없는 눈으로 보며 묻자, 시녀들은 짧게 예의를 갖추어 인사를 하더니 바로 대답했다.

"황제 폐하께선 늦게 오셔서 못 보셨겠지만, 저 여자가 황후 폐하를 공격해 쓰러지게 했습니다."

"여기 황후 폐하께서 기절해 있는 걸 보세요."

"황후 폐하께서 혼자 나타나시자 잘됐다 싶어서 이런 흉악한 짓을 한 게 분명합니다."

라틸은 하이신스가 그 말을 믿을 거란 생각도 하지 않았다. 이러니저러니 해도 라틸을 제일 오래 봐온 건 하이신스였고, 그는 라틸의 검술 실력이 대단한 걸 알았다. 라틸이 쉽게 다른 사람에게 손을 쓰지 않는단 것도. 예상대로 하이신스는 대번에 코웃음을 쳤다.

"황후가 혼자 쓰러지는 건 나도 보았는데. 그것 참 이상하군."

그러고서 조롱조로 내뱉자, 설마 오는 길에 그가 다 보았을 줄은 몰랐던지 시녀들의 표정이 굳었다.

"염치가 없는 건지 양심이 없는 건지."

라틸은 하이신스와 시녀들의 그 신경전을 보면서 속으로 혀를 찼다. 하이신스가 황후 쪽 사람들이랑은 사이가 다 나쁘다더니. 정말인가 보네.

눈을 뜬 아이니는 익숙한 천장 그림을 바라보며 미동도 하지 않고 잠시 그대로 있었다. 조금 전 꿈속에서 본 푸른 초원과 흩날리는 꽃잎들, 그 사이에서 바람과 향기를 받으며 서있던 남자가 떠올

라서. 당시의 감각이 너무나 생생해서 아까가 꿈인지 지금이 꿈인지 구분이 가지 않았다.

“폐하. 일어나셨군요.”

옆에서 들려오는 밝은 목소리에, 아이니는 이쪽이 현실이란 걸 깨닫고 고개를 돌렸다. 시녀 한 명이 걱정스러운 듯 재빨리 곁으로 다가왔다.

“괜찮으세요?”

“내가 여긴 왜……?”

“아까 그 이상한 여자를 보러 가셨다가 쓰러지셨어요.”

“이상한 여자? 아아. 그 여자.”

아이니는 쓰러지기 직전의 상황을 떠올리고서 이마를 찌푸렸다. 다시 한번 방금 꾼 꿈이 눈 앞에 펼쳐지면서 몸이 통째로 붕 날아오르는 듯했다.

“궁의 말로는 몸에 이상이 있는 건 아니랍니다. 하지만 레들러 양이 죽은 후로 폐하께선 정신적으로 많이 약해지셨으니, 무리하지 말고 쉬는 게 좋대요.”

설명을 끝낸 시녀는 손에 든 화병을 끌어안고서 꽃과 줄기 너머로 아이니를 힐긋 보았다. 아이니는 반쯤 몽롱한 얼굴로 벽을 보고 있었다. 시녀는 그녀를 가만히 보다가 슬며시 물어보았다.

“아까는 왜 쓰러지셨던 건가요?”

황제가 데려온 그 이상한 여자에게 왜 아이니를 공격했냐고 마구 항의했지만, 사실 시녀들도 아이니가 혼자 쓰러진 건 알고 있었다. 그런데도 굳이 그 여자 때문이라고 우긴 건, 어쨌든 그 여자가 무어라 말을 했으니 아이니가 열이 받아서 쓰러졌을 거라 예상해서였다. 다른 때라면 몰라도 아이니는 친구가 죽은 후 심신이 쇠약해져 있었기에. 시녀는 아이니가 그 이상한 여자에게서 들은 헛소리들에 관해 이야기해 줄 거라 생각했다.

"모르겠다."

그러나 아이니는 잠긴 목소리로 중얼거리면서 고개를 저었다.

"내가 왜 그자의 이름을 불렀는지. 왜 그자를 잡았는지. 왜 쓰러진 건지."

"네? 그자요? 그 여자 이름을 알고 있으셨어요?"

"아니, 그 여자 쪽이 아니라……."

남자 쪽. 퇴폐적으로 아름답던 그 남자. 얼굴이 몹시 창백하고, 오싹할 정도로 잘생긴……. 아이니는 두 손으로 얼굴을 가렸다. 확실한 건 그를 떠올리자 갑자기 이상한 감정이 든단 거였다. 이게 무슨 감정인지는 모르겠으나 나쁜 감정은 분명 아니었다. 그래서 아이니는 이게 더욱 이상하게 여겨졌다.

어떻게 아는지도 모르는 남자를 자신은 어떻게 알고 있었을까? 게다가 이 감정은 대체 무엇이고, 꿈에서 본 그 광경은 무엇일까? 꿈속에서 그녀는 부서진 유리 조각이 펼쳐진 바닥에 누워있었고, 그 남자도 그녀의 곁에 함께 누워있었다. 유리 조각은 그들에게서 새어 나온 피로 조금씩 붉어지고 있었고, 두 사람은…….

"루이스 양."

"네, 폐하."

"그 남자를 여기 데려와 줄래요?"

아이니의 부탁에 시녀가 눈을 휘둥그렇게 떴다.

"황제 폐하가 데려온 그 이상한 여자의 손님이요?"

시녀는 '그 여자도 아니고 그 여자의 손님을 왜 굳이?'라고 생각하는 눈치였다. 하지만 아이니가 명령을 무르지 않자, 시녀는 어쩔 수 없이 알겠다 웅얼거리고 밖으로 나갔다. 문이 닫히자 아이니는 무거운 한숨을 내쉬고서 이불을 꽉 움켜잡았다. 다시 보면 알 수 있겠지. 이 이상한 일들이 대체 무엇인지.

"흑림이 다녀갔어? 다행이다."

라틸은 칼라인과 마주 앉아서 그가 흑림을 만난 일, 라틸이 전하라고 한 그 의미심장한 단어들을 말한 일을 하나도 빠지지 않고 들었다. 표정 변화가 크지 않은 칼라인이 '아이스 타시르에 슈크림' 같은 말을 하는 게 좀 웃기긴 하지만, 그래도 자신이 시킨 일이기에 라틸은 애써 정색을 유지했다.

"그게 무슨 뜻이었습니까?"

"타시르가 나한테 했던 농담이었어."

"아이스 타시르가요?"

"응. 들으면 바로 알아들을 거야. 가짜가 아무리 내 흉내를 잘 내도 내가 후궁들이랑 주고받은 그런 말들까지 알진 못할 테니."

"그렇군요……."

"그런데 넌 진짜 여기 황후랑 아는 사이 아니야? 그쪽이 널 되게 아련하게 바라보던데."

"아닙니다."

"알고 보면 전에 애인 사이였다던가……."

"절대로 아닙니다."

칼라인이 정색까지 하며 아니라 대답하자 라틸은 알겠다고 고개를 끄덕거렸다.

"어쨌든 타시르가 내 말을 이해하면 우리 쪽도 이제…… 세 사람은 되네."

"그래도 아직 숫자가 모자라겠지요?"

"응. 귀족 측에서도 우리 편이 되어줄 사람이 있으면 좋겠는데. 라나문이나 게스타나."

"클라인 황자는요?"

기대도 할 사람한테 해야지. 라틸은 자신과 칼라인을 불륜커플처럼 쳐다보던 클라인을 떠올리고 팩 웃으면서 고개를 저었다.

"걔는 카리센 사람이잖아. 하이신스랑 한 세트로 취급당할걸."

"……서넛 경도 아마 폐하가 폐하란 걸 알 겁니다."

"일단 사람을 보내두긴 했는데. 아직 소식이 없어서 불안하네. 서넛은 날 못 알아볼까 봐 걱정되는 게 아니라, 오빠가 하는 말에 넘어가서 내가 진짜 걸 알면서도 모른 척할까 봐 걱정이야."

"서넛 경을 믿으시는 줄 알았는데요."

"믿지. 근데 원래 서넛 경은 나보다 오빠랑 더 친해서."

그런데 한참 대화를 나누고 있을 때였다. 누군가 문을 노크했다. 칼라인이 일어나 문을 열자, 밖에 아까 라틸을 몰아붙였던 황후의 시녀 한 사람이 서있었다. '내가 왜 여기에 와야 하지?' 하는 표정으로 서있던 시녀는, 칼라인의 무미건조한 시선과 마주치자 차갑게 지시했다.

"황후 폐하의 명령이시다. 당장 따라와라."

칼라인이 그대로 문을 닫아버리려 했으나, 라틸은 문이 시녀의 코앞에서 닫히기 전에 황급히 그쪽으로 다가가 웃는 낯으로 칼라인을 내보냈다.

"우린 눈치 보는 중이잖아."

아주 작게 속삭이며 라틸이 옆구리를 찌르자, 칼라인은 마지못해 시녀를 따라 아이니가 기다리는 방으로 찾아갔다. 아이니는 응접실 소파에 기대어 앉아있다가 시녀가 칼라인을 데려오자 천천히 자리에서 일어났다. 시녀들은 이런 신분 모를 남자를 아이니와 단둘이 두고 가는 게 걱정되는 듯했지만, 아이니는 그들 모두를 방에서 물렸다. 방문이 닫히자, 칼라인은 아이니에게 덤덤하게 인사를 하고 물었다.

"무슨 일로 부르셨습니까."

아이니는 소파와 탁자 사이에서 나와 칼라인의 바로 앞으로 다가가 그를 올려다보았다. 얼굴을 보자 확신이 왔다. 역시 이 남자. 꿈속에서 본 그 남자야.

"황후 폐하. 말을 하시지요."

목소리까지 익숙하다. 물론 꿈속에서 들은 목소리는 이것보다 훨씬 다정했지만. 아이니는 떨리는 눈으로 그를 바라보며 조심스럽게 물어보았다.

"혹시…… 우리가 아는 사이이냐?"

칼라인의 눈에 '또 그 소린가' 하는 기색이 떠올랐다. 표정에는 큰 변화가 없지만 아이니는 알 수 있었다. 꿈속에서 본 사랑이 가득한 눈빛과 지금의 이 무감정한 눈빛을 비교하면 모를 수가 없었다.

"아까도 말씀드렸지만, 누구신지 모릅니다."

"칼라인. 나는……."

"정정하지요. 누구인지 들어서 이젠 압니다. 카리센의 황후시라고요."

아이니는 혼란스러워서 눈을 연이어 깜빡거렸다. 방금 전 꿈속에서 그토록 다정했던 사람이 지금은 바짝 마른 모래처럼 건조하게 자신을 대하자 도무지 영문을 알 수가 없었다.

"칼라인. 내가 꿈을 꾸었는데……."

"관심 없습니다."

"!"

"그리고 황후 폐하의 남편에게 화가 난 거라면 황후 폐하의 남편에게 화를 내십시오. 가만히 있던 우리 아가씨께 화풀이하지 않으셨으면 합니다."

"우리 아가씨……?"

"네. 보고 있기 거북했습니다."

아이니는 꿈 얘기를 하려던 걸 멈추고 황급히 머리를 저었다.

"화풀이라니? 난 그런 걸 한 적이 없는데."

사실이었다. 남편이 데려와서 방 안에 숨겨두었다던 여자에게 불쾌한 호기심이 들긴 했다. 그래서 누구인지 한번 보기 위해 찾아갔으나, 그때도 해코지할 마음은 없었다. 칼라인을 본 후부터는 그에게 온 정신이 다 쏟아져서 다른 쪽으로는 아예 관심도 가지 않았다. 아이니가 그 여자, 칼라인이 말하는 '우리 아가씨'에 대해 기억나는 건 그녀의 회백색 머리카락이 억지로 쭉쭉 편 수세미처럼 몹시 결이 나빠 보였단 것뿐이었다.

"일부러 기절한 척해서 그쪽 시녀들을 이용해 우리 아가씨에게 누명을 씌우려 한 거 아닙니까."

"누명이라니? 그런 게 아니다."

아이니는 시녀들이 그 여자를 마구 밀어붙였던 것조차 몰랐기에 허둥지둥 다시 고개를 저었다.

"난 정말 기절했던 거고……."

"할 말씀이 그뿐이라면 가겠습니다."

칼라인이 돌아서자 아이니는 허공을 향해 손을 뻗었다. 하지만 아까 그가, 옷을 잡은 그녀의 손길을 뿌리친 게 떠올라 차마 붙잡지 못하고 엉거주춤 손을 내렸다.

'뭐지? 왜 이러지? 기분이 이상해.'

문이 닫히고 홀로 남게 되자, 아이니는 무언가 잘못되었단 걸 깨닫고 고개를 빠르게 저었다. 황급히 침실 안 욕실로 들어가 거울을 보자 눈가가 벌게져 있었다. 자꾸 이런 생각이 들었다. 아가씨라니? 왜 그 여자가 네 아가씨야?

응접실을 나온 칼라인은 복도 양옆에 줄줄이 붙어 선 채 자기를 응시하는 호위와 시녀들을 발견했다. 하나같이 다들 못마땅한 표정들이었다. 주눅들 수도 있는 상황이지만, 수백 명의 성기사들에게 둘러싸인 적도 있는 칼라인에게 기사와 시녀 몇 명 정도는 검을 들고 노려봐도 무섭지 않았다. 칼라인은 그들 모두를 무시하고서 대리석 복도 중앙을 걸어갔다.

"이봐."

하지만 복도를 지나 계단을 내려가기 전. 아이니의 심부름으로 그를 데리러 왔던 시녀가 못마땅한 목소리로 그를 불렀다. 칼라인이 돌아보면서 눈이 마주치자, 시녀는 팔짱을 끼고 있다가 차갑게 경고했다.

"거기 남자. 네 미래를 위해서 한마디 하겠다."

"……."

"언행을 조심해라. 황후 폐하께 실례되는 행동을 했다간, 그 개털 머리 여자랑 같이 사막 한복판에서 깨어나는 수가 있으니."

칼라인은 표정으로도 말로도 반응하지 않고 그냥 돌아서서 계단을 내려갔다. 그 반응에 시녀는 욱해서 인상을 찡그렸다.

'황제 폐하께선 뭐 저런 것들을 궁전에다가?'

혀를 찬 시녀는 고개를 설레설레 젓고서 몸을 돌려 응접실로 갔다. 응접실에는 이미 다른 시녀들이 소파에 앉은 아이니를 둘러싸고 있었다.

"폐하. 혹시 그자가 폐하께 무례하기 굴진 않았습니까?"

"문을 열고 나오는데, 딱 보는 순간 그자가 폐하께 제대로 된 예의를 갖추지 않았다는 게 티가 났어요."

아이니는 사이좋던 부모님에게서 '넌 사실 내 딸이 아니란다' 소리를 들었을 때나 나올 법한 표정을 지었다. 그 정도로 충격에 젖은 모습이라, 시녀들은 걱정스럽게 그녀를 위로할 만한 말을 마구잡이로 뱉어냈다.

황제와 황후가 사이가 나쁜 만큼 그녀들은 모두 다 황후의 편이었다. 이 와중에 황제가 데려온 수상쩍은 여자와 그 여자가 데려온 더 수상쩍은 남자가 아이니를 괴롭게 만들자, 그들은 몹시 화가 나 속이 부글부글 끓었다.

"머리가 아프구나."

그러나 아이니는 갑자기 자신의 안에서 밤껍질이 툭 깨어지듯 나타난 이상한 마음 때문에 가만히 있어도 머릿속이 시끄럽고 혼란스러웠다. 이 와중에 시녀들이 자꾸 옆에서 떠들어대자 좋은 의도란 걸 알면서도 피로해졌다.

"혼자 있고 싶다."

아이니가 소파에서 일어나 침실로 들어가 문을 닫아버리자, 시녀들은 역시 그 시체 같던 남자가 무례하게 굴고 간 거라며 칼라인에게 이를 갈았다. 반면 아이니는 방에 들어가자마자 문에 기대어 앉아 무릎을 끓어앉고, 자꾸 떠오르는 칼라인의 다정한 미소를 지우려 마구 머리를 두드렸다. 그때. 문을 노크하는 소리가 났다.

"혼자 있고 싶다니까."

이에 아이니가 한숨 섞어 말하자, 시녀가 죄송스러워하며 설명했다.

"황후 폐하. 황제 폐하께서 오셔서요……."

"안색이 안 좋은데."

방 안에 들어온 하이신스는 아이니의 얼굴색과 목덜미의 식은땀을 보고 조금 놀라서 물었다. 아이니는 구구절절 설명하는 대신 덤덤하게 대답했다.

"조금. 하지만 쉬면 괜찮아질 겁니다."

쉬고 싶으니 빨리 볼일을 마치고 가주었으면 좋겠단 말을 돌려서 표현한 것이었다. 하이신스는 그럴 줄 알았단 듯 픽 웃고서 물었다.

"그렇다면 황후가 빨리 쉬도록 얼른 할 말만 하고 가야겠군. 혹시 내가 라트라실 황제에게서 받아주었던 그 쪽지를 기억하시오?"

"네."

"황후 앞에 헤움 황자가 아직도 나타나고?"

하이신스의 질문에 아이니는 그의 의도가 뭘까 의심스럽게 여겼으나 우선 순순하게 대답했다.

"네."

"그 일로 의논할 게 있으니 잠시 시간을 내주시오."

"의논이라니요?"

"라트라실 황제가 그 일에 관해 제대로 의논하기 위해 은밀히 내 쪽에 측근들을 보내왔소."

"측근이라면……."

"황후의 시녀들과 문제가 생길 뻔한 그 회백색 머리 여자와 같이 있던 남자 말이오."

하이신스의 설명에 아이니는 그 여자가 시녀들이 상상하는 그런 이유로 궁에 머물게 된 사람이 아니란 걸 알아차리고 허탈하게 웃었다. 그러면서도 하이신스가 말한 그 '남자'에 대한 이야기에 저절로 관심이 솟아났다. 아이니는 식은땀을 닦는 척 손수건을 꺼내면서 아무렇지 않은 투로 물었다.

"둘 다 라트라실 황제의 측근인가요?"

그 질문에 하이신스는 묘한 표정을 지었다.

"더 정확하게 말하자면 한쪽은 측근이고 한쪽은 애인이지."

그 대답에 아이니는 순간 눈가가 뜨거워졌다. 이유는 알 수 없지만, 그 바람에 그녀는 자기도 모르게 감정이 섞인 질문을 했다.

"그 여자 쪽이 애인이고 남자가 측근인 거지요?"

"?"

하이신스가 고개를 기우뚱하며 쳐다보자, 아이니는 입을 다물고 고개를 저었다.

"아닙니다. 시간은 언제 낼까요?"

"지금은 몸이 안 좋을 테니 내일 아침은 어떻소? 식사하면서 얘기하지."

"괜찮습니다."

그 시각. 로르드 재상은 아들 게스타가 보낸 쪽지를 전달받고 놀라서 아내와 머리를 맞대고 의논을 시작했다.

"지금 황제가 가짜고, 며칠 전에 쫓겨난 황제가 진짜라고요? 정말일까요?"

"정말일 겁니다. 우리 게스타가 순해서 그렇지 얼마나 똑똑한 애인데."

"그렇다면 이게 기회예요, 여보. 안 그래도 황좌를 두고 싸울 때 아트락시 공작만큼 나서지 않았다가 공신 자리에서 밀려났잖아요."

"이번 기회에 폐하를 돕고 공신 자리를 차지하자?"

아내가 고개를 끄덕이자 로르드 재상은 아들이 보내온 작은 쪽지 끄트머리를 손가락 끝으로 접었다 펴길 반복했다. 어쩐지 쉽게 판단을 내리지 못하는 태도여서, 아내는 이마를 찌푸렸다.

"왜요? 다른 생각이 있어요?"

"혼자서 공을 차지할 수 있다면 좋겠지만, 레안 황자와 그 지지자들이 가짜가 가짜란 걸 알아도 진짜라고 틈 없이 밀어붙일까 염려됩니다."

아내는 팔짱을 끼고서 고개를 끄덕였다. 지금 궁전 안에 있는 황제가 정말 가짜라면, 레안 황자가 그 가짜를 돕고 있단 건 명백한 사실이었다. 애초에 가짜가 진짜가 된 것도 레안 황자가 중간에 나서서 가짜를 두둔했기 때문이기도 하니까. 어쩌면 레안 황자는 이 기회에 가짜를 꼭두각시처럼 부리다가 자연스럽게 자신이 보위를 물려받으려는 건지도 몰랐다.

"하긴. 그것도 그렇군요. 그러면 아트락시 공작가에 도움을 청해야 할까요?"

아트락시 공작 이야기에 로르드 재상의 표정이 반사적으로 구겨졌다. 아내는 혀를 차면서 그의 이마 주름을 엄지로 펴주었다.

"두 사람이 사이가 안 좋은 건 알지만 지금 힘을 합친다면 그 집안과 합쳐야 해요. 귀족 중에 아들을 후궁으로 보낸 건 우리와 그쪽뿐이니까."

"알아요."

"알면 이마 좀 그만 찌푸려요."

"당신은 아트락시 공작이 얼마나 능구렁이 같은지 몰라서 그럽니다. 그 작자는 이번 일이 잘 해결되면, 당장 폐하께 달려가서 자기들 덕에 일이 해결된 거라 자랑할 작자라고요."

"먼저 자랑하면 되잖아요. 우선은 공작을 만나보도록 해요."

로르드 재상은 아내의 따끔한 말에 더 반박은 못했으나, 그래도 기분이 풀리지 않는지 팔짱을 끼고 숨을 거세게 쉬다 선언했다.

"이건 확실하게 해두어야겠습니다, 여보. 난 아트락시 공작을 만나면, 그쪽 아들은 얼굴에 모든 기운이 다 쏠려서 머리도 눈치도 없다고 할 거예요. 하지만 우리 아들은 능력치가 고루고루 분배되어서……."

"이 인간이? 지금 싸우러 가?"

아내가 도끼눈을 뜨자 재상은 입을 꾹 다물고 힘없이 집사를 불러 지시했다.

"아트락시 공작에게 내가 급히 할 말이 있으니 좀 보자고 말을 전하게. 오늘은 싸우려는 게 아니라 급한 일이라고."

한밤중. 라틸은 올빼미 소리를 듣고 살그머니 눈을 떴다. 창밖을 쳐다본 라틸은 눈을 비비고서 벽 반대쪽에 놓인 침대를 보았다. 그 침대에는 칼라인이 미동도 않고 누워 있었다.

'소스란 경이 서넛 경을 만났을까? 타시르는 내 암호를 알아들었겠지? 영리하니까.'

자신을 지지해 줄 사람의 수가 많아진다면 궁전으로 가서 당당하게 가짜와 겨룰 수 있다. 물론 지지자들을 데리고 가도 가짜…… 엄마와 오빠는 발뺌할 테지만, 일방적으로 당하지 않을 자신이 있었다.

그러다 라틸은 칼라인에게서 흘러들어오는 희미한 영상을 알아차리고 그를 쳐다보았다. 이번에는 쓰러지지도 않았는데 칼라인이 악몽을 꾸다니. 마음이 약해진 듯했다. 라틸은 그가 누운 침대 곁으로 다가가 침대 앞에 다리를 펼치고 앉았다. 침대에 머리를 기대고 칼라인의 길쭉한 손가락을 보고 있자니 눈으로 볼 때와는 다른 감각으로 아른아른한 영상이 머릿속에 떠올랐다. 바닥에는 붉은 보석이 수북하게 깔려있고, 거기에 그 '도미스'란 여자가 누워있는 장면이었다. 얼굴이 보이지 않지만 아마 그 여자겠지. 그리고 곁에 누워있는 칼라인…….

'진짜 엄청나게 좋아했나 보네. 항상 이 여자 꿈이야.'

라틸은 칼라인의 손가락 끝을 손톱으로 꾹 누르려다, 그가 깰까 봐 도로 손을 거두었다. 그러고 있자니 누군가의 목소리가 들려왔다.

다음 생에는 네가 날 사랑하게 하지 않을게.

슬픔에 잠긴 여자의 목소리다. 도미스? 그 여자가 하는 말인가? 하지만 그 여자는 저기 누워있는데? 그럼 이 말은 누가 한 거지? 의구심을 느끼려는 찰나 환상이 끊겨버렸다. 라틸은 칼라인의 단단한 턱을 바라보다가 몸을 일으켜 자신의 침대로 걸어갔다. 이상한 데서 끊겨서 누가 한 말이었는지 궁금하긴 하지만, 사실 중요한 건 아니니까. 그보다 슬슬 잠을 자두지 않으면 내일 아침에 아이니 황후까지 모인 식사 자리에서 말실수를 할 수도 있었다. 그러니 슬슬 자야 하는데…….

'어라?'

라틸은 창문 틈으로 새어 들어오는 기묘한 공기를 느끼고서 침대에 누웠다가 또 일어났다. 커튼을 반쯤 들추고서 밖을 보니, 그곳에는 화려하게 차려입은 한 남자가 발밑에 연기를 깔고 걸어가고 있었다.

'저건 뭐야?'

저 연기는 어디서 나오는 거래? 뭔지 모르겠지만 좀 수상쩍게 여겨져서 라틸은 슬며시 문을 열고 남자가 지나간 쪽으로 가보았다. 남자의 모습은 보이지 않았지만 남자가 지나간 자리에 연기가 덩어리진 듯 남아있어서 따라가는 게 어렵진 않았다.

'저기 있네.'

남자는 분수대에 서있었다. 그러다가 라틸의 발소리를 들었는지 고개를 획 돌렸는데, 일부러 연기를 흘리고 간 건 아닌 듯 라틸을 보자 눈을 큼지막하게 떴다.

"누구냐."

하지만 곧 표정이 험악하게 변하더니, 남자는 입을 쩍 벌리고서 라틸을 향해 엄청난 속도로 달려들었다.

'저거 사람이 아닌가?'

라틸은 보통 사람의 세 배 정도로 벌어진 입과 그 입에 촘촘하게 난 이빨들을 보며 '윽' 소리를 내고 반걸음 뒤로 물러났다. 그러면서도 재빨리 손으로는 검을 찾았으나 검이 없었다.

'젠장.'

이에 놀란 라틸이 그를 발로 차고 옆으로 몸을 굴리려는 순간. 그 괴상한 남자가 갑자기 무언가에 가로막힌 것처럼, 보이지 않는 벽에 부딪힌 것처럼 뒤로 몇 걸음 물러나더니 고개를 파르르 떨고서 라틸을 쳐다보았다. 라틸은 저 괴물이 혼자서 왜 저러는지 전혀 이해가 가지 않았다. 하지만 이상하게도 그 괴물 남자는 오히려 자기가 더 놀란 표정으로 물었다.

"너…… 괴물. 누구냐."

이 괴물이 지금 누구한테 괴물이라 하는 거지? 괴물에게 괴물 소리를 들은 라틸은 황당했다. 하지만 괴물은 정말로 당황한 눈치였다. 주춤주춤 뒤로 물러나는 꼴은 조금 겁을 먹은 것처럼 보이기도 해서, 그걸 본 라틸은 마음을 빠르게 잡았다.

'지금은 저 괴물이 왜 저러는지 분석할 때가 아냐.'

상대가 두려워하고 있으니 제정신을 차리기 전에 몰아붙여야 한다. 근거 없는 힘을 가지게 되었을 땐 근거를 알기 전에 일단 휘둘러야 한다. 사태 파악을 못 하는 건 상대도 마찬가지. 라틸은 몇 초 만에 판단을 내리고서 입가에 미소를 띠고 괴물을 향해 돌진했다.

"죽어라!"

거기에 음향 효과를 넣어주자, 괴물은 반사적으로 돌아섰다. 먼저 달려들다가 튕겨버린 게 조금 전 일인지라 일단 생각할 틈도 없이 달아나는 듯했다.

'일단 잡자. 혹시 틀라 새끼와 관련이 있을지도 몰라.'

라틸은 최대한 속도를 내었다. 하지만 그자가 불이 다 꺼져서 앞조차 제대로 볼 수 없는 미로 같은 정원 안으로 들어가 버리자 추적이 쉽지 않았다.

'젠장.'

결국 라틸은 욕을 뱉으면서 멈춰 섰다. 잘 깎아놓은 수풀은 라틸의 키보다 1.5배 정도 더 높았다. 그런 수풀로 된 미로 속에 들어가면 낮에도 길을 찾기 어려웠다. 당연히 한밤중에는 더욱더 어려울 터. 그런 데다 상대의 인기척조차 더는 느껴지지 않자, 라틸은 결국 추적을 그만두고 미로를 빠져나왔다.

'무리해서 쫓다가 기습당하는 것보단 나아.'

아까는 대체 어떻게 그 괴물이 튕겨나간 건지 모르겠지만 또 같은 일이 있으리란 법은 없으니까.

"칼라인?"

그런데 왔던 길을 돌아가 숙소에 가려고 보니, 그리 멀지 않은 곳에 칼라인이 서있는 게 보였다.

"언제 여기 왔어?"

라틸이 다가가자 칼라인은 미로 정원 쪽을 쳐다보며 대답했다.

"깨어보니 옆에 안 계시기에 찾으러 나왔는데…… 이상한 남자를 쫓으셔서. 누굽니까?"

"모르겠어."

"모르는데 쫓으셨습니까?"

칼라인의 목소리에 조금 힘이 들어갔다. 라틸이 위험한 짓을 한 걸 못마땅하게 여기는 투였다.

"뭐 어쩌겠어."

라틸은 어깨를 으쓱하고서 작은 다리를 건너 숙소가 있는 방향으로 걸어갔다.

"습격자가 누구인지 하나하나 확인하고 쫓진 않잖아?"

칼라인은 자연스럽게 옆에 나란히 붙었다.

"습격자요? 아가씨를 습격했습니까?"

"날 습격하려고 온 건 아닌 것 같았어. 수상하게 지나가는 길이길래 그냥 내가 쫓아간 거거든."

"주인!"

"쉿."

라틸이 입에 손을 대고 말을 조심하란 신호를 하자, 칼라인은 골치 아프다는 듯 이마에 손바닥을 댔다.

"들키니까 날 습격하더라고. 그리고 밖에선 둘이 있을 때도 주인 소리 안 하기로 했잖아."

"후……."

"근데 내가 쫓던 사람 말야. 사람이 아닌 것 같더라. 입 모양이 이상했어."

칼라인이 눈을 커다랗게 뜨고 쳐다보았다.

"그런데 다짜고짜 쫓아가셨다고요? 안 무서웠습니까?"

"거기까진 생각을 못 해봐서."

칼라인은 라틸의 대답에 더욱 곤란하단 표정을 지었다. 라틸이 너무 무모하다고 여기는 눈치였다. 하지만 거의 숙소 근처에 도착하자 그는 곧 가볍게 웃으면서 고개를 저었다.

"이런 건 여전하시군요."

"내가 뭘 여전해?"

칼라인은 대답 대신 손을 쓱 옆으로 내밀더니 아주 자연스럽게 라틸의 손을 잡았다.

"이 와중에?"

라틸이 황당해서 묻자 칼라인은 태연히 대답했다.

"이 와중이니까요."

라틸은 자신의 손을 완전히 감싼 커다란 손을 내려다보다가 어쩐지 기분이 이상해져서 시선을 돌렸다.

"그거 알아? 그댄 가끔 바람둥이 같아."

다음 날 아침. 라틸은 하이신스가 미리 챙겨준 단정한 회색 의복을 입고, 머리카락 역시 하나로 깔끔하게 묶어 올리려 시도했다.

"젠장. 빽빽해."

하지만 조각상 분장을 할 때 회백색으로 변해버린 머리카락은 아직까지도 너무 뻣뻣해 제대로 빗질조차 할 수 없었다. 라틸이 거울을 보며 끙끙거리자, 칼라인이 다가오더니 라틸을 의자에 앉히고 자신은 뒤에 서서 손으로 머리카락을 빗겨주기 시작했다.

"머리카락 색은 언제 돌아올까요?"

"몰라. 빨리 돌아오면 좋을 텐데."

"회백색은 싫으십니까?"

"그건 아닌데 지금은 너무 뻣뻣하잖아."

라틸은 칼라인의 손에 머리를 맡긴 채 한숨을 내쉬다가, 돌연 칼라인의 부드러운 손길을 의식하고는 우뚝 행동을 멈추었다. 라틸은 3센티미터도 빗기 어렵던 머리카락인데. 칼라인은 신기할 정도로 머리를 참 잘 빗었다. 심지어 아프지도 않게.

"……네가 머리 빗겨주니까 졸려."

그 바람에 갑자기 잠이 와 중얼거리자, 머리 위에서 바람 빠지는 듯한 웃음소리가 들려왔다.

"잠깐 주무시겠습니까?"

"옷 구겨지잖아. 아침 약속도 있고."

그러다 라틸은 귓바퀴를 스쳐 지나간 손길을 느끼고서 소름이 돋아서 등을 세웠다. 눈을 동그랗게 뜨고서 머리를 들자, 칼라인이 한쪽 입꼬리를 삐뚜름히 올리고 있었다.

"안 주무신다니 깨시라고."

"이보세요, 용병왕."

칼라인은 대답하는 대신 라틸의 이마에 그대로 입을 맞추더니, 바로 등을 밀어 라틸이 자연스럽게 의자에서 일어나게 해주었다.

"가시지요, 주인."

하이신스가 보낸 심부름꾼이 안내한 곳에 가보니, 이미 하이신스와 아이니는 도착해서 자리에 앉아있었다.

'어이구야.'

하지만 두 사람의 분위기는 전혀 부부다운 면이 없었다. 사랑 없이 정략결혼한 부부들도 최소한 동반자로서의 애정이나 우정, 혹은 호감이 존재하긴 하는데. 저 둘은…….

'아직도 사이가 많이 안 좋네.'

심지어 둘 다 불편해하긴 마찬가지였는지, 방문자가 들어오자 거의 동시에 이쪽으로 고개를 돌렸다. 하지만 안심해서 고개를 돌린 아이니는, 칼라인을 보자마자 다시 얼굴 근육이 굳어서 머리를 숙였다. 라틸은 그녀가 괜히 포크를 만지작거리는 걸 똑똑히 보았다.

'아직도 저러네. 진짜 아무 사이 아닌 거 맞나? 아닌 거 같은데?'

심지어 하이신스조차 고개를 기웃하며 아이니의 이마를 쳐다볼 정도였다. 수상하게 여겨졌으나, 일단 라틸은 아이니 쪽으로 다가가 하이신스와 미리 약속한 대로 이곳에서 자신이 사용할 가짜 신분을 댔다.

"라트라실 폐하의 비밀 특사 사디입니다. 아무도 모르게 말씀드려야 할 일이 있어 직접 오게 되었습니다."

아이니는 포크에서 손을 떼고서 작게 고개를 끄덕였다. 이어서 그녀의 시선이 다시 물 흘러가듯 칼라인에게로 다시 갔다.

'나한텐 관심이 아예 없네.'

칼라인에게 닿은 아이니의 눈동자가 쇳덩이에 붙은 자석처럼 완전히 고정되자, 하이신스가 또 고개를 갸우뚱했다. 그러다 라틸과 눈이 마주치자 그는 눈으로 라틸이 앉을 자리를 가리켰다.

"저쪽에 앉으시오."

라틸은 얼른 하이신스가 알려준 자리에 앉았다. 그 사이에도 아이니는 여전히 칼라인을 쳐다보고 있었다. 그 정도로 노골적인데, 시선을 받는 칼라인이 눈치채지 못할 리가 없었다. 이 때문일까.

"타리움 황제 폐하의 후궁 칼라인입니다."

칼라인이 굳이 자신을 용병왕이 아니라 후궁으로 소개하는 바람에, 라틸은 얼른 덧붙여야 했다.

“황후 폐하. 저희 두 사람은 비밀 특사이니, 칼라인 님이 이곳에 온 건 비밀에 부쳐주셔야 합니다.”

그러나 이번에도 아이니는 라틸 쪽으론 관심도 주지 않고 있었다. 라틸은 또 시무룩해져서 어깨를 떨구었다.

‘나도 좀 봐주지.’

하지만 무시당한 기분은 들지 않았다. 누가 봐도 아이니는 라틸을 일부러 무시하는 게 아니라, 정신이 나가 다른 쪽은 신경도 못 쓰는 눈치였으니.

“후궁……인가.”

아이니가 충격받은 목소리로 중얼거리자, 칼라인은 “네.” 하고 덤덤히 대답한 다음 라틸의 옆자리에 앉았다. 칼라인의 태도도 여전했다. 저 사람은 모르는 사람이란 태도. 아무 사이도 아니란 태도. 라틸은 앞에 놓인 냅킨을 천천히 펼치면서 아이니를 빠르게 곁눈질했다.

‘혹시 알던 사이가 아니라 칼라인한테 한눈에 반한 건가?’

식사하는 동안 라틸은 아이니에게 타리움에서도 죽은 틀라 황자로 추정되는 이가 계속 문제를 일으키고 있단 이야기를 해준 다음, 로드의 부활에 관한 전설에 대해서 알려주었다.

“그렇구나.”

다행히 아이니 역시 본격적인 이야기가 시작되자 애써 칼라인에게서 시선을 떼고 제대로 이야기를 했는데, 개중엔 놀라운 이야기도 있었다.

"그대가 그렇게 말해주니 나도 내가 미치지 않았단 확신이 들어서 기쁘구나……."

"사디입니다."

"그래, 사디 경."

'난 진짜 아예 시야에 없나 보네.'

"헤움이 처음 나타났을 땐 내 앞에 모습조차 드러내지 못했지. 하지만 내 시녀가 죽고 시체가 사라진 후에는 모습을 드러냈어. 난 헤움이 내 시녀 시체를 먹……고서 그렇게 된 게 아닌가 생각한다."

"어쩌면 틀라 황자님과 헤움 황자님이 손을 잡았을 수도 있겠군요."

"왜 그렇게 생각하지? 로드란 존재가 부활하면서 두 사람도 같은 시기에 어둠에 물든 건지도 모르지 않는가?"

"라트라실 폐하께선 틀라 황자를 로드로 추정하고 계시거든요."

내가 내 이름 부르려니 이상하네. 라틸이 그렇게 생각하며 샐러드 양배추를 괜히 뒤적이고 있자니 아이니가 물었다.

"헤움이 로드일 확률은 없는가?"

"제가 알기론 틀라 황자님 쪽입니다. 하지만 확실한 건 아무것도 없으니까, 가능성은 낮지만 헤움 황자님이 로드일 수도 있지요."

"……."

"일단 둘 다 죽었던 자들이니 다시 잠들게 해야 합니다. 이건 분명해요."

라틸은 마지막 말을 하면서 아이니의 눈치를 살폈다. 어쨌든 아이니는 헤움과 연인이었으니, 혹시 이 말에 불쾌해할 수도 있겠다 싶어서. 다행히 아이니는 라틸의 말에 바로 동의해 주었다.

"나도 그렇게 생각하네."

라틸은 안심해서 이번에는 하이신스 쪽을 보며 말했다.

"라트라실 폐하께선 헤움 황자님과 틀라 황자님, 그 외 다른 악한 존재들에 대한 정보를 교류하고 협력해 이 일을 같이 해결하고 싶어하십니다."

하이신스는 생각할 것도 없다는 듯 바로 대답했다.

"당연히 그래야지."

라틸이 아이니를 보자, 아이니도 흔쾌히 대답해주었다.

"나도 성의껏 돕겠다고 폐하께 전해주게."

"예."

그 후 식사를 끝낸 다음에는 커피를 마시면서 연락을 은밀하고 빠르게 주고받을 방법에 대해 논의했다. 그러다 보니 아침 식사를 하는 데만 거의 한 시간 삼십 분이 걸리고 말았다.

'방해되겠네. 가야겠다.'

라틸은 황제의 바쁜 업무에 대해 알기에, 시계를 확인하자 이쯤 하면 되었다 싶어서 적당히 말을 맺고 작별 인사를 했다. 라틸의 예상대로 매우 바빴던지, 하이신스는 인사를 받자마자 가장 먼저 자리를 떴다. 라틸은 아이니도 하이신스와 자리를 먼저 떠나주길 기다렸으나, 아무리 기다려도 그녀가 움직일 생각을 하지 않기에 슬그머니 먼저 몸을 일으켰다.

"황후 폐하, 폐하의 귀한 시간을 더 뺏을 수 없으니 저희도 이만 물러가겠습니다."

그러고서 칼라인을 데리고 나가려는 찰나.

"잠시."

잘 가라고 인사까지 해주었던 아이니가 뒤에서 그들을 불렀다. 라틸이 돌아보자, 아이니는 칼라인을 쳐다보고 있었다. 라틸은 칼라인과 아이니를 번갈아 보다가, 아이니가 테이블에서 일어나 이쪽으로 다가오자 얼결에 뒤로 빠졌다. 왠지 저기에 끼어있으면 눈치 없는 사람이 될 분위기여서. 칼라인은 그런 라틸이 못마땅한지 눈살을 찌푸렸으나, 이미 아이니는 칼라인의 앞에 도착해 있었다. 결국 칼라인이 아이니를 보자, 아이니가 떨리는 목소리로 그에게 물었다.

"잠시 그대와 대화를 좀 하고 싶은데."

라틸은 입술을 우물거리다가 엄지로 자기 어깨 너머를 가리키고서 입을 열었다. 그럼 난 먼저 가 있을까, 하고 말하려고. 그러나 라틸이 말하기 전. 칼라인이 사막 자갈만큼이나 건조하고 딱딱하게 거절했다.

"공적인 일에 관해서라면 사디 경에게 말씀드리는 게 낫습니다."

그 말에 아이니가 라틸을 쳐다보자, 라틸은 어색하게 들어 올렸던 손을 내렸다. 칼라인은 아이니가 다시 자기를 보자 아까만큼이나 감정 없는 목소리로 덧붙였다.

"사적인 내용이라면 후궁 된 입장이다 보니 듣기 곤란합니다."

"!"

그 말에 아이니는 몹시 슬픈 표정이 되었으나, 칼라인은 칼같이 인사하고는 라틸에게 빨리 가자는 신호를 보냈다.

"아가씨, 가시지요."

어 가야지. 가야 하는데……. 라틸은 당장에라도 무너져 내릴 것처럼 우두커니 선 아이니를 힐긋거리다가 일단 칼라인과 그 자리를 벗어났다.

그 시각. 타리움 황궁에 도착한 서넛은 아이니를 보는 라틸만큼 황당한 기분으로 자신을 반겨주는 황제를 앞에 두고 있었다.

"고생 많았습니다. 언제나 경에게만 일을 많이 맡겨 미안한 기분입니다."

라틸은 황제가 된 후로도 서넛과 시종장에게는 진지하게 황명을 내릴 때가 아니면 사적으로는 이전과 같은 말투를 고수했다. 시종장은 아버지 때부터 시종장이었다 보니 부하라기보다는 아버지의 친구나 삼촌 같은 느낌이 커서. 서넛과는 어릴 때부터 같이 훈련하며 기사들 말투로 티격태격해대는 게 습관이 되어서. 눈앞의 황제는 그런 라틸의 말투와 습관을 그대로 사용하고 있었다. 게다가 얼굴도 똑같고 웃는 모습도 똑같다. 하지만……. 서넛은 눈살을 찌푸렸다.

"누구십니까?"

“폐하께서 로드일 가능성이 있다고요?”

“그래. 동생이 이렇게 되어서 나도 안타깝게 생각하지만…… 어쩔 수 없지 않나. 나는 이 나라를 지켜야 하는 황족이네. 동생을 살리기 위해 세상 사람들을 다 죽일 수는 없어.”

“…….”

“동생이 내 입장이었어도 같은 행동을 했을 거야. 똑똑한 애니까.”

레안의 목소리를 들으며 서넛은 눈을 내리깔았다. 레안은 덩달아 서넛의 발치를 보았다. 딱히 볼만한 것은 없다. 그렇다면 지금 상황이 마음에 안 들어서 저러고 선 거겠지. 레안은 혀를 찼다.

“알아. 자네가 라틸을 얼마나 좋게 보는지. 하지만 서넛.”

“예.”

“아버지께서도 라틸을 염려하셨어. 실제로 조사를 명하시기도 했다 알고 있네. 아니, 굳이 내가 얘기 안 해줘도 자네도 알잖아? 아버지가 라틸에 대해 걱정했었단 거.”

레안은 말을 하다가 한숨을 내쉬었다.

“하긴. 아버지가 그러셨지. 그때도 자네는 아버지가 라틸을 조사하는 걸 반대했다지. 나중에 라틸이 이 사실을 알면 상처받을 거라고.”

“……지금도 상처받으셨을까 염려됩니다.”

영지에서 돌아온 서넛은 황제에게 다녀왔단 보고를 하다가 ‘누구십니까' 하고 물었다. 혹시나 싶어 그 자리에 있던 레안은, 서넛이 대번에 가짜가 가짜란 걸 알아보자 가짜 황제에게 잠시 자리를 비켜달라 부탁하고서 구구절절 모든 사정을 설명했다. 소꿉친구인 서넛과 이 일로 반목하고 싶지 않기 때문이다. 하지만 다 설명을 했는데도 서넛이 영 못마땅해하는 눈치이자, 레안은 가슴이 아파졌다.

"서넛. 라틸이 로드가 아니란 게 확실해지면 당연히 제자리로 모든 걸 돌려놓을 거야. 라틸이 로드라면, 더 이상 라틸이 아닌 거고, 로드가 아니라면 라틸은 내 동생이야."

"……."

"난 자네가 날 도와줬으면 좋겠어. 자네가 근위기사로서 그대로 하던 임무만 해주어도, 가짜를 의심할 사람은 훨씬 줄어드니까."

레안이 진심으로 하는 소리에 서넛은 말없이 계속 발치만 내려다보다가 깊게 한숨을 내쉬고 고개를 들었다. 결정을 내린 표정. 레안은 긴장해서 친구를 바라보았다.

"알겠습니다. 그렇게 하지요."

그러다 마음에 드는 대답이 나오자, 레안은 안심해 활짝 웃고서 친구의 어깨를 꽉 끌어안고 등을 두드렸다.

"잘 생각했네. 고마워."

"선황제 폐하를 위한 일이지, 전하를 위한 일이 아닙니다."

서넛이 얄밉게 하는 소리에도 레안은 웃으면서 그의 등만 두드렸다.

"그럼 가짜 황제는 누구입니까?"

"음. 그건 비밀로 하겠네."

"가짜지만 제가 모셔야 할 분입니다. 정보가 아예 없으면 곤란한데요."

"괜찮아. 자네는 하던 대로 하면 돼. 그쪽이 알아서 잘 따라줄 테니."

"……예."

"이제 막 도착했다지? 지쳤을 텐데, 여기에 무거운 얘기까지 더 해서 미안하군. 가서 좀 쉬게."

레안이 서넛의 등을 두드리면서 웃자, 서넛은 다시 한번 더 인사를 올리고서 방 밖으로 나갔다. 레안은 한 손은 뒷짐을 진 채 한 손을 흔들며 인사하다가, 문이 완전히 닫히고 서넛이 보이지 않게 되자 지친 걸음으로 소파로 걸어가 눈을 감고 등받이에 머리를 기댔다.

"라틸. 식사는 제대로 하고 다니는 거냐……. 그냥 얌전히 신전으로 오면 안 되는 걸까. 응?"

서넛은 기사단 숙소로 돌아가는 대신 곧장 궁전 밖으로 나가, 골치 아픈 일이 생길 때마다 자주 가는 술집으로 향했다.

"늘 먹는 걸로."

그런데 술과 안주를 시키고서 구석 자리를 잡고 앉자, 점원이 물컵과 딱딱한 빵이 든 접시와 함께 작은 쪽지를 주고 갔다. 서넛은 쪽지를 쥐고서 점원을 쳐다보았지만, 점원은 서넛 쪽으론 시선도 주지 않고서 얼른 다른 곳으로 가버렸다.

'폐하인가?'

서넛은 황급히 쪽지를 펼쳐보았다. 그러나 아니었다. 쪽지를 쓴 사람은 근위기사단 소속 소스란 경이었다. 그래도 남긴 내용은 라틸과 관련되어 있긴 했다.

서넛 경, 지금 황제는 가짭니다. 자세한 이야기는 만나서 하겠습니다. 서넛 경이 오실 때까지 매일 자정에 서문 수차 옆 커다란 나무 근처에서 기다리겠습니다.

서넛은 시계를 확인했다.

그날 밤. 일부러 여기저기 돌아다니면서 시간을 때운 서넛은 약속 시각보다 한 시간 정도 이르게 서문으로 나갔다. 서문으로 나가 10분 정도 걸어가면 시끄러운 소리를 내면서 돌아가는 거대한 수차가 보인다. 그 부근으로는 커다란 나무가 많았는데, 아직 소스란은 도착하지 않은 듯 아무도 없었다.

서넛은 주위를 한 바퀴 둘러본 후. 여기 계속 서있으면 혹시 지나가는 사람이 수상하게 여길 수도 있겠다 싶어서, 수차 관리인이 사용하는 건물로 들어갔다. 그곳에서 소스란을 기다릴 생각이었다. 불 한 점 들어와 있지 않아 적막한 사무소 안은 서넛이 나무로 된 문을 열자 '끼이익' 하는 오싹한 소리가 났다. 안으로 들어간 서넛은 문을 닫고 등불로 사용할 만한 게 없나 주위를 두리번거렸다.

그때. 그는 무언가를 발견하고서 한곳에 시선을 고정했다. 거의 동시에 그 부근에서 등불 두 개가 켜졌다. 서넛은 눈썹을 조금 치떴다. 빛 사이로 모습을 드러낸 건 의자에 다리를 꼬고 앉은 레안 황자였다. 눈이 마주치자 레안은 한숨을 내쉬고서 안타깝단 목소리로 중얼거렸다.

"자네가 날 선택하길 바랐는데."

그의 양옆에는 다른 근위기사들이 우르르 서있었다. 하지만 소스란은 없었다. 서넛은 익숙한 부하들의 얼굴에서 시선을 떼고 레안에게 물었다.

"소스란은 어디 있습니까."

소스란이 거짓말을 했다곤 생각하지 않았다. 그가 서넛에게 남긴 편지를 레안이 먼저 발견한 게 문제였을 뿐.

"같은 곳에 데려다주겠네. 잡아."

레안의 명령이 떨어지자 동시에 검집에서 칼 뽑히는 소리가 났다. 여러 명이 동시에 내는 '스릉'거리는 검 소리는 두려워할 만큼 위협적이었으나, 서넛은 태연하게 자신의 검을 꺼냈다.

다음 날 아침. 식사를 마친 라틸은, 혹시 최근에 만난 그 수상한 괴물의 정체를 알 수 있는 흔적이 남아있지 않을까 싶어 칼라인을 데리고 미로 정원으로 들어갔다. 하지만 돌아다녀도 괴물에 대한

흔적이 보이지 않자, 라틸은 정돈된 수풀 사이로 삐져나온 라벤더 향을 맡으며 물었다.

"흑림 암살자가 타시르를 만났을까?"

"글쎄요. 하지만 이런 게 전문인 이들이니 언제든 말은 잘 전할 겁니다."

"그렇겠지. 서넛은?"

"글쎄요. 서넛 경도 슬슬 궁전에 돌아가지 않았을까요?"

"타시르랑 연락이 되면 라나문이나 게스타를 좀 설득해 보라 해야겠어. 아. 대신관도."

"……대신관도 말입니까? 위험하지 않을까요?"

"대신관은 오히려 내 누명을 쉽게 벗겨줄 수 있지 않을까?"

한참 진지한 얘기를 하면서 걸어가는 도중이었다. 미로 정원의 끝자락에 도착해 넓은 풍경을 앞에 두게 되자, 라틸은 얘기 하던 걸 멈추었다. 대신 주위를 둘러보면서 '예쁘긴 예쁘네' 하고 카리센의 경치를 마지못해 칭찬하다가, 내내 궁금했던 걸 재차 물었다.

"그런데 넌 진짜 아이니 황후랑 모르는 사이 맞아?"

"또 그 얘기십니까."

칼라인은 라틸이 아이니에 관해 이야기하는 게 싫은지 대번에 안 그래도 딱딱한 인상을 더 찌푸렸다.

"에이, 뭘 화내고 그래."

그걸 본 라틸이 칼라인의 옆구리를 콕콕 팔꿈치로 찔렀으나, 칼라인은 팔을 뻗어 라틸을 자신 쪽으로 끌어당겨 딱 붙이고서 단호하게 말했다.

"자꾸 화났다 그러시면 정말 제대로 화낼 겁니다."

"내봐. 응. 내봐."

그래도 라틸이 웃으면서 깐죽대기만 하자, 칼라인은 라틸이 완전히 자기와 마주 보게 했다. 그러고는 내내 쌓아뒀던 걸 이제야 푼다는 듯이 정말로 잔소리를 시작했다.

"솔직히 좀 너무하신 거 아닙니까."

"어떤 게?"

"아이니 황후가 누굽니까."

"누구긴 누구야 카리센 황후지."

"낯선 여자입니다."

"……아 뭐. 따지자면 그렇게 부를 수도 있긴 한데."

'친하진 않으니까.'

"그런데 낯선 여자가 자꾸 저한테 눈길을 보내고 따로 보자고 그럽니다. 그것도 아가씨 앞에서요."

"음. 그렇지."

"전 누굽니까?"

"……익숙한 남자?"

"아가씨 애인입니다."

"!"

라틸은 애인 소리에 어색하게 웃었으나, 화내란 소리에 진짜로 화낼 작정인지 칼라인은 무뚝뚝하게 잔소리를 이어나갔다.

"그런데 아가씨 애인한테 낯선 여자가 막 추파 부리고 그러는데, 그거 보면서 '자리 비켜줄까?' 이런 신호나 하고 있고. 그러면 안 되는 거 아닙니까?"

"내, 내가 언제 자리 비켜준댔어? 왜 없던 일을 막 만들어내?"

"어제 아침."

"!"

"말하진 않았지만 말하려고 했을 텐데. 다 봤습니다."

아니, 얘는 그건 또 언제 봤대……. 라틸은 괜히 칼라인을 자극했다고 후회했다. 별말 안 하고 조용히 있길래 그냥 놀린 건데. 어제 아침 일까지 나오다니.

'칼라인은 평소엔 과묵하지만 하고 싶은 말은 차곡차곡 다 쌓아두나 봐. 그러다 기회가 될 때 흘려보내는 타입.'

"제가 다른 사람 볼까 봐 걱정 안 되십니까?"

"다른 사람 볼 거야?"

"안 볼 거지만 그래도 신경은 좀 써주셨으면 좋겠습니다."

"알았어."

"제 주위로 다른 여자가 오기만 해도 경계해 주시면 좋겠습니다. 전 잘난 남자니까요."

안 그럴 것 같더니. 자기 잘생긴 건 잘 아는가 보구나. 라틸은 괜히 본전도 못 찾아 먹은 느낌에 시무룩해져서 중얼거렸다.

"하지만 그러면 네가 구속받는 느낌이 들지 않을까? 난 배려를 하는 거지. 널 믿으니까."

"전 구속받는 걸 좋아합니다, 주인."

"!"

칼라인이 갑자기 귀에 대고 속삭이는 바람에, 라틸은 소름이 오싹 돌아서 그의 발등을 밟고 말았다. 그 바람에 라틸이 몸을 휘청이자, 칼라인은 바로 어깨를 안더니, 엄청난 힘으로 균형 잡는 걸 손쉽게 도와주었다. 라틸은 잠시 펭귄처럼 뒤뚱거리다가, 헛기침하면서 칼라인의 발등을 한 번 더 아프지 않게 밟았다.

"이건 뭐 하는 겁니까?"

"발가락 구속."

"……."

그걸 본 칼라인이 '유치하다'는 듯 한숨을 내쉬자, 민망해진 라틸은 발끈해서 마구잡이로 그를 몰아붙였다.

"왜 한숨 쉬고 그래? 해달라며. 구속해 달라며."

하지만 칼라인은 조금도 뒤로 밀려나지 않고, 라틸이 몰아붙이면 몰아붙이는 대로 그 자리에 서있었다. 그 때문에 자신이 혼자서 칼라인의 품으로 자꾸 밀고 들어가는 꼴이 되자, 라틸은 그를 몸으로 밀어내길 멈추고 제자리에 우뚝 섰다. 라틸이 팔짱을 끼고 째려보자, 그제야 칼라인은 화내는 척을 멈추더니 희미하게 웃으면서 라틸을 놀려댔다.

"제가 원하는 구속이 뭔지 잘 짐작이 안 가시나 봅니다, 주인. 어떻게. 원하면 시범이라도 보여드리는 게 나을지."

"시범이라니?"

"보여드릴까요?"

"해봐."

허락이 떨어지자마자 칼라인은 라틸의 양어깨에 손을 올리더니 자연스럽게 어깨와 팔을 타고 내려가 라틸의 양 손목을 잡았다. 눈 깜짝할 사이에 그는 라틸의 두 손이 열중쉬어 자세가 되도록 하더니, 두 손목이 아프지 않게 겹쳐지도록 잡고서 웃었다.

"제가 아가씨를 잡아버렸네요."

"!"

뭘 하나 싶어 가만히 지켜보던 라틸은 눈을 커다랗게 뜨고 칼라인을 쳐다보았다.

"너 이런 거 좋아해?"

"예."

"그럼 다른 여자들이 너한테 관심을 보일 때마다 내가…… 이런 걸 해줘야 해?"

라틸이 마른침을 삼키고서 묻자, 칼라인은 참지 못하겠단 듯 라틸을 놓아주더니 입술을 깨물고 웃음을 참으며 어깨를 떨어댔다. 그걸 본 라틸은, 그제야 자신이 완전히 놀림받았단 걸 깨닫고서 가자미눈을 떴다.

"이보시오 용병왕."

라틸이 짜증스럽게 불러도 칼라인은 계속 어깨만 떨어댔다. 라틸은 고개를 설레설레 젓고서 칼라인의 팔을 잡아당겼다.

"그만 웃고 가자."

그런데 몇 걸음이나 걸어갔을까. 갑자기 수풀을 확 헤집는 소리가 들리더니, 누군가 빠른 속도로 다가왔다. 이곳에서 자신은 타리움 황제의 특사일 뿐이기에, 라틸은 얼른 칼라인의 팔을 놓아주고 소리가 들려오는 쪽을 돌아보았다. 뜻밖에도 빠른 속도로 걸어오는 사람은 아이니였다. 아니, 빠른 속도로 걸어오는 정도가 아니다.

그녀는 거의 뛰는 거나 다름없었다.

"무슨 일 있나?"

의아해서 라틸이 중얼거리고 있자니, 칼라인의 코앞까지 다가온 아이니가 라틸을 밀치고 칼라인의 멱살을 잡아 끌어당기며 외쳤다.

"뭐 하는 거야! 사람 좀 똑바로 봐 이 멍청아! 제발!"

황후답지 않은 말투에 눈물이 고인 눈동자. 원통한 목소리. 라틸은 얼결에 옆으로 튕겨 나간 채 눈을 휘둥그렇게 뜨고 아이니를 보았다. 바로 방금 전 칼라인이 이럴 때 자기를 챙겨달라고 하긴 했는데…….

'아니, 진짜로 뭐 있는 거 같다고!'

'안 되겠다. 내가 옆에서 민망해서 안 되겠어.'

칼라인이야 모르는 사람이라지만, 아이니가 자꾸 저렇게 나오면 이상한 소문 나는 거 진짜 한순간이라고. 아이니는 한 나라의 황후이다. 라틸은 카리센 황후가 타리움 후궁과 소문나는 걸 듣고 싶진 않았다.

"폐하, 실례합니다."

마음을 먹자마자 라틸은 슬그머니 아이니와 칼라인 사이에 자연스럽게 흘러 들어가며 둘을 떼어놓았다.

"실례합니다, 실례해요."

둘 사이로 물 흐르듯 지나가며 '삭삭' 밀어내자 아이니는 애통하게 울다가 자기도 모르게 뒤로 주춤주춤 물러났다. 눈물을 닦으면서 그녀가 라틸을 쳐다보았다. 넌 뭐야, 하는 눈으로. 뭐겠어요, 이 남자 애인입니다. 라틸은 속으로만 구시렁거리면서 두 손으로 숙소가 있는 방향을 가리켰다.

"황후 폐하, 칼라인과 하고 싶은 말이 많아 보이시는데. 들어가서 하시는 게 어떨까요? 남들 보기에 오해를 살만한 광경이 많이 연출되니 옆에서 보기 걱정스러워 그럽니다."

아이니는 그 말에 입술을 꾹 닫더니 고개를 끄덕였다.

'이런 거 보면 분명 침착한데 말이지…….'

"난 들어가고 싶지 않은데."

무슨 소리야 칼라인. 너도 당장 들어가. 선만 긋지 말고. 오해면 오해다, 아니면 아니다. 어디부터 오해다. 제대로 말을 해! 라틸은 말없이 칼라인을 숙소 방향으로 떠밀었다.

숙소 안에 들어가 자리를 잡고 앉자 아이니는 아까보다 한결 차분해졌다. 하지만 곧은 자세로 말없이 앉아있을 뿐 눈동자는 여전히 혼란으로 가득했다. 돌발 행동으로 보는 사람을 아연하게 만들더니. 자기도 뭐가 뭔지 모르겠나 보다. 어떻게 해야 저렇게 되는진 모르겠지만.

"자, 차 나왔습니다."

일단 라틸은 따뜻한 차를 아이니 앞에 내려놓았다.

“제가 하겠습니다.”

칼라인이 또 일어서서 도우려 했지만, 라틸은 고개를 빠르게 젓고서 그냥 앉아 있으라고 눈짓했다. 황제의 특사가 제자리에 앉아 후궁의 시중을 받는 건 이상하니까. 그렇게 해서 라틸은 탁자 위에 단출한 먹을거리를 차려냈다. 라벤더 향이 나는 찻잔 세 개와 황궁에서 나온 것치곤 썩 좋아 보이지 않는 과자 몇 덩어리.

‘과자가 황후님이 드시기엔 눅눅해 보이지만 내 책임은 아니지.’

“과자가…….”

“시비 걸었던 걸 사과한다고 황후님 시녀들이 가져다줬어요. 전 과자를 좋아하지 않는데, 이렇게 바로 폐하께 대접할 수 있게 되어 다행이네요.”

라틸이 웃으면서 설명하자 아이니가 창밖, 아마도 시녀들이 있으리라 짐작되는 곳을 보더니 한숨을 내쉬었다.

“라트라실 황제께서 보낸 특사에게 실례를 했군. 미안하네. 공식적으로 온 게 아니다 보니, 내 시녀들은 자네를…… 좀 오해하고 있거든.”

뭘로 오해하는진 차마 말 못 하겠나 보다. 어차피 다 아는데. 어쨌든 이 정도만으로도 됐다 싶어서 라틸은 칼라인에게 눈짓했다. 자, 봤지? 나쁜 사람 아니야. 얘기라도 한번 해봐. 얼른. 라틸이 이렇게까지 하자, 신호를 받은 칼라인은 마지못해 아이니에게 물었다.

“왜 자꾸 이상하게 구시는 겁니까?”

그러나 칼라인이 말 한마디를 하는 순간. 아랫사람의 잘못을 대신 사과하던 차분한 황후는 순식간에 애처로운 눈빛을 가진 슬픈 사람으로 변했다.

"그대를 본 후 내내 그대가 나오는 꿈을 꾸고 있네."

그런 애틋한 얼굴로 한 말이 꿈 얘기였다. 대체 무슨 사연이야. 무슨 사연이기에 칼라인 말 한마디 한마디에 저렇게 휩쓸려? 보나마나 아주 슬프고 지독한 사연이겠지, 생각하던 라틸은 입을 쩍 벌렸다. 꿈?

'뭐야? 이 황후님, 지금 칼라인이랑 꿈에서 연애하고서 이러는 거야? 아니 이 사람이……?'

칼라인 역시 황당해하는 표정이었다. 그러나 아이니는 계속 말을 이었다.

"내 생각엔 그게…… 내 전생 같아."

칼라인은 미간을 찌푸렸다.

"그럼 황후 폐하께선, 황후 폐하가 전생에 저와 연인 사이였다 주장하시는 겁니까?"

아이니는 그 말에 대답을 하려다가 멈칫하더니 잠시 고개를 기웃했다.

'왜 저러지? 새삼 말도 안 된단 생각이 드나?'

"황후 폐하. 저는 폐하의 전생 연인이 아닙니다. 설령 그렇다 한들 저는 현생을 살고 있는데 전생에 연인이었다고 해봤자 아무런 느낌이 없습니다."

"그게 아니라, 그대는 전생이 아니고 나만……."

아이니는 말을 하다가 또 입을 도로 다물었다. 역시 자기가 생각해도 뭔가 이상하단 생각이 드나 보다.

'맞아. 아이니만 환생한 거고 칼라인은 안 한 거면 더 말이 안 되지.'

아이니와 칼라인은 나이 차이가 그리 많이 나지도 않는데, 아이니가 전생에 칼라인과 연인 사이가 되려면 칼라인 나이가 대체 몇 살이어야 하는 거야? 말을 가장 많이 하던 아이니가 조용해지자 덩달아 분위기가 어색해졌다. 칼라인은 석상처럼 앉아서 눈을 내리깐 채 입도 뻥긋하지 않았다. 결국, 그 상태로 지지부진하게 시간만 보내기를 30여 분.

"이만 가보겠다."

아이니도 더 할 말을 찾기 어려운지 몸을 일으켰다. 아이니가 나가자마자 라틸은 다시 한번 더 칼라인에게 캐물었다.

"진짜 모르는 사이인 거 확실하지?"

이젠 대답하기도 귀찮다는 듯 칼라인은 무거운 한숨을 내쉬었다.

"정말로 모르는 사람입니다."

"그래. 모르는 사람 같긴 하더라. ……그래도 혹시 의심 가는 점은?"

"없습니다."

"그래."

한밤중. 또다시 헤움이 나타났다. 라트라실 황제의 특사도 온 데다 요 며칠 헤움 황자가 나타나지 않기에 조금 안심했던 아이니는,

창가에 기대어 선 헤움을 보자 다시 괴로워졌다.

헤움은 따뜻한 사람이었다. 아이니뿐만 아니라 아이니의 친구들에게도 예의를 지켜주던 사람. 그랬기에 아이니는 헤움이 친구 레들러를 죽였단 의심을 하게 되자, 되살아난 헤움은 진짜 헤움이 아니라고 선을 그을 수 있게 되었다. 하지만 되살아난 헤움을 없앨 방도를 찾으면서도 그를 마주할 때면 심장이 술렁이고 가슴이 갑갑해지는 건 어쩔 도리가 없었다. 게다가…… 요즘은 그런 기분이 드는 남자가 둘이라 더욱 미칠 지경이었다.

"대체 왜 자꾸 날 찾아옵니까?"

"그리워서."

"그러면 숨어서 보세요."

"그건 괜찮아?"

"아니, 안 돼. 찾아오지 마세요."

"그럼 네가 그리울 땐 어떻게 하지?"

"우리가 함께한 시간을 떠올리면 되잖아요."

아이니는 헤움의 눈치를 보다가 지금 상황. 죽은 그가 걸어 다니는 이 상황을 빗대 덧붙였다.

"지나간 일은 지나간 채로 두어야 합니다."

의도를 알아들은 건지, 헤움은 창가에 앉아 한 손으로 커튼을 만지작거리다가 희미하게 웃었다.

"예전에 네가 물은 적이 있지. 날 사랑하는 네 마음이 더 클까, 널 사랑하는 내 마음이 더 클까 하고. 이제 그 답이 나왔군."

그 말에 아이니의 눈동자가 흔들렸다. 헤움은 한숨을 내쉬고서 돌아섰다. 항상 이런 식이다. 그는 오래 머물지도 않았다. 그때.

"잠시만요."

나가려는 그를 아이니가 먼발치에서 붙잡았다. 말로 붙잡을 뿐이었지만, 헤움은 바로 멈추어 서서 뒤를 돌아보았다. 아이니는 망설이다가 물었다.

"혹시 이 궁전 안에 '사람이 아닌 사람'이 황자님 말고 또 있나요?"

아이니의 질문에 헤움이 고개를 기울였다.

"네가 그런 걸 왜 묻지?"

스산한 목소리에는 의심이 배어있었다.

"날 없앨 방도를 찾는 건가."

맞는 말이지만 연인이 던지는 저런 질문은 듣는 사람을 괴롭게 했다. 이 때문에 아이니는 일부러 대답하지 않고 말을 돌렸다.

"이상한 사람을 봐서 그래요."

아이니가 말하는 '이상한 사람'은 칼라인이었다. 몇 시간 전. 아이니는 칼라인과 대화를 나누다가 이상한 점을 눈치챘다. 이전에는 갑작스럽게 칼라인에 대한 기억이 생생히 떠오르기 시작해서, 그걸 눈치채지 못했다. 하지만 말을 하면서 정리하다 보니 깨닫게 된 것이다. 자신이 기억하는 전생 속 칼라인은 지금과 똑같은 모습이라는 걸.

닮은 모습으로 다시 태어난 수준이 아니라 그냥 아예 똑같은 사람이었다. 환생하더라도 육신을 주는 부모가 다르니 외양은 바뀌어야 하지 않나? 그런데 어떻게 이게 가능하지? 상식적으로 불가능하다. 칼라인이 그 시절부터 지금까지 살아있는 게 아니라면. 그리고 그렇게 오랜 삶을 젊은 모습으로 사는 사람이라면…….

"손님들이 머무는 곳에 괴물이 하나 있긴 했지."

그때 헤움이 떠나면서 중얼거리는 목소리가 귓가를 파고들었다. 아이니는 눈을 커다랗게 떴다. 그럼 역시 칼라인은……!

"뭔가 착각한 거 아닐까?"

아침 일찍 로르드 재상을 찾아온 아트락시 공작은 '지금 황제는 가짜. 쫓겨난 황제가 진짜'란 이야기를 듣자 웃으면서 물었다. 조롱조의 웃음에 로르드 재상은 발끈했다.

"지금 내 아들 말을 의심하나?"

아트락시 공작은 그 말에 눈을 휘둥그렇게 뜨더니 말도 안 된다고 손을 저었다.

"내가 자네 아들을 왜 의심하겠나. 자네랑 달리 착하고 순한 애인데."

"그럼? 그런데 왜 착각 아니냐 묻는 거지?"

"내가 의심하는 건 자네가 아들에게 물려준 머리라네."

"아트락시!"

로르드 재상이 버럭 화를 내자 아트락시 공작은 차분하게 차 마시는 시늉을 했다. 로르드 재상은 그 얄미운 꼴을 눈알이 빠져라 노려보며 설명했다.

"자네 아들은 아무것도 모르고 하렘에 처박혀 있으니, 물론 자네 입장에선 내 말을 믿고 싶지 않겠지. 자네 아들은 짐작도 못 하는 걸 내 아들이 알아낸 거니까! 하지만 아트락시. 내 아들은 오랫동안 폐하를 짝사랑해왔네. 국서 자릴 노리고 간 누구와 다르게 내 아들은 순수하게 폐하 하나만 바라본다 이 말이야."

"아들 욕 그만하게."

"흥. 멍청한 아들이라도 편들고 싶은가 보군?"

"아니, 자네 아들 욕 그만하라고. 정략결혼을 하면서 진지하게 사랑하는 게 순수한 건가? 멍청한 거지."

"네 이놈 아트락시이!"

로르드 재상은 자꾸 라나문을 게스타와 비교하면서 내리깔고, 그때마다 아트락시 공작도 지지 않고 깐죽거리는 바람에 두 사람의 대화는 생각 이상으로 시간을 오래 끌었다. 하지만 이야기를 마쳤을 즈음, 두 사람은 우선 쫓겨난 가짜 황제를 찾아보긴 해야 한다는 데 의견을 맞추었다. 아트락시 공작은 재상저를 떠나기 전 그에게 철저히 당부했다.

"우선은 게스타를 조심시키게. 절대로 가짜가 가짜란 걸 아는 척하지 말고, 오히려 가짜 옆에 딱 달라붙어 있으라 해."

"왜?"

"그래야 가짜가 의심을 안 하지!"

"알았네. 내 조심시키지."

차분하게 그 자리를 벗어난 아트락시 공작은 자신의 저택에 돌아가자마자 사람들에게 전에 쫓겨난 가짜 황제가 어디로 사라졌는지 조사해보라 지시했다. 그리고 집사에게 지시해 라나문에게도 편지 한 통을 전하게 했다.

“왜 그러십니까, 도련님?”

라나문이 아트락시 공작이 보낸 편지를 펼치더니 인상을 찌푸린 채 가만히 굳어있자, 그걸 본 시종이 물었다. 그러나 시종의 질문에도 라나문은 꿈쩍도 하지 않았다. 한참을 그렇게 서있고 난 후에야 그는 편지를 접으며 중얼거렸다.

“아버지가 도대체 무슨 생각이신지 모르겠군.”

“뭐가 말입니까?”

라나문이 좀 제정신을 차린 것 같기에 시종이 얼른 다시 물었다. 처음 물었을 땐 별생각 없이 질문한 것뿐이었는데. 라나문의 반응이 심상치 않자, 지금은 정말로 아트락시 공작이 무슨 편지를 쓴 건지 몹시 궁금했다. 라나문은 아트락시 공작이 보낸 편지를 몇 갈래로 찢어 태우면서 차갑게 대답했다.

“지금 황제는 가짜라고. 진짜 폐하를 찾아올 테니, 가짜와 거리 두는 모습을 사람들에게 보이라고.”

“근위기사단장 서넛이 흑마법사와 손을 잡고 폐하께 해를 입히

려 했다. 다행히 레안 황자님께서 미리 알아차리고 막아냈으나, 일을 그르치자 바로 달아나 지금은 행방을 알 수가 없게 되었다. 누구든 그자를 잡아 생포해 오면 큰 상을 내리리라."

단 두 사람뿐인 방 안에 느릿한 목소리가 울렸다. 심드렁한 어조에, 레안은 책상에 앉아 최근 동시다발적으로 일어나는 시체 실종 사건을 살피다가 고개를 돌렸다. 셰이트가 흔들의자에 앉아 연설을 앞둔 사람처럼 공표문을 치켜들고 있었다.

"마음에 안 드시나 봐요?"

레안이 묻자 셰이트는 공문을 내려놓았다.

"서넛은 네 친구이기도 하고, 라틸에겐 누구보다 충직한 기사인데. 이렇게 발표했다가 나중에 라틸이 로드가 아니면 어쩌려고?"

"이미 발표한 걸 어쩌겠어요."

셰이트는 한숨을 내쉬었다.

"라틸이 널 죽이려 들지도 모르겠는데. 그땐 나도 못 말려."

공문을 구기는 소리가 바스락 울렸다. 레안은 잉크병에 펜을 담갔다.

"라틸이 로드가 아니란 게 밝혀지면 오해였다고 재발표하면 될 일이에요."

"그런다고 서넛의 오해가 완전히 풀릴까? 서넛은 널 용서할 것 같고? 라틸은?"

셰이트는, 레안이 잉크병에 펜을 너무 오래 담그고 있단 걸 알아차렸다. 하지만 그걸 눈치챌 즈음. 레안은 이미 펜을 꺼내 아무렇지 않은 척 공문에 사인하고 있었다.

"누군가는 악역을 해야죠."

"아버지가 가짜가 가짜란 걸 모르는 척하면서 더 가깝게 지내라 했다고?"

게스타는 트리로부터 아버지의 지시를 전달받고 이해가 가지 않아 인상을 찌푸렸다.

"아버지는 이 일에 나서지 않을 생각이래?"

트리가 얼른 로르드 재상을 편들었다.

"설마요. 아트락시 공작님과 손을 잡고서 이 일을 해결하실 거라던데요."

"어떻게?"

"거기까지 자세히 말씀하시진 않으셨어요."

"그래……."

"제 생각엔, 가짜가 자기 정체가 발각된 걸 미리 알아차리고 대비하면 안 되니까 이런 지시를 하신 것 같아요."

게스타는 힘없이 중얼거렸다.

"내가 위험할까 봐 그러시는 건 아닐까?"

"물론 그 이유도 있겠지만요."

트리는 순순히 인정하고서 게스타의 눈치를 살폈다.

"재상님 말 들으실 거죠, 도련님?"

게스타는 웬일로 불만스러운 표정이었으나 결국 고개를 끄덕였다.

"알았어. 내색은 안 할게."

트리는 안심했다. 혹시라도 게스타가 가짜 황제를 대놓고 멀리했다가 무슨 일이라도 당할까 염려되었는데. 재상이 딱 적당하게 충고를 해주었으니 다행히 그런 일은 벌어지지 않을 것 같았다.

"트리."

"네, 도련님."

"아버지 뜻대로 할 테니까 다른 부탁 하나만 더 들어줘."

"부탁이라니요?"

곰곰이 생각하던 게스타는 설명하는 대신 책상 앞으로 다가가더니 편지지와 펜을 꺼냈다. 그러고는 펜에 가늘게 잉크를 묻혀서 빠르게 편지를 쓴 후, 트리가 내용을 읽기도 전에 그걸 봉투에 넣고 밀랍으로 단단히 봉인했다. 밀랍을 후 후 불어서 즉석에서 말리기까지 하더니, 거기에 주소까지 적고서야 게스타는 트리에게 봉투를 내밀었다. 트리는 얼결에 편지 봉투를 받다가 봉투에 적힌 주소를 보고 깜짝 놀랐다.

"여기엔 편지를 왜 보내시는 거예요, 도련님?"

같은 시각. 같은 처지이고 아버지에게 편지를 받은 것도, 아버지의 명을 따르기로 한 것도 같지만, 라나문의 방향은 게스타와 전혀 달라졌다.

"혹시라도 폐하가 내 방에 찾아오면 몸이 좋지 않다고 돌아가달라 청해라."

라나문의 지시에 카르둔은 힘없이 중얼거렸다.

"진짜 폐하건 가짜 폐하건 어차피 하렘엔 잘 오시지도 않는데요 뭘."

라나문이 서늘한 시선을 던지자 카르둔은 의욕 없이 말을 바꾸었다.

"그래도 오시면 들어오지 말라고 하겠습니다."

라나문은 어제 태우고 남은 편지 조각 가장자리가 까맣게 변해 카펫 끄트머리에 떨어져 있는 걸 발견하자, 그걸 주워서 손톱 끝으로 잘게 찢었다. 카르둔은 걱정스럽게 물었다.

"그런데 정말일까요? 정말로 지금 폐하가 가짜일까요?"

"내가 알겠나. 난 폐하를 먼발치서도 보질 못했는데."

"아……."

카르둔이 동정 가득한 시선을 보내자, 라나문은 그게 기분이 나빠서 눈살을 찌푸렸다.

"그렇게 쳐다보지 마라. 다른 사람도 다 마찬가지잖아."

하지만 세상일이란 참 묘한 것이어서, 딱 그 말을 나누자마자 정말로 그날 저녁에 황제가 그를 찾아왔다.

"어, 어떡하죠? 정말로 아프다고 해요? 정말로?"

미리 말을 나눴지만 막상 황제를 거부하기 쉽지 않은지, 카르둔은 발을 구르면서 라나문에게 재차 물었다.

"아프다고 해. 속이 메슥거리고 배도 아프고 머리도 아프고 근육

통까지 다 왔다고."

그래도 겁이 나는지 카르둔은 발을 동동 구르다가 간신히 용기를 내어 복도로 나갔다.

"갑자기 용병왕은 사랑의 도피를 해버리고, 게스타 님은 황제에게 총애를 받고. 라나문 님은 아프다고 드러누워 폐하를 피하고. 이 타시르와 대신관에겐 발길을 뚝 끊길래 왜 그러나 했더니."

산책하겠다며 잘 걸어 다니던 타시르가 갑자기 이상한 낙서 앞에서 더 이상한 말을 중얼거리자, 시종 히얼란이 눈살을 찌푸렸다.

"소단주님, 혼자 벽 보면서 중얼거리고 그러시면 옆 사람 무서워요. 그리고 클라인 님 얘긴 왜 빼세요. 그분은 없는 취급입니까?"

히얼란은 이 낙서가 흑림의 비밀 표식인 걸 알지 못하니 이럴 수밖에 없었다. 하지만 타시르에겐 이 낙서가 '암시장, 가자미, 아이스 타시르에 슈크림'으로 보였다. 그리고 이 단어를 조합할 수 있는 사람은…… 진짜 황제 하나뿐.

"아니, 어쩌다 이리되셨나 모르겠네."

타시르가 중얼거리자 히얼란이 똑같이 중얼거렸다.

"그러니까요. 어쩌다 이러고 계신 건지 모르겠네요."

황제와 좀 잘 어울리는가 싶더니. 갑자기 황제는 타시르에겐 발길을 끊고 게스타를 불러서 산책하거나 식사하는 일이 많아졌다.

밤에 찾진 않지만, 이 정도면 총애의 판도가 바뀌었다고 할만했다. 그런데 소단주는 머리 쓸 생각은 않고 태연하게 벽 보면서 쓸데없는 말이나 중얼거리자 히얼란은 속이 갑갑했다. 타시르는 히얼란의 그런 속내가 훤히 보여서 비실비실 웃고 등을 두드렸다.

"위기는 기회지. 내 위기는 아니지만 어쨌든 기회는 왔다."

"무슨 소리세요?"

"지금 황제가 가짜란 소리."

폭탄 발언을 던져놓은 타시르가 휙 돌아서서 빠른 걸음으로 앞서가자, 히얼란은 잠시 멍하니 서있었다. 너무 엄청난 말이라서 바로 알아들을 수가 없었다. 타시르가 저만치 앞서간 후에야 히얼란은 펄쩍 뛰었다. 그는 황급히 타시르의 옆으로 달려가 목소리를 낮추었다.

"진짜예요?"

"어. 카리센 수도에 계시다네."

"그걸 저 낙서를 보고 알아차리셨다고요? 아니, 근데 지금 어디 가세요? 여긴 소단주님 처소로 가는 길이 아닌데요?"

지금 황제가 정말로 가짜라면 당장 상단주에게 알린 다음 대책을 세워야 하지 않나? 상단에서 똑똑하단 사람들을 죄다 불러 모은 다음 대비를 세워야 할 텐데. 이 와중에 타시르가 가는 곳은…….

"왜 라나문 님 방으로 가세요?"

라나문의 방이었다.

"히얼란."

"네, 소단주."

"대신관도 데려와."

"예?"

대신관을 불러서 라나문의 방에 간 히얼란은 왜 타시르가 두 사람을 불러오라 한 건지 들을 수 있었다.

"지금 황제 폐하는 가짜입니다. 그리고 내 생각엔 우리 라나문 님과 대신관님도 그 사실을 알고 있을 것 같아서요. 진실을 아는 사람들끼리 뭔 수를 내야 하지 않을까 싶어 두 분과 얘기를 좀 나눠보려 합니다."

타시르가 라나문이 황제를 갑자기 멀리한단 이야기를 떠올리고서 그 역시 진실을 알고서 저러는 거라 짐작한 듯했다.

'아니, 아무리 그래도 그렇지. 이런 걸 이렇게 다짜고짜 진행한다고? 라나문 님이 진짜로 아파서 폐하를 멀리하는 건지 가짜란 걸 알고서 멀리하는 건지 어떻게 확신하고서?'

히얼란은 소단주의 엄청난 추진력에 감탄 반 당황 반 심정으로 라나문을 곁눈질했다. 몹시 다행스럽게도 라나문은 평소처럼 무표정했다. 전혀 놀라지 않는 걸 보니, 타시르의 말이 진짜인 것 같았다.

'그, 그럼 대신관도 이미 알고 있던 건가?'

놀라서 대신관을 본 히얼란은 대신관의 표정이 자신과 거의 흡사하단 걸 발견했다. 대신관은 생전 처음 듣는 이야기란 듯 입을 벌리고 있다가 히얼란과 눈이 마주치자 급히 입을 다물었다.

'저쪽은 모르고 있었구나.'

하긴 대신관에 대해서는 달리 도는 소문도 없었지. 그럼 소단주님은 왜 굳이 대신관까지 데려오라 하신 거야? 대신관이 이 일을 모르고 있던 거라면, 라나문이야 그렇다 쳐도 대신관까지 이 판에 끼우는 건 위험하지 않나? 소단주의 의도가 이해가 가지 않아 히얼란은 눈살을 찌푸렸다.

그사이 타시르는 탁자에 자리를 잡고 앉아 태연히 손깍지를 끼고 있었다. 곧 원형 탁자를 둘러싸고 세 남자가 서로를 마주하고 앉았다. 히얼란은 소단주가 뭔 말을 하려나 싶어서 걱정스럽게 타시르를 쳐다보았다. 히얼란과 같은 걱정을 한 건지, 라나문도 차갑게 물었다.

"혹시 그쪽은 폐하의 위치를 알고 있나? 그래서 날 찾아온 건가?"

타시르는 눈썹을 치켜세웠다.

"설마요. 거기까진 저도 모릅니다."

그리고 자연스럽게 나온 거짓말. 아까 카리센 수도 얘기를 안 들었다면 히얼란도 진실이라 생각할 정도로 태연한 거짓말이다. 히얼란은 더욱 이해할 수 없어졌다. 아니, 저러는 걸 보면 솔직하게 터놓고서 일을 해결하려는 것도 아니신 듯한데. 도대체 소단주님은 대신관과 라나문을 데려다가 뭘 하려는 거야?

칼라인에게 모르는 사람이란 대답을 코앞에서 대놓고 들었으면서 아이니는 또다시 그를 찾아왔다. 라틸은 이쯤 되니 아이니가 칼라인에게 반해서 억지를 쓰는 건 아닌가 의심스러웠다.

"그대는 혹시 사람이 아닌가?"

게다가 이번에 와서는 더 이상한 질문을 한다. 칼라인이 불쾌한 표정을 짓자 아이니는 다시 아픈 표정으로 돌아섰으나, 라틸은 이번에는 그녀가 가엾단 생각보다 좀 심하단 생각이 들었다.

'아니라는데 왜 자꾸 저러는 거야?'

결국, 라틸은 칼라인에게 다른 걸 시켜놓고서 자신은 밖으로 나간 아이니를 따라갔다.

"황후 폐하. 실례합니다."

라틸이 뒤에서 부르자, 생각에 잠겨 걸어가던 아이니가 멈추어 섰다.

"무슨 일이지?"

객관적으로는 사이가 좋기 어려운 관계이지만, 그래도 라틸은 아이니를 좋게 보는 편이었다. 이 때문에 라틸은 아이니가 칼라인에게 이상한 질문을 던져대는 걸 내내 모른 척해주었다. 하지만 아이니가 계속 저렇게 나오면 아이니 본인의 평판도 평판이지만 칼라인에게도 폐가 된다. 아이니야 자기가 남들 이목을 신경 안 쓰고 칼라인에게 말을 걸었으니 거기에 대한 평판도 자기가 감수하면 그뿐이라지만, 칼라인은 황후가 말을 거니 억지로 대답할 뿐인데 같이 평판이 떨어지면 너무하지 않나.

"부탁하고 싶은 말씀이 있어 왔습니다. 제가 드리는 말씀을 부디 너무 기분 나쁘게 듣지 않아 주셨으면 합니다."

라틸의 말에 아이니가 말해보라는 듯 고개를 끄덕였다. 욱해서 왔지만, 막상 대놓고 말하려니 좀 미안한 느낌에 라틸은 잠시 주저했다. 하지만 자신이 딱 잘라서 선을 그어주지 않으면 아이니와 칼라인 둘 다 헛소문에 휘말릴 터. 라틸은 마음을 딱 잡고서 부탁했다.

"너무 자주 찾아오시는 것 같습니다, 황후 폐하. 칼라인이 불편해하니 달리 볼일이 없으시다면 이젠 안 찾아오셨으면 좋겠습니다."

"……."

왜 대답이 없지? 기분이 상했나? 하긴, 기분 좋을 말은 아니지. 하지만 못 할 말도 아니었다. 어쨌든 칼라인은 후궁이고, 라틸 자신은 황제의 특사니까. 그 상태로 얼마나 시간이 지났을까. 아이니가 라틸을 하염없이 바라보기를 한동안. 마침내 그녀가 입을 열었다.

"누군가를 죽도록 사랑해 본 적이 있는가."

"네?"

뭐야. 칼라인이 자기에게 그런 상대라는 건가? 아니, 언제 봤다고? 라틸은 황당해서 대놓고 묻고 말았다.

"칼라인 님을 죽도록 사랑하기라도 한단 말씀이십니까?"

질문을 하면서도 라틸은 아이니가 아니라고 대답할 거라 생각했다. 그러나 아이니는 바로 대답하지 못하고 곰곰이 생각에 잠겼다. 진짜 첫눈에 반한 게 아닌가 싶을 즈음. 그녀가 무겁게 입을 열었다.

"그랬을지도 모르네."

"또 그 전생 얘기입니까."

"기억이 완전한 건 아니지만…… 아마도."

"그 기억이 잘못되었을 수도 있잖습니까."

"그럴까?"

"네?"

"그러면…… 이건 누구 기억일까?"

"!"

말하는 상대의 표정이 너무 어두워 보여서 라틸은 더 무어라 하지 못했다. 차라리 '네가 무슨 상관이냐'면서 욕설을 뱉으면 같이 짜증 내줄 텐데. 멀어지는 아이니의 뒷모습을 라틸은 텁텁한 기분으로 바라보았다. 그리고 그런 두 사람의 모습을 칼라인 역시 미간을 찌푸리고서 먼발치에서 바라보았다. 문득 언젠가 도미스가 한 말이 떠올라서.

"주인…… 엉뚱한 짓을 한 건 아니어야 할 텐데."

한편, 타시르는 라나문과 대신관과 아예 식사까지 하면서 본격

적으로 이야기에 돌입해 있었다.

"가짜가 진짜 흉내를 내는 건, 거기에서 오는 이득이 있기 때문입니다."

"너무 상인다운 생각 아닌가. 세상엔 이득 없이 믿음이나 자존심, 정의감 같은 것만으로 행동하는 사람들도 많을 텐데."

"네, 저는 상인이라 그것도 그 사람들의 이득이라고 봅니다. 자기가 믿는 걸 따랐을 때 얻는 성취감, 뭐 이런 종류의 정신적 이득이요."

"정신적 이득……."

대신관은 라나문과 타시르가 나누는 이야기에 끼어드는 대신 조용히 식사를 하면서 언제 황제가 가짜로 바뀌었는지 생각해 보았다. 사실 딱 짐작이 가는 지점이 있긴 했다. 가짜 황제가 나타났다가 쫓겨났을 때. 아마 그때겠지.

"어쨌든 제 말은 이겁니다. 가짜가 진짜 흉내를 내는 건, 거기에서 오는 이득이 있기 때문입니다. 그러니 가짜가 진짜 흉내를 그만두게 하려면 그 이득을 끊으면 됩니다."

"폐하를 구하러 가지 않을 건가?"

"모셔 와야죠. 하지만 모셔 오기만 한다고 별수가 생기진 않잖아요. 레안 황자님이 가짜를 두둔하고 있는 상황인데."

대신관은 슬그머니 두 사람을 번갈아 보다가, 커다란 손을 조심스럽게 들어 올렸다.

"무슨 수로 가짜가 진짜 흉내를 그만두게 할 건가요?"

대신관의 질문에 타시르가 쾌활해 보일 정도로 활짝 눈웃음을 지었다.

"그래서 대신관님을 불렀습니다."

"나를요?"

"대신관님의 백화랑술 도움을 좀 받고 싶은데."

"성기사들은 왜……?"

"그전에 라나문 님."

"말해라."

"아트락시 공작님은 이 일을 알고 계십니까?"

타시르에게 연락이 오기를 기다리던 어느 날. 라틸은 자신이 여기서 밤중에 보았던 그 괴물을 떠올리고 그 이야기를 하이신스에게 해주기로 했다.

'혹시 그 괴물이 헤움 황자일지도 몰라. 아니라면 아닌 대로 문제지만.'

마음을 먹은 후. 라틸은 하이신스에게 이 사실을 알리기 위해 손님용 궁전을 나와 본궁으로 찾아갔다. 그런데 라틸이 계단을 올라가고 있을 때였다.

"사디 양."

누군가 친절한 목소리로 라틸을 불렀다. 돌아보자, 아이니가 쓰러졌을 때 라틸이 범인이라면서 마구잡이로 우겼던 그 시녀였다. 이름이 루이스라고 했던가.

'뭐야. 왜 저래?'

별로 좋게 엮인 상대가 아닌지라 라틸은 떨떠름해서 그녀를 쳐다보았다. 하지만 무시하고 갈 입장도 아닌지라 라틸은 일단 멈추어 서긴 했다.

"일전에는 정말 미안했어요."

라틸이 우두커니 서있자, 다가온 루이스는 퍽 진심 같은 표정으로 사과했다. 하지만 라틸은 루이스의 진정 어린 표정을 전혀 신뢰할 수 없었다. 루이스는 전에도 미안하다면서 라틸에게 퍽퍽한 과자를 보낸 적이 있었으니까. 그런데 또 미안하다면서 저렇게 사근사근하게 다가오다니……?

'또 무슨 꿍꿍이야?'

"아아. 괜찮아요."

물론 이해는 갔다. 비밀 특사란 거짓말을 해서 아이니에겐 오해를 풀었지만, 시녀들은 오해를 풀지 못했기에, 아직도 라틸의 가짜 신분인 '사디'를 하이신스와 엮어서 의심하고 있지 않던가.

"과자는 맛있던가요?"

"황후 폐하께 드려서 저는 하나도 먹지 못했어요."

"!"

"황후 폐하는 잘 드셨으니 아마 맛있었을 거예요."

거짓말이다. 라틸이 아이니에게 그 과자를 대접한다면서 도로 준 건 맞지만, 아이니도 그 텁텁한 과자는 단 하나도 먹지 않고 갔다. 하지만 라틸이 일부러 아이니가 그 과자를 먹었다고 약 올리자, 루이스가 상냥한 척하던 입술을 잠시 통제하지 못했다. 그러나 그것도 잠시. 루이스는 빠르게 표정을 관리하고서 다시 미소를 띠었다.

"신경 써서 준비한 과자를 하나도 못 먹었다니 안타깝네요. 또 보내줄게요."

"괜찮아요. 어차피 난 과자를 안 좋아해서 늘 손님 접대용으로만 쓰거든요."

손님 접대란 말에 다시 루이스의 표정이 흔들렸으나 라틸은 모른 척 계단 위쪽을 쳐다보며 말을 이었다.

"그보다 무슨 일로 부른 겁니까? 볼일이 있어서 빨리 가봐야 하는데요."

그 말에 루이스가 방긋 웃으면서 말했다.

"곧 축제잖아요."

라틸은 그 말을 듣자마자 루이스가 무슨 꿍꿍이인지 파악했다. 축제에 초대한 다음 망신을 줄 생각인가 보네.

"사디 양은 폐하의 손님으로 여기에 머무르고 있으니, 당연히 축젯날 열리는 파티에 나올 거지요?"

"초대받으면 가야겠지요."

파티를 이용해 꿍꿍이를 계획하고 있으면서도 라틸이 파티에 참석할 거란 게 싫은지 루이스가 다시 미간을 찌푸렸다 빠르게 되돌렸다. 라틸은 속으로 한숨을 내쉬었다. 내가 너희 파티에 가는 거 싫지? 나도 싫어. 나도 빨리 내 일 해결하고 우리 집 돌아가고 싶다. 제발 좀.

"그런데 왜요? 파티 관련해서 제게 할 말씀이라도……?"

"전에 일을 사과할 겸 사디 양에게 드레스를 빌려주고 싶어서요."

"드레스요?"

"사디 양은 따로 챙겨온 옷이 없다 들었거든요."

드레스에 뭔 짓을 해두려고. 라틸이 쉬이 대답하지 않자, 루이스가 친절하게 웃으면서 덧붙였다.

"불안하면 먼저 디자인을 보고 정해요. 괜찮으니까."

괜찮다는데도 루이스가 계속 쫓아오는 바람에 결국 라틸은 루이스와 드레스 고를 약속을 잡고 헤어졌다. 그러고서 하이신스를 찾아가자, 하이신스는 이미 그 대화를 보고 받았는지 라틸을 보자마자 떨떠름하게 물었다.

"정말로 황후의 시녀가 골라주는 옷을 입으려고? 좋은 의도가 아닐 텐데?"

"손님으로 와 있으면서 싫다고 할 순 없잖아."

"싫다고 해. 내가 보내줄 테니까."

"됐어. 안 부딪히고 적당히 둥글게 굴러가다 돌아갈 거야. 시녀들이랑 싸워대면서 시선 끌고 싶지 않아. 네가 보낸 드레스 입으면 헛소문은 더 커질 거고."

그래야 나중에 일이 해결되어서 돌아간 뒤에도 '사디'에 대한 이야기가 여기 남아있지 않을 테니. 하이신스는 라틸의 의도를 다 이해하진 못하는 눈치였으나 구구절절 캐묻는 대신 바로 본론으로 들어갔다.

"그보다 나한테 물어볼 게 있다니. 무슨 이야기지?"

"밤중에 여길 돌아다니는 이상한 괴물을 봐서."

"괴물?"

"처음엔 괴물이 아니었지. 화려한 옷을 입고 있었는데, 걸어갈 때마다 발치에 안개가 피어나긴 했지만 사람처럼 보였어. 그러다가 날 발견하더니 입을 쩍 벌리고 덤벼드는데, 입 크기가 장난이 아니더라. 혹시 아는 괴물이야?"

"그렇게 들어선 모르는 괴물 같은데."

하이신스가 고개를 기웃하자, 라틸은 그에게 종이와 펜을 빌려서 자신이 목격했던 그 괴물 생김새를 쓱쓱 그려냈다.

"네 황후한테 헤움 황자가 계속 나타난다며. 혹시 이 괴물이 아닐까 싶어서 물어보려고."

라틸이 그린 괴물 그림은 아주 정교하고 예리하진 않지만, 신체 특징을 알아볼 정도는 되었다. 하이신스는 라틸이 그린 그림을 자세히 살피더니, 곧 종이를 구기면서 중얼거렸다.

"그렇군. 헤움 같은데."

"목적이 뭐 같아?"

"내 목이겠지. 아니면 아이니거나. 어쩌면 둘 다."

"잡지 않아도 돼? 밤마다 여길 배회하는 눈치던데. 좀 찝찝하지 않아? 무슨 꿍꿍이를 꾸미고 있을지 모르잖아."

"황후와 너 외엔 본 사람이 없어서. 다른 사람들은 헤움이 돌아다닌단 황후 말을 믿지도 않아."

"그렇다고 이대로 내버려 둘 거야?"

"네 쪽에서 흑마법사라던가 그쪽 일이 공론화되면 우리도 공론

화시켜 보려고. 너는?"

"내 복귀에 도움 줄 사람이 연락 오길 기다리는 중."

라틸이 "파티 전에 왔으면 좋겠는데"라고 인상을 찡그리고서 투덜거리자 하이신스가 무슨 말인지 알겠다는 듯이 웃었다.

"황후 시녀가 준 드레스를 입을 수 있다고 대범하게 말하더니. 그래도 신경이 쓰이나 봐?"

"당연하지."

라틸은 구시렁거리면서 루이스가 주었던 퍽퍽한 과자 이야기를 했다. 그동안 하이신스는 라틸이 떠들어대는 모습을 바라보기만 했다. 라틸은 처음에는 하이신스가 자기를 쳐다보건 말건 신경 쓰지 않았다. 하지만 하이신스가 한마디 말도 없이 자신을 뚫어져라 보기만 하자, 나중에는 시선이 신경 쓰여서 점점 목소리를 낮추었다.

결국, 말하던 걸 완전히 멈추고서 하이신스를 본 라틸은 그의 눈빛에서 애정을 읽어내곤 곤혹스러워졌다. 단순히 이쪽을 바라보는 것뿐인데. 그 눈동자 안에는 따뜻한 기운이 일렁였다. 라틸은 우물거리다가 결국 벌떡 일어났다.

"할 말 다 했으니까 갈게."

말을 마친 라틸은 얼른 돌아섰다.

"바래다줄게."

"됐어."

라틸은 딱 잘라 말했지만, 하이신스는 따라 나왔다.

"됐다니까?"

"나도 저 아래층까지 내려가야 해서."

"……."

"특사. 황제에게 뒤에서 따라오라 할 셈인가?"

라틸이 째려보자, 하이신스는 빙그레 웃고서 뒷짐을 지고 한 걸음 옆으로 떨어졌다.

"이 정도 거리는 괜찮을까?"

라틸이 대답 대신 걸어가자 하이신스는 괜찮단 뜻으로 해석하고서 거리를 둔 채 같은 방향으로 걸어갔다. 두 사람은 걷는 속도까지 같아서, 발소리는 계속해서 동시에 들려왔다. 라틸은 눈을 내리깐 채 바닥만 내려다보면서 말없이 걸어갔다. 그러나 계단은 왜 이렇게 많고 복도는 또 왜 이렇게 긴지. 걸어가는 내내 발소리는 왜 이렇게 잘 맞는 건지. 그렇게 얼마나 걸어갔을까. 하이신스가 허탈한 목소리로 혼잣말을 하듯 중얼거렸다.

"유학 시절엔 매일 붙어있었는데. 도대체 우리가 어쩌다 이렇게 되었을까?"

"네가 배신했잖아."

"……지금도 생각해. 내가 네게 보낸 편지를 네가 다 받았더라면. 상황은 지금과 달랐을까, 하고."

편지. 그러고 보니 누군가 중간에서 편지를 빼돌렸지. 어마어마한 일이 벌어져서 잊고 있었지만. 라틸은 씁쓸하게 웃고서 물었다.

"너희 쪽에선 누가 빼돌린 건지 밝혀냈어?"

"다가 공작. 너는?"

"나는 아직 조사 중이었어. 조사 중에 일이……."

터져서 진행 상황을 파악하지 못했다고 말하려던 순간. 라틸은 어머니가 상황을 설명해 주면서 해주었던 말 중 당시에도 좀 이상하게 여겼던 부분을 떠올리고 우뚝 멈추어 섰다.

12 대체 그 여자가 누구야?

라틸은 관자놀이를 누르면서 자신이 들었던 대화를 최대한 정확하게 떠올리려 애썼다. 다행히 하도 충격적인 이야기였다 보니 당시의 대화는 물론 그 말을 들을 때의 억울한 감각까지 생생하게 떠올랐다.

— 오빠는 왜 내가 황태녀가 되게 뒀대요? 아니, 애초에 내가 황태녀가 되도록 밀어준 것도 오빠잖아요! 그때부터 이런 짓을 꾸몄어요?

— 네가 황태녀 자리에 오르기 전엔 후보라고 확신하지 못했대.

— 지금도 로드라 확신하지 못한다면서, 후보라 확신하지 못하는 건 또 뭔데요!

— 레안도 대현자의 제자가 되어서 신전에 간 다음에야 로드의

전조가 무엇인지 확실하게 듣고, 네가 로드일 가능성이 높다 생각하게 된 거래.

당시에도 이 부분이 이상하다고 생각했다. 당시에는 '로드 후보라 확신할 수 없는' 상태였고, 지금은 '로드라 확신할 수 없는' 상태라 했지. 비슷하게 들리지만 전자 때 레안은 라틸이 황제 자리에 오르게 황위를 양보해 주었고, 후자 때 레안은 라틸의 모든 것을 빼앗아 갔다. 나라를 위한답시고.

"너인가 봐."

"내가 너에게 보낸 내 편지를 빼돌렸다고?"

"아니, 그게 아니라!"

라틸이 갑자기 멈추어 서서 멍하니 생각에 잠겨있다가 떨리는 목소리로 중얼거리자, 하이신스가 걱정스럽게 바라보았다. 라틸은 확 고개를 돌려 그의 회색 눈동자를 응시했다.

"너였어."

"무슨 소리지?"

"오빠가 나랑 헷갈린 대상!"

하이신스는 눈살을 찌푸렸다.

"레안이 너랑 날 헷갈렸다고? 우리가…… 헷갈릴 정도로 닮았나?"

"붙어있었잖아! 계속!"

하이신스는 정확한 사정을 모르기에 라틸이 무슨 말을 하는 건지 여전히 이해하지 못했다. 하지만 라틸이 뭔가를 떠올리면서 고통스러워하는 건 눈치챘다. 거기에 레안이 연관되어 있단 것도.

"하. 진짜 미치겠네. 언제부터 꾸민 거야."

라틸은 주먹을 꽉 쥐고 입술을 깨물었다. 어깨를 후들후들 떨면서 눈을 질끈 감았다. 도대체 레안이 알게 됐다는 '로드의 조건'이 뭐길래…….

'그래 놓고서 하이신스가 날 배신했다고 그렇게 화를 냈다고? 내가 하이신스 때문에 아파하는 걸 위로했어? 자기가 나와 하이신스 사이에 이어진 끈을 싹둑 잘라놓고서?'

"라틸?"

"오빠야."

"무슨 소리지?"

"우리 쪽에서 네 편지 가로챈 거. 오빠라고."

아직 확실한 건 아니지만 레안 외엔 그럴 수 있는 사람이 없었다. 하이신스가 보낸 편지를 빼돌리던 시절에는 레안이 황태자였다. 라틸은 신분은 높으나 평범한 황녀였고. 레안이라면 충분히 편지를 빼돌릴 힘도, 감출 힘도 있었을 것이다. 감추어야 할 이유도 있었고.

'내가 로드든 하이신스가 로드든, 오빠는 우리가 결혼하지 못하게 막고 싶었을 테니까.'

하이신스가 로드라면 동생을 위해. 동생이 로드라면 자신의 영역 안에 두고 관찰하기 위해. 라틸은 눈가에 고이는 눈물을 손바닥으로 닦으면서 하이신스를 보다가 흠칫했다. 하이신스의 표정이 한 번도 본 적 없는 그런 표정이어서. 입매가 딱딱하게 굳어있는데 눈꺼풀은 파르르 떨렸다. 라틸을 볼 때마다 저녁 구름처럼 포근해지던 회색 눈동자는 폭풍이 담긴 듯 위태로웠다.

라틸은 입을 열었다 닫길 반복했다. 그에게 뭐라고 해야 할지 아무 생각이 나지 않아서. 하이신스가 라틸과 계속 연락이 되었다면 두 사람은 어떻게 되었을까? 이건 라틸도 알 수 없는 이야기였다. 갈 수 있는 방향은 많았다. 라틸이 아버지에게 부탁해 하이신스를 후원할 군대를 보냈을 수도 있고, 하이신스가 다가 공작의 힘이 꼭 필요하다고 라틸에게 사과하며 작별했을 수도 있다. 좀 더 제대로 된 작별을. 좀 더 마음의 정리가 된 상태에서의 작별을. 어느 쪽이든 몇 년 만에 전해 들은 게 하이신스의 결혼 소식이었을 때보단 나았을 것이다.

"진짜…… 개새끼."

좋지 못한 소식 뒤에 좋은 소식이 바로 전해졌다. 손님방으로 돌아가 보니 타시르가 보낸 흑림 암살자가 편지를 들고 기다리고 있던 것이다.

얼음이랑 근육이도 진실을 알고 있습니다. (사실 근육이는 몰랐는데 제가 알려준 겁니다. 가산점 주세요.) 가짜가 가자미 님의 어장에 관심을 두지 않게 만들겠습니다. 따로 지시할 일이 있다면 알려주시길. 보고 싶어요, 우리 가자미.

라틸이 편지를 멍하니 보고 있자니 흑림 암살자가 얼른 설명했다.

"혹시 이 편지가 유실될 가능성을 생각해 사람 이름은 암호로 대체하셨답니다."

'그럼 얼음이 라나문이고 근육이 대신관인가. 어장은 황좌? 근데 나는 왜 가자미야?'

라틸이 도끼눈을 뜨자 흑림 암살자가 괜히 주눅 들며 칼라인의 눈치를 살폈다. 전에 칼라인을 습격하러 왔을 때 된통 당한 모양이었다.

"저…… 가자미 님."

라틸이 찌릿 쳐다보자 흑림 암살자는 몸을 오그리고서 얼른 말을 이었다.

"수장께서 답장도 암호를 넣어 써달라 하셨습니다."

"알았다."

라틸은 힘을 꽉 주어 대답하고서 작은 편지지를 가져다 빠르게 답장을 적었다.

이쪽에도 도움 줄 사람이 둘 있어. 신호를 보내주면 그쪽으로 데려갈 테니, 내가 가짜와 대립할 수 있는 상황을 만들어줘. 마차 바지.

이후 라틸은 타시르가 준비를 다 마쳤단 소식이 들려오길 기다리면서 하루하루 달력에 엑스 표시를 했다. 이곳에 있으면 하이신스에 대한 이야기가 계속 들려오는데. 지금은 하이신스 이야기를 듣는 게 더 힘들었다. 이전에는 원망만 하면 됐는데. 지금은 그 사이에 오빠의 계책이 끼어있단 걸 알아버려서, 더욱 마음이 복잡해진 탓이다. 이 와중에 아이니는 여전히 주기적으로 칼라인을 찾아와서 정말로 자기를 모르겠냐 하고.

이 모든 게 복잡해서, 라틸은 얼른 궁전으로 돌아가고 싶었다. 돌아가서……. 라틸은 눈을 질끈 감았다. 어제. 라트라실 황제의 최측근 호위기사가 흑마법사와 한패란 게 발각되어 쫓겨났단 이야기를 전해 들었다. 서넛 얘기겠지. 제 목숨은 무사히 부지할 실력 있는 사람이란 걸 알지만 얼른 자신이 제자리를 찾지 않으면 그도 위험해질 터였다.

'시종장은 진실을 알까? 알면서 레안을 돕는 걸까, 아니면…….'

그때. 갑자기 문 두드리는 소리가 나서 라틸은 벌떡 일어났다.

'칼라인인가?'

어디 갈 데가 있다고 잠시 자리를 비웠는데. 돌아왔나? 라틸은 얼른 문으로 달려가면서 "누구세요?" 하고 물었다. 하지만 반갑게 문을 열고 보니 찾아온 사람은 황후의 시녀 루이스가 자주 부리는 심부름꾼이었다. 사흘 전. 루이스가 드레스를 고르자면서 라틸을 부른 적이 있는데, 당시에도 이 사람을 보냈기에 얼굴이 기억났다.

"무슨 일이냐."

라틸이 묻자 심부름꾼은 들고 온 커다란 상자를 라틸에게 내밀었다.

"루이스 님이 사디 양께 빌려드리기로 한 드레스입니다. 사디 양 치수에 맞추어 수선했으니 잘 입고, 파티가 끝나면 천천히 돌려달라 하셨습니다."

사실 무슨 일이냐고 묻긴 했지만 라틸도 심부름꾼이 드레스를 전하러 온 거란 건 알았다. 알 수밖에 없었다. 심부름꾼이 가져온 상자는 라틸의 허리께까지 올라올 만큼 커다랬으니까. 심부름꾼이 꾸벅 인사를 하고 가자, 라틸은 상자를 방 안으로 가져와 뚜껑을 열고 드레스를 샅샅이 살폈다.

'안에 핀 같은 걸 끼워뒀을지도 몰라.'

절대로 좋은 의도로 드레스를 빌려줬을 리 없으니까. 하지만 두 시간에 걸쳐서 꼼꼼하게 살펴도 드레스에는 핀이 박혀 있지 않았다. 그 외에 뜯어진 부분이나 찢어진 부분도 없고, 디자인도 라틸이 고른 무난한 디자인 그대로였다.

'진짜로 사과하려고 드레스를 빌려주는 건가?'

찝찝하게 여기면서도 라틸은 일단 드레스가 구겨지지 않게 펼쳐서 침대 위에 잘 펼쳐두었다. 이틀 뒤면 이곳 축제 파티였다. 파티 전에 타시르가 오면 좋겠지만…….

'파티 끝나고 올 것 같아.'

예상대로 이틀 뒤. 타시르가 보낸 사람은 아직 도착하지 않았는데 축제가 먼저 시작되었다.

"내가 이 와중에 남의 나라 파티에 참석하다니."

라틸은 정말로 이곳 파티에 이 모습으로 참석하고 싶지 않았으나, 이미 하이신스의 손님으로 손님용 방에 머무르는 여자 이야기는 사방에 다 퍼져나간 뒤였다. 차라리 한 번 모습을 보여준 다음 호기심을 가라앉히게 하는 게 나았다. 칼라인은 얼굴의 3분의 1을 가리는 하얀 가면을 착용하면서 물었다.

"하이신스 황제에게는 잘 말해두셨습니까?"

"어. 파티 때 내 근처에도 오지 말라고 했어."

라틸은 거울을 보며, 자꾸 무릎 언저리에서 안쪽으로 말려 들어가려는 드레스 밑단을 툭툭 걷어차 펼쳤다.

"하이신스가 연회 내내 나한테 관심 없는 모습을 보이면 이상한 소문이 확 줄어들 거야."

"제가 주인 옆에 계속 있을 테니, 소문이 더 잘 줄어들 겁니다."

"네 옆에 아이니 황후가 안 온다면."

"……."

"아이니 황후가 다가와서 또 그 슬픈 눈으로 쳐다보면 이번엔 다른 소문이 돌걸."

안 그래도 아이니 황후가 하루에 한 번꼴로 계속 여기에 찾아오다 보니, 요즘은 '사디'와 하이신스에 대한 소문뿐만이 아니라 칼라인과 아이니에 대한 소문도 조금씩 퍼지고 있었다. 다가 공작의 세력이 크다 보니 대놓고 소문이 퍼지진 않지만.

라틸이 볼 때는 칼라인이 요즘 다른 볼일이 있다고 자리를 비우는 횟수가 부쩍 늘어난 게, 아이니를 피하기 위해서인 듯했다. 황후가 찾아오는데 만남을 거부할 수 없으니 아예 다른 곳에 숨어있기 위해서.

"제 옆에 꼭 붙어있어 주십시오. 그러면 될 겁니다."

"응. 우리 둘이 꼭 붙어있자."

파티 내내 둘이서만 붙어 다녀서 다른 사람들이 오해할 틈도 주지 말기로 칼라인과 약속한 뒤. 라틸은 일부러 사람들이 대거 몰려 들어갈 시간에 맞추어 연회장 안으로 들어갔다. 하지만 그렇게까지 했는데도 라틸과 칼라인이 연회장 안에 들어가고 시종이 두 사람을 '하이신스 폐하의 손님들'이라고 소개하자 사람들의 시선이 대번에 몰려들었다.

짓궂은 호기심으로 가득 찬 시선들. 탐색하는 시선이 라틸과 칼라인을 하나하나 뜯어 보았지만, 라틸은 모른 척 칼라인과 팔짱을 끼고서 홀 한편으로 걸어갔다. 그래도 다행히 약속대로 하이신스는 이쪽으로 오지 않았다. 아이니 역시 사람들의 이목을 신경 써서인지 오늘은 다가오지 않았고. 30분쯤이 지나자 라틸은 조금 경계를 풀고 칼라인과 이런저런 말을 나누기 시작했다.

'그래도 여기까지 왔으니 맛있는 음식이라도 배불리 먹고 가야지.'

그러나 막 안심하는 그때.

'어?'

옆을 지나가던 사람이 라틸의 치맛단을 꽉 밟았다. 그것도 그냥 밟는 게 아니라 힘을 주어서 밟았다.

'뭐야?'

라틸은 바로 옆으로 물러났다. 하지만 소용없었다. 한 번 힘주어 밟았을 뿐인데 치마 밑단이 한 번에 '투두둑' 끊어진 것이다. 발목을 다 덮는 드레스가 무릎 위쪽이 드러날 만큼 댕강 짧아지자, 순간 주위가 조용해졌다.

라틸은 반사적으로 아이니의 시녀들이 몰려있는 곳을 보았다. 그러자 안 그래도 이쪽을 보고 있던 루이스가 라틸을 보며 빙그레 웃더니 손을 들어 얄밉게 인사하듯 흔들었다.

'와…… 저거?'

갑자기 드레스를 빌려준다더니 이러려고 그랬구나? 충분히 가능한 일이었다, 타시르가 꼭 이런 옷을 개발하고 싶어서 열심히 연구하고 있었으니. 물론 타시르는 자기가 입으려고 했던 거지만.

"저런 식으로 하이신스 폐하를 유혹했나 보네."

"경박해라. 다짜고짜 다리부터 드러내는 꼴이라니."

"다들 잘 봐둬요! 저게 폐하를 사로잡은 다리니까!"

처음에는 놀라 하던 주위 귀족들이 곧 낄낄거리면서 경박한 말을 던지고 웃어대기 시작하자, 라틸은 주먹을 꽉 쥐었다. 순간 치솟는 분노로 눈앞이 하얗게 변하는 기분이었다. 어찌나 화가 나던지 머릿속에서 무언가 빠져나가는 느낌까지 났다. 라틸은 그게 이성이라 생각했다. 그러나 라틸이 완전히 분노에 잠식되기 직전.

"까아아아아아아아아!"

"괴물이야!"

엄청난 비명 소리와 함께 공포에 질린 귀족 남녀가 창문을 부수고 홀 안으로 황급히 뛰어들어왔다. 사람들의 시선이 대번에 그쪽으로 쏠리자, 라틸도 덩달아 그곳을 보았다가 화내던 걸 잊고 눈을 커다랗게 떴다. 피가 군데군데 묻은 하얀 드레스 차림의 여자. 하지만 누가 봐도 시체로 보이는 여자가 커다란 도끼를 들고 창문 안으로 들어오고 있었다.

세상에 저게 뭐야? 라틸은 놀라서 도끼 든 여자를 쳐다보았다. 라틸도 꿈인지 현실인지 모를 상태로 이미 한 번 죽은 틀라를 보긴 했다. 하지만 저 도끼 든 여자와 틀라는 상태가 전혀 달랐다. 틀라는 모르는 사람이 보면 죽었다 깨어난 줄 모를 정도로 살아있을 때와 큰 차이가 없었다. 심지어 그는 토끼 가면과 대화를 나누면서 자기 엄마를 걱정하기까지 했다.

그러나 저 여자는 다르다. 누가 봐도 죽었다 깨어난 사람이었다. 생기라고는 조금도 찾아볼 수 없는 피부. 혈색 없는 새하얀 입술. 타고나길 창백한 사람도 저런 피부를 가질 순 없을 것이다. 무엇보다 눈동자. 초점이 없는 데다 지나칠 정도로 커다래진 눈동자는 겁 많은 사람이 보면 저절로 비명이 터져 나올 정도로 스산했다.

실제로도 도끼 든 여자가 나온 창가 주위에선 온갖 비명 소리가 다 들려오고 있었다. 그곳에 서있던 사람들은 허둥지둥 창문에서 최대한 멀리 달아나느라 자기들끼리 부딪치면서 넘어지기도 했다. 하지만 그 비명 소리 사이사이에 도끼 든 여자를 알아보는 소리도 끼어 있었다.

"레들러?"

그중 하나가 아이니였다.

"레들러니?"

얼결에 시녀와 호위들에게 떠밀려 창문에서 멀어지던 아이니가 갑자기 커다란 목소리로 외쳤다. 그 말을 시작으로 시녀들 사이에서도 "레들러 양이 맞아요!" "세상에." 하는 숨죽인 소리가 크게 흘러나왔다. 도끼 든 여자가 섬뜩한 외양과 달리 가만히 선 채 주위를 두리번거리기만 하자, 무작정 달아나던 사람들도 잠시 멈추어 서서 그 무서운 시체의 모습을 제대로 살피기 시작했다.

"레들러 양은 얼마 전에 죽었잖아요?"

"장례식에서 시체가 없어졌다 하지 않았어요?"

소곤거리는 목소리가 사방에서 들려왔다. 아무래도 카리센에서 이름깨나 알려진 귀족 영애인 듯했다. 라틸도 한 시녀 이야기를 떠올렸다. 아이니 황후와 가장 친하게 지냈다던 시녀. 죽은 뒤 시체가 사라졌고, 아이니는 헤움이 그 시녀를 죽였다고 생각하고 있지. 저 시체가 그 시녀인 모양이다.

'그럼 저 영애도 죽고서 부활한 건가? 헤움이나 틀라처럼?'

그러나 역시 이상하다.

'틀라를 본 건 꿈인지 아닌지 헷갈리는 곳에서였으니 예외라 쳐도, 헤움 황자는 입을 벌리고 달려들기 전엔 보통 사람처럼 보였는데. 왜 저 여자는 상태가 저렇게 나쁘지?'

그때.

"레들러 양?"

시체 근처에 선 한 귀족이 조심스럽게 레들러에게 말을 걸었다. 무시무시한 외양과 달리 막상 안에 들어와서는 미동도 없이 서있기만 하자, 겉만 저렇고 안은 이전과 같을 거라고 기대한 모양이었다. 그러나 말을 건네자마자 줄 끊어진 인형처럼 우두커니 서있던 시체가 들고 있던 커다란 도끼를 우에서 좌로 빠르게 휘둘렀다.

"으악!"

말을 건 사람은 아슬아슬하게 도끼를 피하고서 몸을 옆으로 굴렸다. 하지만 도끼에 스친 어깨에서 피가 나오자 피 냄새를 맡은 시체는 흥분해 날뛰기 시작했다.

"잡아!"

"죽여라!"

"아니, 생포해!"

'쾅 쾅' 소리를 내며 도끼가 온갖 물건을 다 부수기 시작하자, 근처에서 상황을 지켜보던 기사들이 황급히 뛰어갔다. 하지만 연달아 바뀌는 명령에 기사들은 일사불란하게 대응하지 못했다. 저 움직이는 시체를 잃어버린 귀족 시체로 봐야 할지 무시무시한 괴물로 봐야 할지 갈피를 잡지 못한 탓이다. 그사이에 도끼를 든 시체는 가장 가까이에 있는 기사를 내려쳤고, 기사가 방어하는 사이 도끼를 놓더니 맨손으로 다른 기사의 목덜미를 물어뜯었다.

"흐악!"

다친 기사가 목을 부여잡고 웅크리자, 기사들은 생포하고 뭐고 할 때가 아니란 걸 깨달았는지 위협적이고 날 선 공격을 시작했다. 괴물이지만 상대는 하나일 뿐이라 다행히 오래 지나지 않아 그들은 시체를 제압했다.

"저거 좀비지?"

라틸은 그 광경을 지켜보다가 칼라인에게 목소리를 낮추어서 물었다.

"그런 것 같습니다."

칼라인도 기사들이 시체의 입에 재갈을 물리고 두 손과 다리를 꽉 붙드는 모습을 보며 대답했다.

"식시귀는 외관상 사람과 구분하기 힘들다고 하니까요."

"헤움 황자가 저 영애를 좀비로 만든 걸까?"

"그럴지도요."

"그러면…… 저기 그러면 말이야."

라틸은 마른침을 삼키고서 좀비에게서 시선을 떼고 칼라인 쪽으로 천천히 눈을 돌렸다.

"내가 조사한 바로 좀비는 감염성이 있었거든?"

그 말이 끝나는 순간. 허공을 찢어내는 비명 소리가 들려왔다.

"으아아아아! 폐하!"

라틸은 확 그쪽을 쳐다보았다.

'아이니!'

아까 도끼 좀비에게 쫓겨 들어왔던 귀족 커플. 그중 남자 쪽이 근처에 있던 아이니를 향해 입을 벌리고 달려든 것이다. 여자 쪽은 믿을 수 없단 표정으로 조금 전까지 달콤한 말을 나누고 함께 위기에서 탈출했을 연인을 보고 있었다.

그러나 남자 귀족이 아이니에게 닿기 전. 빠른 속도로 날아온 검이 귀족의 이마에 박혔다. 검에 맞은 귀족이 바닥에 쓰러져 손을 꿈틀거리자 아이니는 눈을 커다랗게 뜨고 그 광경을 내려다보았다.

"괜찮소?"

다가온 하이신스가 묻자 아이니는 질문을 받은 것뿐인데도 몸을 흠칫 떨면서 벽을 할퀴듯 짚었다.

"괜찮은가 보군."

그걸 본 하이신스는 혼자 결론을 내고서 좀비에게 박힌 검을 뽑아 앞뒤를 살피며 눈살을 찌푸렸다. 라틸은 하이신스의 검집에 검이 없는 걸 발견했다. 검을 던진 사람이 하이신스였던 모양이었다. 다행이야. 라틸은 안심하다가 흠칫해서 그쪽으로 소리쳤다.

"폐하! 혹시 그 영애도 다치지 않았나 확인해봐요! 감염! 전염!"

라틸이 외치는 소리에, 아이니가 괜찮은지 확인하러 갔던 귀족들이 우르르 뒤로 빠져나갔다. 시녀들 역시 다리에 힘이 풀린 아이니를 거의 끌어내듯 부축해서 뒤로 데려갔다. 경비를 맡은 근위병 몇은 처음 도망쳐 들어왔던 귀족 여자에게 다가갔다.

"난 괜찮아요. 안 다쳤어요. 이마? 여긴 유리창을 깰 때 파편이 튄 것뿐이에요."

그 여자가 자기는 멀쩡하다며 여기저기 보여주는 동안 사람들은 먼발치에서 그들을 지켜보았다. 그 순간. 이번에는 전혀 엉뚱한 쪽에서 비명이 들려왔다.

"으아아아!"

다시 사람들이 우르르르 다른 쪽으로 이동했고 라틸도 휙 그쪽을 보았다.

'감염성이…….'

처음 레들러를 붙잡기 위해 달려갔던 기사들. 그때 다친 기사 두 명이 눈동자가 레들러처럼 변해, 자기들을 치료해주던 의사와 그 옆에서 지혈을 돕던 동료 기사를 각기 물어뜯은 것이다.

사방에서 비명이 터져 나왔지만 홀 안에서 본격적인 탈출 러시는 없었다. 정확히는 탈출할 여건이 아니었다. 문가에는 하이신스가 이마에 검을 던져 죽인 귀족 남자 좀비가 쓰러져 있고, 창문 근처에서는 지금 좀비로 변해가는 기사 두 명이 다른 동료 기사들과 싸우고 있다.

게다가 레들러, 첫 좀비는 밖에서 들어왔다. 들어올 때부터 드레스 여기저기 피가 튀어있었고. 저 피가 자기가 좀비가 되면서 튄 피라면 그나마 다행이었지만, 밖에서 하인들을 잡아먹으면서 튄 피라면 지금 저 밖에 뭐가 있을지 아무도 모르는 상황인 것이다.

"무기."

라틸은 상황을 지켜보다가 작게 중얼거렸다. 칼라인이 라틸을 보호하려는 듯 반보 앞에 서 있다가 돌아보았다.

"무기가 필요해."

라틸이 입 모양으로 뻥긋거리자, 칼라인이 무기로 사용할 만한 게 있나 살피기 위해 주위를 두리번거렸다. 그러나 없었다. 애초에 연회에 참석할 때 무기를 가지고 들어올 수 있는 사람은 극히 드물었다.

'이거라도 챙겨야겠어.'

라틸은 일단 버터를 바르는 데 쓰는 뭉툭한 칼을 소맷자락 안에 넣으면서 상황을 다시 살폈다. 좀비가 되어가는 기사 둘, 그리고 그 기사에게 공격받은 기사와 의사를 만약을 대비해 묶어두기 위해 기사들이 대부분 그쪽으로 몰려갔다. 다행히 이마가 꿰뚫린 귀족 남자 좀비는 더 난동을 부리지 않고 얌전히 누워있다. 여자 귀족은 본인 말처럼 감염되지 않았는지 가파르게 숨을 쉬긴 해도 변화할 조짐은 없었으나, 여자 귀족에게 다가간 근위병들은 만약을 대비해서인지 그 곁에서 떠나지 않았다.

상황이 정리되자 하이신스가 이쪽을 쳐다보았다. 거리를 두고 라틸은 하이신스와 눈이 마주쳤다. 라틸은 입 모양으로 '괜찮아?' 라고 묻기 위해 입을 조금 움직였다. 하지만 '찮'까지 말하는 순간. 갑자기 하이신스가 눈을 커다랗게 떴고, 라틸은 거기서 불안함을 감지하자마자 본능적으로 몸을 옆으로 굴렸다. 데굴데굴 몇 바퀴 바닥을 구르다가 악사가 놓고 간 연주대에 부딪혔다. 바이올린과 악보가 얼굴에 떨어지는 걸 손으로 막고서 자신이 서있던 쪽을 보자, 처음 나타났던 레들러가 칼라인과 싸우고 있었다.

기사들이 레들러를 붙잡고 있었는데, 자기들 틈에서 난리가 나면서 놓친 듯했다. 다행히 칼라인은 얼굴로 용병왕이 된 건 아니었는지 기사들보다 훨씬 손쉽게 레들러를 제압했다. 아니, 손쉬운 정도가 아니라 그는 고작 두세 번 공격을 피하자마자 대번에 레들러가 꼼짝도 못 하게 했다.

"이걸 써요!"

이름 모를 노부인이 어디서 난 건지 튼튼한 쇠사슬을 가져오자, 칼라인은 그걸로 레들러를 꽁꽁 묶었다. 레들러를 단단히 묶어놓은 칼라인이 라틸에게 다가오자, 라틸은 기사들 쪽을 가리키며 말했다.

"칼라인. 난 괜찮으니까 사람들을 도와줘."

"아가씨 옆에 있겠습니다."

"네가 나서는 게 훨씬 도움이 될 것 같아. 나는 바깥쪽을 볼게. 사람들을 내보낼 수 있으면 내보내는 게 낫겠어."

레들러를 제압하려 했던 기사들 쪽은 지금 난리도 아니어서 둘로 늘어난 좀비들이 어느새 다섯으로 변해 있었다. 다른 곳으로 더 퍼지지 못하게 둘러싼 채 방어하곤 있지만 그러면서 자기들 사이에서 계속 감염이 일어나는 듯했다. 라틸은 다시 하이신스 쪽을 보았다. 그 역시 자기 선에서 바쁘게 명령을 내리고 있지만, 뭐라 하는지 들리진 않았다. 칼라인은 라틸을 두고 떠나는 게 영 신경 쓰이는 듯했지만, 잠시 생각하더니 의외로 순순히 고개를 끄덕였다.

"그러겠습니다. '제대로' 싸우면 아가씨가 더 강할 테니까요."

"뭐? 그건 아냐. 하여튼 가봐. 빨리."

칼라인이 그쪽으로 가서 순식간에 몇 배의 전력으로 보탬이 되는 사이. 라틸은 창가로 달려가 밖을 살폈다. 혹시 레들러가 이쪽으로 오면서 다른 감염시킨 사람들이 없는지 확인하기 위해서였다. 아무도 없는 것 같자 라틸은 창문을 열기 위해 손잡이를 찾았다.

'열라고 만든 창문이 아니구나.'

그러나 여는 부분이 없었다.

'이래서 사람들이 안 나가고 여기 있나 보네.'

만약 이 창문을 깼다가 밖에도 저런 시체들이 돌아다니면 이쪽으로 돌아와야 할 텐데. 창문을 깨면 좀비들 출입구가 많아지니 말이다. 라틸은 어쩔 수 없이 문가로 갔다. 저쪽으로 가면 하이신스가 위험하다고 중간에 막을 것 같지만, 다른 창문을 깨는 것보단 이게 나을 것 같아서.

"잠시. 사디 양."

하지만 역시. 라틸이 문밖으로 나가려 들자 하이신스가 대번에 막았다.

"상황이 정리될 때까지 나가지 않는 게 좋아."

"밖을 살피려고요. 밖에 위험 요소가 없다면 사람들을 내보내야 합니다."

"그 지시는 이미 내렸고 근위기사들이 밖으로 나갔다."

이 와중에도 근처에 선 귀족들이 라틸과 하이신스 쪽을 힐긋거렸다. 라틸은 바닥에 쓰러져 있는 남자 귀족 시체를 보았다. 이 시체는 아직 레들러만큼 죽은 자의 느낌이 강하진 않아서, 괴이할 정도로 커다래진 동공을 제외하면 크게 이질적이지 않았다.

"그러면……."

무기라도 하나 달라고 말하려는 순간.

저 괴물이 또 여기에.

멀지 않은 곳에서 들려온 속마음에 라틸은 확 고개를 들었다. 자신을 '괴물'이라고 부르는 이 목소리. 헤움 황자. 인식하자마자 라틸은 하이신스 옆에 있는 기사의 검을 뽑고서 앞으로 달려나갔다.

"잡아!"

검을 뺏긴 기사가 놀라 외쳤으나 그사이 라틸은 이미 문을 걷어차고 목소리가 들린 쪽을 향해 곧장 검을 휘두르고 있었다. 예상대로 그곳에서 상황을 지켜보던 헤움 황자는 라틸이 나타나자 눈을 부릅뜨며 옆으로 피했다. 허공을 벤 라틸은 얼른 균형을 잡고 검을 고쳐 쥐었다. 어째서인지 모르겠으나 헤움 황자는 이번에도 라틸을 두려워하는 눈으로 쳐다보고 있었다. 허세를 부릴 겸 라틸은 황자를 향해 미소 지었다.

"또 만나네."

헤움 황자가 이번에도 제풀에 달아나는 행운을 원했으나 지켜보는 눈이 많아서인가. 황자는 그러지 않았다. 심지어 지난번과 달리 허리에서 검을 꺼냈다.

'전엔 입을 엄청나게 크게 벌리고 달려들더니.'

자신의 나라 귀족들이 쳐다본다고 체면 차리나.

'확실해. 헤움 황자는 좀비는 아니야. 이성이 있어. 레들러나 레들러에게 감염된 좀비들은 다짜고짜 주위부터 공격해댔잖아?'

그런 생각을 하면서도 라틸의 몸은 대번에 튀어 나갔다. 오랜 훈련으로 익숙해진 감각이 적을 인식하자마자 검을 휘두르게 만들었다. 팔을 움직이고 다리로 땅을 박차면서 라틸은 헤움 황자의 목을 노렸다. 하이신스가 이마에 검을 박아넣은 좀비는 그 일격으로 조용해졌다. 식시귀도 같은 방식이 통할진 모르겠지만, 일단 해봐서 나쁠 건 없었다.

"황자님과 싸우고 있어."

"헤움 황자님 맞죠? 세상에."

"이게 무슨 일입니까? 죽은 사람들이 대체 왜……."

"저 여자는 폐하 정부 아니에요?"

귀족들이 문가에 달라붙어 이쪽을 보며 수군거리는 동안, 라틸은 헤움 황자와 검을 이용해 싸웠다. 자신에게 달려들다가 달아난 전적이 있기에 처음에는 좀 만만하게 보았으나, 의외로 검을 맞대어보니 황자는 실력이 제법 좋았다. 라틸은 눈살을 찌푸렸다.

'힘이…….'

죽은 자가 부활하면서 얻게 된 능력일까? 반응 속도나 검술 기술을 보면 헤움 황자는 서넛에게 훨씬 미치지 못했다. 하지만 한 번 검과 검이 부딪힐 때 느껴지는 힘은 우악스러울 정도여서 몇 번 부딪치고 나자 손목이 욱신거렸다. 그래도 검을 섞을수록 어떻게 상대해야 할지 감이 차츰 왔다. 라틸은 검이 정면으로 부딪치는 걸 피하면서 그의 공격을 흘려보내고 자신은 헤움의 머리를 집요하게 노렸다.

왜 이번에는 그 괴상한 방어막을 만들지 않지?

사이사이에 헤움의 생각이 머릿속에 흘러들어왔지만, 어느 쪽으로 공격할 거란 걸 제외하면 별 도움은 되지 않았다.

'동감이다 자식아. 왜 오늘은 도망 안 가?'

주고받는 검의 속도가 너무 빠른 탓에 하이신스가 초조하게 발만 구를 뿐. 끼어들지 못하는 게 보이는 바로 그때. 상대의 검에 밀리는 바람에 균형을 잃고 돌부리에 발이 걸려 몸이 휘청하는 순간.

라틸은 자신에게서 '무언가'가 먼저 빠져나가 검을 휘두르는 괴이한 느낌을 받았다. 실재와 허구 사이에서 구분이 가지 않는 생경한 감각이었다.

"안 돼!"

거의 동시에 아이니가 외치는 소리가 들려왔다. 라틸이 균형을 잡으며 보니 어느새 헤움이 코앞에 다가와 검을 치켜들고 있었다. 그런데 이상하게도 그는 눈을 희한하게 부릅뜨고 있었다. 마치 있어선 안 될 걸 본 것처럼. 하지만 표정이야 둘째 치고 이대로라면 목이 꿰뚫릴 순간. 검을 아래로 찌르던 헤움이 흔들렸고, 라틸은 균형을 잡으면서 그의 옆구리를 베어냈다.

'낮다!'

목을 노린 건데. 너무 낮았다. 그러나 헤움은 상처를 무시하고 공격을 재개하는 대신 라틸과 아이니 쪽을 번갈아 보더니 황급히 달아났다. 라틸은 뒤를 쫓으려 했으나 상대의 도주 속도가 너무 빨랐다. 눈 깜짝할 사이 헤움이 사라지자, 라틸은 쫓기를 멈추고서 후 숨을 뱉었다. 헤움을 쫓아냈지만 마음은 불편했다.

처음 저주에 걸린 시체를 보았을 때 가장 먼저 들었던 걱정. 이런 저주 걸린 시체가 사람들 많은 곳 한가운데에 떨어지면 어떻게 될까, 하던 그 걱정이 현실이 되어 훌쩍 다가온 탓이다.

"와아아!"

"세상에! 성기사인가 봐!"

"대단해!"

하지만 갑자기 쏟아지는 우레 같은 환호에 라틸은 깜짝 놀라 옆을 보았다. 안쪽은 상황이 완전히 정리된 건지 귀족들이 문가에 서서 환호하고 있었다. 박수를 치는 사람도 있고. 라틸은 주위를 휙휙 둘러보다가, 다른 적이 아무도 없자 검날을 아래로 하고서 문가로 걸어갔다. 라틸이 다가오자 내내 긴장해 있던 하이신스가 가까스로 웃으면서 어깨를 쳤다.

"여전히 강하군, 사디 경."

"안쪽은 어쩌고 여기서 다 구경입니까?"

"기사들은 다 제압했고 다친 사람들도 혹시 몰라 묶어놨다. 밖을 살피고 온 병사들이 말하길, 다행히 안쪽에서만 벌어진 소란 같고."

라틸은 그나마 다행이라 생각하면서 고개를 끄덕였다. 상황을 일으킨 주범이 황자라서인가. 나중에 어떻게 될진 모르겠지만 일단 헤움 황자는 자기 나라 전체를 좀비 소굴로 만들 계획은 없는 모양이다. 레들러 한 명만 귀족들 사이로 들여보낸 걸 보면.

"칼라인은요?"

하이신스가 눈으로 안쪽을 가리키자 사람들 때문에 라틸을 보러 오지 못하고 어중간하게 선 칼라인이 보였다. 라틸은 하이신스의 근위기사에게 검을 돌려주고 그쪽으로 다가가다가 아이니 옆에 꼭 붙어있는 루이스를 보았다. 루이스는 이쪽을 창백한 얼굴로 보고 있었는데, 라틸과 눈이 마주치자 눈에 띄게 흠칫했다. 그냥 지나가도 될 테지만, 라틸은 일부러 상냥한 목소리로 그녀에게 빈정거렸다.

"전투하기 쉽게 미리 드레스 재단해줘서 고마워요. 이런 사태가 벌어질 걸 예상했던 거지요?"

루이스는 입술을 꽉 깨물었으나 사람들이 '사디'를 향해 환호하는 상황에서 차마 같이 말다툼하기 어려운지 억지로 웃어보였다. 아이니는 라틸을 보고 있지 않았다. 슬픈 눈으로 밖을 보고 있을 뿐. 라틸은 몸을 돌려 칼라인 쪽으로 다가갔다. 칼라인은 무표정하게 서있다가 라틸이 다가오자 한순간에 봄기운을 주입 받은 겨울초처럼 다정하게 웃었다. 그의 눈동자가 상대에 대한 자랑스러움으로 가득한 걸 보자, 라틸은 웃음이 나올 뻔했다.

"여기서 네가 왜 날 자랑스러워해?"

라틸이 소곤소곤 묻자, 칼라인은 허리를 굽히더니 라틸의 귀에 대고서 속삭여주었다.

"역시 아가씨는 가장 높은 곳이 어울립니다."

"너…… 은근히 얼굴이 두껍구나."

그런 말은 담백하게 하기도 어려운데. 라틸은 민망한 기분에 칼라인에게서 옆으로 반걸음 떨어져 섰다. 주위를 둘러보니 사람들 대부분이 두려움에 찬 얼굴로 웃고 있었다. 정확히는 두려움을 이기기 위해 웃고 있었다. 칼라인이 생포한 좀비 기사가 으르렁 소리 내는 걸 보며 라틸은 무거운 한숨을 떨구었다. 대체 무슨 일이 벌어지는 걸까. 앞으로 무슨 일이 벌어질까.

"짐과 타리움의 황제는 이런 일이 벌어질 징후를 미리 포착하고

서 대비책을 강구하고 있었다. 사디 양은 라트라실 황제가 혼란을 방지하기 위해 비밀리에 보낸 특사이지."

하이신스가 연회에 참가한 귀족들에게 반은 진실이고 반은 거짓인 공표를 하면서 그들을 다독이는 사이. 라틸은 처음과는 완전히 달라진 사람들의 시선 속에서 어색한 미소를 띤 채 우두커니 서있었다.

황제일 때도 사람들의 시선은 많이 받았으나 지금 상황은 그때와는 완전히 달랐다. 황제일 때 사람들이 라틸에게 보내는 눈빛이 권력의 정점에 선 자를 향한 두려움과 조심스러움이라면, 지금 사람들이 라틸을 보는 눈빛은 감탄과 애정 섞인 호기심이었다. 라틸이 헤움 황자를 물리치는 모습을 보았기에 다들 하이신스의 말을 믿는 건 물론, 라틸을 무슨 성기사 영웅쯤으로 여기는 듯했다.

이 자리에서 불쾌해하는 건 오로지 단 한 사람. 루이스뿐. 사실 그럴 만도 했다. '사디'가 하이신스가 정부로 삼으려 데려온 여자라 오해했던 사람들이 이제는 방향을 바꿔서 그 소문의 출처였던 시녀들을 차갑게 보았으니 말이다.

"좀 잘 알아보지 않고요."

"그러게나 말입니다. 다짜고짜 사람을 이상하게 몰아가더니 이게 뭡니까."

"충성심도 올바른 방향으로 나아가야지. 저렇게 비뚤어졌다간……."

빠르게 상황을 정리한 하이신스는 이후에는 귀족들을 몇 그룹으로 나누어서 그들이 돌아가는 마차에 탈 수 있도록 기사들이 한 그

룹씩 일일이 다 호위하게 했다. 반면 상처를 입은 귀족들은 만약의 사태를 대비해 궁전에 며칠간 격리하기로 했다. 부상 정도가 약한 몇몇 귀족들은 이에 항의했지만, 다른 귀족들이 냉담하게 쳐다보자 결국 순순히 그 처치를 받아들였다. 라틸도 상황이 진정되는 걸 보다가 칼라인과 함께 자신의 손님용 방으로 돌아갔다.

"설마 이쪽에서 먼저 이 사태가 공론화될 줄은 몰랐습니다."

"그러게. 내가 가짜를 끌어내리면서 공론화하게 될 줄 알았는데."

"이게 좋은 건지 나쁜 건지……."

"틀라보다 헤움 쪽이 좀 더 본격적으로 행동하는 것 같지 않아?"

"그렇군요."

"……."

"이게 나쁜 방향이라 생각하십니까?"

"아니. 가장 끔찍한 상황이 떠올라서."

"가장 끔찍한 상황? 헤움이나 틀라 쪽이 황좌를 차지한 상황 말입니까?"

"아니."

"아니라고요?"

"헤움 황자가 원하는 걸 가질 수 없게 됐을 때. 자기가 못 가지면 남도 못 가지게 할 거란 심보로 나라를 좀비 소굴로 만들려 하면 어쩌지, 뭐 이런 상황을 생각했어."

"!"

그런 상황은 없게 해야지. 라틸은 작게 중얼거리고서 어느새 바로 앞에 나타난 방 문고리를 잡고 돌렸다.

연회장에서 일어난 괴이한 일에 대한 소문은 순식간에 수도 전체에 퍼져갔다. 현장에 없던 사람들은 처음에는 코웃음을 치면서 그게 뭐냐고 손을 저었으나, 무장한 채 집집마다 샅샅이 살피고 다니는 병사들을 보자 긴장해서 소문이 사실일 수도 있겠단 생각을 했다. 하지만 이 전대미문의 상황 속에서 아이니 황후의 아버지인 다가 공작은 남들과 좀 다른 반응을 보였다.

"타리움 제국에서 온 특사가 헤움 황자를 물리쳤다고?"

다가 공작의 질문에 루이스는 "네." 하고 불쾌한 듯 대답하면서 다가 공작의 표정 변화를 곁눈질했다. 아이니 측 모든 사람들이 그렇듯 루이스 역시 다가 공작 일파였다. 그리고 어제의 사건으로 아이니는 많이 놀랐다. 좀비에게 습격을 받을 뻔하기도 했거니와, 가장 친한 친구인 레들러가 괴물이 되어 나타났고 연인이었던 헤움 황자 역시 사람들 앞에 모습을 드러냈기 때문이다. 그래서 다가 공작에게 전할 이야기가 많았기에 현장에 있던 그녀가 직접 찾아온 것인데. 다가 공작의 반응이 이상했다.

"정말로 그 사디란 여자가 헤움 황자를 물리친 게 분명하냐."

다가 공작은 아이니 황후가 무사하단 이야기를 듣자 그다음으로는 '사디'란 여자에게 집중했다. 좀비나 헤움 황자가 아니라.

"네."

그걸 의아하게 여기면서도 루이스는 다시 한번 더 차분하게 당시의 상황을 하나하나 최대한 객관적으로 설명했다. 그러자 이야기를 들은 다가 공작이 이를 짓이기는 소리를 내더니 발을 쾅 구르면서 탁상을 주먹으로 내려쳤다.

"!"

분노한 태도에 루이스는 깜짝 놀랐다.

"공작님?"

왜 저러나 싶어 묻자, 다가 공작이 이미 여러 번이나 물은 질문을 재차 또 물었다.

"사디란 특사가 헤움 공작에게 밀리려는 순간, 아이니가 분명 고함을 질렀다고 했지?"

"네. 헤움 황자님은 그 순간에 분명 주춤하셨습니다."

루이스는 당시를 떠올리며 이를 갈았다.

"황후님 목소리를 듣고 멈추신 게 분명해요. 아니었으면 그 사디란 여자는 분명 졌을 겁니다! 그런데도 다들 그 여자가 헤움 황자님을 물리친 것처럼 속아서는……!"

다가 공작은 주먹을 꽉 쥐더니 소파에 등을 파묻고서 주먹을 쥐었다 펴길 반복했다. 그의 이마에 파랗게 핏대가 서 있었다. 루이스는 다가 공작의 반응이 여전히 이해가 가지 않았다. 자신이야 그 사디란 여자와 트러블이 있었으니 화를 낼 만하지만, 공작님은 왜 저렇게 분노하지? 그때. 다가 공작이 이상한 말을 했다.

"네 말이 맞다. 헤움 황자를 쫓아낸 건 그 여자가 아냐. 아이니지."

"그럼요, 황자님은 황후님을 지극히 사랑하셨으니……."

"아니, 그래서가 아니야."

"예?"

"아이니의 힘 때문이다."

"힘……이라니요?"

다가 공작은 탁상을 쾅 걷어찼다.

"예전에 신전에서 아이니를 보내달라 한 적이 있어."

"그건 저도 알지만…… 그런 아이가 하나둘이 아니었지 않나요?"

"당시에 신관이 그랬지. 곧 어둠이 몰려오면 그들을 물리칠 사람이 나타나는데, '높은 확률'로 아이니가 그런 존재일 거라고."

"!"

"당시엔 헛소리라 여겼지. 게다가 내 딸을 신관으로 만들 순 없으니까."

그 이야기를 듣자 루이스의 표정도 다가 공작과 비슷해졌다. 어제의 원한이 층층이 쌓여있는데 공작의 이야기가 거기에 제대로 불을 질렀다. 루이스는 흥분해서 콧김까지 내뿜으면서 외쳤다.

"그러면 그 여자는 황후님 힘으로 황자님을 쫓아내고는 자기가 영웅 행세를 하는 거군요! 당장 이걸 알려야 합니다! 그 여자가 들은 칭송은 원래 황후님이 들어야 할 거예요!"

하지만 다가 공작이 손을 들어 '그만' 신호를 보내자 루이스는 얼른 입을 다물었다. 다가 공작은 고개를 저었다.

"아니. 만약 진짜 내 딸이 어둠을 몰아낼 사람이라면 이건 고작 사람들 칭송을 듣는 수준에서 끝날 게 아냐."

"그러면……?"

다가 공작의 입꼬리가 천천히 옆으로 벌어지며 그의 눈빛이 어둡게 빛났다.

"좀 더 큰 그림을 그릴 수도 있지. 상황이 좀 더…… 나빠진다면."

그 시각. 아침 식사를 하고 온 라틸은 창문 아래에 끼어 있는 종이쪽지를 발견하고 들어 올렸다. 칼라인은 문을 닫다가, 라틸이 종이를 내려다보며 웃고 있는 걸 발견하고 물었다.

"타시르가 보낸 겁니까?"

라틸은 고개를 끄덕이고서 쪽지를 꽉 쥐고 칼라인을 바라보았다.

"준비 끝냈대."

"그럼……."

"그래. 찾으러 가자. 내 자리."

"따라가도 진짜 괜찮겠어?"

갑작스러운 좀비 사건이 있고 난 뒤. 라틸은 하이신스가 직접 타리움에 와주는 건 무리가 아닐까 생각했으나, 하이신스는 괜찮다고 말했다. 의외였다.

"미안해할 필요도 과하게 고마워할 필요도 없어. 레안에겐 나도 원망할 게 생겼으니까. 레안을 막는 건 내 복수이기도 해, 라틸."

"네가 자리를 비운 틈에 혹시라도……."

"오히려 지금은 내가 자리를 비워도 다가 공작은 못 움직여."

"그래. 그러면 다행이지만."

타리움에 가기 위한 사절단이 편성되자, 하인들은 바쁘게 마차에 짐을 싣고 기술자들은 마차에 문제가 없는지 확인하기 시작했다. 하이신스는 표면상으로 '사디를 보내 도움을 준 데 답례 차' 타리움에 가게 될 것이었다. 타리움에선 '사디가 누구야?' 하고 어리둥절해하면서도 감히 카리센 황제를 내치진 못할 거다. 오빠와 엄마 역시 마찬가지. 두 사람은 '사디'가 일이 터지기 전 라틸이 카리센에 보낸 특사인가 아닌가조차 제대로 알 수 없을 테니까.

"기대되시나 봅니다."

라틸은 테라스에 서서 밖을 바라보다가 놀라서 뒤를 돌아보았다. 어느새 칼라인이 곁으로 와 있었다.

"넌 인기척이 너무 없어."

라틸이 구시렁거리자, 칼라인은 라틸의 옆으로 와 나란히 섰다. 칼라인의 시선은 자연스럽게 라틸이 바라보던 광경에 멈추었다. 바쁘게 움직이는 사람들, 안 그래도 화려했는데 점점 더 화려해져 가는 마차들…….

"이렇게 돌아가면……."

"음?"

"또 둘이서 여행을 떠날 일은 없겠지요."

칼라인이 마차를 내려다보는 동안 라틸은 칼라인의 옆모습을 바라보았다.

"혹시 섭섭해?"

"자주 와주셔야 합니다."

"어딜?"

라틸의 시선을 느꼈는지 칼라인도 천천히 라틸 쪽으로 고개를 돌렸다. 눈이 마주치는 순간. 칼라인은 속삭이는 듯 나지막하게 대답했다.

"제게요."

고막을 간지럽게 만드는 조용한 속삭임에 라틸은 얼굴이 화끈거려서 빠른 목소리로 대답했다.

"당연하지. 나 때문에 여기까지 같이 와준 사람인데. 하녀랑 달아났단 불륜 누명까지 쓰고."

하지만 자주 올 거란 약속에도 칼라인의 표정엔 기뻐하는 기색이 없었다. 그가 다시 정면으로 머리를 돌리더니 어딘가 먼 곳을 바라보자, 라틸은 칼라인의 속내가 궁금해졌다. '혹시 지금 도미스 생각해?' 묻고 싶었다.

'도미스에게 하고 싶은 말들인데, 후궁으로 들어와서 내게 하고 있으니 기분이 이상해? 그래서 먼 곳을 바라보는 거야?'

그러다 라틸은 아이니 생각이 났다. 자신이 칼라인과 전생에 연인이었다고 철석같이 믿고 있던 아이니. 차분하고 침착한 그녀인데, 이상하게도 칼라인과 관련된 일이면 그 이성적인 면이 사라져

버렸지.

"아이니 황후가……."

라틸이 뒷말을 감추자 칼라인이 다시 라틸을 보았다. 라틸은 고개를 저었다. 순간 '아이니 황후가 도미스일 확률은 없어?'라고 물을 뻔했다. 하지만 안 된다. 칼라인은 라틸이 도미스에 대해 안다는 걸 모르니까.

"그분은 뭔가 오해를 하고 있는 눈치였지요."

"뭐. 오해라면 오해겠지."

"안타깝지만 저와 관련된 일은 아닙니다."

그때. 이쪽으로 오는 발소리가 나서 두 사람은 대화를 멈추었다. 뒤를 돌아보니, 누군가 계단을 지나 복도를 건너오고 있었다. 다가온 사람은 아이니의 시녀 중 하나였는데, 근처에 도착하자 라틸과 약간 거리를 두고 서서 말했다.

"사디 양. 황후 폐하께서 그쪽을 만나고 싶다 하셨네."

칼라인이 아니라? 웬일로? 라틸은 칼라인을 힐긋 보았다. 그러나 칼라인은 그쪽엔 관심이 아예 없단 얼굴이었다. 아이니가 칼라인에게 묘한 관심을 보였다는 걸 이미 아는지, 시녀는 그 반응에 자기가 모욕을 받은 표정이 되었다. 원래 황후와 시녀들은 누구보다도 끈끈한 사이이니 과한 반응은 아니었다. 라틸은 분위기가 험악해지기 전에 얼른 고개를 끄덕였다.

"그러지요."

카리센 황후의 방. 안으로 들어서면서 라틸은 방 안을 빠르게 둘러보았다. 벽과 기둥마다 금박 문양이 화려하게 새겨져 있고, 커튼 역시도 햇볕을 받아 눈부시게 반짝이는 금색이었다. 황금으로 만든 촛대는 신들의 저택에 놓여있어야 할 것 같고, 커다란 거울에서는 윤이 났다. 그리고 그 거울 덕에 두 배로 더 화려해 보이는 샹들리에…….

기분이 묘해졌다. 몇 년 전. 라틸은 이 방의 주인이 자신이 될 거라 믿었다. 의심조차 못 해볼 정도로 당연하단 듯이. 그런 방을 지금은 다른 사람이 사용하고 있었다. 자신은 그 사람 방에 초대를 받아 왔고. 이렇게 아이러니한 일이 있을까? 사실 좋은 기분은 아니었다.

"내 방이 마음에 드나 보군?"

그러고 있자니 아이니 황후가 물었다. 라틸은 그녀 쪽으로 돌아섰다. 아이니는 긴 소파에 느긋하게 앉아있었다. 연회장에서의 일 때문인지 여전히 안색이 창백했으나 단정한 모습이었다.

"절 부르셨다고 들었습니다."

"그대는 신분이 높아. 그렇지?"

라틸은 아이니가 무슨 말을 하려나 기다리다가 깜짝 놀랐다. 뜬금없긴 한데 맞는 말이어서.

"갑자기 왜 그런 말씀을……?"

"자연스럽게 내 질문에 대답을 넘겨버렸으니까."

"!"

"대답하기 싫은 건 안 하고 살았단 거지. 남들 눈치 안 보고."

"……예리하시군요."

"조금 조사를 해봤는데. 고위 귀족 중엔 '사디'란 이름을 쓰는 영애가 없어. '사디'란 애칭을 쓸만한 영애도 없고. 그러면 자넨 누굴까?"

칼라인에 관련되지만 않으면 참 똑똑한 사람인데 말이지. 라틸은 혀를 내둘렀다. 어쨌든 찔리는 점을 찔러대니 이쪽도 대응을 해야 했다.

"드디어 제게도 관심을 가져주시니 영광입니다, 황후 폐하."

"!"

"자꾸 제 일행에게만 관심을 주셔서 서운했거든요."

라틸이 방긋 웃자 아이니 황후가 눈썹을 치켜올렸다. 하지만 잠시. 곧 그녀의 입가에 미소가 떠올랐다.

"긴장하지 마라. 그대가 누구인지 추궁하려 부른 게 아니니."

"긴장하긴요. 폐하의 관심을 받을 수 있어 기쁜걸요."

라틸이 또 방긋 웃자 아이니는 입꼬리만 슬쩍 올려 웃고서 테이블 위에 놓인 과자 접시를 가리켰다.

"앉아서 먹거라."

"이야기가 길어지려나 봅니다."

"조금. 하지만 지루하진 않을 거다. 내가 주는 과자는 퍽퍽하지 않고 맛있거든."

진짜 조금도 안 지는 사람이네. 아이니의 시녀가 라틸에게 준 퍽퍽한 싸구려 과자를 라틸이 아이니에게 그대로 대접한 일이 있다. 아이니가 그 일을 꺼내자 라틸은 속으로 혀를 내두르면서도 일단 그녀의 맞은편에 앉았다.

"말씀하시지요, 황후 폐하. 무슨 일로 저를 부르셨습니까?"

"칼라인은…… 행복한가?"

"저야 모르지요. 이번엔 일행이 되었지만, 칼라인은 늘 저희 황제 폐하의 하렘에서 지내니까요."

"그래……."

아이니 황후의 표정이 어두워졌다. 라틸은 눈살을 찌푸렸다.

"황후 폐하. 칼라인이 황후 폐하의 말씀처럼 정말 폐하와 전생에 연인이었다고 한들, 전생일 뿐입니다. 황후 폐하는 하이신스 폐하와 결혼하셨고, 칼라인 역시 다른 여자의 연인이 되었습니다. 서로 어긋난 인연인데 왜 계속 이러시는지 모르겠습니다."

결국 라틸은 망설이다가 솔직하게 말했다. 어차피 내일이나 모레쯤 떠나게 될 테니, 이전보다 노골적으로 솔직하게. 아이니 황후는 씁쓸하면서도 차갑게 웃었다.

"현생의 배우자가 마음에 들지 않으면, 애달프게 사랑했던 전생의 연인에게라도 매달리게 되는 법이지."

"!"

"뭐 이런 대답을 원하고 묻느냐?"

"!"

연달아 두 번이나 라틸을 놀라게 한 아이니는 잠시 턱을 괴고 생각에 잠겼다. 라틸은 아이니가 준 퍽퍽하지 않은 과자를 먹으면서 그녀가 다음 말을 하길 기다렸다. 약 5분쯤 후. 문밖에서 아이니의 시녀가 알현 시간임을 알리자, 아이니는 팔을 내리고 일어서며 물었다.

"지금 우리나라뿐만 아니라 타리움도 '인간이 아닌 것'들 때문에 골머리라지. 시체들이 사라지고 있다던가?"

"……."

"타리움에 돌아가거든 그곳 황제께 물어봐다오. 그 황제는 칼라인이 설령 사람이 아니라도 사랑할 건지. 계속 행복하게 해줄 건지."

"사람이 아니라니요?"

"……각오를 묻는 거다."

물어도 왜 하필 그런 각오를? 아니, 각오 내용도 이상하긴 한데, 왜 굳이 그걸 칼라인과 아무 관련도 없는 아이니가 물어봐 달라는 건지? 라틸은 눈살을 찌푸렸으나 일단 황후가 일어났는데 혼자 앉아있을 수는 없어서 따라 일어났다.

"그리고 전해다오. 만약 그만한 각오도 없이 칼라인을 곁에 두려 한다면, 내게 보내라고."

"!"

보내서 뭐 어쩌잔 거야. 아니, 하이신스랑 이혼하고 칼라인과 살기라도 하겠단 거야? 라틸은 타닥타닥 소리를 내며 타오르는 모

닥불을 째려보며 혼자 속으로 투덜거렸다. 칼라인 의향은? 칼라인 의향은 무시하겠다는 거야? 아니면 칼라인을 자기 정부로 두겠단 건가?

카리센을 떠난 지도 사흘이 되었는데 아이니 황후가 마지막에 남긴 말이 너무 인상 깊어서인가. 마차를 타고 이동할 때, 식사할 때, 일어나 세수할 때 등등 그녀의 말이 수시로 생각나 미간이 찌푸려졌다. 어쨌든 그 말은 칼라인에겐 전해주진 않았다. 굳이 그럴 필요가 없을 것 같아서. 그때.

"아가씨."

잠깐 볼일을 보겠다면서 풀숲으로 들어갔던 칼라인이 라틸에게 다가와 작은 종이를 내밀었다.

"뭐야?"

라틸이 받아 들자 그가 입술을 거의 움직이지 않고 알려주었다.

"타시르가 보낸 쪽지입니다. 답장을 가져가기 위해 암살자가 대기 중입니다."

타시르? 라틸은 얼른 쪽지를 펼쳤다.

나의 가자미.

어전회의가 열리는 시간에 아트락시 공작님과 로르드 재상님이 판을 깔아두기 시작할 겁니다. 폐하가 어느 시점을 계기로 좀 이상해진 것 같다, 늘 정치에 열정적이셨는데 왜 갑자기 뒤로 물러나고 레안 황자님이

전면에 나선 거냐 이런 식으로요. '갑자기?'라는 걱정은 안 하셔도 됩니다. 이전부터 차분하게 준비하고 있었거든요.

카리센에서는 축제 무도회 도중 귀족 영애가 좀비가 되어 나타났다면서요? 이 부근에서는 (물론 오는 길에 정보를 들어 아시겠지만) 마을 사람들이 실종되거나 시체가 사라지는 사건이 여기저기서 일어나고 있습니다.

사람들은 틀라 황자가 정당한 황제였다고 수군거리고 있지요. 황제가 바뀌는 바람에 이런 일이 벌어지는 거라고요. 오시는 길에 그런 이야기들을 듣고 불쾌해지셨을까 염려되지만 조금만 참아주세요. 폐하께서 돌아오시면 틀라 황자 이야기가 쏙 들어갈 테니까요. 폐하야말로 '바뀐 황제'가 아닙니까. 하지만 이 모든 걸 위해서는 타이밍이 제일 중요합니다. 아시지요? 며칠에 오실지 알려주세요.

by. 그대를 사랑하는 남자 중 제일 섹시한 누군가가.

왜 다른 사람들은 다 암호를 벗어났는데 나만 계속 가자미인지? 닷새 이내로 도착.

by. 가자미 소리에 불쾌해진 누군가가.

나의 가자미는 편지가 짧네요. 하지만 괜찮습니다. 지느러미로는 펜을 들기 어려우니까요. (웃음) 닷새 이내로 도착하신다니, 그러면 여유 기간 이틀을 잡아서 오늘로부터 (제가 편지를 쓰는 시점. 15일입니다) 일주일 후 어전회의를 결전의 날로 하겠습니다. 아, 일정에 변경이 없다면 답장은 더 안 하셔도 됩니다. (하트)

P.S. 가자미가 마약을 좋아한단 연구 결과가 나왔답니다. 이거 참 무서운 세상이지요?

by. 마약상.

수도에 도착하기 전날. 라틸과 하이신스, 칼라인 셋이 모여서 어떤 방식으로 내일 어전회의에 등장해 가짜들을 몰아세울지 의논했다. 그렇게 머리를 굴린 결과는 이랬다. 일단, 외국 황제로서 어전회의에 들어간 하이신스가 사디 일로 고맙다고 기초를 깔아둘 것. 그러면서 '특사 사디'의 존재를 높이 띄우고 온갖 칭찬을 다 해서, 그들이 '사디'가 등장했을 때 이상한 사람으로 몰아가지 못할 분위기를 만들 것.

"분명 가짜랑 오빠는 당황한 걸 감추고 어영부영 넘어가려 할 거야."

여기서 두 갈래. 그들이 사디에 대해 아는 것처럼 말하면, 하이신스는 '마침 사디를 데려왔다' 말하고 라틸은 앞으로 나아간다. 만약 그들이 사디에 대해 모른단 태도를 고수하면, 하이신스가 사디 이야기를 들어보자 제안하고 라틸이 앞으로 간다. 어느 쪽이든 라틸은 망토로 얼굴을 가리고 등장할 거고, 옆에서 칼라인도 망토를 쓰고 나올 것이다.

"그러면 레안과 가짜가 네게서 정보를 얻기 위해 온갖 말을 하겠지."

"내가 적당히 듣다가, 눈치껏 수상하다고 두 사람을 몰아갈게."

"그러면 당황해서 오히려 네가 더 이상하다고 몰아갈 거야."

"그때 내가 망토를 딱! 벗으면서 외칠 거야. 당연히 모르겠지! 너희는 내가 아니니까! 이렇게."

"저도 그때쯤 망토를 벗겠습니다."

그걸 본 사람들은 수군대며 당황하겠지만, 미리 약속한 대로 대신관이 나서서 라틸은 기운이 맑다고 절대로 흑마법사가 아니라고 바람을 잡을 것이다. 칼라인 역시 라틸이 진짜가 맞다고 옆에서 증언할 거고.

"이번에도 아니라고 반박할 거야. 당연히 그러겠지."

"그때 내가 네 이야기를 할게. 네가 몸이 아프다고 자리를 비웠을 당시, 사실은 흑마법사 관련된 일을 의논하기 위해 나와 함께 있었다고."

라틸은 타시르가 마지막으로 보낸 편지를 살피며 고개를 끄덕였다.

"오빠가 '다른 나라 사람 말을 어떻게 믿냐'고 반박하면 이때 타시르가 나서서, 나랑 자기가 둘이서 데이트를 자주 했으니 두 사람 사이에서 있었던 일을 얘기해 달라고 할 거야. 당연히 내가 뭔 말을 하든 내 편을 들 거고."

사람들이 혼란에 빠지면 거기에 대고 라틸이 마지막 쐐기를 박으면 된다. 그러면 일이 잘못되어도 이전처럼 일방적으로 쫓겨나진 않을 터였다. 일이 잘되면 진짜란 걸 확인받을 수도 있을 테고.

의논을 끝낸 뒤, 하이신스는 잠자리에 들러갔으나 라틸은 괜히 이불보만 만지작거리다가 야영장 밖으로 나와 무릎을 끌어안았다. 그러고서 끊어질 듯 말 듯 흘러가는 개울물을 바라보고 있자니, 어느새 온 건지 칼라인이 다가와 옆에 앉았다.

"내일이면 원래 자리를 되찾으시겠군요."

"생각처럼 안 될 수도 있어."

"그래도 최소한 궁전에서 주무시겠지요."

라틸은 개울물에 손가락을 넣어 흔들었다. 작은 움직임만으로도 물길은 금세 끊어져 버렸다. 칼라인은 그걸 바라보다 조심스럽게 물었다.

"선황후 폐하께서 연루된 일이란 걸 밝히실 겁니까?"

라틸은 물길에서 손을 뗐다. 다시 물이 흘러가자 라틸은 그 모습을 물끄러미 바라보며 한숨을 내쉬었다. 사실 그게 문제였다. 처음 카리센을 출발할 때는 아이니의 말이 계속 생각났으나, 타리움으로 가까워지자 라틸은 내내 엄마 생각만 계속했다.

오빠는 얼굴을 드러내고 일을 진행했으니 이 일에서 절대로 빠져나갈 수가 없다. 하지만 엄마는 달랐다. 엄마는 얼굴을 감춘 채 일을 진행했으니 라틸과 오빠, 칼라인 이렇게 셋이 입을 다문다면 이 일에 연루되지 않은 것으로 할 수 있었다. 그렇기에 고민할 수밖에 없었다. 엄마가 공범이란 걸 밝힐지 덮을지. 그리고 라틸이 거기에서 낸 결론은……. 라틸은 시무룩해서 대답했다.

"……아니."

"레안 황자가 가만히 있을까요?"

"어차피 이 일에 엄마를 끌어들인 건 오빠잖아. 가만히 있겠지. 있어야지."

마침내 결전의 날이 다가왔다. 하이신스가 어전회의에 참석할 때, 라틸도 카리센 사절단 틈에 섞여서 그 안으로 들어갔다. 여기까지는 계획 그대로였다. 혹시 망토를 벗어보라고 할까 염려했으나, 근처에 하이신스가 서 있어서인지 다행히 그런 요구도 받지 않았다.

'이제 내 자리로 돌아간다.'

대리석으로 만든 격자무늬 바닥을 걸어가 사절단 틈에 선 라틸은 황제의 자리에 앉은 엄마와 그 옆에 선 오빠를 너무 노려보지 않기 위해 망토 안에서 주먹을 꽉 쥐었다. 어전회의 중간에 끼어든 것이기에 이미 모일 사람들은 다 모여 있었지만, 대신과 관리들 모두 하이신스 쪽만 쳐다보느라 그 누구도 이쪽으로는 관심을 주지 않았다. 아직은.

"고맙단 이야기를 하러 이 먼 길을 와주었다고요, 하이신스 황제."

"네. 타리움 황제께서 보내준 특사 덕에, 연회 도중 벌어질 뻔한 사달을 막았지요. 고맙습니다."

"소문을 듣긴 했지만 정말이었군요. 그래도 직접 오진 않아도 됐는데요."

"잘못했다간 카리센의 귀족들이 전멸할 뻔했습니다. 사절단을 보내는 것보다 직접 오는 편이 고마운 마음을 드러내기에 더욱 좋을 거라 여겼지요."

적당히 대화를 이어나가던 하이신스가 마침내 미리 계획한 대로 '사디'에 대한 이야기를 중심으로 끌고 왔다.

"사디 양은 굉장하더군요. 다들 좀비를 보고 두려워하는 와중에도 홀로 앞으로 뛰어가 죽은 황자와 겨루길 전혀 주저하지 않았습니다."

"정말 죽은 황자가 맞았습니까?"

"그 자리의 모든 사람이 다 보았습니다. 일을 마친 후에도 사디 양은 굉장했지요. 하지만 너무 겸손하다 보니, 자꾸 자기 공을 감추더군요. 목격자가 너무 많아서 감춘다고 감춰질 공이 아니지만요."

가짜가 '사디'보다 죽은 황자 쪽에 더 관심을 보이는 바람에 잠시 말이 다른 방향으로 갈 뻔했지만, 하이신스는 약간 억지스럽게라도 화제를 도로 사디로 돌려두었다. 그러고서 사디를 데려왔단 이야기를 하려는 순간. 라틸도 심호흡하며 나설 준비를 하는데, 레안이 옆에서 화제를 또 바꿔버렸다.

"아이니 황후께선 괜찮으십니까? 좀비가 되어 나타난 사람이 듣기론 아이니 황후님의 절친한 시녀라던데."

하이신스는 사디를 데려왔단 말을 하려다가 잠시 주춤하였지만, 곧 대답과 섞어서 사디를 또 화제로 끌고 왔다.

"사디 양 덕분에 무사합니다."

"아이니 황후께서도 대단하시군요. 이전부터 죽은 혜움 황자 이야기를 계속했다 들었습니다. 한발 먼저 이상한 기류를 눈치채다니. 영민한 분입니다."

하지만 또 레안이 화제를 아이니로 돌려버리자, 하이신스는 그 질문은 흘려 넘겨버리고 그냥 대놓고 사디 이야기를 또 꺼냈다.

"사디 양을 데려왔습니다."

이쯤 되면 누구라도 하이신스가 사디에 대한 이야기를 계속하고 싶어한단 걸 눈치챘을 것이다. 이 때문일까? 레안도 웃으면서 대놓고 그 점을 지적했다.

"지금은 흑마법 관련한 일을 말하고 싶습니다. 더 중요한 일이니까요."

이대로라면 자연스럽게 소개받아서 나서긴 어렵겠다 싶자, 결국 라틸은 그냥 저벅저벅 자기가 중앙으로 가버렸다.

"사디입니다."

스스로를 소개하면서. 등장이 계획보다 조금 부자연스러웠지만, 레안이 자꾸 사디 이야기를 아예 묻어버리려 해서 어쩔 수 없었다. 하이신스 황제와 레안 황자가 주고받는 말에 집중하던 사람들은 사디 본인이 갑자기 튀어나오자 당황해서 수군거렸다.

"저 여자, 부르지도 않았는데 나왔어요."

"겸손한 사람이라 안 했나요? 공을 내세우려 하지 않는다고?"

"자기 어필이 굉장한데요……."

라틸은 민망했지만, 꾹 참고서 레안을 보았다. 하이신스가 얼른 옆에서 말을 보태주었다.

"사디 양입니다."

그러나 레안은 이번에도 예상외로 굴었다. 사디가 정말 라틸의 특사인지 아닌지 정보를 얻으려 질문하는 대신 그냥 대놓고 꾸짖은 것이다.

"무엄하군. 들어가라. 지금은 그대 이야기를 하고 있지 않다."

몇 가지 질문을 받은 다음 레안을 수상하다고 몰아갈 생각이었는데. 진짜 하나부터 열까지 자기 멋대로잖아? 라틸은 속으로 욕을 뱉었다. 그러나 들어가지 않았다. 계속 생각과 다르게 돌아가고 있긴 하지만, 모처럼 잡은 기회인데 이대로 놓칠 수는 없었다. 대신 라틸은 '하하하' 일부러 큰 소리로 웃고서 빈정거리는 투로 물었다.

"새로운 사람 만나길 싫어하시는군요, 레안 황자님. 찔리는 게 있어서 그러신가?"

그러고서 '무례하다'는 호통이 들려오기 전에 확 망토를 옆으로 내리쳤다. 망토가 바람에 날아가듯 옆으로 훅 떨어지면서 자신의 모습이 파격적으로 드러나게 하려고.

'젠장.'

그러나 망토가 벗겨지지 않았다. 한 번 펄럭이고 도로 제자리로 돌아올 뿐. 라틸은 속으로 욕을 뱉었다. 이젠 망토까지 말을 안 듣네.

"굉장히 자기 어필이 심한 사람이네요."

"바람 효과를 스스로 내다니. 안 민망할까요……?"

"저건 무슨 연출인가요?"

사람들이 더 수군거리자 레안이 의심을 지우고 미간을 찌푸렸다. 가짜 역시도. '저 멍청한 건 뭐지?' 하고 생각하는 표정들이었다. 민망해진 라틸이 그냥 안으로 들어가 버리고 싶다고 생각하는 그때. 슬그머니 옆으로 와 섰던 칼라인이 라틸의 망토 모자를 직접 천천히 벗겨주었다. 민망한 마음이 최고조에 달한 라틸은 '아직 안 돼!'라고 외치고 싶었으나, 이미 손길이 모자에 닿아있기에 어쩔 수 없었다. 입술을 꽉 다물고 눈에 힘을 줄 뿐.

가면은 이미 벗고 왔기에 망토를 벗자 바로 라틸의 얼굴이 드러났다. 얼굴이 완전히 드러나자 사람들은 수군대던 걸 멈추었다. 그들의 표정이 경악으로 물들었다. 눈은 커다래지고 입술은 그보다 더욱 커다래졌다. 눈동자가 라틸과 가짜 황제 사이를 정처 없이 떠돌았다. '흑마법사가 황제인 척 궁전에 들어온 적이 있다'는 소문은 모두가 알았지만, 사실 소문을 들은 대신들 중 진짜로 라틸을 본 사람은 드물었다. 말로만 들었을 뿐. 그러다 보니 눈앞에서 똑같은 황제 두 명이 대립하자 더욱 기겁한 것이다. 레안은 굳은 얼굴로 라틸을 내려다보았다. 라틸은 아까의 민망함을 잊기 위해 정색하고서 대신관을 불렀다.

"대신관!"

그러자 대기하던 대신관이 얼른 앞으로 나섰다. 라틸은 대신관 쪽을 쳐다보지 않고 레안에게 시선을 고정한 채 물었다.

"내 오빠는 날 흑마법사라 몰아갔지. 대신관, 그대 눈엔 내가 흑마법사로 보이는가."

귀족들의 시선이 대신관에게 몰리자 대신관은 넉살 좋게 웃으면서 대답했다.

"그럴 리가요. 폐하께선 흑마법사일 수가 없습니다. 얼마나 기운이 맑으신데요. 제가 선물한 부적 목걸이도 걸고 다니는 분 아니십니까."

내내 라틸의 옆에 조용히 있던 칼라인도 말을 보탰다.

"옆에서 상황을 다 보았기에 저 역시 이분이 폐하란 걸 압니다. 하렘을 떠난 것도 폐하를 지키기 위해서였습니다."

하이신스가 빙그레 웃고서 라틸의 옆으로 와 섰다.

"레안 황자. 가짜 황제. 라트라실 황제가 아프다고 자리를 비운 사이에 두 사람은 가짜를 세우고 라트라실 황제의 자리를 차지했지요?"

사람들이 더욱 웅성거렸다.

"하지만 그때 라트라실 황제는 사실 나와 함께 있었습니다. 그대들에겐 안타까운 일이지요. 나와 라트라실 황제는 일찍이 흑마법사의 흔적을 남들보다 빨리 발견했기에, 이를 비밀리에 의논하고 있었거든."

누군가 대신들 틈에서 외쳤다.

"외국인이 하는 말을 어떻게 믿습니까? 저 여자가 그쪽 폐하와 손을 잡은 스파이가 아니란 걸 어떻게 믿냐고요!"

그 말이 떨어지자마자 이번에는 타시르가 나서더니 사람들을 둘러보며 웃었다.

"저와 폐하는 단둘만의 데이트를 많이 했지요. 폐하께선 모든 후궁들 중 저를 가장 총애하셨기에, 저는 폐하와 둘만의 추억이 많습니다. 원하신다면 제가 두 분 폐하의 기억을 시험해 드릴 수 있습니다."

가짜 황제가 아무런 말도 하지 않고 있자 사람들은 혼란에 빠졌다. 라틸은 그 광경을 지켜보다가 한 발 더 앞으로 나서며 차갑게 좌중을 돌아보았다.

"여기 모인 사람들 중 누군가는 가짜에게 속았을 것이고. 누군가는 가짜란 걸 알면서도 손을 잡았을 거다. 오빠가 가짜 곁에 있으니까. 오빠를 지지하고 싶으니까."

힘 있고 서늘한 말에 사람들이 조용해졌다.

"하지만 지금은 흑마법사들의 위협이 시작되는 시기다. 이럴 때 가짜는……."

라틸은 손가락으로 가짜와 레안을 가리켰다.

"아무 힘이 될 수 없지. 진실을 모르는 사람은 진실을 살펴라. 진실을 알고서도 덮은 자들은 이 자리에서 선택해라. 짧은 권력을 맛보고 흑마법사들에게 죽을지 말지."

사람들이 레안과 가짜를 번갈아 쳐다보았다. 라틸과 가짜가 아닌, 레안과 가짜를 쳐다보았다. 첫 단추를 잘못 끼워서 아찔했으나 그래도 사람들을 설득하는 데 성공한 듯했다. 이상한 점이 있다면…….

'왜 저렇게 둘 다 가만히 있지?'

저쪽도 저쪽 나름대로 반론을 해야 하는데. 왜 나서지 않는 걸까? 둘 다 말을 잘하니, 뭐라고 말이라도 잘해대면 시간을 더 끌 수 있을 텐데? 그러나 그 순간.

“어머니, 제발 그만하세요!”

가짜 황제의 옆에 서있던 레안이 비통한 목소리로 외치더니, 가짜 황제의 머리카락을 당겼다.

아니, 이 오빠가 미쳤나? 왜 엄마 머리카락을 잡아당겨? 라틸이 황당해서 입을 쩍 벌리니 가짜 황제의 머리카락이 훌렁 옆으로 밀려났다.

‘가발?’

엄마의 머리카락은 가발이였던 것이다. 사람들이 ‘헉’ 숨을 들이마시는 소리가 동시에 터졌다. 그러다 가발이 치워지는 순간. 라틸과 똑같던 얼굴이 선대 황후의 얼굴로 변하자 아까보다 더욱 큰 숨소리가 동시에 또 터졌다. 처음에는 숨소리 다음 침묵이 찾아온 반면, 지금은 웅성거리는 소리가 훨씬 커졌다.

눈 나쁜 귀족들은 셰이트가 진짜 셰이트인지 확인하기 위해, 먹이를 쫓아 수면 위로 필사적으로 입을 빠끔거리는 붕어떼처럼 자신들의 머리를 내밀었다. 하이신스는 채신머리없게 머리를 마구 기웃대진 않지만, 역시나 꽤 놀란 눈치였다.

‘가짜 황제가 엄마란 얘긴 일부러 안 했으니까.’

라틸은 골머리가 아파 이마를 짚었다. 오빠에게 화가 났다. 이게 지금 무슨 짓이야? 저절로 눈이 레안에게 향했다. 라틸은 슬픈 표정을 짓고 선 오빠를 지그시 노려보았다. 라틸은 이 일에 엄마가 끼어있다는 건 밝히지 않으려 했다. 엄마도 공범이지만, 일단 엄마를 끼워 넣은 건 오빠니까.

엄마와 이전 같은 사이로 돌아갈 수 없다 해도, 그래도 엄마에 한해서는 묻고 가려 했다. 그리고 오빠도 마찬가지일 거라 여겼다. 이젠 사이좋은 남매는 아니게 되었지만, 엄마를 향한 마음은 오빠나 자신이나 같은 거라고 믿었다. 엄마는 엄마니까. 그런데 오빠가 이렇게 나오다니…….

"이야, 우리 오빠 말하는 거 좀 봐라?"

라틸이 팔짱을 끼면서 중얼거리자 사람들의 시선이 이번엔 라틸 쪽으로 몰렸다. 다들 라틸이 무어라 말할지 궁금한 듯 입을 다물고 침묵했다. 지금 이곳은 심해와 같았다. 수많은 생명으로 가득 차있었으나 어둡고 고요하고 음산했다.

"오빠가 주도해 놓고서 왜 엄마에게 덮어씌워?"

라틸은 대놓고 빈정거렸다. 몇몇 사람들이 눈치 없이 '말하는 거 보니 폐하다!'라고 소곤거리는 바람에 분위기가 깨질 뻔했으나, 라틸은 눈에 준 힘을 풀지 않았다. 레안은 자기가 벗긴 엄마의 가발, 아마 변신 마법 아이템일 가발을 내려다보다가 눈길을 들어 라틸을 향해 중얼거렸다.

"라틸. 나한테 화났구나. ……그렇겠지."

"오빠 같으면 화 안 나겠어? 내가…… 황제씩이나 돼서 젠장, 가짜 소릴 듣고 쫓겨 다녔어. 다른 나라에 가서 도움까지 청했어."

게다가 석고상 흉내까지 냈다. 파티장에서 치마까지 뜯겼지.

라틸은 후, 바람을 불면서 손부채질을 했다. 하지만 그 얘긴 하지 말자.

"게다가 지금은 대신들 모아놓고 아주 공개적으로 남매 싸움까지 하게 됐는데, 화가 안 날까? 응?"

"라틸. 넌 어머니에게 화를 못 내니 내게 덮어씌우고 싶은가 보구나."

"내가 덮어씌워버리고 싶은 건 오빠 양심이야."

레안은 한숨을 내쉬었다. 그러고서 자신의 손에 든 가발을 물끄러미 바라보다 슬프게 웃었다.

"난 너에게 진실을 이야기해주었지."

"네가 언제."

"하지만 넌 어머니 명성을 깎을 수 없다고 도망갔어."

"내가 언제."

"그래 놓고선 이젠 모든 걸 내게 덮어씌우려 하고 있네. 편한 길을 놔두고 돌아 돌아 온 건, 어머니를 지키고 날 버리려는 거 아니니?"

"뭔 헛소리야."

말을 섞으면 섞을수록 황당해서 라틸은 눈썹을 치켜뜨고 헛웃음을 뱉었다. 레안의 손안에서 가짜 머리카락이 바다에서 끄집어진 해파리처럼 흐늘거렸다.

"애초에 오빠가 짜서 어머니를 끌어들인 거잖아. 신전에서 지내는 어머니를 끌어들인 건 오빠라고."

레안은 라틸의 말에 대답하는 대신 모인 대신들을 둘러보면서 입을 열었다.

"다들 놀랐겠지. 하지만 내 동생은 이 모든 일, 범인이 어머니란 걸 다 알고 있었네. 라틸이 이 일에 대해 몰랐다면 내가 어머니가 진범이란 걸 밝혔을 때 가장 먼저 놀랐겠지. 하지만 다들 보았지 않나. 내 동생은 놀라지 않았어. 내게 화를 냈지."

"!"

저게? 라틸은 눈을 부릅뜨고 오빠를 쳐다보았다. 내내 가만히 있다가 갑자기 가발을 공개적으로 벗겨버리더라니. 애초에 이럴 계획이었구나. 하이신스 황제가 나서고 내가 다른 나라에서 좀비를 물리쳤단 걸 알게 되자, 이르든 늦든 결국 자기들이 밀릴 걸 알고서 일부러 이런 거야.

'그사이에 빠르게 계산을 하고서!'

라틸은 주먹을 꽉 쥐었다. 머리 좋다 머리 좋다 했더니 잔머리가 제일 좋았구만.

"어머니가 범인인 거? 맞아, 알고 있었어. 하지만 오빠에게 덮어씌우고 어머니를 보호하기 위해 물러난 게 아니라 오빠가 날 잡아서 가둬버리려 하니 물러날 수밖에 없던 거야."

"어머니에게서 동생을 지키기 위해서라 한들, 이런 일에 끼어든 나 역시 잘못이 없진 않지. 하지만 라틸, 설마 네가 모든 걸 내게 덮어씌우려 할 줄은 몰랐다."

레안이 몹시 실망한 목소리로 중얼거렸다. 라틸은 "개소리!"라고 외칠 뻔한 걸 꾹 참았다. 이미 대신들 앞에서 오빠와 남매 싸움을 벌이면서 황제로서의 체통을 숭겅숭겅 잘라 먹었다. 이성을 잃고 고함을 고래고래 질러대는 건 좋지 않았다. 지금 당장 레안만 하더라도 최대한 침착하고 차분하게 대응하고 있지 않던가. 가련하고 슬픈 표정을 띠고서. 그때.

"둘 다 그만 싸우거라."

얼결에 원래 모습이 드러난 후에도 표정 변화 하나 없이 가만히 사태를 지켜보던 셰이트가 드디어 입을 열었다. 라틸의 주장이 맞든 레안의 주장이 맞든, 사실 이 자리에서 가장 당혹스러운 이는 셰이트 본인일 텐데. 그녀는 희한할 정도로 표정에 변화가 없었다.

라틸과 레안은 어쨌든 동시에 입을 다물었다. 대신들은 우려 반 실망 반의 심정으로 셰이트를 쳐다보았다. 황후일 적 단 한 번도 문제를 일으키지 않은 셰이트가 갑자기 이런 일에 휘말렸다는 것도, 딸을 흉내 내면서 흑마법사로 몰아갔다는 것도 사람들은 이해하기 힘들었다. 그들은 존경하는 선대 황후가 무어라 이 상황을 설명해 주기를, 그들이 이해할 수 있는 변명을 해주기를 바랐다.

"라틸은 영문 모르고 이런 일을 겪은 피해자이고. 레안은…… 나 때문에 어쩔 수 없이 동생과 척을 졌지. 이 일은 모두 내 책임이다."

그러나 셰이트는 별 이유를 말하는 대신 그저 이 일이 자기 때문이라 덤덤히 말했다. 라틸은 그 대답에 열이 받아서 입으로 용암을 뿜을 뻔했다.

"그게 무슨 말도 안 되는 소리세요!"

"네게 미안하다, 라틸. ……레안, 너에게도."

라틸은 찢어질 것처럼 날카롭게 "어머니!" 하고 외쳤다. 레안이 그녀를 끌어들였다는 걸 자신도 레안도 엄마도 다 아는데. 레안이 자기가 살고자 엄마를 주범으로 떠밀었다는 걸 방금 다 겪었는데. 이 와중에 레안에게 미안하다고 하는 엄마가 라틸은 도저히 이해가 가지 않았다.

셰이트는 그런 라틸을 빤히 바라보다가 옥좌에서 내려와 천천히 다가왔다. 라틸 주위에 선 하이신스는 셰이트가 가까이 오자 곧장 경계 태세를 취했다. 언제든 셰이트가 라틸을 공격할 수 있다 여기는 것처럼. 셰이트는 그래도 기분 나쁜 내색 없이 라틸의 코앞으로 다가왔다. 라틸은 눈물을 흘리지 않기 위해 피 한 방울 나오지 않을 정도로 차가운 표정을 지었다. 아니면 울면서 '엄마가 왜 거기서 오빠 편을 들어요!'라고 외칠 것 같아서.

하지만 라틸의 마음속에 있는 어린아이는 이미 오빠 등짝 좀 때려달라고 엉엉 울고 있었다. 오빠도 짜증 나고 엄마도 답답한데. 지금 가장 속상한 건 엄마의 눈빛이었다. 라틸은 알 수 있었다. 엄마가 겉으로는 무표정하게 있지만, 몹시 충격받은 상태라는 걸. 레안이 이렇게 나오는 건 미리 엄마와 합의된 일이 아니란 걸. 그런데도 엄마는 오빠에게 해가 갈까 봐 자신이 다 덮어쓰고 있는 거였다. 라틸은 그게 너무 화가 나고 속상하고 갑갑하고 싫었다.

"폐하."

"……."

"폐하를 상처 입게 해드려 송구합니다. 어떤 처벌이든 받겠으니, 뜻대로 하시옵소서."

라틸은 입술을 꽉 깨물고 엄마를 노려보다가, 시선을 옮겨 엄마의 어깨 너머에 선 레안을 쳐다보았다. 그리고 이 사태를 숨죽이고 바라보는 대신들을 바라보았다. 대신들은 여전히 어리둥절해 있었다. 라틸을 흉내 낸 게 친모인 선대 황후이고, 거기에 연루된 게 레안인데. 레안이 공범인지 어머니의 뜻에 따른 것인지에 대해선 의견이 갈렸기 때문이다.

게다가 가장 결정적이고 핵심적인 이유. 왜? '왜' 선대 황후가 굳이 딸을 흉내 냈는가. 이 부분에 대해서는 라틸, 레안, 셰이트, 세 사람 다 말을 아끼고 있으니 시원하게 의문이 해결될 수가 없었다. 사람들의 그 표정을 본 라틸은 마지막으로 오빠를 보았다. 그리고 알아차렸다.

'엄마가 두 개 다 안고 가려는 거야.'

라틸은 엄마가 레안의 배신을 묵과하고 그가 주범이란 걸 묻어줌으로써, 라틸이 레안과 선대 황제에게 로드로 의심받았단 걸 같이 묻으려는 걸 알아차렸다. 엄마가 순순히 자기 탓이라고 인정해버렸기에 레안 역시 '라틸이 로드 후보여서 그렇다. 아바마마도 라틸을 의심하고 조사했다' 이런 말을 하고 있지 않단 것도.

라틸은 이를 악물고 오빠를 노려보았다. 정의로운 사람은 좋은 사람이지만, 정의감에 취한 사람은 좋은 사람이 아니다. 그들은 그저 술에 취하듯 정의감에 취해 남을 심판하고 재단하는 걸 즐길 뿐이다. 정의감은 독한 술이나 마찬가지여서, 거기에 취한 사람은 자신이 어떤 헛소리를 해대는지 깨달을 수 없게 만든다. 라틸이 보기엔 오빠가 딱 그랬다.

클라인은 평소처럼 아침 일찍 일어나 목욕재계를 하고, 아침 산책을 하고, 좋아하는 식사를 하고, 대신관을 의식해 운동량도 좀 늘렸다. 이후 2차 목욕을 한 다음 휴식을 취하던 도중, 카리센 수도에서 벌어진 무시무시한 일을 전해 들었다. 좀비라니. 수도 한복판 궁전에 좀비라니. 클라인은 그 이야기를 들으면서 혀를 쯧쯧 찼다. 세상에 이런 일이 있을까. 그래도 바로 퇴치되었다니 어찌어찌 앞으로도 잘 해결되겠지. 클라인은 느긋하게 이 사태를 결론짓고서 블랙 커피를 마실지 카모마일 티를 마실지 고민했다. 그러던 중 새로운 소식이 전해졌는데…… 그 소식에는 클라인도 느긋하게 대처할 수가 없었다.

"잠깐, 잠깐만 잠깐만. 그게 무슨 소리야? 폐하가 폐하가 아니었다니?"

클라인은 너무 놀라서 목욕 가운이 벌어지는 것도 잊고 버럭 외쳤다.

"그게 말이 돼?"

"지금 난리가 났답니다. 어느 시점을 계기로 폐하가 폐하가 아니었는데, 다시 진짜 폐하가 돌아온 겁니다."

"어느 시점이 언젠데?"

"짐작 가는 게 없으십니까……?"

"최근 내내 만난 적이 없는데 짐작을 어떻게 해, 내가!"

"아……."

시종이 안타까워하는 소리를 내자 클라인이 도끼눈을 떴다. 시종은 황급히 눈을 내리깔고서 덧붙였다.

“그런데 몇몇 후궁님들은 이미 폐하가 가짜란 걸 아셨나 보더라고요. 진짜 폐하가 돌아오는 현장에 있다가 거기서 바로 폐하께 도움을…….”

“뭐야? 누구누구?”

“그…… 라나문 님과 게스타 님은 직접 나서진 않았지만 아트락시 공작님과 재상님이 이미 알고 계셨다 하니 두 분도 아셨을 테고, 대신관님과 타시르 님은 현장에 직접 가셨고, 칼라인 님은 아예 진짜 폐하를 모시고 여기저기 돌아다니다 나타나셨…….”

“나 빼고 다잖아!”

“지금은…… 신전으로 돌아가 주세요. 원래 계시던 곳이요. 어차피 여기에 머무르셔봤자 주위 시선 때문에 힘드실 거예요.”

엉망이 된 어전회의가 파한 후. 라틸은 집무실에 들어가 한참을 고민한 끝에 결론을 내렸다. 엄마는 신전으로 돌려보내기로. 엄마가 이쪽으로 오기 전부터 지내던 신전이기에 일부러 그쪽을 선택했다.

물론 또다시 비슷한 일이 생길 걸 염려해 상황을 지켜볼 사람들 역시 비밀리에 같이 보내기로 했다. 라틸은 엄마를 사랑하고 원망하고 안쓰럽게 여겼다. 벌을 줄 수도 용서할 수도 이해할 수도 없었다. 오빠에 대한 분노가 가장 컸지만 엄마에 대한 원망도 어느 정도 있었기에, 지금 당장은 엄마와 마주 보면서 지내고 싶진 않아서 내린 결정이었다. 언젠가 마음이 풀리면 다시 함께 지내더라도.

"괜찮겠어?"

그러나 하이신스는 라틸이 너무 무른 결론을 내리는 게 아닌가 염려하는 모양새였다.

"주범은 레안이겠지만 어쨌든 어머님도 공범이잖아."

라틸은 어깨를 으쓱하고서 신전에 보낼 편지를 쓰기 위해 반듯이 종이를 펼쳤다.

"엄마는 칼라인이 용병왕이란 걸 알면서도 날 따라가게 해줬어."

"레안은? 레안은 어떻게 할 거야?"

"마음 같아서는 아주 콱콱 밟아버리고 싶은데……."

라틸은 잉크병 뚜껑을 빽 힘주어 따면서 이를 갈았다. 너무 힘을 준 탓인가. 뚜껑에 살짝 금이 갔다.

"지금 내가 오빠를 공격하는 건 화풀이로밖에 보이지 않을 거야."

"화풀이면 뭐 어때."

"난 이미 이복오빠 하나를 죽였잖아."

"살아났다며."

"남들은 모르니까. 하여튼 오빠가 죽이게 연기를 해낸 덕에 오빠 지지자들은 오빠가 가엾다고 생각하고 있어. 효자 아들이라 엄마 부탁에 어쩔 수 없이 이런 짓을 한 거라고. 이걸 무시하기엔 오빠 지지자들 숫자가 한둘이 아니야."

그래도 굳이 처벌을 하자면 할 수 있을 것이다. 어쨌든 잘못은 잘못이니까. 하지만 파티 도중 좀비가 나타나고 죽은 황자가 살아 돌아오고 마을 단위로 시체가 사라지고 있었다. 이 와중에 라틸이 이복오빠에 이어 동복오빠까지 엄하게 처벌했다가는 나라 분위기가 섬뜩해질 게 분명했다. 이 섬뜩한 분위기와 맞물려 라틸에 대한 안 좋은 루머가 퍼질지도 몰랐다. 공포에 질린 사람들은 어디로든 화풀이할 곳을 찾아 화살을 겨누게 되어 있으니까.

레안이 한 변명. 이 일을 주도한 건 엄마이고, 자신은 동생을 지키기 위해 중간에서 엄마를 따르면서 라틸을 구했단 그 변명이 먹혀들어 갈 수 있던 것도 오빠가 평소 쌓아온 학구적이고 평화로운 이미지 덕 아니던가. 반면 라틸의 이미지는 오빠와 정반대라 이럴 땐 도움이 되지 않았다. 라틸은 잉크병을 펜으로 마구 휘젓다가 편지지 위에 쾅 소리를 내면서 펜을 내려놓았다. 까만 잉크가 여기저기 퍼지면서 사방에 검은 자국을 만들어냈다. 그게 딱 라틸의 지금 마음이었다.

이번에는 하이신스가 큰 도움을 주었지만, 그는 오래 머무르진 못했다. 자신 역시도 카리센에서 해결해야 할 일들, 조사해야 할 일들이 한가득이었기 때문이다. 고작 하루를 머무른 하이신스가 돌아간 뒤. 라틸은 도망 다니는 내내 궁금했던 시종장과 유모를 찾았다.

'과연 두 사람은 오빠한테 넘어갔을까?'

엄마는 떠나기 전 시종장을 두둔하는 말을 해주었다.

"사블레 후작은 처음엔 레안의 뜻에 따르겠다고 했어. 사블레 후작도 네 아버지가 널 조사한 일에 대해 아니까."

"알고 있었어요?"

"알지만 말도 안 된다고 생각했대."

"……."

"사블레 후작은 레안의 뜻에 따르겠다 했지만, 뒤로는 너와 연락하려 애쓰고 있었어. 그게 들통 나서 근신 명령을 받았고."

엄마가 신전으로 떠난 뒤. 라틸이 따로 알아보니 과연 시종장은 처음엔 평소처럼 근무하였으나 며칠 뒤, 서넛을 도왔단 이유로 근신 명령을 받아서 자택에서 나오지 못하고 있었다. 서넛을 도운 게 아니라 라틸을 찾은 거겠지만 대외적으로는 서넛 핑계를 사용한 듯했다.

"사블레 후작 근신을 풀어주고, 쉰 다음 몸이 괜찮아지면 내게 오라 전해."

그나마 다행인 건 유모는 아예 처음부터 휴가를 받아서 이곳을 떠나있었단 점이었다. 유모는 사블레 후작처럼 회유된 시늉조차 안 할 사람 같았는지, 너무 오래 일을 해 몸이 좋지 않아 보인단 핑계를 대고서 그냥 바로 휴가를 보낸 것이다. 계산해보니 휴가가 끝날 날짜가 멀지 않았기에, 라틸은 유모는 당장 부르지 않기로 했다. 곁에서 늘 바쁘게 지낸 건 맞긴 하니까. 몸이 괜찮아지면 오라는 명령과 달리, 시종장은 명령을 받자마자 라틸이 보낸 심부름꾼과 함께 찾아왔다.

"시종장…… 이렇게 바로 오진 않아도 됐는데. 좀 쉬다 오지."

"내내 쉬었습니다, 폐하."

집 안에만 틀어박혀 있어서인가. 이전에 만났을 때보다 좀 뚱뚱해진 시종장을 보며 라틸은 감격해 중얼거렸다.

"하긴. 그건 그래 보여요."

오빠와 엄마의 배신을 알게 된 후, 시종장도 자신을 배신한 건 아닐까 의심하느라 마음 아팠는데. 마음고생을 했을 텐데도 살이 붙은 모습을 보자 그래도 안심이었다.

"어떻게 하다가 걸린 거예요?"

"레안 황자님이 소스란 경을 감옥에 가두려 할 때, 옆에서 두둔하다가 의심을 샀습니다. 결국 폐하와 접선을 시도하던 것까지 덜미를 잡혔지요."

"그래도 무사해서 다행이에요. 날 배신한 게 아니어서 그것도 다행이고요."

"폐하……."

시종장이 코를 훌쩍이는 동안 라틸은 자기도 괜히 코가 찡해왔다. 라틸은 얼른 휴지를 뽑아 시종장에게 내밀며 물었다.

"서넛 경은 어디 있는지 몰라요?"

"예. 소스란 경을 만나러 갔다가 황자님에게 붙잡힐 뻔했는데 이후 달아난 뒤로는 행방이 묘연해진 모양입니다. 하지만 폐하께서 자리를 되찾으셨으니, 이야기를 들으면 바로 오지 않을까요?"

시종장이 제안한 말에 라틸은 고개를 끄덕였다. 사실 라틸도 그렇게 생각하고 있던 찰나였다.

"사블레 후작, 내가 자리를 비운 동안 오빠와 엄마가 처리한 모든 결제안 사본을 만들어서 가져와줘요. 내 방향과 맞지 않는 게 있다면 빨리 취소해야 하고, 취소하지 않더라도 어떻게 흘러가는진 파악해야 하니까."

"네."

시종장이 지시를 받아 집무실을 나가자, 라틸은 이번에는 곧장 타시르를 불러 지시했다.

"마약아. 너는 흑림 암살자들을 시켜서 내가 황위를 찬탈당했다가 다시 찾았단 이야기를 사람들에게 널리 알려라."

라틸은 서넛이 어디 있는지 몰랐다. 하지만 이런 소문을 내면 서넛은 라틸이 어디 있는지 알 수 있을 것이었다.

"제 애칭은 마약으로 굳은 겁니까, 폐하?"

"그리고 오빠의 일거수일투족을 다 조사해서 보고해."

"굳은 건가 보네요……. 알겠습니다."

"마약아."

"네, 폐하."

"사랑해."

라틸이 오랜만에 제대로 재회하자마자 일 얘기만 해대는 통에 좀 서운한 눈치를 보내던 타시르는, '사랑해'라는 말에 무슨 못 들을 말을 들은 것처럼 기겁한 표정을 지었다. '사랑해'라고 말한 라틸이 오히려 더 민망할 정도로. 하지만 그것도 잠시. 그는 눈꼬리가 휘어지도록 웃더니, 라틸에게 슬금슬금 다가와 옆에 딱 붙어서 간

능을 떨었다.

“오가는 비밀 편지 속에 드디어 우리의 사랑이 싹튼 겁니까?”

라틸은 웃고서 아까 책상 위에 올려두고 까먹던 과자 하나를 집어서 내밀었다. 타시르는 얼결에 과자를 받아 들고서 ‘이게 뭡니까?’ 하는 표정으로 라틸을 보았다.

“상이야.”

“애정이 담긴 상인가요?”

“믿음이 담긴 상.”

솔직히 아까 사랑한다고 한 말은 빈말이다. 빈말이니 쉽게 내뱉은 거고. 게다가 라틸은 타시르 역시 자신을 사랑하는 건 아니라고 확신했다. 라틸이 보는 타시르는 그저 후궁 ‘놀이’ 중인 흑림 수장이었으니까. 하지만 별개로 그는 믿을 수 있는 사람이었다.

타시르는 과자를 손안에 쥐고 미묘한 미소를 짓더니 라틸을 물끄러미 응시한 채 입을 열어 과자를 입에 물었다. 와삭와삭 씹어먹더니 이윽고 눈가에 만족스러운 여우 눈웃음이 올라왔다. 먹이를 받아먹은 길든 여우 같은 눈웃음이.

“나름 맛있네요.”

“아, 타시르. 나 그거 봤다?”

“그거라니요?”

“네가 개발하고 싶어하던 그거. 툭 치니까 홀랑 벗겨지던 옷.”

“!”

레안이 가지고 있던 가발 모양 마법 아이템. 대단한 연극으로 모든 잘못을 엄마에게 미룬 레안이지만, 그 아이템마저 안 주고 버틸 수는 없었다. 라틸은 레안에게서 그 아이템을 전달받자마자 직접 폐기해버렸다.

'이런 건 없애는 게 나아.'

가발을 가위로 싹둑싹둑 자르면서 라틸은 자신이 가면을 얻은 지도, 그 귀퉁이 끝에 있던 숫자 3을 떠올렸다.

'어쩌면 이런 아이템이 세 개란 뜻일지도 몰라. 그런 거라면…… 조심해야 한다.'

그게 또 레안의 손에 들어가든 틀라나 헤움의 손에 들어가든 위험하다.

'내가 사람들 속마음을 바로바로 들을 수 있다면 누가 얼굴을 감추더라도 이런 고민은 안 해도 될 텐데. 이 능력은 정말 더 향상할 수 없나?'

그런데 라틸이 막 작업을 다 끝내고서 직접 쓰레받기를 가져다가 흔적을 처리하고 있을 때였다. 누군가 방문했음을 알리는 종소리가 났다. 라틸이 화답하는 종소리를 내자 문밖에서 호위가 알려왔다.

"폐하, 아트락시 공작님과 로르드 재상님이 찾아오셨습니다."

"들어오라 해라."

라틸은 시계를 확인하고서 대답했다. 두 사람은 라틸이 직접 부른 거였다. 타시르의 말에 따르면 그 둘 역시 이번에 큰 도움이 된 듯했으니까.

"무사히 귀환하신 걸 축하드립니다, 폐하."

"돌아오시기를 손꼽아 기다렸습니다, 폐하."

방 안으로 들어온 두 사람이 앞다투어 인사하자, 라틸은 그들에게 앉으라 손짓하며 공을 치하했다.

"타시르에게 들었소. 그대들이 대신들 사이에서 분위기를 잡느라 많이 애썼다고."

"신들이 아무리 애썼다 한들, 직접 폐하를 보필한 칼라인 님만 하겠습니까."

"타시르 님도 폐하를 위해 온갖 상단의 정보망을 동원하며 많이 애썼습니다."

그러자 웬일로 두 권력자도 자신들의 공보다 타시르와 칼라인의 공부터 치켜세웠다. 그러나 얼핏 겸손하게 들리는 그들의 칭찬을 들으며 라틸은 속으로 웃었다.

'이 아저씨들, 딱 평민 출신 후궁 둘만 치켜세우네.'

하지만 잘한 일은 잘한 것이기에, 라틸은 그들을 놀리는 마음을 눌러두고 진심으로 칭찬했다.

"이번 일을 겪으면서 나도 누가 진짜 내 편인지 알았지. 라나문과 게스타가 내 사람이니, 로르드 재상과 아트락시 공작도 내게는 가족과 같은 사이란 걸 똑똑히 알았네."

"가족!"

"가족!"

재상과 공작은 가족이란 표현이 마음에 드는지 동시에 '가족' 하고 따라 외치다가, 서로를 째려보고는 얼른 입을 다물었다. 라틸은 이후로도 몇 마디 더 공치사를 하다가, 더 처리해야 할 일들이 떠오르자 나중에 더 얘기하자고 둘을 내보냈다. 그런데 30분쯤 후. 떠난 줄 알았던 아트락시 공작이 다시 라틸을 찾아왔다.

"아직 안 갔나?"

라틸은 어리둥절해하면서도 아트락시 공작을 들인 후 소파에 앉게 했다.

"무슨 일인가? 급한 일 있는가?"

라틸이 묻자, 아트락시 공작은 목소리를 낮추어 진지하게 말했다.

"폐하. 우리 라나문이 폐하가 돌아오실 때까지 가짜 폐하와는 한 마디 말도 안 섞은 걸 아십니까?"

다행히 급한 일은 아니었다. 전혀.

"……그거 얘기하러 왔는가."

라틸이 황당해서 묻자, 아트락시 공작이 신중하고 진지한 얼굴로 고개를 끄덕였다.

"정말입니다. 다른 사람들에게 다 물어봐도 아실 겁니다. 얘가 얼마나 야무지게 대처했는지 모릅니다."

야무진 라나문이라니. 전혀 어울리지 않는 단어의 조합에 라틸은 어색하게 웃었다. 그러나 본론은 뒤에 있었다.

"그런데 나 원 참. 로르드 재상 아들은 보기엔 순진한데, 보험 들듯이 가짜 폐하하고도 꼭 붙어서 잘 지냈다는군요."

늦은 밤. 라틸은 자신이 자리를 비운 사이에 어떤 일들이 일어났는지 하나하나 점검하다가 펜을 내려놓고 눈두덩이를 눌렀다. 오랫동안 편안하게 잠을 자지 못해서인가. 긴장이 갑자기 풀려서인가. 어깨 근육이 꽉 뭉치는 느낌이 들면서 눈꺼풀이 무겁게 느껴졌다.

'나중에 하자.'

라틸은 자리에서 일어나 침대로 걸어갔다. 하지만 휘장을 걷고 안으로 들어갔다가 얼마 지나지 않아 다시 나왔다. 이대로 궁전에 돌아가면 또 이렇게 같이 지낼 일이 줄어들까 묻던 칼라인이 생각나서. 너무 피곤해서 쉬고 싶지만, 칼라인은 자신이 위험에 처했을 때 옆에서 함께 돌아다녀 주었다. 비록 그가 다른 여자를 진심으로 사랑한다 해도 그 시간 동안 보내준 도움에 보답해야 하지 않을까?

"칼라인한테 내가 30분 정도 있다 갈 테니까 놀라지 말라고 해라. 피곤할 테니 새로 씻는다거나 치장한다거나 하진 말고. 그냥 편하게 있으라 해."

결국 라틸은 기사 하나를 칼라인에게 보내고서 응접실로 나와 소파에 앉았다. 그러나 낮은 소파 등받이에 목을 대고서 천장을 쳐다보자마자, 엄마와 오빠 생각에 괜히 기분이 싱숭생숭해졌다.

'아예 생각을 하지 말자.'

하지만 이게 쉽게 될까? 라틸은 끙 소리를 내며 목을 들었다. 그러다가 먼발치에서 독서 중인 시녀를 발견했다. 애런델. 가짜를 진짜라 믿고서 이곳에 찾아왔던 라틸을 날카롭게 배척하던 시녀였다. 그 때문일까? 시녀는 책을 읽는 시늉을 하면서도 계속 라틸을 곁눈질하다가, 라틸과 눈이 마주치자 잠시 움찔했다. 하지만 그녀는 곧 아무렇지 않은 척 웃으면서 물었다.

"필요한 게 있으신가요, 폐하?"

상냥하고 공손한 목소리. 라틸을 가짜라 몰아붙일 때와는 다른 모습이었다. 라틸은 기분이 묘해졌다. 애런델은 늘 저랬다. 원래 저렇게 라틸에게 친절하게 대해주었다. 전에 가짜를 편들었을 때도, 사실 가짜를 라틸이라 생각한 것이기에 그런 것이고. 하지만…… 라틸은 입을 뻥긋하다가 웃으면서 고개를 저었다.

"아니. 하던 거 계속 해라."

시녀는 알겠다고 고개를 숙였다. 하지만 그 움직임은 뻣뻣했고, 책은 한 장도 넘어가지 않았다. 계속 같은 자리에 머무를 뿐. 저쪽도 라틸이 시녀와 호위들에게 가짜로 몰렸던 일을 떠올리는 게 분명했다.

'저 사람들 잘못이 아닌 건 알지만…….'

그래도 자신에게 가짜라고 삿대질하던 사람과 아무렇지 않게 지내려니 왜 이렇게 빈정 상할까. 라틸은 속으로 생각하면서 팔걸이에 몸을 옆으로 기대고 생각했다. 다른 시녀나 호위들을 보아도 이런 어색한 기분은 마찬가지일 텐데. 차라리 이 사람들을 다 내보내고 새로 들이면 그건 어떨까? 이들이 잘못을 한 건 아니었다. 라틸도 잘 알았다. 하지만 서로 얼굴 보기가 불편하기도 하고…… 그러나 결정을 내리기 전, 하렘으로 갔던 호위가 먼저 돌아왔다.

'이 문젠 나중에 생각하자.'

라틸은 문으로 걸어갔다.

“주인.”

방 안으로 들어가자 문 앞에 서 있던 칼라인이 대번에 팔을 뻗어 라틸을 끌어안았다. 라틸은 칼라인을 찾으려다가 코앞에 그의 가슴이 들이밀어지자, 고장이 나서 팔이 어정쩡한 위치에 멈춰버린 인형처럼 굳었다.

“깜짝이야.”

라틸이 중얼거리자 칼라인은 라틸의 정수리에 대고 숨을 들이마셨다. 머리를 감은 지 오래 지나지 않아 다행이었다. 라틸은 뻣뻣하게 굳어 있다가 가까스로 손을 움직여 늑대를 두드리듯 칼라인의 등을 툭툭 두드렸다.

“이제 그만. 인사 여기까지.”

그러나 신호를 잘못 인식한 건지, 칼라인은 라틸이 등을 두드리자 아예 감싸 들더니 순식간에 침대로 데려갔다. 눈 깜짝할 사이에 침대에 눕게 된 라틸은 자신을 빤히 내려다보고 있는 칼라인을 발견하고 ‘이게 뭐야?’ 싶어서 눈을 깜빡였다.

“너…… 속도가 진짜 빠르구나?”

라틸은 황당해 중얼거렸다. 오랫동안 함께 고생하기도 했고 도움도 받았으니 고마움도 전할 겸 같이 고생한 동료 간의 우애도 나눌 겸 온 건데. 왜 다짜고짜 이런 분위기인지.

"싫습니까?"

칼라인이 라틸의 목덜미를 쳐다보며 중얼거렸다. 라틸은 그의 이마를 손으로 쭈욱 밀어내며 상체를 일으켰다.

"싫고 말고를 떠나서. 지금은 이러려고 온 게 아니야."

칼라인은 라틸의 팔을 잡아 일어나는 걸 도와주었다. 하지만 라틸이 몸을 일으켜 앉은 뒤에도 그의 손은 팔을 떠나지 않았다. 아쉽다는 듯 달라붙어서 떨어질 생각을 하지 않는 커다란 손. 라틸은 그 손을 내려다보다가 내리란 소리를 하는 대신 시선을 다른 곳으로 돌렸다.

하지만 칼라인이 그 행동을 허락으로 받아들였는지 손길이 닿은 팔을 묘하게 주무르자, 라틸은 등골이 오싹해졌다. 안 그래도 손이 차가운 칼라인인데. 그 차갑고 커다란 손으로 피부를 문지르자 뜨거운 것도 차가운 것도 아닌 괴상한 감각이 들어서. 이건 나쁘다고도 좋다고도 말할 수 없어서 라틸은 발가락을 꿈지럭댔다. 문득 민망한 상상을 하고 만 것이다. 칼라인은 손도 차갑고 얼굴도 차가운데, 설마 다른 곳도 다 차가울까?

"주인."

그새 귓바퀴에 칼라인의 입술이 다가왔다. 입술은 물론 숨결까지 차가운 그의 감촉에 라틸은 자기도 모르게 칼라인의 허벅지를 쥐고 말았다. 단단한 근육이 손바닥에 가득 차자 라틸은 깜짝 놀라 손을 뗐다. 그걸 본 칼라인은 한숨을 짧게 내쉬더니 라틸의 팔에 머물러 있던 손을 천천히 내려 깍지를 끼면서 물었다.

"주인은 나 같은 남자를 하렘에 두고서 감상만 합니까?"

"아직 여러 가지 혼란스럽잖아. 주위가."

"그러니 여기선 혼란을 잊고 즐기셔야지요."

"아, 그렇긴 한데……."

칼라인의 손이 라틸의 손을 가두고서 비키질 않았다. 라틸은 그의 손 안에서 손을 꼼지락거리다가 결국 반쯤 솔직하게 털어놓았다.

"정국이 안정될 때까진 아이를 가지지 않을 거야."

라나문이나 게스타, 클라인 등에겐 절대로 못 할 이야기였지만 칼라인과는 카리센에 함께 다녀오면서 신뢰와 믿음이 단단하게 붙었다. 칼라인에겐 이런 말을 해도 될 것 같았다. 칼라인은 라틸의 말에 잠시 생각에 잠겼다.

'이해한 건가?'

라틸은 겹쳐진 두 사람의 손을 내려다보다가 힐긋 고개를 들어 칼라인의 턱을 보았다. 라틸이 고개를 돌리자마자 칼라인도 이쪽을 보면서 시선이 부딪쳤다. 그러나 의외로 칼라인은 웃고 있었다. 서운해하거나 안타까워하는 게 아니라. 날 놀리는 건가? 이쪽은 현실적인 문제인데. 라틸은 골이 나서 투덜거렸다.

"아, 그래. 너는 이해 못 할 일이겠지."

"그런 게 아닙니다."

"그렇게 보이거든?"

이쪽은 진지한 문제인데 저렇게 웃어대는 것부터가……. 그러나 칼라인은 또 웃고서 라틸의 관자놀이에 입을 맞추더니 귓바퀴에 입술을 대고 속삭였다.

"계획 없는 회임을 할 걱정 없이도 즐길 수 있는 방법이 백 가지는 있습니다."

라틸은 깜짝 놀라 옆을 쳐다보았다. 칼라인이 얼굴을 바짝 붙이고 있던 바람에 그의 입술과 라틸의 눈가가 스치고 말았다. 라틸은 고개를 들어 그의 가슴에 얼굴을 파묻었다. 민망했다. 아주 많이. 하지만…….

"그게 뭔데?"

머리카락과 두피를 부드럽게 매만지는 그의 손길은 분명 좋았다. 그리고 백 가지나 된다는 방법도 궁금했다. 칼라인은 라틸을 자신의 품 안에 가두면서 낮은 목소리로 물었다.

"알려드릴까요?"

라틸은 마른침을 삼켰다.

"배워볼까?"

칼라인은 한 손으로 자신의 셔츠 단추를 풀었다. 안 그래도 윗단추 두 개는 풀려있던 터라 그가 세 번째 단추를 풀자 가슴이 훤히 드러났다. 라틸은 손을 뻗어서 대리석 조각 같은 그의 가슴을 쓸어보았다. 그의 손을 만질 때부터 계속 궁금했다. 얘는 다른 곳도 차가울까? 아니면 손이랑 얼굴만 차갑나.

'가슴도 차갑네.'

라틸은 마른침을 삼켰다. 그러면…… 또 다른 곳도 차가울까? 그게 가능한가? 하지만 아찔하리 만큼 차가운 입술이 목덜미에 닿자 그런 생각도 휑하니 날아갔다. 라틸은 눈을 감고서 두 팔을 뻗어 칼라인을 감싸 안았다.

"차가워."

칼라인이 라틸의 말에 움찔하더니 목덜미에 여전히 얼굴을 파묻은 채 눈동자만 들어 라틸을 보았다. 그 눈동자가 너무 아름다워서 라틸은 "참을만해." 하고 중얼거리고서 칼라인을 다시 꽉 끌어안았다.

'몰라. 내가 따뜻하니까 괜찮겠지.'

하지만 신경이 쓰이는지 칼라인은 이불을 끌어당겨서 라틸의 등을 감싸주었다. 그래도 여전히 추웠지만. 아니, 오히려 등은 따뜻한데 앞은 차가우니 더욱 이상했다. 하지만 차가운 표면과 달리 그의 손길이 닿는 피부 안쪽에서는 확실하게 열기가 올라왔다.

라틸은 목덜미에 닿는 말랑하고 차가운 감각에 치를 떨다가 칼라인의 얼굴이 올라오자 그의 입술에 자신의 입술을 포갰다. 칼라인이 눈을 감자 긴 속눈썹이 돋보였다. 라틸은 그의 아름다운 모습을 관찰하고 싶어서 입술을 겹치면서도 눈을 감지 않았다. 그 순간.

도미스

칼라인의 마음속에서 들려오는 소리에 들끓던 흥분이 싹 가라앉았다. 라틸은 칼라인의 어깨를 두 손으로 움켜잡았다. 입술이 겹쳐져 있으니 분명 이 소리는 칼라인이 속으로 생각한 말이다. 칼라인의 어깨를 잡은 손가락에 힘이 꽉 들어갔다. 악몽을 꿀 때 외에는 마음을 꽁꽁 감추고 드러내지도 않던 칼라인이 자신과 입을 맞추면서 눈을 감고 '도미스'라고 부르자 몹시 불쾌해졌다. 칼라인이 눈을 감고 있는 것조차도 기분이 나빠졌다. 꼭 자신의 얼굴을 외면하기 위해 그런 것 같아서.

'도미스는 죽었으니까, 눈 감고 혼자 세뇌라도 하는 거야? 눈앞에 있는 게 도미스라고?'

아무리 봐도 그렇게만 보여서 라틸은 어깨를 잡은 손에 힘을 꽉 주었다. 라틸이 힘을 주어 밀자, 칼라인도 거부하지 않고 몸을 뒤로 뺐다. 입술이 떨어지자 그가 의아한 눈으로 라틸을 보았다. 라틸이 인상을 구기고 있자 그는 더욱 어리둥절한 표정이 되었다. 방금 전까지 좋은 분위기였는데 라틸이 갑자기 왜 기분 상해하는지 전혀 이해가 가지 않는 얼굴. 라틸은 입술을 꽉 깨물었다.

'물론 이해가 안 되겠지.'

칼라인은 어떤 실수도 하지 않았다. 겉으로는. 그는 라틸이 속마음을 읽을 줄 안다는 걸 모르니, 지금 상황을 이해할 수 없을 거다. 안다. 아는데…….

"주인?"

"다른 볼일이 생각났어."

"지금 말입니까?"

칼라인이 창문을 보았다. 어두컴컴했다.

"어."

라틸은 차마 '왜 나랑 키스하면서 도미스란 여자 생각을 해?'라고 따지지 못하고 일어섰다. 칼라인의 얼굴도 굳었다.

"내가 뭘 실수한 겁니까?"

라틸의 표정을 보고 기분이 상했단 걸 바로 알아차린 듯했다. 라틸은 입술을 달싹이다가 대답했다.

"아니."

"하지만 기분이 안 좋아 보이십니다."

"아니, 넌 실수한 거 없어."

라틸은 단호하게 말하고서 헝클어진 옷을 정리했다. 하지만 바로 나가진 못했다. 어쨌든 그가 위험을 무릅쓰고 자신과 함께 있어 주었기에. 게다가 자신도 비슷한 전적이 있긴 했다. 상대가 칼라인은 아니었지만.

"내 문제야. 신경 쓰지 마."

라틸은 애써 아무렇지 않은 척 칼라인에게 웃어 보이고서 어색하게 엄지로 문을 가리켰다.

"정말로 중요한 일이 생각나서 그러니까…… 넌 안에 있어. 난 가볼게. 신경 쓰지 말고. 네 잘못 아니니까. 정말로."

13 전에 사귀었던 사람이야?

"게스타 님은 계속 가짜 폐하와 어울려 다녔잖아."

"재상님은 가짜 폐하가 가짜란 걸 알고 있었다던데? 그럼 게스타 님도 어쩔 수 없이 그랬겠지. 가짜한테 사실을 알고 있단 걸 안 들키려고."

"아니, 그래도 좀 이상해."

"맞아. 어쩔 수 없이 어울린 사람치곤 너무 만남이 잦았어."

"먼저 찾아가기도 하고 그랬잖아?"

"가짜 폐하도 수시로 게스타만 찾고."

라틸은 점심 식사를 후궁 중 하나와 하기 위해 하렘으로 들어왔다가, 하인들이 구석진 곳에 모여 자기들끼리 수군거리는 소리를 들었다. 라틸은 제자리에 멈춰 서서 기척을 죽이고 그들의 말에 귀를 기울였다.

"가짜 폐하가 생판 남이어도 좀 이상해 보이는데. 선황후 폐하시라니 더 이상하지 않아?"

"그러니까. 혹시 선황후 폐하와 게스타 님이……."

"쉿. 말조심해."

"수상하잖아."

라틸은 미간을 찌푸렸다. 자신의 엄마와 자신의 후궁을 두고서 저런 식으로 수군거리는데, 당연히 좋을 리가 없었다. 하지만…….

'아트락시 공작도 저렇게 말했지.'

말을 들은 당시에는 아트락시 공작이 라나문을 치켜세우고 게스타를 깎아내리기 위해서 멋대로 그런 말을 한다고 여겼는데. 아주 없는 이야기는 아니었던 모양이다. 라틸은 슬픈 인상을 가진 온순한 게스타를 떠올렸다. 말도 조심조심하고 행동도 조용조용한 게스타. 청순한 게스타. 가장 착하고 순한 게스타.

'온순하긴 하지만 적응력은 좋은가 보네. 소리 없이 묻혀가는 스타일인가?'

어디서든 잘 적응해서 살아남겠어. 라틸은 속으로 혀를 찼다. 로르드 재상이 자신을 도왔으니 이 일을 굳이 들쑤시진 않겠지만, 게스타가 먼저 엄마를 찾아가면서까지 친하게 지냈단 부분은 확실히 편하게 들리지 않았다.

'나한텐 안 그러지 않았나? 게스타는 엄마 성격이 더 좋게 여겨졌나? 아니면 내가 못 돌아왔을 때를 위한 보험?'

어쨌든 게스타에 대해 사람들이 소곤거리는 걸 듣고 나자 굳이 지금 게스타를 찾아가고 싶지 않아졌다. 원래 라틸은 아트락시 공작과 로르드 재상을 염두에 두고서 하렘에 찾아온 것이었다. 라나문이나 게스타 둘 중 하나와 식사하든가, 시간이 맞으면 셋이서 식사하기 위해서. 하지만 저런 수군거림을 듣고 나자 저울이 한쪽으로 확 기울었다.

'라나문에게 가야지.'

테이블 가득 커다랗고 통통한 구이요리와 다양한 과일을 얹어 장식한 파이, 아이싱슈가를 뿌린 커다란 빵, 중간중간 버섯이 모습을 드러낸 수프 등이 차려졌다.

"많이 먹거라, 라나문."

라틸은 라나문이 완벽하게 예의를 지키면서도 깨작깨작 식사하자, 새 포크와 나이프를 꺼낸 다음 그의 빈 접시 위에 뼈를 바른 커다란 살코기를 얹어주면서 권했다. 라나문은 접시 위에 얹어진 바비큐를 보다가 라틸에게 인사했다.

"감사합니다."

오랜만에 만나도 여전히 쌀쌀맞은 태도였다. 하지만 그는 가끔씩 라틸을 곁눈질하다가 눈이 마주치면 희미하게 입꼬리를 올렸다. 대놓고 드러내진 않지만, 라틸이 자신을 찾아온 게 퍽 기쁜 듯이. 가만히 있어도 아름다운 라나문은 아주 조금만 웃어도 천재 화가의 붓 터치처럼 감미로웠다.

"많이 먹어. 넌 좀 많이 먹어야 돼."

라틸은 자꾸만 깨작거리는 그의 접시 위에 푸딩이며 말린 과일 등을 계속 얹으며 권했다.

"양이 너무 많습니다."

"쥐꼬리만큼 먹었잖아."

"전 원래 조금 먹습니다."

말이 많이 오가는 건 아니지만 좋은 분위기였다. 라틸은 간만에 자신의 자리를 차지한 게 기뻤기에 내내 웃고 있었고, 라나문 역시 오랜만에 라틸과 마주 앉아 식사하자 싫지 않은 듯했다.

"아트락시 공작에겐 정말 고마워. 늘 여러 가지 일로 날 도와주는군."

"……."

하지만 대부분의 싸움이 그렇듯, 이번에는 좀 사이가 좋아지는가 싶던 라틸과 라나문은 또 별거 아닌 일로 말다툼을 하게 되었다. 발단은 라틸이 던진 고마움의 표시였다. 라틸은 정말로 악의 없는 말이었다. 아트락시 공작에게 도움을 받았으니 그게 고맙다는 말. 그런데 푸딩을 잘라 입에 넣고서 고개를 드니, 안 그래도 차갑던 라나문의 표정이 더 차가워져 있지 않은가. 뺨에 체온계를 대어 보고 싶을 정도로. 입안에선 사과 맛이 확 퍼지는데 눈앞은 얼음덩어리다. 단맛이 싹 사라졌다. 라틸은 떨떠름하게 그를 불렀다.

"라나문?"

왜 갑자기 표정이 그러지? 막상 라틸이 이름을 부르자, 라나문은 아무것도 아니란 듯이 빙그레 웃고서 냅킨으로 입술을 닦았다.

"아닙니다. 폐하께서 제 아버지를 좋아하신다니 다행이라 생각했습니다."

"네 아버지를 좋아하는 건 아냐. 아니, 싫어하는 것도 아니지만 네가 '좋아한다'라고 표현하니까 좀 이상해. 내 말 무슨 뜻인지 알겠어?"

"저는 눈치가 빠르지 못해 잘 알아듣지 못하겠군요."

눈치가 안 빠른 건 모르겠고 눈치 주는 건 엄청 빠른 거 같은데. 라틸은 우물우물 먹던 푸딩을 꿀꺽 넘기고서 얼결에 같이 숟가락을 내렸다.

'화난 거 같은데. 왜 화난 거지?'

식사를 마친 후. 라틸은 업무를 마저 보기 위해 하렘 밖으로 나가면서 자신과 라나문 사이에 오고 갔던 대화들을 열심히 분석했다.

'걔는 대체 어디서 화를 내는지 모르겠어. 화내는 버튼이 남들이랑 다른 데 있나?'

그런데 출입구 부근에 가 보니, 클라인이 서서 고개를 기웃거리고 있었다.

"클라인? 뭐 하느냐?"

가까이 가서 묻자, 고개를 한껏 빼고서 어딘가를 보던 클라인은 화들짝 놀라 휙 몸을 돌렸다.

"폐하."

라틸은 클라인이 쳐다보던 방향을 같이 보았다. 아무것도 없었다. 그냥 길이다.

"저길 왜 봐?"

라틸이 질문하며 고개를 돌리자 클라인은 난처한 표정을 지었다. 그 표정을 본 라틸은 "아." 하고 탄성을 뱉었다.

"혹시 내가 오나 안 오나 보고 있었어?"

신기하게도 클라인은 속마음을 안 읽어도 속내가 보였다.

"아닙니다!"

클라인이 대번에 정색하며 반박했지만, 라틸은 자신의 말이 맞단 걸 알아차렸다. 클라인의 뒤쪽에 서서, 라틸의 말이 맞다고 빠르게 고개를 끄덕거리는 시종이 그 증거였다.

"나한테 할 말 있어?"

라틸이 질문하자, 클라인의 뒤에 선 시종이 또 고개를 끄덕거렸다. 아무래도 시종은 클라인이 라틸에게 관심이 많다는 걸 그냥 솔직하게 드러내길 바라는 모양이었다. 하지만 뒤에서 자신의 시종이 어떤 배신 중인지 모르는 클라인은 대번에 "아니요"라고 대답했다.

"그래? 알았어. 그럼…… 계속 하던 거 해. 그게 뭔진 모르겠지만."

그러면서도 막상 라틸이 그를 지나쳐 가려 하자 클라인은 황급히 손을 뻗어 라틸의 망토 자락을 붙잡았다. 라틸이 멈추어 서서 돌아보자, 클라인이 다른 쪽을 본 채 손만 뻗고 있는 게 보였다. 라틸은 손을 뻗어서 그가 움켜쥔 자신의 망토를 주욱 끌어당겼다.

"내 망토랑 할 말 있어? 망토 빌려줘?"

라틸이 묻자 클라인은 그제야 라틸을 제대로 쳐다보았다. 하지만 여전히 혼란스러운 표정. 스스로도 무슨 말을 해야 할지 영 갈피가 안 잡히는 얼굴이었는데, 그가 이런 표정으로 무슨 생각을 하는지는 곧 알 수 있게 되었다.

어쩌지. 폐하께서 가짜를 물리칠 때 나만 현장에 없던 걸 뭐라고 설명드리지?

이번에는 시종이 아니라 그의 속마음이 진실을 알려주어서. 라틸은 웃음이 나올 뻔한 걸 참느라 입 안쪽 살을 꽉 깨물었다. 덕택에 양 볼이 움푹 패였으나 클라인은 자신의 고민에 심취해서 알아차리지 못했다.

후궁들 중에서 나만 폐하가 가짜란 걸 몰랐으니, 분명 실망했을 거야. 어떻게든 알고 있었던 척해야 하는데…… 무슨 수로?

라틸은 주먹으로 입가를 가리고서 흠흠 헛기침을 했다. 클라인은 살짝 맹한 구석이 있으니까 진짜와 가짜를 알아낼 거란 기대는 어차피 하지도 않았는데. 본인이 저렇게 심각해하고 있으니. 과연 무슨 수로 자신을 속여먹으려 들지 궁금했다.

'그런데 왜 클라인 속마음은 유독 잘 들릴까? 단순해서? 아니면 감정 폭이 큰 편인가? ……새벽엔 칼라인 속마음도 듣긴 했지만.'

칼라인이 자신에게 키스하며 '도미스'라고 부른 게 떠오르자 입가에 올라왔던 미소가 싹 가라앉았다. 라틸은 고개를 짧고 빠르게 저어 그 생각을 떨쳐냈다. 애초에 사랑하는 여자가 죽어서 여기 온 남자란 거 알았잖아. 신경 쓰지 마. 죽은 사람이야. 신경 쓰지 마.

라틸은 칼라인의 목소리를 떨쳐내기 위해 더욱더 클라인에게 집중했다.

저는 외국인이라 어전회의에 들어갈 수가 없었어요? 아니야, 우리 형님이 오는 회의니까 들여보내 줬을 거야. 폐하도 이걸 알 거고.

다행히 생각에 잠긴 클라인은 몹시 아름다워서 어렵지 않은 일이었다. 클라인의 시종이 '황자님. 황자님. 말 좀 하세요!'라고 신호를 보내는 동안, 라틸은 빠르게 칼라인을 떨쳐내고서 흥미롭게 클라인의 내리깐 눈매를 바라보았다.

저도 진실을 알고 있었지만 다른 후궁들이 절 끼워주지 않았어요, 라고 하면? ……아니야, 내가 다른 후궁들을 험담한다고 생각하실지도 몰라.

한참을 그러다가 클라인이 선택한 변명은 너무 가소로웠다.

"저도 가짜가 가짜란 걸 알고 있었습니다, 폐하."

'설명할 방법이 없으니 설명을 아예 생략해 버렸구나.'

역시 머리가 좋진 않아. 클라인이 조마조마한 표정으로 라틸을 보았다. 라틸이 이 이상 캐물을까 두려워하는 듯. 라틸은 그를 놀리고 싶은 충동이 잠시 들었지만, 결국 그의 거짓말에 넘어가 주기로 하고서 활짝 웃었다.

"그럴 것 같았어. 난 널 믿었다, 클라인."

혹시 이 말을 듣고 찔려하면 어쩌나 생각했으나, 클라인은 머리도 없고 양심도 없는지 전혀 찔리는 기색 없이 덩달아 웃으면서 대답했다.

"그거 아십니까, 폐하? 칼라인이 하녀랑 바람 나서 궁궐 밖으로 달아났던 거요?"

"……."

"그 하녀가 완전히 노골적으로 칼라인을 유혹하려 하는 게 눈에 훤히 보이는데, 거기에 덥석 넘어가더라고요. 전 그 하녀를 딱 봤을 때부터 눈빛이 싸해서 별로였는데."

기고만장해진 클라인이 하하 웃다가 "폐하를 두고 그런 이상한 하녀한테 반하다니. 칼라인은 안목이 없죠?"라고 묻는 순간, 졸지에 눈빛 싸한 이상한 하녀가 되어버린 라틸은 자기도 모르게 그의 발등을 밟아버렸다.

"아야. 폐하?"

클라인이 어리둥절해서 라틸을 쳐다보자, 라틸은 두 손으로 그의 머리통을 잡고서 아예 공을 흔들듯 흔들어보았다.

"폐하? 폐하?"

클라인은 영문도 모르고 흔들렸다. 라틸은 몇 번을 그런 후에야 클라인의 머리통을 놓고서 중얼거렸다.

"텅 비어있을 것 같아서. 아니네. 뭐가 있긴 있어."

"네?"

"사람들도 참 너무해요."

트리가 커다란 상자를 들고 방 안으로 들어오면서 시무룩하게 중얼거렸다. 게스타는 창가에 앉아 책을 읽다가 고개를 들었다.

"왜? 무슨 일 있어?"

“지난번에 말씀드린 그 일이 있었죠.”

“또?”

“네. 또요.”

트리는 가져온 상자를 책장 앞에 내려놓으면서 툴툴거렸다.

“정말 너무하고 너무 웃기지 않아요? 폐하가 가짜란 걸 제일 먼저 알아차린 건 도련님이잖아요! 그런데 도련님이 후궁들 중 제일 욕을 먹고 있다니요!”

게스타는 손에 든 책을 만지작거리면서 어색하게 웃었다. 지금 웃음이 나오세요? 트리는 자기도 모르게 외칠 뻔했다.

“아니, 사람들 진짜 웃겨요! 자기들은 폐하가 가짜란 것도 몰랐으면서, 이제 와서 아주 희대의 충신들인 것처럼 군다니까요? 그러기만 하면 웃기기나 하지! 왜 도련님이 가짜를 속이려고 옆에 붙어 있었던 걸 욕하는데요?”

게스타는 “음.” 하고 우물거리다가 손가락으로 허공의 두 지점을 짚었다.

“이것도 웃기고 저것도 웃기다 했잖아. 말이 좀 안 맞는 거 같아.”

“도련니임!”

트리는 꽥 소리를 지르다가 손에 들고 있던 책을 떨어트릴 뻔했다.

“난 폐하만 그 소문을 안 믿으면 돼.”

이런 말이나 해대는 도련님이 오늘따라 너무 답답했다. 매운 고추를 서너 개 넣고 수프를 끓여 드리면 좀 화끈해지시려나?

“폐하께선 칼라인 님한테 다녀가시고 라나문 님한테 다녀가셨어요. 오는 길에 들으니 지금은 타시르 님을 집무실로 부르셨대요. 게스타 님이랑 재상님도 이번 일에 큰 도움이 됐는데, 왜 우리한텐 안 오세요? 이게 다 소문 때문이라고요! 그렇게 천년 산 토끼처럼 웃으실 때가 아니에요!"

"너 말이 평소보다 길어졌다."

"도련니임!"

게스타는 고개를 푹 숙였다. 양말이 들썩이는 걸 보니 발가락을 꼼지락대는 것 같았다. 트리는 상자 뚜껑을 벗겨 책을 꺼내 책꽂이에 아무렇게나 퍽퍽 꽂는 것으로 자신의 불만을 드러냈다.

"도련님이 해야 할 건요, 폐하를 찾아가서 다 말씀드리는 거예요. 도련님이 제일 먼저 진실을 알아차렸고, 그렇게 이뻐하는 라나문 님은 그냥 거저 들은 거라고요! 칼라인 님은…… 뭐 큰 도움이 됐으니 이번엔 어쩔 수 없겠지만요!"

말을 하다 보니 트리는 더욱 억울해졌다. 소문을 들어보니 라나문과 타시르, 대신관 이렇게 셋이서 비밀 회동을 해서 황제가 돌아오도록 계획을 세웠다고 한다. 다들 이 셋이 정말로 대단하다며 진정한 후궁이라고 치켜세웠다.

"전 타시르 님이 게스타 님만 회동에 안 부른 것도 화나요! 게스타 님이 정보를 알아냈는데, 어떻게 게스타 님만 쏙 빼요?"

"……."

"클라인 님 무식한 거야 다들 알아서 욕도 안 해요. 게다가 외국 황자라서 일부러 뺀 거라고 자기들끼리 이해도 해줘요. 그런데 아무도 도련님 사정은 안 알아줘요! 전 진짜 열불이 나서 5분 단위로

막 혈압이…….”

트리가 얼굴이 벌게지자 게스타는 얼른 달려가서 대신 책을 찾고 책꽂이에 빠르게 딱딱 꽂았다. 열심히 손을 놀리면서 게스타는 트리에게 달래는 투로 말했다.

“괜찮아. 폐하가 나를 지금 냉대하면 냉대할수록 나중에 돌아오는 죄책감이 커지실 테니까.”

“죄책감도 뭘 알아야 느끼시죠!”

“알게 되실 거야. 언젠가는.”

“언제요?”

“그건 나도 몰라.”

트리는 결국 자신의 목덜미를 잡았다. 이 대책 없고 긍정적이기만 한 도련님이 어떻게 해야 현실을 바라보실까! 하지만 게스타는 아무 계획 없이 하는 말이 아니었다. 게스타는 이미 여기에 대해 장기적인 계획을 세워두었고, 그동안의 일은 각오를 한 상태였다. 높게 뛰기 위해서는 무릎을 굽혀야 하는 법이니까. 하지만 별개로…….

‘입을 너무 심하게 놀리는 것들은 좀 정리를 해야겠네.’

트리가 게스타에게 말했던 대로 라틸은 자신의 집무실에 타시르를 불러 함께 식사하는 중이었다. 식사라고는 하지만 일할 게 너무 많은 터라 음식은 최소한으로만 차려져 있었다. 타시르를 굳이 집무실로 부른 것도 하렘까지 갈 시간이 나지 않아서였다. 이게 다 오늘 아침, 자신이 자리를 비운 동안 레안이 인사에까지 손을 댄 탓이다.

"그거 아십니까, 폐하? 요즘 저와 라나문 님, 칼라인 님 이렇게 셋이 폐하께 가장 총애 받는 세 명이라 불리는걸요."

"뭐야. 정말? 그중에 정답은 하나밖에 없잖아?"

"물론 정답은 저 하나뿐이지요. 압니다."

"……."

"이 침묵은 긍정?"

석 달 전쯤이라면 타시르에게 엉뚱한 소리 하지 말라 했겠지만, 라틸은 이번에는 그러지 않았다. 어쨌든 타시르가 이번에 큰 도움이 되었으니까. 대신 라틸은 타시르의 손에 포크를 쥐여주었다.

"먹어. 얼른 먹어."

"예, 그럼."

하지만 타시르가 포크를 쥐여주는 라틸의 손을 가져다가 손등 위에 쪽 입을 맞추고 먹으려는 시늉을 하자, 라틸은 결국 하던 대로 굴고 말았다.

"엉뚱한 짓 좀 그만하고."

"우리 폐하께선 분위기를 못 타시는군요."

"네가 엇박자를 타는 건 아니고?"

"그래도 폐하는 제가 좋으시지요?"

"……."

라틸이 입을 벌리고 쳐다보자 타시르는 그 안에 과일을 쏙 넣어주었다. 어찌나 그 동작이 빠른지 라틸은 인상을 구기다가 과일을 씹어버렸다. 화를 내기 전에 단맛이 입안을 가득 채우자 화도 쑥 가라앉아서, 라틸은 끙 소리를 내면서 그냥 입을 오물오물 움직였다.

"넌 정말 이상한 성격이야."

"호기심은 사랑의 시작이지요."

"우리 사랑이 아직 시작도 안 했단 걸 알긴 하구나. 모르는 줄."

"시작이 반이라니 폐하와 저는 이미 반을 온 겁니다."

"……말은 잘하지."

"잘하는 게 과연 말뿐일까요?"

이번에는 라틸이 과일을 가져다 타시르의 입안에 넣어주었다. 차이가 있다면 라틸은 타시르의 턱을 손으로 벌린 다음 넣어주었단 것이다.

"그거 다 먹을 동안 입 열지 마."

"전 먹으면서도 말할 수 있습니다."

라틸은 손을 뻗어 타시르의 입을 막았다. 타시르는 그래도 좋다고 웃으면서 과일을 잘만 먹었다. 오히려 손바닥에서 느껴지는 입술의 움직임에 라틸은 자기가 더 어색해져서 정색했다. 이걸 노린 게 아닌데!

얘는 진짜 커다란 여우 같아. 사람으로 변한 여우. 여우 가면은 가면을 써서 여우 같은데, 왜 얘는 가면이 없는데도 여우 같을까. 라틸은 문득 여우 가면과 타시르가 마주 선 모습을 떠올렸다. 서로를 보고 '어라?' '너는?' 하면서 놀라워하는 모습을.

"웃길지도……."

"뭐가 말입니까?"

"아니. 그런 게 있어."

라틸은 건성으로 대답하다가, 아직도 자신이 타시르의 입을 막고 있단 걸 떠올리고서 얼른 손을 뗐다. 그러고서 고개를 숙이자 접시에 놓인 음식이 거의 다 사라져있었다.

'언제 다 먹은 거지?'

라틸은 반대쪽 손에 들었던 포크를 내려놓았다. 어쨌든 식사도 대충 끝났으니 이제 타시르를 부른 볼일을 꺼내야겠다. 이것도 라틸이 타시르에게 큰 도움을 받은 뒤 생긴 변화였다. 무조건 불러놓고 볼일만 말하지 않는 것.

"엄마랑 오빠 쪽은? 별 움직임 없어?"

"네. 선황후 폐하께선 순순히 신전에 돌아가셨고, 레안 황자님은 별궁에서 얌전히 지내고 계십니다."

"사람들은? 많이 오고 가?"

"선황후 폐하가 계신 신전 쪽이라면, 원래 방문자를 거의 받지 않으니까요. 하지만 별궁에는 사람들이 많이 오가는 편입니다. 이전보다 적지만요."

"새는?"

"네?"

"새도 많이 오가나?"

라틸의 질문에 타시르가 고개를 기웃했다. 라틸은 타시르에게 카리센에 있을 때 자신이 알아차린 정보를 알려주었다. 원래 궁궐에는 새가 많지 않았는데, 언제부터인가 새 숫자가 조금씩 늘어나서 지금은 사방에서 새소리가 들려온다는 이야기. 적들이 정보를 쏙쏙 잘 빼가는 정황이 있었는데, 아무래도 새를 이용해서 그런 것 같다는 추측 등이었다. 날아다니는 새가 많다면 그 사이에 전서구들을 섞어도 눈치채기 어려울 테니 말이다.

"그렇군요. 그쪽으로도 알아보겠습니다."

"부탁해. 항상 네게 일을 맡기네."

그런데 이쯤에서 또 헛소리를 하나 해주어야 할 타시르가 웬일인지 턱을 괸 채 티스푼으로 빈 잔 안을 빙글빙글 돌려댔다. 이마가 구겨졌고 시선은 허공 어딘가를 향하고 있었다.

"왜?"

심각해 보이는 얼굴이어서 라틸이 묻자, 타시르는 그제야 티스푼을 놓고 팔을 내렸다.

"게스타 님 일이 생각나서요."

"게스타?"

"예전에 입궁한 지 얼마 안 됐을 때 일인데요."

"어. 왜?"

"게스타 님이 날개가 부러진 새를 안고 있는 걸 본 적이 있습니다."

"게스타가? 새를?"

"네."

말을 한 타시르는 곧 빙그레 웃으면서 덧붙였다.

"물론 아무 관련 없는 일일 수도 있습니다. 게스타 님이 스파이 같다고 드린 말씀은 아닙니다. 그 성격은 사실 스파이가 되기도 어렵지요."

"그러네. 게스타는 착하니까."

"뭐, 그런 뜻으로 드린 말씀은 아닙니다만."

라틸이 아는 게스타는 착하고 순했다. 다친 새를 발견하면 깊게 생각하지 않고 바로 구해줄 사람. 그러니 다친 새를 발견해서 구한 일은 전혀 이상하지 않을지도 몰랐다. 평소라면 라틸은 '역시 게스타는 착하네.' 하고 넘어갔을 것이다. 하지만 자신이 자리를 비운 동안 게스타는 황제가 가짜란 걸 알면서도 가깝게 지냈다. 단순히 찾아오는 가짜 황제를 뿌리치지 않는 수준이 아니라 직접 놀러 가면서까지.

게다가 믿었던 오빠와 엄마에게 연달아 배신을 당했고, 오빠가 심지어 엄마까지도 즉석에서 배신해 버리는 걸 목격했다. 이런 일련의 일들이 겹쳐지고 나서인가. 게스타가 다친 새를 안고 있었단 것만으로도 좀 의심스러운 마음이 들었다.

"로르드 재상이 날 도운 걸 보면 게스타가 적은 아닐 것 같긴 한데……."

"그렇지요, 물론. 저도 그냥 말씀드린 것뿐입니다. 새 이야기를 하시니 생각나서요."

"……."

"설령 그 새가 문제가 있는 새라 하더라도, 게스타 님은 그저 우연히 다친 걸 보고 구해주었을 수도 있으니까요."

"그렇지?"

라틸은 손가락으로 톡톡 탁자를 연거푸 두드리다가 벌떡 일어섰다. 그 갑작스러운 행동에 타시르는 눈을 휘둥그렇게 뜨고 라틸을 올려다보았다.

"응? 어디 가십니까?"

"네 배웅."

"네? 갑자기요? 저 나가요? 많이 바쁘십니까?"

"응. 게스타한테 가보려고."

타시르의 표정이 애매모호하게 변했다.

"다른 남자한테 가시려고 절 내쫓으시는 건가요? 섭섭해라."

"놀러 가는 게 아니란 거 알잖아."

그래도 서운한 티를 과장될 정도로 드러내는 타시르를 보다가, 라틸은 그를 일으켜 세운 다음 팔짱을 끼면서 손가락으로 문을 가리켰다.

"그럼 이렇게 하자. 게스타한테 가는 게 아니라 널 네 방까지 바래다주는 거로. 이러면 될까?"

장난스럽게 말하고서 라틸은 타시르 쪽을 놀리듯 올려다보았다. 분명 또 히죽히죽 웃으면서 헛소리로 말대꾸하겠지, 생각하면서. 그러나 의외로 타시르는 애매하게 웃고 있었다.

타시르가 아깐 왜 그렇게 웃었을까? 이후 타시르는 평소처럼 웃으면서 라틸에게 몸을 기대고 "이러고 가도 되나요?" 하고 가볍게 말했다. 하지만 순간 보였던 그 애매한 미소가 자꾸 라틸의 머릿속에 남았다. 안 그러던 사람이 그러니까 더. 질투? 아니, 질투는 아니었다. 질투도 할 사람이 해야지, 타시르의 질투라니. 그러면 혹시…….

'다른 곳에 들렀다 가려 했는데 나 때문에 돌아가야 해서?'

곰곰이 생각해도 알 도리가 없자 결국 라틸은 생각하길 멈추었다. 지금은 게스타에 대한 건부터.

'한 번에 하나씩.'

라틸은 자신의 볼을 눌러 표정을 관리한 다음 게스타의 방문 앞으로 다가갔다. 라틸이 연락도 없이 나타나자 방문 앞에 서있던 호위는 깜짝 놀라 "폐하!" 하고 외쳤다. 그러고는 라틸이 '게스타 있냐'고 묻기도 전에 방문이 발칵 열리면서 게스타의 시종 트리가 용수철처럼 튀어나왔다. 라틸이 어쩡쩡하게 손을 올린 채 쳐다보자, 트리는 입을 뻐끔거리다가 하늘에서 떨어진 돈뭉치를 본 표정으로 변해 외쳤다.

"폐하! 드디어 오셨군요!"

게스타가 날 많이 기다렸나 보다. 라틸은 트리의 표정을 보는 것만으로도 대충 지금까지 방 안에서 일어난 상황을 짐작할 수 있었다.

"게스타는?"

"방 안에 계십니다!"

트리가 방문을 과도할 정도로 활짝 열어주자, 라틸은 트리의 어깨를 툭툭 두드려주고서 안으로 들어갔다. 문 두 개를 지나자 게스타가 문가에 어색하게 서있는 게 보였다. 라틸이 들어오는 소리를 듣고 급히 준비한 듯 커다란 화병을 품에 안고서.

'꽃……을 얼굴 아래에 두려 했던 건가.'

하지만 화병을 안고 서다니. 라틸이 황당해서 웃자 게스타는 얼굴과 목덜미, 귀까지 붉어져서는 화병을 얼른 바닥에 내려놓고 일어섰다.

"갑, 갑자기 오실 줄은 몰라서…… 제가 안고 있으려 한 게 아니라 트리가……."

"오늘은 책이 아니라 도자기를 들었네."

"폐하……."

게스타가 울상을 짓자 라틸은 그의 팔을 잡고 소파로 데려갔다. 옆에 앉히자 게스타는 얼굴이 붉어진 채로도 희미하게 웃었다. 그 모습을 보자 라틸은 두 가지 생각이 동시에 떠올랐다. 하나는 '역시 게스타가 스파이는 아닌 거 같아'란 생각. 다른 하나는 '내 옆에서 좋아 죽겠다는 듯이 굴지만, 엄마 옆에 가서도 저랬겠지?'라는 생각.

'물론 살아남기 위해 권력자에게 잘 보이려 한 게 나쁜 일은 아니야. 게스타가 엄마를 잘 따라다녔다지만 날 배신하진 않았으니까.'

하지만 그 생각을 하면서도 라틸은 자기도 모르게 입을 열고 말았다.

"고마운 게 하나 있고. 묻고 싶은 것도 하나 있는데."

"무엇이든 말씀하세요, 폐하."

"로르드 재상이 날 도와준 건 알지? 고마워. 덕분에 수월하게 돌아온 거 같아."

"폐하……."

게스타가 눈을 내리깔고서 희미하게 웃었다. 그 모습을 옆에서 보자 긴 속눈썹이 눈에 확 들어왔다. 연약해 보이는 모습. 무슨 말을 하면 바로 눈물부터 뚝뚝 흘릴 것 같다. 그 탓에 라틸은 두 번째로 하려던 말을 바로 하지 못했다.

"폐하?"

라틸이 옆모습을 뚫어져라 쳐다보기만 하자 게스타가 의아한 시선을 던졌다. 하지만 라틸이 황급히 그의 얼굴을 도로 옆으로 돌려두었으므로 게스타는 눈이 더욱 동그래졌다.

"폐하?"

"넌 옆모습이 예뻐."

"네?"

"이 상태로 있자."

게스타는 영 어리둥절해하면서도 일단 라틸이 정해준 방향을 시키는 대로 쳐다보았다. 너무 이상하게 굴었나. 라틸은 큼큼 헛기침을 하고서 "아니야. 편하게 있어."라고 정정하고서 자신이 이곳에 찾아온 목적을 밝혔다.

"저기, 네가 새를 한 마리 주웠단 이야기를 들어서 왔다."

"새요?"

"어. 나도 새를 기를까 하거든. 혹시 먼저 기르고 있다면 어떻게 기르는지 배우고 싶어서. 고맙단 얘기도 할 겸."

"전 새를 기르지 않는데요?"

하지만 게스타는 라틸의 이야기에 전혀 수상한 구석이 없는 모습으로 대답했다.

"그럼 주웠다는 새는……."

"간단한 처치를 했지만 이후에 어떻게 치료해야 할지 몰라서, 트리를 시켜서 전서구를 취급하는 부서에 가져다주라 했습니다."

"아. 그래?"

"네."

게스타는 '근데 그게 언제 일인데 이제야 물으시지?'라는 표정이었다. 말이 끊기자 어색해져서 라틸은 자신의 턱을 문질렀다. 참 어색하고도 어색한 시간이었다. 게스타와 서로 말도 하지 않고 앉아있자, 라틸은 타시르와 있을 때 자신이 얼마나 편하게 있는지 새삼 깨달았다. 그럴 수밖에 없었다. 타시르는 라틸이 입을 다물어도 혼자서 조잘조잘 잘 얘기해대니 말이다. 그가 입을 다물고 있을 때는 머리를 휙휙 굴리면서 꿍꿍이 가득한 미소를 짓고 있을 때뿐이었다.

'라나문하고 있을 때도 다른 의미로 편하긴 하지.'

걔는 누구랑 있어도 조용하고 냉정한 사람이란 걸 아니까.

"음…… 그러니까……."

결국 라틸은 혼자 중얼거리다가, 아까 물으려다 게스타가 너무 여려 보여서 멈추었던 말을 도로 내뱉고 말았다.

"사람들이 내가 자리를 비웠을 때 네가 가짜랑 친하게 지냈다고 하던데."

말을 하자마자 라틸은 '안 묻기로 했잖아!'라고 자신에게 윽박

질렀다. 하지만 이미 질문은 나간 뒤였다. 지금 와서 '아니, 대답하지 마'라고 하는 것도 이상하겠지? 결국, 라틸은 '이왕 이렇게 됐으니 대답이나 듣자!' 싶어 손을 깍지 끼고 게스타를 바라보았다. 그러나 게스타의 낯빛을 보자마자 라틸은 이 질문을 한 걸 후회했다. 게스타는 당장에라도 바람이 불면 훅 날아가서 옆 나라에서 발견될 것처럼 보였다.

"널 의심해서 한 말은 아니고."

라틸은 얼른 덧붙이면서 아무렇지 않은 척 웃었다.

"이상한 말이지. 이상한 말인데, 그냥. 네가 이 부분에 대해서 나한테 할 말이 있지 않을까 싶어서."

라틸은 괜히 소파에 등을 더 기대고는 게스타의 뒤통수를 쳐다보았다. 그가 고개를 돌리고 동그란 눈으로 자신을 바라보며 이 일에 대해 무엇이든 말해주길 기다렸다. 그럴듯한 변명. 자신을 변호할 상황 설명. 그런 것들.

"……."

그러나 게스타는 라틸을 빤히 바라보기만 했다. 슬픈 표정으로. 하지만 라틸이 원하는 건 표정이 아니라 정확한 설명이었다. 혹시 겁먹어서 저러는가 싶어서, 라틸은 입가 양옆을 크게 벌려서 웃는 표정을 고수했다. 그러나 게스타는 여전히 아무 말도 하지 않았다. 그저 눈을 또 내리깔고서 가만히 자기 손만 꽉 쥐고 있을 뿐.

"네가 그렇게 가만히 있으면 도는 소문이 꼭 진짜 같잖아."

라틸이 뼈 섞인 농담을 던져도 마찬가지였다.

"아무 말도 안 할 거야?"

그래도 게스타가 입을 다물자 결국 라틸은 “그래.” 하고 중얼거리고서 일어났다. 게스타가 스파이라거나 엄마에게 자신을 팔았을 거란 생각은 여전히 하지 않는다. 하지만 저렇게 입을 다물고만 있으니, 사람들이 수군대는 소리가 생각나 기분이 불쾌해졌다.

“나는 음. 다른 바쁜 일을 하다가 와서. 나중에 다시 오마.”

그렇다고 게스타에게 화를 낼 수도 없어서, 결국 라틸은 그렇게 둘러대고서 복도로 나갔다.

황제가 가버리자 트리는 게스타에게 다가가 울먹이며 물었다.

“솔직하게 말씀하셨어야죠, 도련님! 도련님이 제일 먼저 가짜란 걸 알아차렸고, 아트락시 공작이 재상님을 시켜서 도련님한테 가짜랑 어울리라 지시했다고요!”

“안 믿으실 거야.”

“안 믿어도 하셨어야죠! 이대로 억울하게 당하실 거예요?”

트리가 풀쩍풀쩍 뛰지만, 게스타는 쓸쓸하게 웃기만 했다.

“괜찮아. 나중에 다 아실 테니까.”

‘그리고 지금 화를 낸 만큼 미안한 마음이 더 커지겠지.’

게스타는 뒷말은 감추었다. 그는 비밀스럽게 진행한 일을 여기저기 떠벌리는 타입이 아니었다. 그러니 라틸이 자신이 설치해 놓은 후회의 덫을 밟기 전까지는 억울하고 갑갑하고 화가 나도 그냥 이렇게 있을 생각이었다. 그래서 할 말이 많았는데도 꾹 참지 않았던가. 하지만 이를 모르는 트리는 그저 이 상황이 답답하기만 했다.

"도련님은 화도 안 나세요?"

"난 그것보다…… 폐하께서 내 약속을 잊은 거. 그냥 그게 섭섭해."

"!"

게스타가 힘없이 중얼거리는 말에 트리는 그제야 펄쩍 뛰던 걸 멈추었다. 이건 그도 까먹고 있던 거여서. 트리도 게스타가 라틸과 한 생일 약속을 떠올렸다. 둘이서만 놀러 가기로 한 약속. 황제가 가짜로 오인 받아 궁을 나가는 바람에 지켜지지 못한 약속을. 트리는 입을 뻐끔거리다가 울적해진 게스타를 달래기 위해 아무 말이나 지껄였다.

"생일 당시에 너무 위급하셨잖아요. 게다가 지금은 레안 황자님과 선황후 폐하가 저지른 일 뒷수습을 하느라 바쁘시고, 흑마법사 관련한 일도 처리하셔야 하고……."

"그렇겠지?"

그래도 게스타의 표정이 풀어지지 않자, 트리는 라틸을 향해 항의하길 멈추고서 억지 미소를 지었다.

"그럼요! 억울하게 쫓겨날 위기를 넘기신 탓에 잠시 다른 일은 다 잊으신 게 분명해요. 생각나면 다시 챙겨주실 거예요, 도련님."

아니, 그냥 헛소문이 돌고 있다, 사람들이 이상한 말을 하고 있다, 소문만큼 자주 가진 않았다, 뭐 이런 말로 둘러대면 되는 거잖아? 왜 안 해? 그거 말하는 게 그렇게 어렵나? 방으로 돌아온 라틸도 기분이 좋지는 않았다. 진짜로 게스타가 가짜 쪽을 더 좋아해서 저러는 건 아닌가 의심스러울 정도였다.

'만약 게스타가 엄마 성격이 더 마음에 든다고 하면 어쩌지?'

라틸은 미간을 찌푸렸다. 엄마에게 보내주어야 하나? 하지만 그건 너무…… 이상했다.

'말이 무진장 이상하게 나올걸.'

라틸은 책상 앞에 앉아 관자놀이를 꾹꾹 눌렀다. 게스타를 보고 왔는데 웬일로 더욱 갑갑해졌다. 이럴 땐 서넛과 농담 따먹기라도 해야 하는데. 서넛은 아직도 돌아오지 않았고. 라틸이 다시 집권했단 이야기를 들었으면 얼른 돌아와야 할 텐데.

'진짜 무슨 일이 생긴 건 아니겠지?'

라틸은 초조하게 입술을 물어뜯다가 책상 서류를 한쪽으로 몰아두고 빈자리를 만든 다음 팔을 괴고 엎드렸다. 서넛은 강하지만 적이 레안뿐만이 아니다 보니 걱정되었다. 게다가 레안 외 다른 적들은 무시무시한 괴물들 아니던가. 서넛이 그자들을 상대로도 압도적인 무위를 떨칠 수 있을까? 이곳 기사들 중에서도 서넛은 월등하게 강했지만, 레안이 수많은 기사를 몰고 가서 인원수로 누르자 결국 쫓겨 달아나고 말았다. 그런데 괴물들이 머릿수로 덤벼들면?

'끔찍해.'

그뿐만이 아니었다.

라틸은 헤움 황자가 만든 귀족 좀비가 도끼를 들고 연회장에 들어오던 모습을 떠올렸다. 이곳에서도 그런 일이 벌어지면 어쩌지? 틀라는 헤움만큼 적극적인 공격은 하지 않고 있지만, 헤움이 틀라와 손을 잡고 이쪽에 좀비를 보낼 가능성도 있었다. 아니, 헤움이 얽히지 않더라도 틀라 역시 자기 어머니를 구할 거란 말을 한 적이 있다. 꿈에서 한 말인지 아닌지 구분은 안 가지만. 하여튼 그런 식으로 틀라가 좀비를 풀어서 아낙차 후궁을 구하려…….

'아! 맞아!'

그 시각. 서넛은 심장이 꿰뚫린 채 늪 안으로 가라앉고 있었다.

아이니는 요즘 들어서 시녀인 루이스가 자신을 숭배하듯 바라보는 걸 느꼈다. 물론 루이스는 예전에도 과할 정도로 아이니에게 충성을 바치곤 했다. 하지만 좀비 사건 후, 루이스는 그 정도가 더 심해졌다.

"황후 폐하, 혹시 루이스 생명을 구해준 적이 있으세요?"

다른 시녀들조차 의아하게 볼 정도로.

"모르겠다."

이상한 일이었다. 좀비가 나타난 날, 아이니는 도움이 되지 않은 귀족들과 다를 바 없었다. 그날 빛이 난 건 발 빠르게 좀비에게 달려간 기사들과 차분하게 상황을 파악하고 지시하던 하이신스 황제, 그리고 타리움에서 온 특사 두 명이었다. 아이니는 루이스가 대체 어느 지점에서 자신에게 감동받은 건지 전혀 이해하지 못했다.

"응? 황후 폐하, 어디 가세요?"

"지하 감옥에."

"또 레들러를 보러 가시는 거예요?"

"좀 괜찮아졌나 궁금해서."

"혹시라도 위험할까 염려됩니다. 레들러는 지금 이성이 없잖아요……."

"괜찮다. 잘 묶여있으니까."

여하간에 지금은 시녀인, 정확히는 시녀였던 레들러를 보러 갈 참이라 아이니는 가벼운 망토를 걸쳐 입고서 방을 나섰다. 계단을 내려가 지하 감옥으로 들어서자 공기가 대번에 서늘하게 바뀌었다. 한 걸음 한 걸음 아래로 내려갈 때마다 발밑에서 돌과 구두 굽이 부딪치는 소리가 맑게 울렸다.

"오셨습니까, 황후 폐하."

아이니가 지하 감옥 가장 깊은 곳으로 내려가자 간수와 수사관들이 허리 숙여 인사를 했다. 아이니는 손을 들어 화답하고서 주위를 둘러보았다. 감옥 지하층에는 연회장에서의 사건으로 좀비가 된 기사들과 의사가 갇혀있었다. 그중에서도 가장 중앙에 갇혀있는 건 제일 처음 좀비가 되어 나타난 레들러였다. 좀비의 옷을 갈아입힐 사람은 없기에 레들러는 여전히 피 묻은 하얀 드레스 차림이었다. 그녀가 죽었을 때 꽃 무더기 관 안에서 입고 있던 그 차림. 아이니는 슬픈 얼굴로 그쪽으로 걸어갔다.

"위험합니다."

"가까이 가지 않으니 괜찮다. 그리고…… 자리를 좀 비켜줬으면 하는데."

아이니가 명령을 내리자 간수와 수사관들은 절대로 감옥 문을 열어서는 안 된다고 당부하고서 위층으로 올라갔다. 아이니는 감옥 앞으로 다가갔다.

"레들러."

감옥 안쪽 창살에는 길게 은을 붙여두었다. 효과가 있을지는 모르겠지만, 어둠의 종족들은 은에 약하다는 속설 때문이었다. 레들러는 두 손이 천장에 위로 묶인 채 주위를 두리번거리다가 아이니가 가까이 오자 킁킁거리면서 포효했다. 마치 오랫동안 굶은 맹수가 간만에 다른 생명을 앞에 둔 것처럼. 아이니를 위해 부적을 가져다주려던 친구는 이미 다른 사람이 되어 있었다.

"레들러…… 대체 누가 널 이렇게 만들었어?"

이미 친구는 자신의 목소리를 듣지 못하지만, 아이니는 목소리를 낮추어 묻고 말았다. 대답 대신 레들러는 짐승이 우는 소리를 내며 쇠사슬을 마구 뒤흔들었다. 아이니는 그 모습을 가슴 아프게 바라보다가 끊어질 듯 말 듯 아주 작은 목소리로 물었다.

"혜윰이야?"

"아이니."

그 순간. 바로 뒤에서 들려온 목소리에 아이니는 "악!" 비명을 지르며 돌아섰다. 그 바람에 등이 창살에 탕 부딪히자 레들러가 더욱 괴성을 질러댔다. 아이니가 앞으로 넘어지려 하자 헤움이 그를 부축해 주었다. 아이니는 황급히 그에게서 떨어져 섰다. 헤움은 그 겁에 질린 모습을 고통스럽게 바라보았다.

'들었을까?'

아이니는 마른침을 삼키고서 헤움을 보았다. 분명 들었을 것이다. 바로 뒤에서 이름을 불렀으니. 아니, 그보다 그는 여기에 어떻게 나타난 걸까. 아이니는 경계심을 감추지 않고 헤움을 빤히 보았다. 그런데 헤움이 하는 말이 의외였다.

"칼라인이 누군데 그러지?"

아이니는 움찔했다.

"무슨 소린가요?"

"다들 네가 그자를 쫓아다닌단 말을 한다."

"!"

"정말인가?"

헤움의 질문에 아이니는 입술을 실긋거리다 대답했다.

"전생에…… 연인이었던 거 같아요."

말도 안 되는 소리지만, 말이 안 되는 소리이기에 헤움에게 한번 던져본 것이다. 다른 사람들은 다 못 믿을 말이지만, 헤움은 비현실적 존재이기에 오히려 이 이상한 일을 이해할지도 모른단 생각이 들어서.

"전부 다 기억이 나는 건 아니에요. 하지만 그 남자를 만난 후부터, 그와 함께한 순간순간이 계속 기억나요. 봉인되었던 기억이 하나씩 풀리는 것처럼……."

아이니는 혜움의 표정을 살피다가 물었다.

"내가 이상해요?"

혜움은 슬프게 웃었다.

"별로 듣고 싶은 얘기는 아니네."

"!"

"하지만 나 같은 존재도 있는데. 전생이 기억날 수도 있지."

혜움이 레들러가 갇힌 창살 앞으로 가자 비명을 질러대던 레들러가 갑자기 잠잠해졌다. 혜움은 뒷짐을 진 채 그 모습을 빤히 보다가 물었다.

"그자도 네가 전생의 연인 같다고 그래?"

아이니는 고개를 저었다.

"전생의 내 모습과 지금의 내 모습은 전혀 달라요. 그뿐만 아니라 그는…… 전생에 대해 전혀 기억하지 못해요."

혜움이 다시 물었다.

"네가 전생 모습으로 다가간다면, 그자가 널 알아볼까?"

"모르겠어요."

그때. 갑자기 혜움이 확 돌아서더니 아이니의 팔목을 잡았다. 눈 깜짝할 새 일어난 일에 아이니는 비명을 질렀다. 그 소리에 위층에서 대기 중이던 간수들이 우르르 아래로 내려왔다.

"폐하! 괜찮으십니까?"

"폐하!"

아이니는 펄떡펄떡 뛰는 심장 위를 누르면서 고개를 저었다.

"괜, 괜찮다."

어느새 헤움은 사라져있었다. 간수와 수사관들이 아이니에게 다가오자, 아이니는 레들러와 잘 보이지도 않는 어둠 속을 번갈아 보다가 황급히 계단 위로 올라갔다. 손바닥 안. 꽉 쥔 주먹 안으로 차가운 감촉이 느껴졌다. 아이니는 감옥을 벗어나 사람이 없는 곳으로 가자마자 손바닥을 펼쳐보았다. 그곳엔 헤움이 쥐여주고 간 반지가 있었다. 아주 평범해 보이는 반지. 간수들이 아래층으로 내려오는 그 순간, 아이니는 헤움이 사라지면서 귓가에 남겼던 목소리를 떠올렸다.

— *네가 필요한 모습으로 바꾸어줄 거다.*

그게 무슨 소리일까? 아이니는 주저하다가 지나가던 궁정인 셋이 인사를 올리자 고개를 끄덕이고서 얼른 자신의 방으로 돌아갔다. 침실 안으로 들어가 문을 단단히 잠그고 그녀는 손바닥에 쥐고 온 반지를 한 번 더 바라보았다.

한참 반지를 응시하다가 그녀는 천천히 반지를 손가락에 끼어보았다. 그 순간. 손의 형태가 변했다. 좀 더 길고 커다랗게. 아이니는 손가락을 하나하나 움직여보다가 거울 앞으로 걸어갔다. 심장 박동이 목에서 느껴졌다. 거울 앞에 선 아이니는 입술을 꽉 깨물었다. 거울에 비친 건 그녀의 모습이 아니었다.

강인하고 아름다운 여자. 그녀가 꿈속에서 본 여자. 자신의 전생이었다. 그 모습을 보는 순간. 아이니는 자신이 누구인지 깨달았다.

누군가 그녀의 뇌에 대고 직접 속삭여주는 듯했다.

— *네 이름은 도미스.*

"내 이름은 도미스."

— *다시 그를 만났을 땐, 네가 도미스다.*

"내가…… 도미스다."

"서넛은?"

"아직 소식이 없습니다."

"오빠는?"

"별 움직임이 없습니다."

"엄마는?"

"내내 기도만 드리고 계신다 합니다."

"틀라와 헤움은?"

"흔적이 없습니다."

모른다, 모른다, 모른다, 모른다……. 대부분의 대답이 모른단 말투성이다. 라틸은 책상 의자에 팔을 괴고 자꾸만 말려 들어가는 서류를 쳐다보다가 벌떡 일어났다. 시종장이 그 바람에 날아갈 뻔한 서류를 얼른 붙잡고서 물었다.

"어디 가시는지요, 폐하?"

"칼라인한테 갑니다."

"요즘은 칼라인 님께 자주 가시는군요."

"가장 어려운 순간에 날 도와줬으니까요."

물론 다른 후궁들도 많이 도와주었지만 그래도 칼라인은 라틸의 손을 잡아준 첫 번째 후궁이었다. 같이 몇 번이나 야영을 거치면서 도주를 하기도 했고. 아무래도 계속 마음이 갈 수밖에 없었다. 시종장은 노골적인 라나문 지지자였으나, 이번 사건으로 칼라인에게 고마운 마음이 커졌기에 바로 웃으면서 대답했다.

"그럼요. 칼라인 님은 폐하를 충심으로 모시니 잘 대해주셔야지요."

라틸은 고개를 끄덕이고서 칼라인의 방으로 갔다. 마침 칼라인은 방 안에서 검을 닦고 있었는데, 라틸이 들어오자 바로 검을 내려놓고서 일어섰다.

"주인."

그가 다가오자마자 목덜미에 얼굴을 묻는 것조차 이젠 익숙해져 버렸다. 라틸은 그의 목줄기를 쓱쓱 쓸면서 '우리 늑대, 우리 늑대' 하고 불렀다.

"이 시간엔 무슨 일로 오신 겁니까?"

"뭔가…… 풀리는 게 없으니까 갑갑해서 왔다."

"나랏일 때문입니까?"

"사람일 때문이다."

라틸이 소파로 다가가 털썩 앉자, 칼라인이 라틸을 끌어다 침대에 엎드리게 하고는 어깨를 꾹꾹 눌러주며 물었다.

"근위기사단장이 사라져서 아직 돌아오지 않고 있다 들었습니다."

"어. 오빠 명령을 따른 기사들에게 들어보니 추적 중 놓쳐서 자기들도 행방을 모른대. 그리고…… 분명 맞는 말이야."

'엄청나게 굴린 후 속으로 애원하는 걸 들었으니 확실하지.'

라틸은 약간 아픈 듯 시원한 듯 어깨를 누르는 손길에 잠이 몰려와 반쯤 눈을 감고서 중얼거렸다.

"그런데 왜 안 오고 있을까. 이렇게 소식 없이 자리를 오래 비울 사람은 아닌데."

"……."

칼라인은 말없이 라틸의 어깨와 등, 날개뼈 부근을 시원하게 눌러주었다. 라틸은 점점 더 눈이 감겨와서 잠들지 않기 위해 억지로 눈꺼풀에 힘을 주었다.

"너 마사지 잘하는구나."

"서넛 경은 무사할 겁니다."

"……."

"그냥 빈말이 아니라, 정말로요. 그자는…… 주인을 지키기 위해 태어났으니까."

"……."

"주인?"

"……."

"주인?"

라틸은 깜빡 잠이 들고 잠결에 카리센에서 아이니와 나눈 대화를 복기했다. 그러다 칼라인이 귀 바로 뒤에서 부르는 바람에 화들짝 놀라면서 아이니와 대화하던 도중 내내 떠올리던 이름을 말하고 말았다.

"도미스."

말을 하자마자 잠이 확 달아나서 라틸은 벌떡 몸을 일으켰다. 칼라인이 굳어있는 게 보였다.

"아, 그게."

라틸은 주저하다가 황급히 둘러댔다.

"미안. 전에 네가 아플 때 잠결에 그 이름을 부르더라고."

사실 아주 틀린 말은 아니었다. 잠결에 들은 이름은 맞으니까. 꿈속에서. 칼라인은 굳어있다가 라틸의 설명을 듣자 어깨에서 힘을 뺐다. 다행히 화난 얼굴은 아니었다. 수상하게 여기는 눈치도 아니고. 라틸은 그를 살피다가 슬며시 물었다.

"전에 사귀었던 사람이야?"

물론 사귀었던 사람이겠지만. 아니, 이 부분은 묻지 말걸. 라틸은 칼라인의 표정에 변화가 없자 더 당황해서 괜히 횡설수설했다.

"계속 불렀거든. 막 도미스! 도미스. 도미스? 도미스! 이러면서. 그래서 궁금했어. 무슨 사이길래 저렇게 애처롭게 부르나 하고. 절대로 내가 과거를 추궁하거나 그런 건 아니야. 그러니까 나는 그냥……."

"사랑하는 사람입니다."

사랑하는 사람?

"어…… 그렇구나. 사랑했던 아니고 사랑하는. 아. 음. 그러네."

현재진행형인가. 라틸은 역시 괜히 질문했다고 생각하면서 자꾸만 쓸데없는 말을 중얼거렸다. 차라리 닥치고 있는 게 낫겠어. 이런 말을 왜 하는 거야? 라틸은 스스로를 타박하다가 발딱 일어났다. 그러면서도 칼라인이 혹시 변명하고 싶은 말이 있을까 봐 계속 그를 보았다. 칼라인은 하고 싶은 말이 한가득이란 표정이었다. 동공이 평소보다 커다랗고 입술이 연신 달싹였다.

'그래, 뭐든 말해봐.'

라틸은 일부러 주저하는 척 기다려주었다. 하지만 칼라인은 결국 아무 말도 하지 않았다. 라틸은 실망했다. 생각해 보면 실망할 게 없는데도.

'날 사랑해서 후궁이 된 사람이 없단 건 알잖아. 왜 이런 걸 신경 쓰고 그래. 서로서로 이득 맞춰서 만나는 건데.'

라틸은 스스로를 설득하기 위해 실망할 필요가 없는 이유를 계속해서 되뇌었다. 다행히 효과가 있어서 애써 미소를 지을 수 있었다.

"그렇구나. 어쩐지. 계속 이름을 부르더라."

"주인. 나는……."

"아니, 나는 정말로 신경 안 써. 어차피 나도 그댈 사랑하지 않는데 뭐."

"!"

"우린 주군과 신하 같은 사이잖아. 믿고 믿는 사이."

라틸이 말하기가 무섭게 칼라인이 상처받은 표정을 지었다. 라틸은 어이가 없어졌다. 자기가 먼저 사랑하는 여자가, '지금' 사랑하는 여자가 있다고 했으면서 왜 저렇게 상처받은 표정이야? 자기는 다른 여자를 사랑해도 나는 자기를 사랑해 주었으면 한단 건가?

'아니. 그런 거라면 솔직하게 다른 여자를 사랑한단 말도 안 했겠지.'

라틸은 이 자리에 서있자니 자꾸 자신이 치졸해진단 느낌을 받았다. 라틸은 자존심과 체면을 지키고 싶어서 작별 인사를 건네고 나가버렸다. 라틸이 나간 후, 칼라인은 닫히는 문을 보다가 침대로 돌아가 괴로워하며 머리카락을 감싸 쥐었다.

'도미스는 주인, 그대입니다. 내가 사랑하는 건 그대입니다.'

자신이 도미스를 사랑한다고 고백하면 황제가 기분 나빠할 거란 건 안다. 하지만 그걸 알면서도 칼라인은 도미스를 '사랑했던' 사람이라고 표현할 수가 없었다. 그는 단 한 순간도 그녀를 사랑하지 않은 순간이 없으니까.

가짜 황제와 친하게 지냈단 소문이 퍼지면서 하렘 안에서 가장 평판이 좋았던 게스타는 빠르게 이미지가 실추되었다. 이전에는 게스타가 지나갈 때면 모르는 궁인들도 달려와 인사를 했지만, 지금은 다들 먼발치에서 수군거렸다. 가까이 지나가면 웃으면서 바로 인사를 올렸지만 좀 멀어지자마자 속닥거리는 소리가 들려왔다. 트리는 분노했지만, 게스타가 괜찮단 말만 거듭했으므로 뭘 어떻게 나설 수도 없었다. 그러던 중 대신관이 게스타를 찾아왔다.

"대신관님이 무슨 일로 절 찾아오셨는지……."

게스타는 방 안에서 책을 읽다가 대신관이 들어오자 얼굴을 책으로 반쯤 가리고서 물었다. 대신관은 반듯하게 인사하면서 활짝 웃었다.

"날씨가 좋아서요. 햇살이 따스한 걸 보니 게스타 님이 생각났습니다."

"제가요?"

"처음 보았을 때부터 꼭 햇살 같은 분이라 생각했거든요."

사실 대신관이 게스타를 찾아온 건 그가 하렘 안에서 많이 눌리고 있단 이야기를 들어서였다. 그는 누구든 궁지로 몰아넣는 일은 절대로 안 된다 생각했기에 자신이라도 나서서 게스타를 챙기려는 것이었다. 게스타는 대신관의 말에 쑥스러워하다가 어색하게 웃으면서 창밖을 가리켰다.

"그러면…… 같이 산책할까요? 햇살이 따스하다고 하시니까요."

"좋은 생각입니다."

게스타는 책을 내려놓고서 얼른 문으로 걸어갔다. 이후 두 사람은 하렘 안에 잘 꾸며진 정원을 천천히 걸어가면서 소소한 이야기를 나누었다. 그런데 얼마나 그렇게 걸어갔을까. 주위에서 수군수군하는 목소리가 들려왔다. 게스타는 대신관에게 '화단을 가꿔보고 싶은데 조경엔 아는 게 없어서 선뜻 손이 가지 않는다'는 이야기를 하다가 멈춰 서서 소리가 들려오는 쪽을 보았다. 그러더니 겁먹은 얼굴로 시무룩 고개를 숙였다. 마치 '또 내 얘기를 하나 봐요'

하는 얼굴로. 그걸 본 대신관은 좀 화가 나서 일부러 사람들이 수군거리는 쪽으로 걸어갔다.

"자이신 님."

게스타가 그러지 말라고 말리려 들었지만 대신관은 성큼성큼 계속 걸어갔다. 가까워질수록 사람들이 수군대는 소리가 또렷해졌다.

"그럼 지금 사태가 전부 대신관님 때문이란 거야?"

"그런 거 같지 않아? 대신관이잖아. 그런데 대신관이 카지노에도 있고 후궁도 하고 그러니까."

"카지노에선 도박을 한 게 아니라 딜러를 한 거라잖아."

"성직자라면 카지노엔 들어가지도 말아야지."

"내 생각에도 대신관님이 대신관답지 않아서 이런 일들이 벌어지는 거 같아."

그러나 사람들은 게스타가 아니라 대신관에 대해 수군거리고 있었다. 대신관은 저벅저벅 걸어가다가 궁인들이 자기 얘기를 하는 걸 알자 멈추어 서더니 머쓱하게 웃었다. 그러고는 그냥 돌아가자고 게스타에게 말하려 했으나, 이번에는 게스타가 그쪽으로 걸어가더니 웬일로 단호하게 화를 냈다.

"지금 무슨 말들을 하는 거지?"

게스타가 나타나자 하인들은 놀라서 황급히 무릎을 꿇었다.

"지금 벌어지는 사건들이 모두 다 자이신 님 때문이라니! 그런 말은 꺼내지도 말고 생각도 하지 마라. 이 일은 흉악한 흑마법사들이 벌인 짓인데, 흑마법사들과 정반대 힘을 가진 대신관님을 모욕하다니!"

게스타가 화를 내자 지나다니던 사람들이 무슨 일인가 싶어서 모여들었다. 대신관은 게스타를 달래느라 쩔쩔매며 그의 등과 어깨를 두드렸다.

“괜찮습니다. 그냥 헛소리라 들으면 되지요.”

“뭘 모르는 사람들도 많으니까요.”

“아니, 진짜로 괜찮은데…….”

대신관이 연신 괜찮다고 말을 했으나 게스타는 계속 화를 냈고, 결국 대신관은 안 되겠다 싶어서 게스타를 번쩍 안고 그 자리를 떠버렸다. 대신관이 한참 떨어진 곳에 게스타를 내려놓자, 게스타는 얼이 빠져 있다가 가까스로 몸을 삐걱삐걱 움직였다. 잠깐 고장 났던 몸이 제대로 수리되었나 살피려는 것처럼.

“미안합니다, 게스타 님. 거기서 더 소동을 부려봤자 좋은 게 없을 것 같아 이렇게 모시게 되었습니다.”

게스타는 좀 놀란 표정이긴 했으나 곧 시원하게 웃었다.

“놀라긴 했지만 괜찮아요. 전 그보다 대신관님이 걱정되어서…….”

“전 사람들이 뭐라 떠들건 신경 쓰지 않습니다. 사람들이 거짓 이야기를 떠들어도 진실이 변하는 건 아니니까요.”

“…….”

“결국, 죽은 후에라도 그 벌은 받게 될 테고요.”

긍정적이면서도 대신관다운 대답에 게스타는 잠시 곰곰이 생각하다가 따라 웃으면서 고개를 끄덕였다.

“그렇네요.”

하인 다섯 명은 덜덜 떨면서 주위를 연신 살폈다. 밖은 더웠으나 그들은 몹시 추웠다. '그 후궁'이 준 음식을 먹고 난 후부터 내내 이랬다. 게다가 그 추위는 단순히 소름이 돋을 정도가 아니라 살을 에는 것처럼 고통스러워 견디기 몹시 힘들었다.

그때 창고 문이 열리더니, 누군가 발을 안으로 밀어 넣었다. 하인들은 얼른 몸을 돌렸다. 안으로 들어온 사람은 그들에게 이상한 음식을 준 그 후궁. 게스타였다.

"게스타 님."

"게스타 님."

하인들은 황급히 무릎을 꿇었으나 게스타는 대답 대신 문을 도로 닫았다. 문이 닫히자 하인들은 앞다투어 게스타에게 용서를 청했다.

"정말 죄송합니다, 게스타 님. 이젠 함부로 입을 놀리지 않겠습니다."

"시키신 대로 대신관님에 대해 안 좋은 말을 했으니 제발 약을 주세요."

"앞으로는 절대로 게스타 님에 대해 나쁜 말을 하지 않겠습니다! 맹세할게요!"

그들은 덜덜 떨면서도 연달아 용서를 빌었다. 여기 모인 다섯 명은 오늘은 뒤에서 대신관을 흉본 이들이었고, 그전까지는 게스타를 흉본 이들이었다. 이틀 전, 게스타를 욕하면서 선대 황후와 뭔가 있는 게 아니냐고 낄낄 웃다가 현장에서 딱 잡힌 것이다.

그들은 현장에서 잡혔지만 게스타가 평소 소심하고 선한 성품이기에 싹싹 빌면 용서받을 거라 여겼다. 예상대로 게스타는 용서를 해주었다, 이상한 음식을 주면서. 하지만 그 음식을 먹자 온몸이 으슬으슬 떨리며 오한이 들었는데, 게스타는 그게 목숨에는 지장이 없지만 '해약을 먹지 않으면 평생 그렇게 추위에 시달리며 살아야 한다'고 설명해주었다.

이 때문에 이번에 그들은 해약을 대가로 자신들이 했던 일의 방향을 바꾸어 또 해야 했다. 대신관에 대해 뒤에서 험담하는 것. 게스타에 대해선 욕하기를 서슴지 않았던 그들도 대신관을 험담하는 건 본능적으로 꺼려졌지만, 몸 안을 들쑤시는 냉기가 너무 고통스러워 결국 게스타가 시킨 일을 그대로 따라야만 했다.

"당연히 용서해주어야지."

게스타는 그들이 싹싹 빌자 부드럽게 웃으며 대답했다.

"내가 너희에게 굳이 이런 일을 시킨 건 헛소문을 퍼트리는 게 얼마나 나쁜 일인지 알려주기 위해서인걸."

말을 마친 게스타가 품 안을 뒤지자 하인들은 안도해서 한숨을 내쉬고 눈물을 닦았다. 게스타는 품 안에서 꺼낸 약병을 가장 앞에 놓인 하인에게 건넸다.

"자. 한 방울씩만 먹으면 된다. 양이 많지 않으니 많이 먹진 말고."

하인들은 꾸벅꾸벅 인사하면서 약병을 손가락에 대고 기울여 한 방울씩만 덜어서 혓바닥에 찍어 먹었다. 하인들이 약을 다 먹고 돌려주자 게스타는 약병을 받아 손 위에 올려놓고는 빤히 바라보며 중얼거렸다.

"자이신 님이 그러더라. 나쁜 짓을 하면 죽은 후에라도 벌은 받게 된대."

이게 무슨 소리인가 싶어서 하인들은 게스타를 쳐다보았다. 게스타는 병을 품 안에 도로 넣으면서 빙긋 웃더니 하인들을 둘러보다 한 손을 들어 인사하는 제스처를 취했다.

"진짜가 확인해봐. 안녕."

말이 끝나자마자 하인들은 피부 속을 돌아다니던 냉기가 심장을 덮쳐오는 걸 느끼고 그대로 쓰러졌다. 비명을 지를 틈도, 고통을 느낄 틈도 없었다. 창고 안에서 오들오들 떨던 하인 다섯 명은 순식간에 동사한 시체가 되어버렸다. 게스타는 그들을 가만히 내려다보다가 입구로 걸어갔다. 하지만 한 명이 쓰러지면서 문을 가로막은 터라 거추장스럽자, 그는 발을 뻗어 그자를 툭툭 걷어찼다. 굳은 몸이 옆으로 지익 지익 밀려나자 게스타는 문을 열고 가벼운 걸음으로 빠져나갔다.

늦은 밤이지만 라틸은 집무실에 남아 계속 서류를 보고 있었다. 그런데 문밖에서 급히 라틸을 부르는 소리가 났다.

"폐하, 폐하!"

"들어오라."

라틸은 눈가를 누르면서 명령했다. 즉시 문이 열리면서 부기사단장이 들어왔다.

"무슨 일이냐."

라틸은 하품을 하지 않기 위해 애쓰며 묻다가 부기사단장의 얼굴이 창백한 걸 발견했다.

"무슨 일이 있긴 있군. 뭔데?"

"아낙차 후궁이 달아났습니다, 폐하!"

그 말에 라틸은 입가를 가리고 웃었다. 하지만 손을 치울 때 라틸의 표정은 완전히 화난 것처럼 보였다.

"뭐야? 정말이냐?"

"예! 그리고…… 대신관님께서 하인 다섯 명을 죽이셨다 합니다!"

라틸은 이번엔 정말로 놀랐다.

"뭐? 그럴 리가!"

라틸은 놀라는 와중에도 대신관이 사람을 죽였단 이야기를 믿지 않았다. 물론 첫 만남 때 대신관이 적의 목을 뚝 꺾어버리거나 내려쳐 기억을 잃게 만들려는 등 난폭한 행동을 보이긴 했지만, 결과적으로 죽은 사람은 아무도 없었다. 보기엔 어마어마하게 세게 때리는 것 같았지만 다 조절을 한단 거였다. 게다가 남들이 자신을 모욕할 때도 허허 웃으면서 넘기던 녀석이 대놓고 자기 주거지역 안에서 하인을 죽였다고?

"확실해? 누가 보기라도 했어?"

"본 건 아닙니다."

"그런데 왜 대신관이 의심을 사?"

"하인 다섯 명이 창고에서 얼어 죽은 채 발견되었는데, 며칠 전 그자들이 대신관을 험담하다가 대신관에게 발각된 일이 있답니다."

"그래서 대신관이 범인 아니냐 의심을 받는 거야?"

"예."

라틸은 혀를 차며 손을 내저었다.

"대신관은 그럴 사람이 아니다. 그러니 대신관을 범인이라 생각하고서 무작정 끼워 맞추듯 수사하지 말고, 엄밀하고 공정하게 제대로 수사해봐."

"예, 폐하."

다음날 오후 3시 무렵. 라틸이 오빠에게 보낼 편지를 쓰다가 찢기를 반복하고 있자니, 수사관이 라틸을 찾아왔다.

"들어오라."

라틸은 또 욕설을 덧붙이고 만 편지를 찢으면서, 딱딱한 판을 덧댄 보고서를 든 수사관을 바라보았다.

"무슨 일인가."

"어제 부기사단장님을 통해 지시받은 수사 중간보고를 드리러 왔습니다, 폐하."

라틸이 턱을 까딱하자 수사관은 자신이 들고 온 보고서 앞장을 넘기고서 한 번 침을 꿀꺽 삼켰다.

"대신관님이 연루되었단 소문이 돌았지만, 사망 추정 시각에 대신관님은 성기사들과 함께 있으셨던 게 확인되었습니다. 그 전후로도 계속, 정확히는 밤새 내내요."

"거봐. 아니라니까."

"네. 대신관님은 이번 좀비 사건 때문에 자주 성기사들과 이런저런 토론을 하시는 모양이었습니다. 한두 사람이 함께 있던 게 아닌데다 당직이었던 하인들도 계속 음식을 날랐으므로 확실합니다."

"범인은?"

"그게……."

수사관은 라틸의 눈치를 살피면서 보고서를 한 장 더 뒤로 넘겼다. 라틸은 그가 긴장했단 걸 알아보고서 돌아올 대답을 바로 짐작했다.

"못 잡았나 보군."

"그게…… 예. 하인들이 창고에 가는 걸 본 사람은 있는데, 다른 사람이 들어가는 걸 본 사람이 없답니다. 누군가 나오는 걸 본 사람도 없고요. 게다가 족적 검사 결과 실제로 다섯 사람 외엔 들어간 흔적이 없습니다."

"범인이 자기 발자국을 지웠을 확률은?"

"밤중에 일어난 일이라…… 남들에게 들키지 않고서 자기 발자국만 골라 지우긴 힘들었을 겁니다."

"기묘하구나."

혹시 헤움이나 틀라 쪽인가? 좀비는 발자국이 있던가? 라틸은 카리센에서 보았던 좀비들을 떠올려보았다. 그 귀족 좀비는…… 연회장 안에 있어서 발자국의 여부를 확인할 수가 없었고. 헤움 황자는 연회장 밖 정원에 있었지만, 치열하게 진검승부를 내다보니 발자국을 살필 겨를이 없었다.

"확실한 건 하렘 분위기가 안 좋단 거로군. 이번 가짜 사건 때문인가?"

"아무래도 다들 불안해하는 눈치입니다."

"그렇겠지."

"최근까지는 게스타 님이 안 좋은 소리를 많이 들으셨는데, 이후엔 갑자기 대신관님에 대해 안 좋은 이야기가 나오고 있었죠."

저녁 시간. 라틸이 타시르를 불러서 하렘 안의 분위기에 관해 묻자, 타시르는 순순히 상황을 알려주었다.

"요즘은 다들 날이 서있습니다. 그런데 하인 다섯 명이 한꺼번에 죽었으니 앞으론 더 심해지겠네요."

"얼어 죽었다며? 시체는 봤어?"

"예."

"어떻든?"

"이미 다 보고 들으셨지 않습니까?"

"네 의견도 듣고 싶어."

시종들이 웨건을 끌고 들어와 탁자에 저녁 식사를 내려놓고 나가자, 타시르는 한쪽 팔을 테이블에 괴고 만족스럽게 웃었다.

"초여름에 밖도 아니고 안에서 다섯 명이 얼어 죽긴 쉽지 않죠."

"흑마법이 연루되어 있을까?"

"제가 흑마법에 관해 아는 게 적다 보니 그 부분은 무어라 말씀드리기 어렵습니다, 폐하."

"하긴. 그건 그러네."

'어쨌든 대신관에게 선물을 보내야겠다.'

그걸 보면 범인도 깨닫겠지. 함부로 대신관에게 누명을 씌우려 해봤자 역효과만 난다는 걸. 설령 누군가 고의로 대신관을 몰아넣은 게 아니었더라도 상관은 없다. 안 좋은 소리를 들은 대신관에게 위로차 선물을 전한 걸로 알아서들 해석할 테니. 라틸은 동글동글하게 말려있는 계란을 포크 끝으로 풀어헤치면서 이런 일이 벌어져도 그냥 웃고 말 자이신을 떠올렸다.

"아, 타시르."

"방금 다른 남자를 생각하는 얼굴이셨습니다."

"맞아, 그보다 물어볼 게 있는데."

"너무 순순히 인정하시네요. 아니라고 빈말을 해주셨어도 알아서 받아먹었을 텐데요."

"……."

어쩌란 거야? 라틸이 입을 벌리고 쳐다보자 타시르는 농담이라고 중얼거리더니 빙그레 웃으면서 라틸의 입을 슬쩍 닫아주었다.

"뭘 물으려 하신 겁니까? 예뻐서 그냥 불러본 건 아니실 테고."

"아낙차는 잘 쫓고 있어?"

라틸의 질문에 테이블 근처에서 멀리 놓인 음식을 가져오고 따뜻한 차가 식을 때마다 새로 물을 붓는 등 식사를 돕던 시종이 눈을 커다랗게 뜨고 라틸을 쳐다보았다. 시종도 탑에 가두어둔 아낙차 후궁이 어젯밤 달아난 건 이미 들어서 알았다. 모든 사람이 그 이야기를 떠들어대는데, 시종만 모를 리가 없었다. 게다가 다들 그 이야기를 하면서 라트라실 황제가 몹시 화가 났을 거라고 얼마나 두려워했던가. 그런데 황제가 태연하게 아낙차 후궁을 잘 쫓고 있는지 질문하자 시종으로서는 놀랄 수밖에 없었다. 황제의 표현은 마치 아낙차 후궁의 위치를 알고 있단 것처럼 들렸다.

"그럼요. 설마 아낙차 님에 대한 감시를 늦추어 탈출을 유도한 게 폐하란 건 아무도 모르겠죠."

타시르가 빙그레 웃으면서 라틸의 말을 수긍하자 시종은 더욱 깜짝 놀랐다. 황제가 일부러 아낙차 후궁을 탈출시킨 거였다고? 듣기로 아낙차 후궁 탈출 소식을 들은 황제는 화가 나서 펄쩍 뛰었다던데. 다 연기였나? 이어서 그는 자신이 이 말을 들어도 되나 싶어 괜스레 불안해졌다. 혹시 저 두 사람은 그가 여기에 있단 걸 까먹고서 저런 대화를 나누는 게 아닐까? 감당할 수 없는 정보는 때론 독이 되는 법이기에 주전자를 든 시종의 손이 덜덜 떨리기 시작했다. 라틸은 물을 마시는 척 시종의 손을 흘긋 곁눈질하며 타시르에게 지시했다.

"절대로 놓치지 말고 어디로 데려가는지 잘 봐둬."

"쫓아가는 건 제 특기랍니다, 폐하. 염려 마시고 사랑만 주시지요."

그 시각. 조금의 쉴 틈도 없이 달아난 아낙차는 자신을 도와주는 복면인들에게 얼마큼 더 가야 하느냐고 재촉하지도 못하고 있었다. 그녀는 서둘러 궁전에서 멀어지고 싶은 마음뿐이었다. 이복오빠를 죽인 라트라실이 이제는 제 친오빠와 어머니까지 가두었다. 명령으로 가둔 건 아니지만 눈치를 보느라 다들 갇혀있는 상황이나 마찬가지라고 한다. 기회가 왔을 때 달아나지 않으면 그 잔인한 것은 무슨 핑계를 대서 언제건 자신을 죽이려 들 터였다.

그때.

"어머니!"

그립고 그리운 목소리가 그녀를 불렀다. 아낙차는 자신의 허리께까지 밖에 오지 않은 동굴 안을 빠져나와 휘청이다가 놀라서 고개를 들었다. 아들의 목소리였다.

"틀라? 틀라니?"

꿈속에서도 내내 그리워한 목소리라 아낙차는 이리저리 고개를 돌렸다. 아낙차와 함께 탈출한 그녀의 하녀는 죽은 황자의 목소리가 들려오자 두려워서 덜덜 떨었지만, 아낙차는 그런 마음도 없었다. 자식을 먼저 보낸 부모는 죽은 아이의 목소리라도 듣고 싶은

법이었다.

"틀라. 틀라니? 틀라야!"

"자, 잘못 들은 거 같아요. 그만하세요, 아낙차 님."

하녀가 덜덜 떨면서 말렸지만, 아낙차는 고개를 저었다.

"아니, 방금 분명히 틀라가 날 부르는 목소리가 들렸다. 나도 들었고 너도 들었는데 잘못 들었다니."

그 순간. 수풀을 헤치며 틀라가 모습을 드러냈다. 아낙차는 주위를 두리번거리다 틀라를 보자마자 눈이 커다래졌다. 하녀는 악 비명을 지르며 주저앉았으나 아낙차는 황급히 아들에게 달려가 그를 덥석 안았다.

"틀라야! 세상에 내 새끼! 틀라야!"

아낙차는 이게 꿈인지 생시인지 알 수 없었으나 얼른 달아나야 한다는 것조차 잊고 틀라를 꼭 끌어안았다. 틀라의 몸에선 온기가 느껴지지 않았으나 아낙차는 이조차 신경이 쓰이지 않았다.

"아낙차 님. 얼른 달아나야 합니다. 한시도 지체할 틈이 없습니다."

탈출을 도운 병사는 지금 나타난 사람이 틀라가 아니라 틀라를 닮은 누군가라 생각하면서 아낙차를 재촉했다. 그러나 아낙차는 들은 척도 않고서 두 손으로 틀라의 뺨을 매만졌다. 선황제가 호수 같다며 감탄한 그녀의 커다란 눈이 폭우를 만난 것처럼 그렁그렁해졌다.

"세상에. 틀라니? 우리 아들 맞지? 응?"

"맞아요, 어머니."

"아아. 이럴 수가 있을까. 내 아들이…… 내 아들이……."

아낙차는 눈가가 빨갛게 변해서 끙끙거리다가 아들을 다시 품 안에 끌어안으며 물었다.

"라트라실 그것이 네가 죽었다 말하기에 정말이라 여겼다. 알고 보니 날 속였구나. 널 죽이진 않았어. 그렇지? 쥐꼬리만 한 양심이라도 있긴 했던 거야. 그렇지?"

덜덜 떨던 하녀도 아낙차의 말을 듣고서야 틀라가 사실은 죽지 않았던 거라 생각하고 안심했다.

"라틸은 절 죽이라고 명령했습니다. 라틸이 살려준 게 아니에요."

"그것은 어릴 때부터 잔혹하고 영악했지!"

"그랬지요."

"그 애는 전부 다 되돌려 받게 될 거다. 그렇게 잔인한 것이 황제라니!"

"우선 가면서 이야기해요, 어머니."

"네가 날 구해준 거니?"

"네. 어머니를 구하고 싶어도 경계에 틈이 안 나 늘 지켜보고만 있었는데 이번에 구할 길이 있어 보여 시도한 겁니다."

아낙차는 소맷자락으로 눈물을 닦았다. 틀라는 자신의 망토를 벗어서 급히 달아나느라 여기저기 찢어진 그녀의 옷 위에 덮어주었다.

"이젠 고생하시지 않게 제가 지켜드릴게요."

"라트라실 그것이 제 오빠와 싸운 것 때문에 지금 궁전 안에서 영향력이 약해진 모양이더라. 그 덕에 내 감시도 늦춘 것 같아. 인력이 모자라니까."

틀라는 아낙차가 이동하기 어려울까 봐 어머니에게 등을 보이고서 업히라 말했다. 아낙차가 몇 번이나 거절하다가 결국 업히자, 틀라는 어머니를 번쩍 업고서 가파른 길을 내려가기 시작했다. 아낙차는 죽은 줄 알았던 자식에게 몸을 기댄 채 자신이 탈출하기까지의 이야기를 세세히 들려주었다. 그러던 중. 빠른 속도로 나아가던 틀라가 갑자기 우뚝 멈추어 섰다.

"왜 그러니? 어디가 아프니? 날 업고 가서 그렇구나. 이제 내려다오. 내 발로 걸을 수 있어."

아낙차는 발바닥이 찢어질 것처럼 아팠지만 아들이 자기 때문에 무리하고 있을까 봐 황급히 상체를 들었다.

"그래서가 아닙니다. 전 이전보다 훨씬 세졌어요. 어머니를 업는 건 솜털 베개를 업기보다 쉬워요."

"솜털이라니……. 그러면 왜 멈춘 거니?"

"어머니 탈출이요."

"?"

"어쩌면 라틸이 계획한 걸 수도 있을 것 같습니다."

"그게 무슨 소리니? 네가 준비한 게 아니었어?"

"준비하고 틈을 엿보고 있었죠. 그런데 안 보이던 틈이 갑자기 생겼단 건……."

아낙차는 틀라의 말을 바로 알아들었다.

"라틸 그것이 함정을 파고 널 끌어들였을 수도 있단 거구나!"

아낙차는 짧은 지명을 지르고서 황급히 아들의 어깨를 두드렸다.

"그러면 내려다오. 내가 돌아가겠다. 나 때문에 네가 위험하게 할 수는 없어. 내가 시간을 끌 테니 넌 다시 달아나라. 빨리!"

"이번엔 무슨 일이 있어도 어머니를 지킬 겁니다. 반드시. 절대로 혼자 달아나지 않아요."

"나야말로 이번엔 널 지킬 거다! 네가 죽었단 소리를 듣고 이 심장이, 심장이 부서지는 줄 알았어!"

"라틸의 함정을 역으로 이용해야겠습니다."

"역으로 이용하다니?"

"라틸이 판 함정을 제 함정으로 만들어야겠어요."

아낙차는 이게 무슨 소리인가 싶어 아들의 귀를 쳐다보았다. 하지만 영리한 그녀는 틀라의 말을 곧 깨달았다.

"라틸이 네가 숨은 곳을 알아내려 판 함정이니, 넌 거기에 역으로 네 함정을 파고서 라틸을 잡아내려는 거구나!"

아낙차는 소리 높여 웃었다. 만약 정말로 그런 거라면……. 감옥 너머에서 그녀를 쳐다보며 빈정거리던 그 빌어먹을 황녀의 모습이 떠오르자 이가 부득부득 갈렸다.

"그 애를 잡아 짐승 우리에 넣자. 하루에 한 끼씩 흙을 섞은 밥을 던져주고 주워 먹는 걸 보아도 이 원한은 풀리지 않아!"

"곧 폐하의 생일이군요."

"응? '곧'은 아니지 않습니까?"

"생일 연회는 화려하게 해야 하니까 미리미리 준비해야지요. 이런저런 준비 기간을 생각하면 곧입니다."

"아. 그런가."

라틸이 시종장과 자신의 생일 연회에 관해 이야기를 나눌 때였다. 다른 시종 하나가 들어와 라틸에게 타시르가 찾아왔단 걸 알렸다.

"폐하. 타시르 님께서 지금 폐하를 뵙고 싶어 하십니다."

라틸의 복귀를 도운 일로 타시르에게도 꽤 호의적으로 변한 시종장은 편하게 대화를 나누라며 순순히 물러났다. 시종장이 나가자 타시르가 안으로 들어왔다. 라틸은 책상 위에 놓인 서류들을 옆으로 대충대충 밀어 중간에 공간을 만들면서 물었다.

"무슨 일이야?"

"시키신 일을 완수했단 걸 알려드리러 왔지요."

"시킨 일이 하나둘이어야지."

"알긴 아시는군요."

타시르는 의기양양하게 라틸의 옆으로 다가오더니 슬그머니 기대면서 웃었다.

"이렇게 스며드는 겁니다. 이러다 제가 없어지면 불편하실걸요?"

"네가 없어질 일이 없어서 다행이네."

라틸이 그의 옆구리를 간지럽히자, 타시르는 몸을 이리저리 꼬아대더니 결국 책상 맞은편으로 이동해 의자를 가져다가 앉았다.

"너 간지럼 많이 타는구나."

"제 몸에 대한 지식이 늘어가시는군요!"

"……."

라틸이 가자미눈을 하고서 쳐다보자, 타시르는 책상 너머로 손을 뻗어 라틸의 눈가를 문지르면서 너털웃음을 터트렸다.

"이젠 대답할 가치가 없다 싶은 말은 무시하시기로 한 겁니까."

"무시한 건 아니야. 뭐라 대답해야 할지 말문이 막힌 거지."

"뭐 어때요. 우리는 부부 사이나 마찬가진데. 타시르학을 공부할 수 있는 건 이 세상에 폐하 하나뿐이랍니다."

"공부할 가치가 있을까."

"그럼요."

라틸은 자기도 모르게 웃으면서 타시르를 보다가 시계가 열세 번을 울리자 이럴 때가 아니란 걸 깨달았다.

"그래, 무슨 일로 온 건데? 이제 장난 그만하고 말해봐."

"틀라 황자의 본거지를 알아낸 것 같습니다."

"알아낸 거면 알아낸 거지, 알아낸 것 같단 건 뭐야?"

"바로 본거지로 간 건지, 아니면 아낙차 님을 둘 다른 은신처로 간 건지는 모르니까요."

"그건 그래."

라틸은 오늘은 뜯어진 곳 없이 멀쩡하고 꼼꼼한 타시르의 옷 솔기를 바라보며 고개를 끄덕였다.

"하지만 괜찮아. 어느 쪽이든 상관없어. 은신처를 발견해도 좋고 본거지를 알아내도 좋고. 틀라를 잡아도 좋고, 못 잡아도……. 최소한 정보는 더 생기겠지."

라틸은 희미하게 웃으면서 주먹을 꽉 쥐었다.

"다시 보면 틀라 개새끼, 한 번 더 죽여주겠어. 이번에는 교수형 시킬 필요도 없으니 직접 죽이면 되겠네."

"직접 가실 겁니까?"

"당연하지. 틀라 관련해선 모르는 사람이 더 많으니까."

하지만 라틸은 말을 하다 말고서 눈살을 찌푸리고 고개를 기웃거렸다.

"왜 그러십니까?"

"아니, 아니다. 타시르. 네가 가. 칼라인이랑. 그게 낫겠다."

타시르는 어려울 게 없다는 듯 고개를 끄덕였다.

"그러지요. 칼라인 님과 같이 다니기 좀 무섭긴 한데……. 적들한테도 무섭다면야 뭐. 괜찮습니다."

"내가 자리를 비웠다가 일이 터진 지 얼마 되지 않았잖아. 그런데 또 비공개적으로 자리를 비웠다간 혹시 모르니까. 오빠가 미치지 않고서야 연거푸 같은 일을 벌이진 않겠지만 모르잖아? 미쳤는지도."

타시르는 맞다고 맞장구를 치면서 방 안을 둘러보았다.

"전에 그 시종은 오늘은 없군요. 테스트에 통과하지 못한 모양이지요?"

"계속 지켜보고 있어. 입을 여나 안 여나. 통과하길 바라야지. 수족처럼 곁에 있던 사람들을 싹 다 갈아버리면 나도 번거로우니까."

칼라인과 타시르에게 각기 흑사신단 용병들과 흑림을 데려가 아낙차를 도로 잡고 틀라의 은신처도 조사하고 오라 지시한 후, 라틸은 바로 국무회의에 들어갔다. 이번 회의에서는 이웃 국가인 윌랑에 대해 언급되었는데, 그곳에서 좋지 못한 움직임이 나타나고 있다 했다.

'멍청하기는. 두 개 제국에서 좀비 관련된 일이 터졌는데 자기들은 무사할 거라 생각하나?'

회의가 끝나고 나니 어느새 저녁 먹을 시간이었다. 라틸은 자신의 침실이 있는 쪽과 하렘이 있는 쪽을 쳐다보다가 대신관과 함께 식사하기로 결정하고서 그쪽 회랑으로 걸어갔다. 대신관이 이상한 소문에 시달린 게 며칠 지나지 않았으니 그를 찾아가서 '난 그 소문을 믿지 않는다'는 걸 사람들에게 보여주기 위해서였다. 선물을 보내긴 했지만 직접 가서 사이좋은 모습을 보여주는 게 효과가 더 좋을 테니까. 그런데 몇 걸음 가지 않아 한두 방울 비가 내리는가 싶더니 갑작스럽게 소나기가 쏟아졌다. 시원하게 내리는 수준이 아니라 거의 폭포수처럼 쏟아붓는 비였다.

"다시 돌아가시겠습니까, 폐하? 아니면 우산을 가져올까요?"

"우산을 가져와라."

하인이 빠르게 우산을 챙겨오자 라틸은 우산을 받으면서, 뒤를 졸졸 따라오는 호위들에게 지시했다.

"혼자 갈 테니 다들 물러나라."

호위들이 물러나자 라틸은 회랑을 지나 하렘 입구로 들어섰다. 갑작스러운 폭우로 꽃들이 휘어져 산책로를 지나가기가 어려웠으나 라틸은 그래도 꾸역꾸역 걸어갔다. 그런데 호수 근처를 지나가면서 보니, 호수 가장자리에 만들어놓은 벽 없는 정자에 라나문이 우두커니 서서 난처한 듯 하늘만 쳐다보고 있었다. 비가 많이 쏟아지기 때문인지 라나문은 라틸을 발견하지 못하고 계속 하늘과 땅만 번갈아 살피다가, 라틸이 거의 근처까지 다가가자 그제야 라틸을 발견하고서 인사를 올렸다.

"폐하."

라틸은 라나문의 머리카락이며 어깨 쪽이 흠뻑 젖어있는 걸 알아차렸다. 근처에 있다가 비가 갑자기 내리자 이쪽으로 뛰어들어온 모양이었다.

"시종은?"

"우산을 가지러 뛰어갔습니다."

라틸은 정자 가까이 다가가 그에게 손을 내밀었다.

"내가 씌워주마. 같이 가자. 이미 상의가 다 젖었는데 감기 걸리겠다."

라나문은 괜찮다고 말하려는 듯 입술을 달싹였으나 곧 순순히 우산 안으로 들어와 우산 손잡이에 손을 가져다 댔다.

"제가 들겠습니다."

어차피 라나문이 키가 더 컸기에 라틸은 그에게 우산을 맡겼다. 그렇게 몇 걸음을 걸어갔을까. 갑자기 라나문이 슬며시 손을 내밀더니 라틸의 어깨를 감싸 자신 쪽으로 이끌었다.

"너무 떨어져 걸으면 비를 맞으실 것 같아서……."

얼결에 라나문의 가슴팍에 딱 달라붙게 된 라틸은 그에게서 희미하면서도 시원한 향을 맡았다. 이전에 라나문의 방에서도 맡았던 향이었다. 라틸은 얼음 같은 라나문과 잘 어울리는 이 향수가 무슨 향수인지 물으려다가, 괜히 머쓱해서 그 질문 대신 다른 말을 했다.

"곧 내 생일인 거 아느냐?"

"압니다."

"우리 생일이 같은 건 아느냐?"

소리는 들리지 않지만 라나문이 웃었나 보다. 라틸은 자신의 얼굴과 거의 밀착한 라나문의 가슴에서 진동을 느끼고 어색하게 눈동자를 굴렸다.

"모를 수가 있겠습니까."

"생일에 가지고 싶은 건 있어?"

"폐하께선 있으십니까?"

"글쎄. 생각해 보고 알려주마."

"그럼 저도 그렇게 하겠습니다."

잠깐 대화를 나누었을 뿐인데 어느새 건물 입구에 도착했다. 라틸은 조금 아쉬운 기분으로 라나문이 지붕 아래로 들어가 우산을 어정쩡하게 기울이고 자신을 쳐다보는 걸 마주 보았다. 라나문은 그 상태로 라틸을 잠시 빤히 바라보았는데, 라틸에게 우산을 돌려주고 가던 길 잘 가시라 해야 하는 건지 아니면 고마우니 들렀다 가시라 청해야 하는 건지 고민하는 얼굴이었다. 라틸도 우산을 달라고 해야 하는 건지 어쩌야 하는지 다음 행동이 바로 나오지 않아 덩달아 어중간하게 서 있자니, 라나문이 먼저 물었다.

"누구를 찾아오신 겁니까?"

"음……."

대신관. 하지만 이 와중에 대신관에게 갈 테니 우산을 달라고 하기도 뭐한지라, 라틸은 그냥 라나문 쪽으로 한 걸음 더 다가가면서 둘러댔다.

"사실 너한테 온 거였어."

"그러십니까."

좋아할 거란 기대는 하지도 않았지만, 라나문은 정말로 아무 표정 변화 없이 돌아서더니 아무래도 상관없다는 듯 우산을 접어 물기가 튀지 않도록 몇 번 털었다. 그러고는 혼자 걸어갔다. 그냥 대신관한테 갈 걸 그랬나. 라틸은 잠시 후회했다.

하지만 라나문의 걸음이 평소보다 아주 느릿느릿하단 걸 깨닫자 그런 마음이 쏙 사라졌다. 게다가 몇 걸음을 느리게 걷다가 그 뒤로는 더더욱 걸음이 느려져서 주춤주춤하는 걸 보니, 라나문은 라틸이 정말 자기에게 오는지 아닌지 계속 확인하며 걸어가는 게 분명했다.

'아닌가? 좋아하는 건가?'

재는 뭐 감정을 잘 안 드러내니 알 수가 있나. 라틸은 그렇게 생각하면서도 뒷짐을 진 채 라나문을 슬금슬금 따라갔다. 라나문은 자신의 방문 앞에 선 호위에게 우산을 건네고서 직접 문을 열어주었다. 라틸은 방 안으로 들어가면서 라나문의 방에 처음 오기라도 한 것처럼 괜히 천장이며 벽을 이리저리 둘러보았다.

"네 시종은 이미 너 찾으러 갔나 보네. 엇갈려서 어쩌지?"

"제가 없으면 이쪽으로 다시 올 겁니다."

"그래."

라틸이 멋쩍게 서있자니 라나문이 서랍에서 보송보송한 수건을 가져와 내밀었다.

"고마워."

라틸은 비가 옆으로 들이치는 바람에 젖은 머리카락과 목덜미를 수건으로 툭툭 쳐서 닦았다. 그런데 웬걸. 라틸에게 수건을 건넨 라나문이 갑자기 상의를 한번에 벗어버리는 게 아닌가. 라틸은 깜짝 놀라 손동작을 멈추었다. 게다가 라나문은 벗은 상의를 아예 바닥에 툭 그대로 두더니, 자기는 비를 많이 맞아 좀 씻어야겠다면서 욕실 안으로 들어갔다. 작게 문 닫히는 소리가 나며 라나문의 곧은 등이 보이지 않게 되자 라틸은 심장 위에 손을 대고서 눈을 휘둥그렇게 떴다.

"깜짝이야."

'잘생기긴 엄청 잘생겼네. 놀라라.'

라틸은 눈 깜짝할 사이 나타났다 사라진, 물기에 촉촉하던 라나문의 상체를 떠올리고서 머리를 빠르게 털었다. 하지만 심장과 뇌는 그 이미지를 두 손으로 꽉 잡고 절대로 놓치지 않으려 해서, 심장 박동은 계속 빨랐고 머릿속에는 라나문의 상체가 자꾸만 반복해 떠올랐다. 라틸은 얼른 근처 의자에 앉아서 수건만 괜히 만지작거렸다. 하지만 욕실 안에서 물소리가 들리자 혼자 있는데도 더 어색해져서, 라틸은 큼큼 헛기침을 하다가 창가로 다가갔다. 아직도 비는 많이 내리고 있었다.

'서넛은 괜찮으려나.'

그때 욕실 안에서 "폐하." 하고 부르는 낮은 목소리가 들려왔다.

"어어! 나 여기 있다!"

이렇게까지 할 필요는 없지만, 라틸은 저도 모르게 얼른 수건을 쥐고 욕실 앞으로 달려갔다.

"왜?"

라틸이 묻자, 라나문이 다시 욕실 안에서 부탁했다.

"실수로 옷을 놔두고 들어왔습니다. 가져와 주시겠습니까?"

"옷? 아무 옷이면 돼?"

"예."

라틸은 라나문의 옷장 앞으로 가 문을 열어보았다. 다행히 안에 '이걸 가져가세요'라는 듯 편안한 의상이 옷걸이에 걸려있었다. 그걸 가지고서 라틸은 욕실 앞으로 다가가 어색하게 물었다.

"이 앞에 둘까?"

"안으로 가져와 주시겠습니까?"

"안, 안에?"

라틸은 자기도 모르게 떨리는 목소리로 묻고는 민망해서 자기 입을 툭툭 내려쳤다. 그래도 일단 가져와 달라니 라틸은 옷을 챙겨서 슬쩍 욕실 문을 열고 들어갔다. 문 하나를 연 것뿐인데 밖과 달리 전체적으로 새하얀 톤의 욕실이 나타났다. 그중에서도 가장 하얀 욕조 안. 라나문은 풍성한 거품에 둘러싸여 누워있었다. 라틸은 생각 없이 그쪽을 보았다가 거품 사이사이로 보이는 그의 몸을 보고 손가락에 힘이 빠져 들고 있던 옷을 떨어트릴 뻔했다. 라틸은 부드러운 옷을 꽉 붙들었다. 숨을 쉬기가 어려웠다.

반면 라나문은 평소와 다를 바 없는 싸늘한 목소리로 말했다.

"옷은 거기에 두고 나가주시면 됩니다, 폐하. 감사합니다."

라틸은 라나문이 분명 자신을 유혹하기 위해 저러는 거라고 생각하고 있었다. 그러다 라나문에게서 나가달란 말을 듣자 당황했다. 라틸은 하마터면 '진짜 나가?'라고 물어볼 뻔했다. 라나문은 조각처럼 눈을 감고 욕조에 몸을 기대고 있을 뿐, 다른 말은 하지 않았다.

'진짜 나가란 거구나. 진짜로 옷만 가져다 달라 부른 거구나.'

라틸은 괜히 좀 서운해서 옷을 내려놓았다. 하지만 그러면서도 한 번 더 라나문을 보고 말았다. 라나문은 여전히 눈을 감은 채 이쪽을 보지 않았다.

"나 나갈게."

"……."

"진짜 나갈게."

"예."

딱딱하게도 대답하네. 라틸은 옷을 내려놓고서 시무룩하게 밖으로 나갔다.

그 시각, 라나문의 시종은 양동이로 들이붓듯 쏟아지는 폭우를 바라보며 한 손에 하나씩 쥔 우산을 앞뒤로 움직이며 시간을 보내고 있었다.

"카르둔 씨!"

얼마나 그러고 있었을까. 폭우 사이로 거뭇거뭇한 무언가가 가까워지는가 싶더니 귀에 익은 목소리가 그 안에서 들려왔다. 거뭇한 것은 우산이었고 안에서 나온 사람은 라나문의 호위였다.

"어떻게 됐……에취! 어요?"

카르둔은 호위를 보자마자 재채기를 하면서 물었다. 호위는 껄껄 웃으면서 엄지를 치켜세웠다.

"잘됐어! 폐하와 한 방에 들어갔어!"

그 말에 카르둔은 흘러내리는 콧물을 손수건으로 닦으면서 울듯이 웃었다.

"정말 다행이네요. 계획대로 되어서 진짜 다행이에요."

"시종장님 덕이야. 여기로 폐하가 오신다고 바로 알려주셨잖아."

"네. 시종장님이 우리 편이니 참 든든해요."

"빠져나가라, 빠져나가라, 빠져나가라……."

라털이 일하다 말고서 머리를 두드리며 이상한 소리를 중얼거리자 시종장이 안건에 대해 조언을 하다 말고 눈썹을 치켜떴다.

"폐하?"

사람이 일하다 말고 혼자 중얼거리면 이상해 보이기 마련이었다. 라틸이 황제라고 해서 다를 건 없었다.

"왜 그러십니까? 머리가 아프십니까?"

걱정스럽게 라틸에게 질문을 한 시종장은 라틸이 퀭한 눈으로 쳐다보자 깜짝 놀랐다.

"폐하, 눈 밑이!"

"잠을 못 잤습니다."

"고민이라도 있으십니까?"

시종장의 질문에 라틸은 "고민." 하고 중얼거리다가 한숨을 내쉬고서 고개를 저었다.

"아닙니다. 고민은 아니에요."

그냥 어제 라나문의 매혹적인 모습을 보고 나니 황제 자리를 안정시키기 전까지는 절대로 후궁들과 잠자리를 하지 않을 거란 각오가 많이 흔들렸을 뿐이다. 라틸은 자기도 모르게 칼라인이 알려주려다 멈칫했던 그것을 떠올렸다. 계획 없는 회임을 걱정하지 않고 즐길 수 있는 백 가지 방법…….

'아니야. 칼라인은 아니야.'

그러나 라틸은 고개를 저었다. 전처럼 진득하게 분위기 잡혔는데, 그가 속으로 또 다른 여자 이름을 부르면 어쩐단 말인가. 속마음이 아예 안 들리면 모를까, 다른 여자 이름을 들으면서 그와 이것저것 즐기긴 힘들었다. 라틸은 시종장이 흐뭇한 얼굴로 자신을 내려다보고 있는 걸 모른 채 끙끙대다가, "아." 하고 번쩍 고개를 들었다. 시종장은 얼른 표정을 관리했다.

"왜 그러십니까, 폐하?"

그때 밖에서 비서가 문을 두드리더니 타시르가 찾아왔단 걸 알렸다.

"들어오라 해라."

안 그래도 타시르를 부를 생각이었기에 라틸은 얼른 허락하고서 시종장에게 나가보란 눈짓을 했다. 시종장이 살피던 서류를 챙겨 밖으로 나가자, 평소보다 좀 더 편안해 보이는 옷을 입은 타시르가 안으로 들어섰다.

"안 그래도 부르려 하던 참인데."

라틸이 일어서자 타시르가 '왜 일어서세요?' 하는 시선으로 쳐다보았다. 라틸은 타시르의 옆으로 가 팔짱을 끼면서 히죽 웃었다.

"오늘 떠날 거지? 떠나기 전에 식사나 같이하자고."

타시르는 눈썹을 치켜세우더니 곧 눈웃음을 지으면서 자신의 팔에 걸린 라틸의 손을 다른 한 손으로도 같이 잡았다.

"갑자기 이렇게 대해주시니 겁나는데요. 알고 보면 무척 위험한 상황이고, 이런 거 아닙니까?"

"위험하겠지. 하지만 상대 못 할 정도는 아닐 거야."

라틸은 칼라인이 기사 좀비들을 상대할 때와 자신이 헤움 황자를 상대할 때를 떠올리고서 고개를 끄덕였다. 좀비들은 강한 데다 전염성이 치명적이긴 했지만 잘 대처하기만 한다면 충분히 막아낼 수 있을 정도였다.

"제일 골치 아픈 건 차라리 전염성 같아. 상처가 나면 순식간에 번지더라고. 그…… 뭐야. 다른 사유로 난 상처 말고, 좀비한테 공격당한 상처."

"틀라 황자님이 좀비가 되었을까요?"

"그건 아닐 것 같긴 한데. 되었다 하더라도 뭐. 까다롭진 않아."

"꼭 상대를 해본 것처럼 말씀하시는군요."

예리한 놈. 라틸은 대답 대신 웃고서 집무실 안쪽에 딸린 작은 방으로 타시르를 데려갔다. 그곳엔 이미 몇 종류의 간단한 간식 상이 차려져 있었다.

"언제쯤 출발할 거야?"

"곧 출발할 거라고 말씀드리러 온 거였지만……."

라틸의 질문에, 타시르는 능청스럽게 웃으면서 라틸의 이마에 자신의 이마를 가져다 댔다.

"조금 있다 가도 되겠죠."

"칼라인은?"

"용병단 데리고 뭐 하는 거 같던데요. 흑림과 흑사신단을 동시에 데리고 출발하면 은밀하게 움직이기 어려워서 일단 수도를 빠져나가는 데까진 각자 행동하기로 했습니다."

칼라인도 불러서 잘 다녀오라고 말을 할 걸 그랬나. 괜히 찝찝해지려는 마음을 옆으로 치우고서 라틸은 테이블 앞에 앉았다. 물론 칼라인에게는 편지와 선물을 따로 보내긴 했지만, 막상 얼굴을 안 보고 보내려니 신경이 쓰였다.

'그렇지만 당장 얼굴을 보면 그 도미스란 사람 생각만 날 거

같아.'

라틸은 괜히 입술을 삐죽거리면서 포크를 쥐었다. 그러고서 물을 마시려 유리잔을 손에 쥐는 순간.

"!"

라틸은 바늘로 머리를 관통하는 느낌에 몸을 흠칫 떨었다. 동시에 머릿속에 켜져 있던 촛불을 누군가 훅 불어서 꺼버린 듯 갑자기 눈앞이 까맣게 점멸되면서 몸이 한 단 아래로 내려가는 느낌이 들었다.

"폐하?"

부르는 소리에 정신이 돌아온 라틸은 코앞에 수프와 완두콩이 있자 깜짝 놀라 머리를 들었다. 말 그대로 접싯물에 코를 박을 뻔한 상황이었다.

"왜 그러십니까?"

기절하는 것처럼 보이진 않았는지 타시르는 아무렇지 않게 물었다. 타시르가 보기엔 라틸이 수프에 둥둥 떠다니는 무언가를 살피기 위해 눈을 가늘게 뜨고 머리를 숙이는 것처럼 보인 듯했다.

"아. 아니."

라틸은 고개를 젓고서 미간을 찡그리고 조금 전 그 느낌이 무엇인지 생각했다. 바로 그때였다.

수프에 벌레라도 있나? 내가 봐드려야 하나?

맞은편에서 타시르의 목소리가 들려왔다.

"어?"

라틸은 고개를 번쩍 들었다. 타시르는 라틸의 수프 그릇을 보고 있었다. 그러다 눈이 마주치자 방긋 웃으면서 물었다.

"왜 그러십니까?"

"어……."

라틸은 눈을 몇 번 깜박거리는 것으로 상황을 빠르게 파악했다. 타시르의 속마음이다! 방금 타시르의 속마음을 읽어낸 거였다.

'어째서?'

라틸은 놀라기도 하고 당황스럽기도 해서 일단 무조건 스푼으로 수프를 '퍽퍽퍽퍽' 퍼먹었다.

좋아하는 음식이신가? 잘 드시네.

머리가 빙글빙글 돌았다. 갑자기 왜 속마음이 이렇게 잘 들리는 거지? 이해하기 어려웠다. 타시르가 좀비를 만나러 간단 생각에 갑자기 마음이 약해졌나? 겉으론 내색을 안 하지만 그래서 타시르 마음에 방어벽이 약해져서…….

"타시르?"

"네, 폐하."

"좀비 무서워?"

"무서운 건 모르겠고 호기심은 듭니다."

하나 잡아 와서 연구해도 괜찮을까?

겉과 속이 일치하는 속마음이 들려오자 라틸은 포크를 입에 물고서 고개를 기웃했다. 아닌데. 좀비가 무서워서 마음이 약해진 건 아닌 것 같은데.

오. 지금 폐하가 취하는 저 자세.

'내 자세? 이게 마음에 드나?'

나도 해봐야겠다. 괜찮은데?

"……."

라틸은 포크를 입에서 떼고서 타시르를 가자미눈을 하고 쳐다보았다. 워낙 속을 알 수 없는 놈이라 늘 저 속내가 궁금했는데. 실제로 속내를 들어보니 약간 짜증 나는 구석이 있었다.

'일단 겉하고 속이 확실하게 일치하는 놈이긴 한데.'

오. 지금 폐하 홍가자미.

'속마음까지 같이 들으니까 어째 더 짜증 나는 거 같네.'

굉장해. 찰가자미로 진화하셨다.

"야."

"예?"

"그만 보고 먹거라."

타시르가 웃으면서 포크를 들자, 라틸도 음식을 먹기 위해 고개를 숙였다. 하지만 그것도 잠시. 괜히 억울한 기분이 든 라틸은 뜯던 빵을 내려놓고서 그에게 항의했다.

"가자미가 어때서! 가자미가 왜!"

"예? 무슨 소리신가요?"

가끔 타시르의 헛소리를 듣느라 울화가 치밀긴 했지만, 그래도 라틸은 그가 겉으로 보는 것만큼 속내가 어두컴컴하진 않단 걸 알게 되었다. 물론 아주 가끔 그의 머릿속 한 부분에 안개가 낀 듯한

부분이 있긴 했다. 머릿속에 안개를 대체 어떻게 만들어내는 건진 모르겠지만, 라틸이 속마음을 들으려 해도 알 수 없는…… 진짜 안개는 아니지만 안개라고 표현될 수밖에 없는 그런 부분이. 그 외엔 대체로 음험한 구석은 없었다.

이후 라틸은 타시르를 배웅하기 위해 궁전 후문 쪽으로 함께 걸어갔다. 돌아올 때까지 타시르는 상단 일로 잠시 자리를 비운 걸로 할 테고, 칼라인은 몸이 좋지 않아서 방에 틀어박혀 있는 걸로 통할 것이다.

"잘 다녀와."

문 앞까지 함께 걸어간 라틸은 아까 식사를 하면서 팅팅 불었던 마음에서 붓기를 좀 뺀 다음, 나가려는 타시르에게 슬며시 인사를 건넸다. 눈이 마주치자 타시르는 바로 웃으면서 속삭였다.

"언제 절 보아주실 건가 계속 기다렸습니다. 앞만 보고 걸으시기에."

"위험할 거 같으면 그냥 와."

"주군으로서 하실 말씀은 아닌데."

"배우자로서 하는 말이야."

라틸의 말에 타시르는 눈썹을 치켜뜨더니 곧 눈이 가늘어져서 활짝 웃었다.

"어쩌면 이리 제 심장을 잘 자극해 주시는지."

'거짓말. 아무 생각도 없으면서.'

그 순간. 타시르가 라틸을 물끄러미 바라보았다. 그 바람에 눈이 마주치자, 라틸도 그의 눈동자를 들여다보고서 같이 가만히 있었다. 자세가 부담스럽긴 한데. 이러고 있으려니, 무슨 생각을 하더라도 뿌옇고 탁한 안개로 가득해 보이지 않던 타시르의 마음속 한구석에 얼핏 실루엣 같은 게 들여다보이는 듯해서였다.

무언가…… 사람의 형태 같은 게.

'뭐지?'

그게 무엇인가 유심히 집중하고 있으려니 갑자기 바람이 불어왔다. 그 바람에 타시르의 머리카락이 흔들리자, 라틸은 얼결에 그의 머리카락을 잡아 넘겨주었다. 바람이 머릿속까지 번져가는 건 아닐 텐데도 이래야 안이 잘 보일 것 같아서. 하지만 정말로 현실이 머릿속에도 영향을 주는 걸까? 라틸이 그의 머리카락을 잡고 넘기는 바로 그 순간. 안개 사이로 보일 듯 말 듯 하던 그 실루엣이 바람결에 잠시 모습을 드러냈다.

대신관의 누드가.

"풉!"

라틸은 놀라서 타시르의 머리카락을 쥐어뜯어 버렸다. 사레에 들려 콜록거리고 있자니, 타시르가 '아야 아야' 소리를 내면서 손을 휘저었다.

'왜 갑자기 대신관을?'

14 멱살을 잡으려고

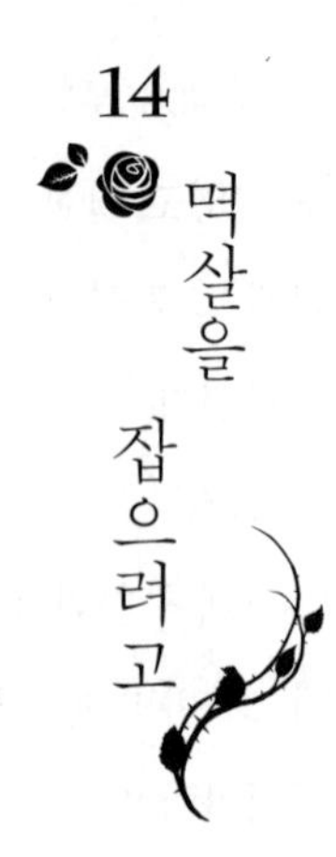

"폐하, 폐하. 머리카락, 머리카락, 머리카락이요!"

타시르가 허공으로 손을 휘저으며 외치자 라틸은 얼른 머리카락을 놓아주고 사과했다.

"미안. 놀라서."

타시르는 얼얼한 두피를 누르면서 너무한다는 듯 투덜거렸다.

"제 눈동자를 유심히 들여다보시기에 제게 빠져들고 계시나 했더니. 갑자기 왜 그렇게 놀라신 겁니까?"

그야 네 머릿속에서 벌거벗은 대신관이 튀어나와 갑자기 근육자랑을 했으니까. 라틸은 이걸 설명하지도 못한 채 입술만 꿈틀거렸다. 하지만 그냥 넘어가자니 너무 궁금해서 그만 묻고야 말았다.

"뭐 하나만 물어도 될까?"

"당연합니다."

"방금 무슨 생각했어?"

타시르는 계속 머리를 문지르면서 고개를 기웃하더니 곧 빙그레 웃으면서 태연하게 대답했다.

"기도했지요."

'거짓말.'

"무슨 기도?"

"무사히 다녀오게 해달란 기도요."

'거짓말쟁이.'

라틸은 속으로 툴툴거리면서도, 타시르가 계속 문지르는 두피 사이에 같이 손을 넣어서 꾹꾹 눌러주었다.

"많이 아프냐?"

타시르는 대답 대신 머리를 움켜쥐고 있던 손바닥을 펴 보였다.

"!"

라틸은 그의 머리카락이 우스스 떨어지자, 놀라서 타시르의 머리를 마구 문지르며 입을 대고 호호 불었다.

"빠지면 어쩌지? 이거 땜통 생기면 어쩌지? 응?"

"그러니까요. 잘 좀 불어보세요."

"호…… 호……."

라틸은 타시르의 머리카락에 대고 입김을 연달아 불다가, 타시르가 눈웃음을 띤 채 어깨를 들썩이고 있자 미간을 찌푸리고서 그를 살짝 밀치고 뒤로 물러났다.

"놀랐잖느냐!"

타시르는 기분 좋게 웃으면서 라틸을 끌어안았다.

"그러게 왜 남의 머리카락을 쥐어뜯으십니까."

"그건 그래."

라틸은 자신의 잘못을 순순히 인정하면서도 속으로 투덜거렸다.

'그러게 왜 속으로 그런 민망한 걸 상상하고 그래. 놀랐단 말이다.'

타시르는 그런 라틸을 웃으면서 내려다보다가, 회중시계를 꺼내 시간을 살피더니 "이런." 하고 탄식했다.

"더 늦으면 칼라인 님이 또 제 눈알을 노리겠네요. 그만 가봐야겠습니다, 폐하."

"칼라인이 무섭나 봐?"

"그 인간은 폐하한테만 순하게 굴지, 다른 사람들한텐 무자비해요."

그런 것 치고는 다른 후궁들이랑 알음알음 잘 어울리긴 하던데. 라틸은 의아하게 여기면서도 얼른 가보라고 그의 등을 툭툭 두드렸다. 하지만 타시르가 떠나기 위해 말에 올라타자마자, 라틸은 또 질문을 던지고 말았다.

"만약 네가 다른 사람의 속을 읽을 수 있다면, 누구 속을 읽고 싶어?"

타시르는 말 등 위에서 고삐를 쥐면서 라틸을 이상하단 눈으로 쳐다보았다. 그런 질문을 왜 하시는 거지? 하는 눈으로.

'그러게. 내가 이런 질문을 왜 했나 모르겠다.'

라틸이 짧게 자책하는 사이. 타시르가 바로 대답했다.

"당연히 우리 순둥순둥 말랑이죠."

"순둥? 게스타?"

"네."

"왜? 너무 무난할 거 같지 않아?"

라틸은 언제나 조용하고 소심한 게스타를 떠올렸다. 걔는 그냥 속마음으로도 늘 달달 떨고 있을 것 같은데……. 그러나 라틸의 말에 타시르는 묘한 표정으로 낮게 웃으면서 중얼거렸다.

"그럴 수도 있고요."

'아니란 건가?'

그 미묘한 말에 라틸은 의구심을 품었다. 혹시 게스타가 나랑 있을 때와 후궁들과 있을 때 행동이 많이 다른가? 하지만 가끔 하렘에서 일어나는 일을 보고받을 때 그런 이야기는 없었다. 라틸이 고개를 기웃하자, 타시르가 어깨를 으쓱이더니 말 머리를 쓸면서 웃었다.

"그러면 그 나름대로 좋지 않겠습니까. 겉도 속도 착한 사람은 곁에 있기만 해도 좋으니까요."

"그건 그렇지."

타시르를 배웅한 뒤. 라틸은 집무실로 돌아가려다가 마음을 바꾸어서 게스타의 방으로 걸어갔다. 타시르의 말을 듣고 보니 게스

타의 속마음도 궁금하긴 했다. 늘 조용히 책만 읽고 말도 제대로 못 하는 소심한 성품이지만, 가짜 황제 사건 때 가짜 황제 뒤는 잘 따라다녔다지 않은가. 게다가 다친 새 사건 이야기도 속마음으로 들어보고 싶기도 했다.

'이미 해명을 듣긴 했지만 혹시 모르니까.'

그런데 타시르 말고 다른 사람들에게서도 속마음이 지금처럼 잘 들릴까? 찾아갔는데 속마음이 안 들리는 거 아냐? 라틸의 의문은 지나가던 기사와 마주치자 바로 풀렸다. 기사가 단정하게 라틸에게 인사를 하는데, 입과 따로 노는 속마음이 바로 들린 탓이다.

폐하는 얼굴에 약하시다지. 나도 잘생겼단 소리 좀 듣는데. 혹시 내가 마음에 든다고 하시면…….

생각한 건 기사인데, 라틸은 자기가 민망해져서 얼굴이 벌게져 정색했다. 그걸 본 기사가 다시 속으로 환호성을 질렀다.

날 보고 얼굴을 붉히셨어!

그런데도 표정은 덤덤해서 라틸은 기사의 얼굴을 보기가 영 껄끄러워졌다.

'이거…… 뭔가 되게 민망한데. 들으면 안 될 걸 듣는 기분이야.'

결국 라틸이 확 돌아서서 걸어가자 뒤에서 기사가 다음에는 얼굴이 좀 더 잘 보이게 모자를 안 써야겠다던가, 그렇게 생각하는 소리가 들려왔다. 라틸은 한 손으로 얼굴을 가린 채 달아나듯 하렘 안으로 들어가 게스타를 찾았다.

"폐하!"

드디어 폐하가 오셨어!

그곳에 도착해서도 평소와 달리 속마음은 쏙쏙 잘 들려왔다. 게스타의 시종 트리는 이름 모를 이상한 빵을 들고 가다가 라틸을 보자 울듯이 외쳤다.

"게스타는?"

라틸이 게스타의 위치를 묻자, 트리는 속으로 거의 괴성에 가까운 환호성을 질렀다. 너무 시끄러워서 살짝 미간을 찌푸리다가 라틸은 돌연 속이 텁텁해졌다.

'날 많이 기다리는구나. 게스타 쪽만 이러는 것도 아니겠지.'

라틸이 하렘을 만들 때는 하이신스에 대한 분노와 대신들에 대한 오기가 강했다. 어차피 하렘에 지원하는 후궁들 역시 계산을 끝내고 오는 것이기에, 라틸은 그들과 자신이 서로 거래를 한 거나 다름없다 여겼다. 하지만 이렇게 폴짝폴짝 방정맞게 기뻐하는 트리를 보자 이들과의 관계에서 자신이 칼자루를 쥔 쪽이란 게 확실하게 느껴졌다.

'고루고루 잘해주긴 해야겠다.'

그때. 문이 발칵 열리더니 힘 있게 열릴 때와 달리 쭈뼛쭈뼛한 움직임으로 게스타가 나왔다. 그러다 라틸과 눈이 마주치자 게스타는 눈치를 보듯 라틸을 가만히 응시했다. 그 눈이 어쩐지 슬퍼 보여서, 라틸은 지난번 일을 모른 척하고 웃으면서 게스타의 등을 감쌌다.

"갑자기 네가 보고 싶어 왔다. 들어가자. 식사는 했느냐?"

시간이 많지 않다는 라틸의 명령에 따라 빠른 속도로 간단한 음식들이 차려졌다. 이미 만든 빵을 조금 데워오고, 거기에 몇 종류의 잼과 샐러드, 수프 정도가 다였다. 라틸은 수프에서 풍기는 은은한 러비지 향을 맡으며 게스타를 물끄러미 바라보았다.

게스타는 음식을 준비하는 내내 제대로 이야기도 못 하고 고개만 숙이고 있다가, 하인들이 밖으로 나가자 라틸의 눈치를 살피면서 금덩이를 몰래 훔치려는 사람처럼 스푼을 쥐었다 떼길 반복하고 있었다. 하지만 이렇다 할 속마음은 들리지 않아서 라틸은 고개를 기웃했다.

'그새 효과가 떨어졌나? ……하긴. 원래 이 정도이긴 했지만.'

그럼 아까는 왜 보는 사람마다 속마음이 들렸던 걸까? 라틸은 의아해하면서도 수프를 숟가락으로 휘휘 저었다. 게스타는 여전히 라틸의 눈치를 살피고 있었다.

'아쉽네. 게스타의 속마음까지 들을 수 있을 거라 여겼는데.'

꼭 듣고 싶어서 온 것도 아니면서, 라틸은 이렇게 되자 괜히 안타깝단 생각을 하며 스푼을 내려놓고 포크를 쥐려 했다. 그러나 스푼과 포크를 엇갈려 놓으면서 그만 포크가 탁자를 타고 쭉 미끄러져 게스타의 앞에 도착했다. 라틸은 민망하게 웃으며 손을 뻗었다. 게스타는 아무렇지 않게 라틸의 포크를 건네주었다. 그러면서 손가락과 손가락이 살짝 서로를 스치는 순간.

손가락 귀여워.

까끌하고 그윽한 음성에 라틸은 놀라서 포크를 확 잡아뺐다.

"폐하?"

라틸은 눈을 동그랗게 떴다. 방금 뭐가 지나갔지? 무언가…… 평소보다 훨씬 낮은 목소리가 지나간 것 같았다. 착각인가? 지나가던 사람이 참새 발 같은 걸 보고 생각한 건가? 라틸은 말도 안 되는 생각을 하면서 "아니야." 하고 둘러댔다. 하지만 게스타가 한 생각이라 여기기엔 속마음이 너무 그윽했다. 눈앞의 게스타는 하얀 토끼처럼 보송보송하고 귀여운데.

"왜 그러세요 폐하? 안색이 나쁘십니다."

"아, 그게……."

안구까지 귀엽네.

또 그 목소리다. 게다가 눈동자도 아니고 안구라니. 라틸은 '으헉' 소리를 내면서 뒤로 의자째 쿵 넘어갔다. 몸이 기우뚱하면서도 드는 생각은 이것 하나뿐이었다. 뭐지? 내 순둥이 토끼 안에 웬 영감 너구리가 들어있지?

"폐하!"

게스타가 놀라서 벌떡 일어나더니 얼른 다가왔다. 라틸은 멍하게 천장을 쳐다보며 눈을 끔뻑거렸다. 물론 속마음으로 들은 그 낮은 목소리도 아주 듣기 좋긴 했다. 어딘가 살짝 야한 느낌도 났고. 문제는 게스타였다. 게스타는 앞에 두고 흑심을 품으면 죄책감까지 들 만큼 순진하고 청초한 외양이었다. 그런 얼굴로 그런 그윽한 목소리는…….

"게스타?"

"네, 폐하……."

'아. 잘 들으니 평소에도 그 목소리인 것 같긴 하네. 너무 기어들어가는 목소리로 들어서 눈치채지 못했는데. 게스타, 목소리가 엄청 낮구나.'

게스타의 손을 잡고 의자에서 일어난 라틸은 뜻밖에 알게 된 게스타의 목소리에 새로운 기분으로 게스타를 빤히 보았다. 게스타는 그 시선만으로도 견디기 어려울 정도로 부끄럽단 듯 고개를 푹 내리깔았다.

그 순간. 게스타가 떠올리는 이미지가 라틸의 눈앞에도 같이 펼쳐졌다. 그건 라틸의 미화된 모습이었다. 아까 의자에 앉은 채 뒤로 넘어가 누운 건지 앉은 건지 애매한 그 상태일 때 모습. 카펫이어야 할 곳에는 꽃들이 만발해 있고 라틸의 주위로는 반짝이는 빛이 마구 날아다닌다.

'저 반짝이랑 꽃은 뭐야? 언제 저런 게 있었어?'

그 속에서 라틸은 별처럼 웃고 있는데, 그 모습은 라틸이 보기에도 참으로 아름다웠다.

'설마. 쟤 눈에는 내가 저렇게 보이나?'

황당해하기도 잠시. 환상 속 라틸이 천사처럼 한 손을 뻗더니 천천히 입을 열었다.

라틸 실수해쪄.

"으아아아!"

라틸은 소름이 돋아서 허공을 휘저었다.

"하지 마!"

"폐하?"

"하지 마, 하지 마, 그거 하지 마!"

라틸이 기겁해서 손을 계속 휘젓자 게스타는 눈을 동그랗게 뜨고 라틸을 보다가 꽃망울이 톡 터지듯이 웃음을 터트렸다. 그 순간. 게스타의 머릿속에서 또 다른 이미지가 전해졌다. 그건 어린 라틸의 모습이었다.

두 개짜리 작은 계단 위에 선 라틸. 계단 아래에서는 틀라가 엎어진 채 울고 있다. 어린 라틸은 그걸 빤히 바라보다가 웃으면서 사과했다.

— *라틸 실수해쪄.*

'어?'

기억이 날 듯 말 듯한 과거의 장면에 라틸은 눈살을 찌푸렸다. 저 때 발음을 짧게 한 건 아마 일부러였을 것이다. 어릴 때도 라틸은 완벽한 발음을 구사했지만, 틀라와 싸운 뒤에는 일부러 혀 짧은 소리를 내어서 '난 애기라 아무것도 몰라요'라는 걸 어필하곤 했으니까.

'아. 이때 날 봐서 아까 게스타가 그런 장면을 떠올린 거구나. 놀래라. 어릴 때 기억이랑 현재 모습을 합쳐서 떠올린 건가?'

그럼 속으로 생각한다고 해서 완전히 진실이 아닐 수도 있겠네. 현재와 과거를 합쳐서 보다니. 라틸은 처음 안 깨달음에 고개를 주억거리다가 이상한 걸 눈치챘다.

'어라? 근데 이때 게스타가 있었던가?'

"칼라인 님. 그거 압니까?"

"……."

"나와 폐하 사이엔 오가는 별명이 있습니다. 아주 귀여운 별명이죠."

"……."

"여기 이 땜통 보입니까? 이거 폐하가 만들어주신 겁니다. 그러면 질문. 폐하가 왜 제 머리카락을 쥐어뜯었을까요? 그건 폐하가 제 머리에 손을 올렸기 때문이죠."

타시르가 옆에서 종알종알 대며 흐뭇하게 웃었으나, 칼라인은 단 한마디 대꾸도 하지 않았다.

"계속 무시하시네요. 주기적으로."

아무 반응 없는 칼라인이 재미없어 중얼거려 보았지만, 그래도 칼라인은 아무 대답도 하지 않았다. 하지만 연달아 말을 걸다 무시당했는데도, 타시르는 기분 나쁜 내색 없이 흐뭇하게 웃기만 했다.

"아닌 척해도 충격 좀 받은 모양입니다, 용병왕님. 하긴 용병왕님은 의뢰받았을 때만 전진하지, 의뢰 없인 아무것도 안 하는 게 몸에 익었으니까요."

결국 칼라인은 타시르 쪽을 쳐다보고서 그가 그토록 원하던 반응을 해주었다.

"한 마디 더 지껄이면 혀를 뽑을 거다."

"전엔 눈이더니 이번엔 혀인가요. 아주 절 구석구석 탐하시네요."

그래도 타시르가 움츠러드는 내색이 없자, 대리석 같던 칼라인의 이마 위로 혈관이 조금 올라왔다. 타시르의 부하는 겁이 나서 칼라인과 타시르를 번갈아 살폈으나, 두 사람 사이에 끼어들어 말리진 못했다.

대신 부하는 한숨을 내쉬면서 뒤를 돌아보았다. 흑림의 수장과 흑사신단의 대장이 이런 사이니, 당연히 그 아래 있는 암살자들과 용병들이 사이좋을 리가 없었다. 말없이 걸어가고는 있지만, 조금이라도 부딪치는 즉시 무슨 일이 날 듯 오싹한 신경전이 펼쳐질 정도였다.

그렇게 걸어가기를 한참.

"여기네요."

칼라인을 계속해서 도발하던 타시르가 말을 멈추고 허리를 숙이더니 떨어진 나뭇잎을 손으로 들추었다. 그 아래로 여러 사람이 지나간 발자국이 교묘하게 감추어져 있었다.

"이쪽으로 간 모양입니다."

"그렇군."

칼라인도 그 근처 나무 둥치에 작게 그려진 모형을 보며 동의했다. 미리 아낙차 쪽에 붙여둔 부하가 '여기를 지나갔다'고 표시해 둔 그림이었다.

"얼른 가지요. 그래야 우리 폐하께도 빨리 돌아갈 수 있을 테니."

표식이 가파른 비탈길 쪽으로 향하는 바람에 속도가 잠시 느려지긴 했으나, 일행은 멈추지 않고 계속 이동했다. 얼마나 그렇게 걸어갔을까. 일행은 마침내 산 중턱에 만들어진 낡은 저택을 발견했다. 2층짜리 저택인데 저택 정원에 세워진 정자는 낡은 기둥만 남아있었고, 저택 울타리는 낡아빠져서 바람이 불 때마다 끽끽거리며 소리를 내는 곳이었다.

"여긴가 보네요. 하지만 문짝이……. 이러면 오히려 조용히 들어가는 게 더 어렵겠는데요."

그걸 본 타시르는 혀를 차며 중얼거렸다. 그러나 그 순간.

"아니 이 사람이?"

칼라인이 조용히 가고 말고 상관없다는 듯 그대로 문을 뻥 걷어차 열어버렸다.

"용병왕!"

타시르가 목소리를 낮추어 항의했지만, 칼라인은 개의치 않고 안으로 맹수처럼 천천히 걸어 들어갔다.

"아이고. 저 성격 급한 거 좀 봐라."

타시르는 한 손으로 자기 이마를 두드렸으나, 이렇게 된 이상 어쩔 수 없다 싶어 결국 뒤를 총총총 따라갔다. 그런데 이상했다. 커다란 소리를 들었을 텐데. 울퉁불퉁한 돌길을 걸어갈 때도 집 안에선 아무 소리가 들려오지 않았다. 반쯤 이미 박살이 난 정문을 열고 들어갈 때도 마찬가지였다. 문을 열자 서너 사람이 동시에 지나갈 수 있을 만한 복도가 길게 이어지고, 그 복도의 양옆으로 문이 몇 개 달려 있었으나 칼라인은 그 문에 시선을 팔지 않고 쭉 앞으로만 걸어갔다.

마침내 복도의 끝에 도착하자 꽉 막혀있던 양옆이 트이면서 넓은 홀이 나타났다. 천장이 2층에 있는 탁 트인 구조의 홀이었다. 그러나 예측만 될 뿐, 정작 홀은 보이지 않았다. 홀을 겹겹이 둘러싸고 있는 좀비들 때문에.

"오."

빼곡히 방 안을 둘러싼 좀비들을 보며 타시르가 짧게 감탄사를 외쳤다. 칼라인은 말없이 양 허리춤에서 무기를 꺼내 들었다. 그가 무기를 쥐자 손안에서 날카롭게 휘어진 작은 반월도가 튀어나왔다. 그걸 기점으로 좀비들이 동시에 그들을 향해 달려들기 시작했고, 칼라인은 두 손에 든 무기를 이용해 진짜 맹수라도 된 것처럼 좀비들의 목을 한칼에 하나씩 처리했다.

"아, 난 이런 거 정말 싫은데. 난 책상 앞에 앉아서 주판을 두드리는 상인이지, 이렇게 막 몸 움직이고 이러는 거 취향 아닌데."

타시르는 이 와중에도 혼자 계속 중얼거렸으나, 발과 검을 이용해 적들을 손쉬워 보일 정도로 잘 처리해 나갔다. 용병과 암살자들도 움츠러들지 않고 바로 공격을 퍼붓자, 얼마 지나지 않아 홀 안을 가득 채웠던 좀비들은 모두 다 바닥에 목이 잘려 움직임이 멈추었다. 타시르는 한숨을 내쉬고서 "됐나?" 하고 중얼거렸다.

그 순간. 그들이 걸어온 복도 쪽에서 동시에 문이 달칵 열리는 소리가 나더니, 다시 한번 우르르 좀비들이 몰려오기 시작했다.

"하…… 폐하. 쉬울 거라더니."

2층 쪽에서도 문 열리는 소리가 나며 좀비들이 난간에서 뛰어내리기 시작하자, 위험한 것 같으면 도망가라던 라틸의 목소리가 떠올랐다. 타시르는 이마를 짚으며 끙 소리를 냈다.

"폐하. 도망갈 길도 없는데요."

‘타시르랑 칼라인은 잘해내고 있으려나.’

라틸은 일어나자마자 창문부터 열고 새벽 공기를 한껏 흡입하며 생각했다. 잘해낼 것 같긴 한데. 그래도 미지의 적에게 보내서인지 조금 신경이 쓰였다. 그리고 적도 적이지만…….

‘타시르는 대체 떠나기 전에 대신관의 누드는 왜 생각한 거야?’

이 부분도 생각하면 생각할수록 이상했다. 아니 뭐 밑도 끝도 없이 갑자기 대신관의 누드라니.

‘게스타한테 갔다가 대신관한테도 갔어야 했는데!’

며칠 전. 대체 무슨 일인지 갑자기 상대방의 마음이 쏙쏙 잘 들려왔던 그날. 라틸은 앞으로도 계속 이 상태가 유지될 줄 알았다. 하지만 그날 하루를 끝으로 다시 라틸의 능력은 퇴보해 원래 상태로 돌아와 있었다.

‘왜 하필 그날만 능력이 높아졌던 걸까.’

이유는 모르겠지만 여하간 이렇게 되고 보니, 게스타에게 들른 다음 이때다 싶어 국무회의를 열어버린 게 아쉬웠다.

‘서넛도 아직 연락이 없고…….’

왜 이렇게 몸이 축축 늘어지는 걸까. 라틸은 창틀에 원숭이처럼 매달려 있다가 유모가 들어와 “아이구머니나! 폐하, 열 살 때 하던 행동을 왜 또 하세요!” 하고 끄집어내자 마지못해 창틀에서 떨어졌다.

“무슨 고민이라도 있으신 거예요? 왜 우리 폐하는 고민이 있을 때마다 창문에 달라붙을까."

"대신관 생각을 하고 있었어."

"자이신 님이요? 그러면 찾아가시면 되잖아요. 부르거나요."

"내가 궁금한 대신관은 현실의 대신관이 아니라 누구 머릿속의 대신관이여서."

"네?"

"아니야……."

유모는 라틸을 전혀 이해하지 못하는 표정이었으나, 이건 설명을 할 수 있는 문제가 아니어서 라틸은 손만 휘젓다가 침대에서 발딱 일어섰다.

"그래. 가봐야겠다. 일단 물어보긴 해봐야겠어."

"대신관님께 가시려고요?"

"어. 내 옷 좀."

라틸은 그 길로 망설이지 않고 하렘을 찾아갔다. 대신관은 아침 운동을 하고 있다가, 라틸이 찾아오자 상체에 실오라기 하나 걸치지 않은 채로 달려와 활짝 웃었다.

"폐하!"

라틸은 그에게서 후광이 반짝거리는 착시 현상에 놀라 잠시 눈가를 가렸다가, 대신관이 자신을 이상하게 쳐다보자 흠흠 소리를 내며 손을 내렸다.

"같이 식사나 할까 싶어 왔는데. 바쁘냐?"

"그럴 리가요!"

대신관이 얼른 씻고 나오겠다며 들어간 사이, 라틸은 그의 방에 들어가 탁자 앞에 앉아 무어라고 질문을 할지 곰곰이 생각해 보았다. 하지만 결국 대신관이 나오고 식사가 차려지자 그냥 대놓고 묻고 말았다.

"혹시 타시르가 네 알몸을 본 적이 있어?"

"예?"

"이상한 뜻에서 물은 건 아니고. 얼핏 그냥……."

그런데 의외로 대신관은 순순하게 동의했다.

"왜 그런 질문을 하시는진 모르겠지만, 그런 적이 있습니다."

"있다고?"

"네. 제가 옷을 벗고 기도하고 있었는데, 타시르 님이 지나가다가 보셨거든요."

라틸은 이번엔 다른 데 놀라서 또 질문했다.

"기도하는데 옷은 왜 벗었는데? 아니, 그보다 지나가다가 볼 정도면 어디서 기도를 한 거야?"

"제 정원에서요. 저만 사용하는 곳이라 당연히 아무도 안 올 줄 알았는데, 수풀 사이에서 나타나시더라고요."

라틸은 끙 소리를 내며 이마를 손으로 짚었다. 아무래도 타시르가 암살자 수장답게 구석구석 돌아다니는 바람에 벌어진 일인 모양이었다. 물론 그 역시 대신관이 알몸으로 정원에 있을 거란 생각은 못 했겠지만.

"아니, 근데 진짜로 왜 옷을 벗고 기도한 거야? 의미가…… 있어?"

"신께서 내려주신 몸을 이렇게 건강하게 잘 가지고 있다고 보여드리는 겁니다. 그러면 기도 효과가 더 좋거든요."

그럴 리가 있냐고 묻고 싶지만, 상대가 대신관인지라 라틸은 차마 그 질문을 하지 못했다. 자신보다는 대신관이 더 잘 알 테니까. 어쨌든 타시르에 대한 오해는 풀렸다.

'그래서 타시르가 기도한다면서 그 광경을 떠올렸나 보네.'

"한데 그건 왜…… 혹시 타시르 님이 고자질했나요?"

"아니. 그건 아니고."

"타시르 님 외엔 짐작 가는 사람이 없는데요."

라틸은 어깨를 으쓱하고서 자리에서 일어났다. 일을 해야 하는데 궁금증을 참지 못하고 온 거라, 이제 슬슬 돌아가봐야 할 것 같았다.

"아니야. 그리고 난 이제 가볼게. 다 먹었다."

넌 천천히 먹어. 라틸은 대신관의 어깨를 두드리고서 시계를 확인했다. 그런데 나가려는 라틸을 대신관이 황급히 붙들었다.

"폐하. 잠시만요."

"왜?"

라틸이 돌아보자 대신관이 흑심 없는 얼굴로 웃더니 자기 침대를 가리켰다.

"많이 피로해 보이셔서요. 저기 엎드리시면 제가 뭉친 근육을 좀 풀어드리겠습니다."

어깨가 아픈 건 사실이었기에, 라틸은 시계를 한 번 더 확인하고서 대신관의 침대로 가 엎드렸다.

'혹시 얘가 은근슬쩍 날 유혹하는 건가?' 이런 생각도 했지만, 대신관은 약간의 흑심도 없는 손길로 라틸의 어깨를 정말 시원하게 꾹꾹 눌러주기만 했다. 그는 의외로 꽤 손이 시원했다. 게다가 이상하게 그의 손이 닿는 곳마다 숲의 공기를 피부에 넣은 양 상쾌해져서 라틸은 자기도 모르게 눈이 가물가물해지고 말았다.

그러다 결국 깜빡 졸았던 라틸은 '몇 시지?' 하는 생각을 하며 번쩍 눈을 떴다. 눈을 뜨자마자 보인 건 침대맡에 앉은 대신관이었다. 그가 침대맡 바닥에 궁상맞게 앉은 채 라틸의 얼굴을 빤히 보고 있던 것이다.

"뭐 해?"

그걸 본 라틸이 아직도 나른한 기분에 잠겨 묻자, 대신관이 주저하는 것 같더니 조심스럽게 자신의 입술을 엄지로 매만지다 물었다.

"폐하. 전에 해주신 거. 한 번 더 해주시면 안 될까요?"

"전에 해준 거?"

라틸은 아직 멍한 상태라 반사적으로 따라 묻다가, 대신관의 입술이 엄지에 눌리면서 모양이 뭉그러지자 잠이 확 달아나서 번쩍 상체를 일으켰다.

"키스?"

라틸의 질문에 대신관은 어떻게 그런 단어를 성직자가 입 밖으로 꺼내겠냐는 듯 희미하게 웃더니 고개를 끄덕였다.

'그렇게 입술을 만지작거리는 것보다 그냥 말로 하는 게 더 안 야할 텐데.'

라틸은 대신관의 손끝에서 말랑말랑 움직여대는 입술을 보며 생각했으나, 이걸 지적해 주어야 할지 말아야 할지 고민만 할 뿐. 아무 말도 하지 못했다. 대신관의 손 아래에서 멋대로 눌린 입술이, 엄지 옆으로 밀려 나와 평소보다 부푼 그 입술이 시선을 완전히 앗아가서.

'전에 하이신스가 왔을 때 홧김에 대신관한테 입을 맞췄지.'

그때 일을 생각하니 다시 한번 당시의 배덕감이 몰려와 손끝이 짜르르 떨렸다. 라틸은 뭐라고 말해야 하나 싶어 어색하게 자기 귓등을 매만졌다.

"음. 입맞춤은……."

당시엔 홧김에 한 거라서 상대가 대신관이고 뭐고 없었다. 그냥 어떻게 해서든 하이신스를 이 자리에서 물 먹여야 한단 생각뿐. 그런데 이렇게 단둘만 있는 곳에서, 이런 분위기에서, 대신관이 키스를 요청하자 심장이 찰흙처럼 오물오물 멋대로 모양을 바꾸었다.

"음. 그러니까 입맞춤은……."

넌 그래도 대신관이고 지금은 위장해서 후궁이 된 건데 어떻게 그러냐고 말할까 말까. 라틸은 대신관을 곁눈질했다. 대신관은 생전 처음 맛본 입맞춤이 퍽 마음에 들었는지 눈이 생기로 반짝거렸다. 이렇게 키스를 요청받긴 또 처음이라 라틸은 괜히 발가락을 꿈지럭거렸다. 그러다가 라틸은 대신관의 얼굴을, 신이 가장 사랑하는 천사를 내려보낸 것처럼 금욕적이며 고결하게 아름다운 얼굴을 슬그머니 바라보았다. 결국, 라틸은 헛기침을 하고서 "그럴까?" 하고 중얼거렸다.

대답이 들려오자마자 대신관은 무릎걸음으로 다가오더니 라틸을 빤히 올려다보았다. 라틸은 마른침을 삼키고서 대신관의 턱을 가볍게 잡았다. 손가락에 닿는 부드러운 촉감에 입이 맞닿기도 전부터 심장 박동이 빨라졌다. 너무 준비 자세를 취하고 하는 거 아닌가, 싶으면서도 라틸은 머뭇머뭇 얼굴을 내려 그의 입술 위에 자신의 입술을 포갰다. 아까 엄지로 문지를 때부터 느꼈지만 무척이나 말캉거리는 감촉이었다. 라틸은 그의 턱을 잡았던 손을 위로 올려 그의 뺨을 감싸고 눈을 감았다.

그러자 손과 입술에 닿는 대신관의 느낌이 더욱 생생하게 올라오며 머릿속이 어질어질해졌다. 그러다 라틸은 자신의 몸이 점점 뒤로 밀리는 느낌을 받았다. 균형 감각이 무너지면서 뭔가 기우뚱하는 듯했다. 하지만 처음에는 가만히 얼굴만 내밀고 있던 대신관이 점차 적극적으로 파고들기 시작하자 라틸은 그냥 대신관이 밀어서 밀리나 보다, 생각하고 그의 입술을 탐하는 데만 집중했다. 등에 푹신한 감각이 닿아서야 라틸은 '어?' 하고 눈을 번쩍 떴다.

'언제 이렇게 된 거야?'

눈을 뜨니 라틸은 침대에 누워있었고, 침대 아래에 앉은 채 라틸을 향해 얼굴만 내밀던 대신관은 자연스럽게 라틸의 위에 올라타

있었다. 입맞춤 요청조차 제대로 하지 못해 부끄러워하던 그의 얼굴은 발갛게 달아올라 구겨져 있었다.

'와.'

대신관은 라틸의 손을 들어 올리더니, 손바닥에 대고 입술을 문질렀다. 라틸이 그 모습에 순간 넋이 나가 있자니, 대신관이 찡그리느라 감았던 눈을 뜨고서 라틸을 내려다보았다. 평소보다 좀 더 촉촉한 보라색 눈동자 속에는 라틸이 짐작하기조차 어려운 감정이 가득했다. 저게 뭔가 싫어 손을 들어 그의 한쪽 뺨을 쓸자, 대신관이 평소보다 좀 더 탁해진 눈으로 미간을 찡그리더니 라틸을 향해 얼굴을 가까이 붙이며 속삭였다.

"기분이…… 이상합니다, 폐하."

"대신관."

"자이신."

"자이신……."

라틸이 그의 이름을 따라 부르자 대신관이 잘했다는 듯 어지럽게 흩어진 라틸의 머리카락을 커다란 손으로 쓸어 넘기더니, 아주 작은 목소리로 속삭였다.

"타락해보고 싶어집니다."

"자이신."

"신의 종인 제가 폐하께 취하면…… 신은 절 버리실까요. 두렵습니다."

"!"

"하지만 지금은, 그냥 이러고 있는 게 좋아서……."

목소리만 들으면 대신관이 아니라 이쪽이야말로 사람을 유혹해 타락시키는 악마에 가깝다. 라틸은 고막 솜털을 파고드는 숨결에 자신도 모르게 그의 단단한 등을 끌어안았다. 아름다운 얼굴이나 듣기 좋은 목소리 등도 유혹적이지만, 누구보다 금욕적인 얼굴을 해가지고서는 이러고 있으니 그 괴리감에서 오는 아찔함에 덩달아 심장이 덜컹거렸다.

"자이신. 자이신아."

그 순간. 누군가 쾅쾅쾅쾅 문을 두드려서 라틸은 퍼뜩 정신을 차리고 "누구냐." 하고 물었다. 라틸의 딱딱한 목소리에 대신관은 한숨을 내쉬고서 어깨에 얼굴을 묻었다.

"폐하. 신 사블레입니다."

그런데 라틸을 찾는 목소리는 의외의 인물이었다.

"시종장?"

라틸은 대신관에게 옆으로 가보라고 툭툭 치고서 그가 비켜나자 옷매무새를 정돈하면서 물었다.

"무슨 일입니까?"

"폐하. 서넛 경이 돌아왔습니다!"

"서넛!"

서넛의 이름에 라틸은 황급히 일어나 한달음에 방문으로 달려나갔다. 문을 열고 밖으로 나가자 시종장이 기쁜 얼굴로 서있다가 깜짝 놀라 방 안의 대신관을 쳐다보았다. 다른 후궁이라면 놀랄 일이 없겠으나 상대가 대신관이다 보니 자기도 모르게 소스라치게 놀란 것이다.

"서넛이 어디 있는데요?"

하지만 라틸은 서넛이 돌아왔단 생각에 푹 빠져서, 시종장이 놀라거나 말거나 일단 어깨를 흔들었다.

"폐하."

대답은 멀지 않은 곳에서 들려왔다. 라틸은 소리가 들려온 쪽을 돌아보았다. 기둥 옆쪽에 서넛이 빙그레 웃는 얼굴로 서 있었다.

"서넛 경!"

평소처럼 단정한 제복 차림을 한 그는 어제 퇴근했다가 오늘 입궁한 사람과 다를 바가 하나도 없었다. 라틸이 황급히 달려가자 서넛은 뿌듯하게 웃더니, 평소처럼 기고만장하고 거만한 투로 라틸을 놀려댔다.

"간만에 절 보니 속마음이 나오고 그러십니다. 제가 그리 반갑습니까?"

"안 반갑겠습니까?"

라틸은 그에게만 사용하는 기사 말투를 덩달아 쓰면서 두 팔을 벌려 그를 꽉 끌어안았다. 서넛은 능글맞게 웃고 서있다가 라틸이 품 안에 폭 들어오자 얼결에 같이 라틸을 끌어안았다.

"……."

시종장은 그 모습을 탐탁지 않게 바라보았지만, 소식이 뚝 끊어졌다 나타난 상황이기에 오늘은 모른 척해주기로 했다.

"어디 있던 겁니까? 왜 이제 왔습니까? 응?"

"너무 외진 데 숨어 있어서 소식을 늦게 들었습니다."

"외진 데 숨어 있지 말았어야지!"

"너무 억지십니다."

라틸이 고개를 들어 째려보자 서넛은 충족감에 가득 차 라틸을 꽉 끌어안았다.

"가장 필요할 때 옆에 없어서 죄송합니다."

"돌아왔으니 됐습니다."

서넛의 제복에서는 막 빨래한 새 옷 냄새가 풍겨왔다. 라틸은 그가 돌아온 걸 기뻐하느라, 방 안에 놔두고 온 대신관을 깜빡 잊고 말았다.

"대신관님……."

자이신이 흔들의자에 앉아 멍하니 하늘만 보고 있자, 수행사제 겸 시종인 구벨이 걱정스럽게 그를 불러보았다.

"괜찮으세요?"

헝클어진 이불이나 부푼 자이신의 입술 등을 통해 구벨은 황제가 왔을 때 무슨 일이 일어났는지 이미 파악했다. 하지만 이전에 황제와 입을 맞추었다며 기뻐하던 때와 달리 이번엔 자이신의 반응이 심상치 않았다. 무슨 일이 있었냐고 물어도 별 설명 없이 그저 흔들의자에 앉아 하늘만 우두커니 쳐다보는데, 그 표정이 너무 울적해 보였다.

"서넛 경은 어린 시절부터 폐하 곁에 있던 사람이래요."

"그래. 그렇다더라."

“황제 폐하께선 선황후 폐하와 친오빠, 이복오빠에게 모두 배신 당했잖아요. 오래 알고 지낸 사람 중에 신의를 지킨 건 사블레 후작과 아이기네스 백작 부인, 서넛 경 정도인데. 시종장과 유모는 무사한 걸 처음부터 알았지만 서넛 경은 쫓기다가 실종되었으니까, 제일 먼저 서넛 경을 챙기실 수밖에 없을 거예요.”

평소보다 배로 긴 구벨의 위로에 대신관은 마지못해 입꼬리를 올렸다.

“그래. 나도 아니 그만 설명해도 좋아.”

아는 표정이 아니시니 그렇죠……. 덩달아 초조해진 구벨이 한숨을 내쉬는데, 귓가로 믿을 수 없는 이야기가 들려왔다.

“난 한번도 누군가를 미워한 적이 없는데, 구벨. 이번에 처음으로 누군가를 미워하고 말았다.”

“네?”

구벨이 고개를 들자, 대신관이 두 손으로 얼굴을 감싸고 고개를 숙였다.

“하지만 안 미워할 자신이 없어. 당분간은 계속 미워할 거 같은데. 난 이제 미안해서 서넛 경 얼굴을 못 보겠다. 어쩌지?”

그 시각. 좀비 떼를 반쯤 물리치자, 이번에는 그 앞에 좀비가 아닌 화려한 옷차림의 남자가 나타났다.

“트라탈라 황자님이시로구만.”

타시르는 그 얼굴을 대번에 알아보고는, 커다란 이를 드러내고 달려드는 좀비를 걷어차면서 노래하듯 외쳤다.

"이 좀비는 황자님이 부리는 건가?"

타시르는 틀라 황자도 좀비인가, 생각했지만 누가 보아도 틀라 황자는 다른 좀비들과 달랐다. 그는 창백하기는 해도 피부가 깨끗했고 몸에 썩어가는 부분도 없었다. 무엇보다 이성을 잃고 무작정 달려드는 좀비들과 달리 아주 차분한 태도를 유지하고 있었다.

그 상태로 틀라 황자가 천천히 허리춤에서 검을 꺼내자, 타시르는 그를 제압하기 위해 2층에서 머리 위로 뛰어내린 좀비를 칼로 내리쳐 황자에게 달려갈 공간을 확보했다. 그러나 타시르가 틀라 쪽을 보았을 때. 이미 그는 칼라인이 맡고 있었다. 심지어 일방적으로 승기를 쥔 채.

"오."

도와야 하는 건가, 아주 잠시 생각했던 타시르는 그럴 필요가 없단 걸 알아차리고 작게 감탄했다. '용병왕 용병왕' 말로는 들었지만 이렇게 보니 소문 이상으로 대단했다. 저렇게 난폭하고 거칠게 적을 제압해나가는 태도라니. 그는 사람 형태를 갖춘 야수처럼 보였다.

"이야, 멋있다!"

그러나 휘파람을 불면서 칼라인을 응원하던 타시르는 곧 이상한 점을 눈치채고 응원을 거두었다. 멋들어지게 최종 보스처럼 나타났던 틀라 황자가 칼라인을 상대하면서 당혹스러운 표정이었던 것이다. '이게 아닌데?' 하는 얼굴. 허리로 달려드는 좀비를 베어내면서 타시르는 왜 틀라 황자가 저런 얼굴인가, 생각했다. 죽었다가 깨어났으니 자기가 무척 강해졌을 거라고 생각하기라도 했나? 용병왕이 이렇게 강할 줄 몰랐나? 막 그 생각을 하던 찰나.

틀라 황자가 들고 있던 검을 커다랗게 휘둘러 칼라인을 뒤로 보내고는 황급히 구석에 있는 지하실로 내려갔다. 지하실 입구에는 달아났던 틀라의 생모 아낙차가 서성거리고 있었는데, 아들이 오자 몸을 돌려 함께 달아나기 시작했다. 타시르는 부하가 잘못 처리했는지 쓰러진 채로 자신을 향해 기어 오는 좀비의 머리에 마지막 일격을 박아 넣으면서 고개를 기웃했다.

'방금 우리 용병왕이 저 황자를 그냥 놓아주는 것처럼 보였는데?'

하지만 좀비들을 다 처리한 후에도 타시르는 굳이 칼라인에게 그 점을 지적하면서 추궁하진 않았다.

"이렇게 많은 좀비를 처리하다니! 폐하께선 앞으로 우리만 사랑해주시겠습니다. 안 그럽니까?"

평소처럼 칼라인에게 능글맞게 농담을 걸다가 무시당하고 멀어지기만 했다.

"흩어져서 저택 안을 수색하지. 도망친 황자와 선황의 후궁을 찾아내고, 그 외에 수상한 흔적 역시 모두 찾아내라."

대신 칼라인의 명령을 받은 흑사신단 용병들이 뿔뿔이 흩어지자, 타시르는 자신의 부하들을 불러 따로 명령을 내렸다.

"수색은 용병들이 하게 두고. 너희는 같이 수색하는 척하면서 저 용병들이 혹시 뭘 감추진 않는지, 따로 숨기는 게 없는지 살펴라."

"흑사신단을요?"

"그래. 그리고…… 너. 너. 너."

"네, 타시르 님."

"저택에 지하 통로가 있고 적들이 거기로 빠져나갔단 전제하에, 그들이 어디쯤에서 다시 나타날지 파악해라. 안이 아니라 밖을 살펴."

"예."

마지막으로 타시르는 가장 정보를 잘 취급하는 부하를 불러 은밀하게 지시했다.

"너는 용병왕에 대해 샅샅이 조사해보아라."

국무회의 중, 마을 단위로 시체가 사라지고 사람들이 실종되는 일을 탐색하는 안건이 올라왔을 때였다.

"당연히 대신관님께 양해를 구하고 성기사들을 보내 조사해야 합니다. 일반 병사들을 보냈다가 어찌 될지 알고요."

"안 됩니다, 폐하. 성기사들은 일반 병사들보다 그 숫자가 훨씬 적지 않습니까. 그런데 성기사들만 보낸다고요? 그 소수의 인원으로 전국을 다 돌려면 시간이 얼마나 오래 걸릴까요?"

"그럼 일반 병사들만 보내자는 거요, 로르드 재상?"

"그럴 리가요. 성기사들과 일반 병사들을 섞어서 보내야 한단 거지요. 그편이 훨씬 효율적이니까요."

"일반 병사들이 이 일에 도움이 될까요? 흑마법이 연루되어 있는데, 일반 병사들을 보냈다가 죄다 흑마법에 죽거나 저주를 받으면 오히려 훨씬 손해 아닙니까?"

"아트락시 공작은 흑마법에 대해 잘 아나 봅니다? 일반 병사들을 보내면 안 되는 이유라도 잘 아시나 보죠?"

라틸은 눈알을 데굴데굴 움직였다. 이게 대체 무슨 상황이지? 원래 로르드 재상과 아트락시 공작은 사이가 나빴고, 자주 의견이 충돌했다. 그러니 이번 일도 그 일부처럼 여겨지기도 한다. 얼핏 보면. 하지만 이 화제 때만 이러는 게 아니니 문제였다. 첫 안건이 나왔을 때부터 지금까지, 두 사람은 내내 저렇게 의견이 부딪쳤다. 게다가 자세히 보면 로르드 재상 쪽이 유독 아트락시 공작의 꼬투리를 잡았다. 평소에는 그 반대인데.

'반대를 위한 반대 같은데. 로르드 재상한테 무슨 일이 있나?'

이런 생각을 한 건 라틸만이 아니었다.

"자네, 머리가 돌아가긴 하는 건가?"

회의를 마치고 흩어지는 길. 아트락시 공작은 빠른 걸음으로 걸어가 재상관저로 가려는 로르드 재상을 붙들었다.

"내가 싫어도 적당히 반대해대야지. 자넨 나에 대한 감정이 나라에 대한 감정보다 더 우위에 있는 건가?"

평소에는 싸워도 적당한 선이 있던 로르드 재상이 오늘은 터무니없을 정도로 반대 의견을 죽죽 우겨대니 기가 막혀서 결국 따지고 만 것이다. 물론 재상이 왜 이러는지 짐작 가는 바가 있긴 했지만…….

"몰라서 묻나?"

로르드 재상이 팔짱을 끼고 빈정거리자 아트락시 공작은 찔끔했지만 뻔뻔하게 대답했다.

"모르겠는데. 그저 내 눈엔 자네가 너무 불충해 보일 뿐이네."

"불충?"

로르드 재상은 입꼬리를 한쪽만 삐죽 올리고서 공작의 눈앞에 대고 두 손가락을 위협적으로 흔들었다.

"진짜 불충했으면 내 아들이 가짜 황제가 가짜란 걸 알아보았을 때 나서지도 않았겠지."

"……."

"가짜가 가짜란 걸 가장 먼저 알아본 건 내 아들이고, 내 아들에게 가짜 옆에 붙어있으라 한 건 자네야. 알지?"

"큼."

"그런데 자네는 어떻게 했나. 교활하게도 공은 라나문에게 돌려버리고, 의혹과 추문은 내 아들에게 돌렸지. 아주 비열하게도!"

"흠흠."

아트락시 공작이 말을 못 하고 눈을 피하자 로르드 재상은 이를 악물고서 낮은 목소리로 경고했다.

"앞으로 자네와 내가 한배를 타는 일은 절대 없을 거네. 절대!"

"아니, 잠시……!"

아트락시 공작이 붙잡으려 했으나 로르드 재상은 말을 더 듣지 않고 재상관저 안으로 들어가 문을 쾅 닫아버렸다. 닫힌 문 앞에 벙히 서 있던 아트락시 공작은 지나가던 궁인이 자신에게 인사를 한 후에야 겸연쩍게 몸을 돌렸다.

"두 분 싸우시는 소리가 여기까지 다 들렸습니다."

로르드 재상이 집무실 안으로 들어가자, 그의 비서가 책상 옆에 어색하게 서있다가 얼른 다가와 겉옷을 받아주며 말했다.

"다 들으라지."

로르드 재상은 차갑게 코웃음을 치고서 책상으로 가 앉았다. 비서는 로르드 재상의 겉옷을 팔에 두른 채 재상의 눈치를 살폈다.

"괜찮으신지요?"

"아니."

단호하게 말한 재상은 책상을 자근자근 두드리다가 이를 갈았다.

"아트락시 공작이 내 아들을 쓰레기로 만들었으니 나도 라나문을 가만두지 않을 거네."

비서는 깜짝 놀랐지만 내색하지 않으며 고개만 끄덕거렸다.

"그럼요. 그럴 수 있지요."

"게스타가 국서가 못 되더라도 라나문이 국서 되는 꼴은 못 봐!"

"달리 생각한 방도가 있으십니까?"

재상은 손을 옮겨 의자 손잡이를 두드리다 목소리를 낮추어 명령했다.

“밤 9시쯤에 ‘첼러’를 내 집으로 불러라.”

첼러는 재상의 비밀 심부름꾼으로, 돈을 받기만 하면 웬만한 일은 단숨에 해치우는 유능한 인물이었다. 재주가 비상한 데다 입도 무겁고 재빠르기까지 했지만, 연좌제에 연루된 외국인이라 가진 능력을 공개적으로 사용하지 못하던 걸 로르드 재상이 눈여겨보았다가 데려온 것이었다. 로르드 재상은 첼러의 자식들을 자신의 먼 친척들이 입양토록 해 연좌제에서 벗어나게 해주었고, 덕분에 자신은 절대로 배신하지 않을 유능한 심부름꾼을 얻게 되었다.

“아트락시 공작 장남의 장점이라곤 얼굴밖에 없지. 그럼 그 얼굴이 망가진다면 어떻게 될까?”

이런 일마저 시킬 수 있는.

“보여드리겠습니다, 재상님.”

첼러는 로르드 재상이 가볍게 언질을 준 것만으로도 그의 속내를 완전히 파악하고서 재빨리 저택을 벗어나 황궁 수관 정비 담당자를 찾아갔다. 수관 정비 담당자는 쓰레기를 버리러 집 밖으로 나왔다가, 누군가 그를 골목으로 확 끌어당기자 놀라서 비명을 질렀다. 하지만 커다란 손에 가로막혀 비명을 지르지도 못한 채 그는 부들부들 떨며 복면을 쓴 인물을 쳐다보았다. 수관 정비 담당자가 조용해지자 첼러는 그에게 ‘쉿’ 하고 조용히 하란 제스처를 취한 다음 입에서 손을 떼고 물었다.

"네가 하렘 쪽 수관을 정비하는 담당자냐."

수관 정비 담당자는 겁에 질려 고개를 끄덕였다.

"예, 예. 그런데 왜, 왜 저를. 전 아무것도 아는 게 없는, 없어요."

"라나문 방으로 가는 수관 물을 오염시켜라."

덜덜 떨면서 복면인을 쳐다보던 수관 정비 담당자는 첼러가 품 안에서 작은 병을 꺼내 내밀자 기겁해 펄쩍 뛰었다.

"안, 안 됩니다! 이런 짓을 했다간 처형당할 겁니다."

"아니면 지금 죽겠지."

첼러가 서늘하게 속삭이자 수관 정비 담당자는 마른침을 삼키고서 다리를 후들후들 떨었다. 그의 눈동자가 첼러의 손바닥 위에 놓인 병으로 내려갔다. 병 안에는 회색 가루가 들어있었다.

"이게 무엇인데요? 혹시 독 같은 거라면……."

"목숨에는 하등 영향이 없다. 건강을 해치지도 않는 거지."

그런 거라면 이렇게 은밀히 시킬 리가 있나. 수관 정비 담당자는 그렇게 생각하면서도 대꾸하지 못하고 식은땀이 흐르는 이마만 연신 팔로 닦아댔다. 절대로 안 된다고 우겨야 하는 건지, 받는 척하고서 나중에 경비대에 보고해야 하는 건지, 어떻게 해야 할지 짐작이 가지 않았다.

하지만 황제의 후궁이자 아트락시 공작의 장남인 라나문이 혹시 자신 때문에 죽기라도 한다면 뒷일이 어떻게 될지는 눈에 선했다. 그때 복면인이 그에게 두둑한 자루를 하나 더 내밀었다.

"이건 또 뭔, 뭔가요?"

수관 정비 담당자는 울먹이면서 자루를 받았다. 그런데 이 자루는 제법 무게가 있었다. 게다가 안에 동글동글하고 단단한 것들이 수북했다. 이상한 느낌에 그가 자루 안쪽을 살피자 희미한 달빛 아래에서도 번쩍번쩍 광이 나는 금덩어리들이 보였다.

"이건!"

"팔면 3,000만 바르트는 나올 거다."

수관 정비 담당자는 눈을 커다랗게 뜨고 복면인을 쳐다보았다. 3,000만 바르트라고? 게다가 돈이 아니라 전부 금덩어리였다. 금 시세가 바뀌길 기다렸다가 팔면 배를 받을지도 몰랐다. 수관 정비 담당자가 마른침을 삼키고 조용해지자 복면인은 다시 한번 가루가 든 작은 병을 내밀었다.

"독이 아니니 정말로 걱정할 게 없다. 가루를 푼 다음 수관에 문제가 생겼단 식으로 둘러대도 상관없을 정도지. 하지만 아마 그럴 필요도 없을 거다. 아주 소량이라, 하루만 지나도 모든 흔적이 사라질 테니."

한참을 망설인 끝에 수관 정비 담당자는 병을 받아들고 말았다.

게스타의 시종 트리가 자신을 진심으로 반기는 걸 속으로 확인한 그날. 라틸은 이제부터는 후궁들에게 잘 대해줄 거라고 맹세했다. 점심식사를 굳이 후궁과 함께하기 위해 하렘에 찾아온 것도, 어색하지만 라나문을 찾아온 것도 그런 마음가짐에서 비롯된 행동이었다.

"라나문은?"

"이 안에 계십니다. 라나문 님! 폐하께서 오셨습니다!"

그런데 라나문을 찾아가 문을 열어주길 기다리는데, 아무리 기다려도 문이 열리지 않았다.

"?"

문 앞에 선 호위가 쩔쩔매면서 라틸의 눈치를 볼 만큼 시간이 지났는데도.

"안에 없나?"

라틸이 호위에게 묻자, 호위는 라나문을 위해 거짓말을 해야 할지 아니면 진실을 말해야 할지 혼란스럽단 얼굴로 방문을 연신 곁눈질했다. 속마음이 안 들려도 알 수 있었다. 라나문이 안에 있긴 분명 있었다.

"자나?"

라틸은 의아하게 여기면서 직접 방문을 두드렸다. 그러자 드디어 방 안에서 희미하게 인기척이 들려오더니, 곧…….

철컥. 문을 잠그는 소리가 났다.

'잠갔어?'

라틸이 놀라 문고리를 내려다보고 있자니, 안쪽에서 희미한 목소리가 들려왔다.

"몸이 좋지 않으니 오늘은 이만 가주십시오, 폐하. 무례하게 굴어 죄송합니다."

무례하게 굴고 있단 건 아는구나. 라틸은 속으로 생각하면서 다시 문을 노크했다.

"몸이 많이 안 좋으냐? 궁의를 불러줄까?"

"괜찮습니다. 카르둔이 약을 구하러 나갔으니 그걸 바르면 됩니다."

카르둔이 약을 '구하러' 나가? 궁의가 가까운 데 있는데? 게다가 바른다고? 먹는 게 아니라? 몸에 상처가 난 건가? 라틸은 라나문이 하는 단어 하나하나에서 이상한 점들을 수두룩하게 발견하고는 걱정이 되어 다시 문을 두드렸다.

"어디가 안 좋길래 그러느냐. 궁의를 부르는 게 더 낫지 않을까? 어디 다친 건 아니고?"

잠시 방 안이 조용해지는가 싶더니 아까보다 좀 더 또렷한 거절이 들려왔다.

"정말로 죄송합니다, 폐하. 카르둔이 가져온 약이 아니면 바르고 싶지 않습니다."

지병이 있는데 숨기고 들어왔나? 그런데 약이 다 떨어져서 이러나? 라틸은 라나문이 보이는 이해할 수 없는 행동에 고개를 기웃하다가 대신관을 떠올리고서 제안했다.

"그러면 대신관을 불러 치료해달라 할까?"

이번에는 좀 흔들리는지 바로 대답이 들려오지 않는다. 하지만 잠시 뒤. 라나문은 역시 같은 거절을 했다.

"카르둔을 기다리겠습니다."

단호한 태도에 결국 라틸은 칼라인의 방으로 가서 혼자 식사를 한 다음 본궁으로 돌아가 업무를 계속했다. 하지만 집무실에 돌아와 업무를 보면서도 라나문의 이상한 행동이 자꾸 떠올라 신경 쓰였다. 라나문이 차갑긴 하지만 예의는 깍듯하게 지키는데. 대체 무슨 일이지. 호기심과 걱정을 누르지 못한 라틸은 그날 저녁, 하렘에 사람을 보내 카르둔을 불러오게 한 다음 대놓고 물었다.

"낮에 라나문을 찾아가니 죄송하다면서도 문을 열어주지 않고, 아픈 것 같은데 궁의도 만나려 들지 않았다. 네가 약을 가지러 갔다지. 무슨 약을 가지러 간 거였느냐?"

라틸의 질문에 카르둔은 고개를 푹 숙이고서 쩔쩔맸다. 하지만 라나문에게서 그의 병세를 함구하란 명령을 듣진 않은 듯 조심스럽게 입을 열었다.

"실은 오늘 오전 11시 경쯤에 라나문 님의 얼굴이 완전히 뒤집어졌습니다."

"얼굴이 뒤집어져?"

"네. 뭐가 벌겋게 많이 올라와서요."

라틸은 흠집 하나 없이 깨끗하던 라나문의 피부를 떠올렸다. 그 피부가 뒤집어졌다고?

"한창 성장하실 때도 피부에 뭐가 난 적이 없으셔서……. 충격을 많이 받으셨는지 아예 밖으로 나오려 하질 않으십니다."

"아니, 그러면 더 궁의를 불러서 상태를 봐야지! 몸이 안 좋아서 그런 거면 어쩌려고?"

"그렇게 말씀드리긴 했는데……. 궁의를 부르면 도련님 상태를 궁의가 보고 다른 사람들에게 말할 거라고 하셔서요."

그럴 리가 없잖아, 라고 말하려다가 라틸은 입을 다물었다. 아주 불가능한 말은 아니어서. 라틸이 아픈 거라면 황명으로 함구하게 할 수 있겠지만, 라틸의 명령 없이 라나문을 먼저 진찰한 다음에는 궁의가 누구에게 이 일을 떠들지 어떻게 안단 말인가.

"상태가 심각해?"

"우선 도련님을 어린 시절부터 담당해 준 주치의에게 약을 받아 발랐습니다. 낫기를 바라야지요."

"갑자기 얼굴이 왜 뒤집어진 건진 모르겠어?"

"모르겠습니다. 평소처럼 생활하셨거든요."

"어라? 왜 이렇게 허겁지겁 오십니까?"

무사히 원래의 은신처로 돌아온 클라는 여우 가면을 보자마자 멱살을 잡아채고서 이를 내밀었다.

"어떻게 된 거냐."

여우 가면은 두 손을 들어 올리면서 고개를 기울였다.

"왜 이러시는지. 제가 뭘 어쨌다고요."

"그걸 몰라서 물어?"

"아는데 부러 묻진 않지요."

여우 가면이 굳이 어깨까지 몇 번 떨면서 웃고 있단 표시를 해 보이자, 클라는 화가 나서 밀치듯 그의 멱살을 놓고 옥좌에 털썩 주저앉았다.

“로드인 내가 한낱 인간 용병왕에게 졌다. 인간, 용병왕에게.”

“용병왕이면 많이 강할 텐데요? 한낱은 아니지요.”

“인간이잖아! 그자는…… 그자는 인간 같지 않았어. 너무 강했다. 힘, 속도, 기술, 위압감까지 전부 다.”

틀라가 주먹으로 옥좌 손잡이를 퍽 치자 돌과 돌이 부딪치는 소리가 들려왔다. 틀라는 입을 약간의 틈도 없게 꽉 다물고서 크게 숨을 들이쉬다 내뱉길 반복했다. 여우 가면은 두 손으로 자기 가면을 감싸고는 고개를 이리 기웃, 저리 기웃하며 방정맞게 물었다.

“왜 그렇지? 왜 그럴까요?”

“장난하지 마!”

틀라가 다시 소리를 지르자 그제야 여우 가면은 제 가면에서 손을 내리고서는, 연극을 하듯 크게 어깨를 으쓱하며 설명했다.

“이상할 거 하나도 없습니다. 인간이라고 다 약하지 않으니까요. 용사가 마왕을 죽이는 이야기가 왜 있고…….”

“이야기잖아!”

“역대 로드들은 그렇게 강했는데도 왜 다 죽었겠습니까.”

“!”

역대 로드 이야기에 그제야 틀라도 꽉 틀어쥐었던 주먹에서 힘을 뺐다.

“그렇군. 네 말이 일리가 있다. 이렇게 강한 힘이 있는데, 역대 로드들 역시 다 죽었지.”

틀라가 제 손을 바라보며 중얼거리자 여우 가면이 고개를 빠르게 끄덕거렸다.

"그럼요. 그러니 질 수도 있는 거지요. 게다가 로드께선 아직 각성도 못 하셨으니까요."

"각성?"

"죽었다 깨어난 후 더 강한 신체를 가지게 된 건 맞지만 그게 가장 강한 자리를 보장해 주는 건 아닙니다, 로드."

당황한 틀라는 옥좌에서 일어나 낮은 단 위를 서성이다가 물었다.

"각성은 어떻게 하는 거지? 여기서 더 뭘 해야 하는 건가?"

"그건 저도 모릅니다. 전 로드가 아니니까요."

"!"

"로드께서 스스로 알아내셔야지요."

라나문은 화장대 앞에 앉아 자신의 얼굴을 바라보다가 눈을 감고 몸을 돌렸다. 자기 방에 자기 초상화를 걸어둘 정도로 외모에 자신감이 넘치는 라나문에겐 이번 일은 큰 충격이었다. 게다가 어린 시절 주치의에게 부탁해 받아온 피부약 역시 전혀 효과가 보이지 않자, 라나문은 아예 거울을 검은 망토로 다 덮어 가려버렸다. 카르둔은 시간이 지나면 다시 가라앉을 거라고 했지만, 라나문이 볼 때는 피부가 진정되어도 이전처럼 돌아오진 않을 것 같았다.

"음식에 문제가 있었던 걸까요? 조리실을 살펴봤지만, 음식 재료는 다들 똑같이 나갔다 하던데요."

"비누나 향을 바꾸진 않았고?"

"네. 다 쓰던 그대로라서 대체 뭐가 문제일지……."

두 사람이 피부가 갑자기 뒤집어진 원인을 찾기 위해 한참 대화를 나누던 도중이었다. 그런데 뜬금없이 대신관이 그를 찾아왔다. 라나문은 처음엔 대신관도 만나지 않으려 했지만, 그가 카르둔을 통해 '폐하의 명을 받고 왔다. 병이나 외부적 요인으로 문제가 생긴 거라면 치료할 수 있을지도 모른다'고 하자 마지못해 출입을 허가해 주었다. 라나문은 대신관이 자기 얼굴을 보고 놀랄 거라 각오했지만, 대신관은 별 내색을 하지 않았다.

"오늘은 다친 부위가 얼굴이라 다행입니다, 라나문 님."

이런 이야기 정도만 했을 뿐.

"바로 치료해드리겠습니다. 하지만 병이나 외부 요인 때문에 얼굴이 뒤집어진 게 아니라면 효과가 없을 겁니다. 신성력은 피부를 곱게 하는 힘은 아니니까요."

대신관이 바로 치료를 하러 다가왔고, 라나문은 일전에 그 앞에서 바지를 내린 것보다는 이게 낫다 싶어서 눈을 감고 침대 끄트머리에 앉았다. 카르둔은 얼른 의자를 침대 가에 놓고서 대신관이 앉을 수 있게 해주었다.

"저, 좀 사적인 질문 하나만 해도 괜찮을까요?"

그런데 의자에 앉은 대신관이 손을 라나문의 얼굴 근처에 가져다 대면서 평소보다 좀 더 조심스럽게 말을 꺼냈다. 늘 거침없이 말하는 대신관답지 않은 우물쭈물하는 모습에, 라나문은 차분하게 대답했다.

"너는 두 번이나 날 도와주었으니 몇 개든 해도 좋다."

"라나문 님은 폐하를 사랑하나요?"

그러나 대신관이 꺼낸 사적인 질문은 라나문의 예상보다 더욱 사적인 질문이었다. 라나문이 감았던 눈을 반쯤 뜨고 보자, 대신관의 얼굴이 평소보다 좀 불그스름한 게 보였다.

"무슨 뜻이지?"

"그냥 궁금해서요."

"다른 질문으로 해."

"안 사랑하신단 건가요?"

"다른 질문."

"몇 개든 질문하라 하시더니……."

대신관이 맥 빠진 목소리로 중얼거렸으나 라나문은 묵묵부답이었다. 결국, 대신관은 치료를 끝내고 손을 내리면서 질문을 바꿨다.

"저는 제가 폐하를 사랑하는 건지 아닌지 사실 잘 모르겠습니다. 한 사람만을 특별하게 사랑한 적은 한 번도 없거든요."

"대신관이?"

"모든 사람을 사랑하란 말이야 어릴 때부터 들어왔지요. 하지만 폐하를 뵈면 기분이 좀 다릅니다."

카르둔이 손거울을 가져다주자, 라나문은 그걸 받고서 자기 얼굴을 비춰보며 물었다.

"어떻게 다른데?"

"폐하 옆에 있으면 그냥 기분이 좋아요. 더 같이 머무르고 싶고,

많은 걸 나누고 싶고, 입도 맞추고 싶고, 폐하가 평소엔 뭘 하나 궁금하기도 하고, 폐하가 나 때문에 웃으면 참 좋겠다 싶고……."

자신의 피부가 이전처럼 돌아온 걸 확인한 라나문은 손거울을 도로 카르둔에게 건네면서 대신관을 보았다. 대신관은 커다란 덩치로 뭐 그리 부끄러운 말을 했다고, 발가락을 꼬물락거리고 있었다.

"제가 폐하를 엄청나게 사랑하는 건 확실하게 아닌 거 같은데. 하지만 이런 감정은 사랑에 좀 가까운 것 같기도 하고 그러네요."

"……."

"이게 혹시 사랑이 시작되는 과정일까요?"

대신관이 눈을 반짝이며 라나문을 쳐다보았다. 라나문이 무슨 말을 하든 다 믿어버릴 준비가 된 표정이었다. 카르둔은 손거울로 입가를 가린 채 눈만 데굴데굴 굴려 라나문과 대신관을 번갈아 보았다. 그러나 라나문의 입에서 나온 말은 평이하고 차가웠다.

"그런 깨끗한 감정은 사랑이 아니지."

"아니라고요? 하지만 다른 사람들한텐 이런 감정을 느끼지 않았는데요?"

"호기심의 시작이 아닐까 싶은데."

"호기심?"

대신관이 '그런가?' 하고 고개를 기웃거리며 나가자, 내내 곁에서서 상황을 지켜본 카르둔이 좀 찔리는 얼굴로 중얼거렸다.

"제가 볼 땐 대신관님이 폐하께 이성적으로 끌리시는 거 같던데. 그렇게 대놓고 사랑이 아니라 해도 괜찮을까요?"

대신관은 연적이기도 하지만 대신관이었고, 무엇보다 라나문을 두 번이나 도와준 상대였다. 그렇다 보니 대신관에게 거짓말을 한 게 좀 찔리는 기색이었다. 하지만 라나문은 눈 하나 깜짝하지 않고 얼음처럼 대답했다.

"난 대신관을 좋아하지만 따로 챙겨주면 챙겨줬지, 폐하의 마음을 나누어 가질 생각은 없다."

카르둔은 라나문의 냉정한 대답에 입을 벌리고 그를 쳐다보았다. 대신관이 라나문에게 '혹시 폐하를 사랑하느냐'고 물었을 때, 라나문이 대답하지 않았던 걸 기억해서이기도 했다. 그래도 카르둔은 라나문의 시종이기에, 모순된 부분을 굳이 지적하는 대신 그저 '그럼요, 그럼요' 하고 고개만 끄덕거렸다.

이러니저러니 해도, 카르둔은 라나문이 콩을 팥이라고 말하면 언제든 팥이라고 함께 외칠 준비가 된 유형제니까. 그러나 표정 관리를 나름대로 잘했는데도, 라나문은 대번에 카르둔의 기색을 눈치채고서 차갑게 덧붙였다.

"이건 내가 폐하를 사랑하느냐 않느냐와 관계없는 문제다."

"예. 그럼요. 그럼요."

"……."

"아, 그런데 도련님. 또 '그 편지'가 도착했습니다."

"또?"

"네."

"버려."

단호하게 말한 라나문은 침대에서 일어나 화장대 앞으로 가더니, 깨끗해진 피부를 큰 거울로 한 번 더 확인하고서 서랍을 열어

가장 크고 화려한 보석들을 한가득 꺼냈다.

“그리고 이것들은 잘 포장하고, 사이즈가 다른 것들은 대신관에게 잘 어울리도록 새로 세공해 선물로 보내라.”

“네. 저 그런데 도련님, 그 편지요.”

“버리라니까.”

“내용이 좀 달라졌어요. 로드가 곧 깨어날 거고 시간이 많지 않다고……. 얼른 수련을 시작해야 로드를 상대할 수 있다던가, 막 그런 식으로 써놨던데요.”

라나문이 힐긋 쳐다보며 미간을 찌푸리자, 카르둔이 눈치를 보며 말끝을 흐렸다.

“저, 아니, 요즘엔 정말로 식시귀니 좀비니 하는 것들이 나타나고 있으니까요. 좀 꺼림칙하기도 해서…….”

그날 밤. 대신관이 라나문을 치료했단 보고를 받은 라틸도 대신관에게 따로 선물을 보내라 지시하고서 욕실로 들어갔다. 샤워기에서 찬물이 나오도록 수조를 조절하고서 그 아래에 서자, 머리끝에서부터 오싹한 느낌이 발끝으로 주룩 타고 내려왔다. 라틸은 눈을 감은 채 찬물을 온몸으로 맞으면서 타리움의 뛰어난 수도시설에 감사했다. 옛날에 물을 하나하나 퍼서 사용해야 했을 때는 어떻게 살았을까? 그런데 막 세수를 끝내고 샤워 꼭지를 잠그려는 순간.

“!”

눈을 뜬 라틸은 놀라서 샤워 부스 안에 붙은 거울을 보았다.

'착각……인가?'

라틸은 습기로 흐릿해진 거울을 보다가 손을 뻗어 거울을 문질러보았다. 거울의 뿌연 기운이 가시며 라틸의 손이 닿은 부분이 맑게 변하자, 그 안에서 굳은 표정을 한 라틸의 얼굴이 드러났다. 라틸이 눈살을 찌푸리고서 샤워 부스 밖으로 나가자, 대기하고 있던 시녀들이 얼른 커다란 목욕수건을 가져와 라틸의 몸을 덮고 물기를 닦아주었다. 라틸은 두 팔을 벌린 채 서서 아까 거울에서 본 이상한 여자에 대해 생각했다. 그 사이에도 시녀들은 라틸이 보송한 잠옷을 걸칠 수 있도록 도와주었고, 라틸은 익숙하게 손을 이리저리 움직여 소매에 팔을 꿰고 옷이 몸에 편안하게 떨어지도록 어깨선을 조절했다.

그런데 막 잠옷을 입고서 밖으로 나왔을 때였다. 코끝으로 짙은 피 냄새가 흘러들어왔다. 라틸은 욕실 앞에 멈춰 선 채 문을 빤히 쳐다보다가, 저벅저벅 걸어가 응접실로 나갔다.

"폐하, 필요한 게 있으세요?"

라틸이 나오자 체스를 두면서 이야기를 나누던 시녀들이 얼른 일어서며 물어왔다. 라틸은 체스판 위에 몇 개 남아있지 않은 말을 쳐다보다가 물었다.

"혹시 누가 다쳤어? 피 냄새가 나는데."

"피요?"

시녀들은 어리둥절한 얼굴로 서로를 쳐다보았다. 전혀 모르겠단 얼굴이었다.

“아니요.”

“왜 그러세요? 어디서 피 냄새가 나세요?”

“어디서 나는 거지?”

시녀들이 코를 킁킁거리면서 방 안 여기저기를 돌아다니는 걸 보다가, 라틸은 자신의 목욕 시중을 들어준 시녀들에게 물었다.

“피 냄새 안 나?”

시녀들은 고개를 설레설레 저었다.

“아무 냄새도 안 납니다, 폐하.”

“저도 잘…….”

라틸은 코를 킁킁거리면서 응접실 여기저기를 돌아다녔다. 피 냄새가 나지 않는다고? 이렇게 또렷한데? 하지만 시녀들은 영 어리둥절한 얼굴로 서로를 쳐다볼 뿐. 냄새가 뻔히 나는데 일부러 모르는 척하는 것 같진 않았다.

‘아니, 이 냄새를 다 못 맡는다고?’

라틸이 답답할 정도였다. 그렇다고 거짓말을 하는 기색도 아닌데 따질 수도 없어서, 라틸은 이번엔 응접실 문을 열고 복도를 살폈다.

“폐하.”

라틸이 잠옷 차림으로 고개를 빼죽 내밀자 입구를 철통처럼 지키고 섰던 호위들이 황급히 양옆으로 물러나며 인사를 올렸다. 라틸은 편히 있으라고 손짓을 하면서 그들을 번갈아 살펴보았다. 그러나 호위들 역시 피 냄새 따윈 나지 않는단 얼굴이었다. 누군가 다친 것 같지도 않았다.

"피 냄새 나지 않느냐?"

"예?"

"아니요…… 아무 냄새도 나지 않습니다, 폐하."

아니, 이 많은 사람 중에 피 냄새를 나 혼자 맡고 있다고? 점점 더 황당해진 라틸은 마지막으로 서넛을 바라보았다. 고생했으니 푹 쉬다 오라는데도 서넛은 괜찮다면서 굳이 이곳에 와 있었다. 라틸은 서넛에게 '넌 냄새가 나지?' 하는 시선을 보냈다.

그러나 서넛이 무어라 말하기도 전.

"!"

라틸은 피 냄새가 서넛에게서 풍겨온단 걸 눈치채고서 질문을 바꿨다.

"다쳤습니까?"

서넛은 입술을 반쯤 열었다가 도로 닫더니 잠시 망설이다 부정했다.

"아닙니다."

"아닌 게 아닌데요?"

"정말로 아닙니다."

"상의를 조금 들어봅니다. 그쪽에서 냄새나고 있습니다."

서넛은 주저할 뿐, 상의를 들지 못했다.

"따라옵니다."

라틸은 혹시 사람들이 주위에 있어서 서넛이 저러는가 싶어서, 일단 서넛을 데리고 응접실로 들어가 시녀들에게 자리를 비켜달라 명령했다. 시녀들이 모두 복도로 나가자 라틸은 서넛에게 다시 지시했다.

"상의만 벗어봅니다."

"정말로 괜찮습니다."

"상의만 벗어봅니다. 내 앞에서 벗기 싫으면 다른 기사를 시켜 보게 할 겁니다."

라틸이 단호하게 버티자, 결국 서넛은 하나하나 단추를 푸르기 시작했다. 마침내 그는 상의를 벗더니 한 손에 들고서 양팔을 아래로 내렸다.

"거봐. 다친 거 맞네."

라틸은 코웃음을 쳤다. 심지어 다쳐도 슬쩍 다친 정도가 아니었다. 서넛은 아예 배꼽 위부터 가슴까지 죄다 붕대로 칭칭 감아둔 상태였다. 웬만큼 다쳐서는 이 정도로 붕대를 칭칭 감아둘 리가 없었다. 게다가 가슴 한 부분에서는 이미 피가 새어 나오고 있었고.

"대신관을 불러서 치료해주겠습니다."

라틸은 서넛에게 다시 옷을 입으라 하고서 탁자에 놓아둔 종을 치기 위해 그쪽으로 걸어갔다.

"폐하."

하지만 서넛이 라틸을 붙잡았다.

"괜찮습니다."

"괜찮긴요. 붕대 감았단 건 처치를 해놨단 건데, 그 위로 피가 새어 나오고 있습니다. 이게 괜찮아 보입니까?"

"정말 괜찮습니다."

하지만 라틸이 종을 치려 하자, 서넛은 아예 제 손으로 종을 막으면서까지 거부했다. 라틸은 황당해서 서넛을 쳐다보았다. 이게 뭐 하는 거야? 그래도 서넛이 손을 치우지 않자, 라틸은 미간을 찡그리고서 그에게 반은 장난으로 써주던 말투를 집어치웠다.

"허세 부리지 마라. 네가 최선의 몸 상태로 있는 게 내게도 도움이 돼. 대신관은 아프지도 않게 한번에 치료해줄 수 있어."

그러나 라틸이 이렇게까지 말하는데도 서넛은 버티고 서서 고개를 저었다. 잔뜩 언 표정으로.

"왜 안 된단 거야?"

이쯤 되자 상처도 상처지만 이유가 궁금해져서 라틸은 대놓고 물었다. 그렇지만 서넛은 대답하지 못하고 우물거리기만 했다.

"서넛 경."

"저는……."

"……."

"……."

"대신관에게 치료받으면 안 되는 이유라도 있어?"

"그런 건 없습니다."

"그럼 치료를 받으면 되잖아?"

말을 마친 라틸은 대번에 종을 쳤고, 대기 중이던 시녀들은 지체 없이 바로 안으로 들어왔다. 하지만 그들은 서넛과 라틸 사이의 날 선 분위기에 들어와서도 주춤주춤 서서 눈치만 살폈다.

"제발."

서넛이 얼어붙은 얼굴로 눈을 내리깔고 들릴 듯 말 듯 중얼거리자, 라틸은 결국 손을 저었다.

"나가봐라."

시녀들이 나간 뒤에도 서넛과 라틸 둘 중 누구도 움직이지 못했다. 라틸은 눈꺼풀조차 깜빡이지 않고서 서넛을 쳐다보았다. 피부 밑에서 개미가 지나다니는 것 같았다. 하고 싶은 말이 많았다. 무서운 생각이 떠올랐다. 왜 대신관에게 치료를 받지 않는다는 거야? 치료를 받으면 안 될 이유라도 있어? 치료를 받으면 곤란해? 뭐가 곤란한데? 혹시 너…… 흑마법 쪽과 관련이 있어?

라틸은 눈을 질끈 감았다. 묻고 싶은데 반대로 묻고 싶지 않았다. 결국, 라틸은 눈을 도로 뜨고서 손가락으로 문을 가리켰다.

"너도 나가봐."

"……예."

서넛이 절제된 인사를 하고 나갔으나, 라틸은 한동안 그 자리에서서 움직이지 못했다. 한참을 그렇게 있다가 거의 15분 가까이 지나서야 라틸은 느릿느릿 침실로 걸어가 문을 닫고 침대에 엎어졌다. 심장 박동이 평소보다 배로 빨라졌다.

'아닐 거야.'

아니어야지. 엄마와 레안에 이어서 서넛까지? 절대로 그래선 안 된다.

'그래, 그럴 리가 없다. 서넛은 레안에게 반대하다가 위험에 빠지기까지 했잖아.'

그럼 레안이 아니라…… 틀라 쪽이면? 심장이 쿵 소리를 내면서 떨어졌다. 대신관을 불러서 치료를 받게 하면 어느 쪽이든 답이 나올 거 같은데. 차마 검사를 받으라 할 용기가 나지 않았다.

숙소로 들어가 불을 켜자, 어둠 속에 까맣게 가려져 있던 인영이 모습을 드러냈다. 1인용 안락의자에 긴 다리를 꼬고 앉은 이는 칼라인이었다.

"언제 돌아왔습니까?"

하지만 서넛은 그를 보고서도 놀라지 않고 물었다.

"곧 돌아올 셈."

칼라인 역시 밤중에 주인의 허락 없이 방에 들어온 이답지 않게 태연히 대답했다. 그러더니 서넛이 겉옷을 벗어 옷걸이에 거는 걸 지켜보다 중얼거렸다.

"피 냄새가 나는군."

서넛은 이번에는 부정하는 대신 솔직하게 대답했다.

"예."

"확실히 아직 약하군. 아직도 회복되지 않았다니."

"……폐하께서도 피 냄새를 맡으셨습니다."

서넛은 옷걸이에 옷을 걸고서도 계속 옷자락을 만지작거리다가 마지못해 거기서 손을 떼고서 침대 가로 걸어갔다. 그 표정은 몹시 착잡해 보였다.

"점점 깨어나시는 거겠지."

"예. 하지만…… 모르겠습니다. 이대로도 괜찮을 것 같은데."

"더 강해지실 거다. 그뿐이야."

"더 강해지시겠지만, 더 많은 적이 생기겠지요."

"적들을 분산시키는 데 가짜가 도움이 되길 바라야지."

서넛은 말없이 셔츠 단추를 하나하나 풀었다. 칼라인은 그 모습을 보고 있다가, 의자에서 일어나 서넛 쪽으로 다가갔다.

"붕대."

서넛은 라틸 앞에서와 달리 셔츠 안쪽의 붕대까지 순순히 풀었다. 그가 하얀색과 붉은색이 뒤섞인 붕대를 침대 앞에 내려놓자, 엉망으로 헤집어진 상처가 드러났다. 심장 바로 앞쪽에 난 상처는 어느 부분은 치료가 되어 있고 어느 부분은 치료가 전혀 되어 있지 않았는데, 그런 부위가 제멋대로 뒤섞여 있어서 몹시 괴이했다.

"폐하께서 대신관을 불러 절 치료하려 하시기에 거절했습니다. ……절 의심하시는 것 같았어요."

"그러게 좀 더 숨어 있으라니까."

"그러면 걱정하시잖습니까."

"지금도 걱정하실 거다. 다른 의미로."

서넛이 힘없이 웃는 사이, 칼라인은 자신의 엄지 중앙을 송곳니로 와득 깨물었다. 엄지에서는 바로 적빛의 피가 흘러나왔다. 서넛이 발은 바닥에 붙인 채 상체만 침대 위에 눕자, 칼라인은 그의 헤진 심장 위로 자신의 피를 떨어뜨렸다. 몇 방울의 피를 떨어뜨리자 서넛의 상처가 느리지만 확실한 속도로 점점 아물어가기 시작했다.

"여기까지만 하겠습니다."

하지만 얼마 가지 않아 서넛은 손을 뻗어 상처 부위에 칼라인의 피가 더 들어오지 못하게 막고는 상체를 다시 일으켰다.

"아직 치료가 덜 됐는데."

"상처가 갑자기 다 나아버리면 폐하께서 의심하실 겁니다."

"그러든가."

칼라인은 상관없다는 듯 옷장 문을 열고 그 아래 구급상자에서 붕대와 치료 약을 챙겨 와, 상처 위에 약을 얹고 붕대를 다시 감아 주기 시작했다.

"대적자가 누군진 찾아내셨습니까?"

"기르골을 주목하고 있지만, 아직 아무도 훈련시키고 있지 않더군."

"기르골이 그 사람이죠? 배신자 뱀파이어."

"넌 만난 적이 없던가?"

"네."

"최초이자 최후로 로드를 배신한 나이트지. 당대 로드를 죽였을 뿐만 아니라, 이후로 나타난 로드들까지 죽이기 위해 대적자를 직접 훈련시키기 시작한 놈이다. 배신자 중에서도 악질적인 배신자지."

"아직 대적자를 찾아내지 못한 걸까요?"

"그렇겠지."

칼라인이 붕대를 다 감고 손을 떼자, 서넛은 벗어두었던 셔츠에 도로 팔을 꿰며 무표정하게 중얼거렸다.

"찾아내면 반드시 죽여야 합니다. 대적자도, 대적자를 길러내는 그자도."

"그래야지. 이번만큼은 반드시……."

"폐하. 고민이 있나요?"

라틸은 멍하니 턱을 괴고 있다가 유모의 목소리를 듣고서 얼른 손을 내렸다.

"어? 아니. 왜?"

유모는 '그럴 리가' 하는 표정으로 웃더니 성큼성큼 다가와 장난조로 물었다.

"그럼 각설탕이 왜 그새 반이나 빈 걸까요? 여기 이 통 가득 각설탕을 채워두었는데 말이죠."

"어? 그러게. 이거 다 어디 갔어? 왜 그래? 내가 먹었나?"

라틸이 손으로 입가를 더듬거리며 묻자, 유모는 웃음을 터트리더니 라틸이 입조차 대지 않은 커피잔을 들어 라틸에게 내밀었다.

"이걸 왜?"

얼결에 받아 한 모금을 마신 라틸은 인상을 찌푸리고서 커피잔을 얼른 내려놓았다.

"으악. 너무 달아."

"당연하죠. 폐하께서 멍……하게 앉아서 계속 거기에 설탕을 집어넣고 계셨으니까요."

유모의 지적에 결국 라틸은 한숨을 내쉬고서 수긍했다.

"사실은 고민이 있는 게 맞아."

유모는 그럴 줄 알았다는 듯 미소를 짓더니, 라틸의 뒤로 와 등을 토닥토닥 쓸면서 자상하게 물었다.

"우리 아가 황녀님은 또 뭐가 고민이실까."

어린 시절, 라틸이 혼자 괴상한 고민에 빠져있을 때면 농담 반 진담 반으로 달래줄 때와 같은 목소리였다. 라틸은 저도 모르게 따라 웃다가, 옆으로 올라갔던 입꼬리를 도로 내리면서 시무룩 중얼거렸다.

"난 서넛이 좋아, 유모."

그 말에 유모는 웃음기를 싹 거두고서 눈을 커다랗게 뜨고 라틸을 쳐다보았다.

"폐하, 설마……!"

유모가 뭔가 오해를 한 눈치라, 라틸은 황급히 손을 저었다.

"어? 아니, 아니, 아니. 그런 뜻으로 좋단 게 아니라!"

"깜짝 놀랐어요."

"깜짝 놀랄 건 또 뭐래. 서넛 경 인기 많잖아. 이유는 모르겠지만."

아니, 요즘은 이유를 알 것 같기도 하지만. 라틸은 어쩐지 자존심이 상해서 뒷말은 생략했다. 얼굴도 잘생겼고 신분도 좋고, 몸은 더욱 좋다. 게다가 이젠 황제의 신뢰를 한몸에 받고 있기까지 하니, 그를 아는 영애들이 좋아하지 않을 리가 없었다.

"저는 서넛 경이 후궁보다는 폐하의 최측근으로 남길 바라니까요."

"최측근이라."

라틸은 한숨을 내쉬었다.

"그래야 할 텐데."

"고민이 서넛 경과 관련된 건가요?"

라틸은 차마 '서넛에게 수상한 점이 있다'고 말하지 못하고 우물거리다가 벌떡 일어났다.

"나 어디 좀 갔다 올게."

"그러면 호위를……."

"아니. 혼자."

"위험합니다!"

"괜찮아."

"하지만 저번에도……!"

"나라면서 나타난 사람이 '완두콩 다섯 개랑 땅콩 열 개를 바꾸자'란 말을 안 하면 다른 사람이라 생각해."

"무슨 뜻인가요?"

"아무 뜻 없어. 뜻 있는 말로 하면 추측 가능하잖아."

얼떨떨한 얼굴의 유모에게 방긋 웃어 보이고서, 라틸은 얼른 잠옷을 벗고 옷장 가장 아래쪽 서랍을 열어 편안한 검은색 셔츠와 바지를 꺼내 입었다. 긴 머리는 하나로 묶어 돌돌 말자, 유모는 '못

말리신다니까' 하고 중얼거리면서도 결국 검은 주머니에 돈을 넣고, 무늬 없는 단도까지 직접 챙겨주었다. 황녀일 때부터 라틸은 고민이 많거나 답답해지면 변복하고서 밖으로 나가 수도 여기저기를 돌아다니곤 했다. 이럴 때는 그리 멀리 가지도 않고 주위만 잘 돌아다니다 잘 오는 걸 알기에 유모도 익숙하게 채비를 돕는 것이었다.

"다녀올게."

유모의 양 볼에 입 맞추는 소리를 낸 라틸은 평상시 입는 망토를 위에 덧입고서 밖으로 나갔다. 그러고서 여기저기 돌아다니다가, 출입이 금지된 뒷문을 통해서 슬쩍 빠져나왔다.

"아트락시 공작의 장남 녀석이 잘만 돌아다니고 있다던데."

문을 열고 들어가자마자 들려온 소리에, 첼러는 황급히 허리부터 굽혔다. 로르드 재상은 도로 허리를 펴라고 손을 젓고서 반쯤 다 식어버린 커피를 한 모금 마셨다.

"일어나라. 질책하자고 부른 게 아니니."

"실망을 끼쳐드렸습니다."

"질책하려는 게 아니라니까? 대신관이 다녀갔다니 아마 그자가 치료해 준 거겠지."

"죄송합니다."

"되었다. 대신관은 조커 카드나 다름없지. 사기적이야. 대신관이 아트락시 공작놈 장남을 치료해 줄 거라고 자네가 어떻게 생각했겠어?"

로르드 재상의 말은 온화하고 이해심이 가득했지만, 정말로 괜찮다고 생각했다면 이 늦은 시각에 그를 부를 리가 없었다. 하지만 로르드 재상은 화가 난단 이유만으로 자신의 심복들에게 해코지하지도 않기에, 첼러는 허리를 펴고 신중하게 재상을 보았다.

"다른 방법을 써볼까요?"

"아니. 일반적인 방법으론 안 될 거 같다."

"그러면 달리 생각해 두신 방법이 있는지요?"

"이제부터 생각해 봐야지. 하여튼 부상을 입히는 방식으로는 안 돼. 또 치료해 버리면 그만이니까."

"예."

"너도 생각해 보아라."

"예, 재상님."

로르드 재상이 그만 나가보라고 손짓하자 첼러는 꾸벅 인사를 하고 몸을 돌렸다. 하지만 문으로 다가가던 그는 잠시 주춤하다가 도로 돌아와 재상에게 물었다.

"도련님 도움을 받으면 일이 좀 수월해질 텐데. 게스타 도련님께 도와달라 하면 어떨까요?"

"그 애는 너무 착해. 순하고. 남을 해칠 방법을 연구 중이란 걸 알면 충격받아 기절할 거다."

"……예."

서서히 더워지기 시작하는 날의 밤공기는 어딘가 사람을 아늑하게 만드는 운치가 있었다. 라틸은 주머니에 손을 넣고 천천히 거리를 걸어가며 복잡하고 어지러운 생각을 어떻게든 쭉쭉 펴보려 노력했다.

'내가 서넛 경을 괜히 의심하는 걸까. 내가 본 서넛 경은 믿을 수 있는 사람인데. ……젠장. 오빠는 안 그랬어? 오빠도 믿을 수 있는 사람처럼 보였다고. 아니, 그래도 서넛 경은 위험을 무릅쓰고서도 오빠한테 회유되지 않았고…….'

그때 바람을 타고 어렴풋이 시끄러운 소리가 들려왔다.

'무슨 소리지? 싸우는 소리 같은데?'

목적을 가지고 나온 건 아니기에 라틸은 호기심이 들자마자 소리가 나는 쪽으로 바로 걸어가 보았다. 멀리서 생각했던 것처럼 싸움이 나 있었다. 그것도 두 명이 싸워대는 게 아니라, 패거리끼리 난 싸움. 이미 다들 감정이 격해졌는지, 패거리는 누가 어느 쪽인지 구별이 되지 않을 정도로 뒤엉켜서 머리카락을 뜯고 발로 걷어차고 옷을 붙잡고 바닥을 구르는 둥 소위 말하는 개싸움 중이었다.

'경비는 안 오나?'

라틸은 그 생각을 하다가 근처에서 소시지를 꼬치에 꿰어 파는 노점상을 발견하고는 그쪽으로 다가가 유모가 챙겨준 돈을 내밀었다.

"저 사람들 왜 싸워요?"

"술 마시고 싸우는 거죠. 주정뱅이들이야 뭐 서로 스쳐 지나가기만 해도 난리가 나잖습니까."

상인은 기름이 너무 많이 묻어 번들거리는 소시지를 종이컵 안에 넣더니, 가위로 싹둑싹둑 일곱 조각으로 잘라 라틸에게 건네주었다. 라틸은 컵에 담긴 소시지를 들고서 근처 벽에 누군가 쌓아놓은 나무 상자 더미로 가 걸터앉았다. 소시지를 하나하나 씹어 먹으면서 싸움을 구경하고 있자니, 그제야 흑마법사니 틀라니 서넛이니 하며 복잡하던 머릿속이 좀 맑아지는 기분이었다.

"너 뭐야!"

하지만 그런 모습이 쌈박질 중이던 이들에겐 시비로 보였나 보다. 누군가 경비가 온다고 외치자 가까스로 흩어진 주정뱅이들은, 그래도 화가 풀리지 않아 하이에나처럼 근처를 어슬렁거리며 돌아다니더니 라틸을 발견하자마자 버럭 외치며 다가왔다. 라틸은 소시지를 한 조각 더 입에 넣고서 방긋 웃었다.

"구경꾼."

그 모습이 주정뱅이들을 더욱 화나게 한 게 분명했다.

"이게 미쳤나?"

"우리가 우스워?"

두 패거리 중 한 패거리가 바닥에 침까지 뱉으며 우르르 다가왔으나 라틸은 태연자약하게 웃고만 있었다. 그들에게서 피 냄새가 나기 전까지는.

"!"

코를 통해 폐까지 한 번에 훅 들어오는 피 냄새에 라틸은 자기도 모르게 눈을 반쯤 감고 숨을 크게 들이쉬었다.

그 순간. 눈앞이 몽롱해지면서 무언가…….

눈을 뜬 라틸은 주위를 두리번거렸다.

'이건 또 뭐지?'

아까 분명 소시지를 먹으면서 싸움 구경을 하다가 막 휘말리려던 찰나였는데. 지금 라틸의 주위엔 아무도 보이지 않았다. 어두운 길인 건 알겠지만, 주정뱅이들이 싸워대던 가게도 라틸에게 소시지를 판 노점상인도 술에 취해 아무나와 싸우고 싶어하던 이들도 보이지 않는다. 그뿐만이 아니었다.

'어?'

라틸은 곧 이상한 점을 눈치챘다. 고개를 돌릴 수가 없었다. 심지어 라틸은 지금 달려가고 있었다. 전혀 다리를 움직이고 있지 않은데도.

'이게 뭐야?'

마치 자신이 누군가의 몸 안에 갇혀있는 느낌이었다. 전에도 칼라인의 기억을 바로 옆에서 지켜보듯 본 적은 있었으나, 당시에는 삼자의 입장에서 칼라인을 지켜보는 것 같았다. 하지만 지금은 그 때의 느낌과 달랐다. 자신이 누군가와 한 몸이 되어 그 사람의 행동을 그대로 느끼는 듯했다.

'대체 뭐지?'

아까 주정뱅이의 기억인가, 생각하는 사이. 갑자기 골목에서 튀어나온 손이 라틸을 확 끌어당겼다.

"!"

라틸은, 정확히는 라틸이 느끼는 몸은 골목길 벽에 등을 부딪치면서 작게 비명을 질렀다. 하지만 비명은 소리가 되어 나오지 못했다. 몸 주인을 끌어당긴 누군가가 커다란 손으로 입을 막은 탓이다.

"쉿."

라틸은 진짜로 놀랐다. 라틸, 아니, '몸 주인'의 입을 막은 건 칼라인이었다. 지금의 칼라인이 아니라 머리카락이 긴 칼라인.

'칼라인의 기억인가?'

칼라인의 기억이라면 칼라인이 근처에 있었단 거야? 아니, 그렇다고 쳐도 이건…… 이 구도는 칼라인의 기억이라기보다는 지금이 몸 주인의 기억에 가깝지 않나?

의구심을 가지는 순간.

태풍에 검은 잉크를 뿌린 것처럼 어둠과 요란한 소리가 함께 나타나더니, 아까 라틸이 서있던 대로를 빠르게 지나갔다. 다행히 몸 주인도 그 소리가 궁금했는지 눈동자를 돌렸고, 라틸은 대로 전체를 다 채울 정도로 검고 커다란 마차가 미친 듯이 내달리는 장면을 보았다. 사람이 타는 마차라 하기엔 너무 커다란 마차였다. 무엇보다 잠깐 본 흑마. 마차를 이끄는 그 흑마가 땅을 밟고 있지 않았다.

'저게 대체?'

라틸은 그 마차를 더 보고 싶었으나, 몸 주인은 다른 생각인지 그 자리에 서있기만 했다. 사실 칼라인이 계속 입을 손으로 막고 있었으니, 몸 주인이 마차를 좀 더 자세히 보고 싶었다 한들 갈 수도 없었겠지만. 얼마나 그러고 있었을까. 그 태풍 같은 소리가 사라지자 마침내 칼라인이 몸 주인의 입에서 손을 떼더니 웃으며 물었다.

"뭐 하나 물어봐도 될까?"

라틸은 지금 칼라인과 환상 속 칼라인의 차이를 하나 더 알아차렸다. 이쪽 칼라인은 머리카락이 길 뿐만 아니라 목소리도 좀 더 밝았다. 목소리 톤이 높은 게 아니라 분위기가. 지금처럼 어둡고 무겁고 질척이는 느낌이 없었다.

'칼라인의 과거라 그런가?'

라틸이 의아해하는 동안 몸 주인은 떨리는 목소리로 "뭐, 뭘요?" 하고 묻고 있었다.

"누구세요?"

이어지는 목소리는 잔뜩 겁에 질려있었다. 그때 뭔가 툭 떨어지는 소리가 났다. 몸 주인이 고개를 내리자 초록색 사과가 발치를 굴러가고 있었다. 라틸은 몸 주인이 사과 바구니를 들고 있던 걸 알아차렸다. 칼라인은 허리를 숙이더니 초록색 사과를 주워 건네면서 웃었다.

"이 마을에 흑마법사가 산다고 들었는데."

어째서인진 모르겠지만, 그 말을 듣자마자 몸 주인은 비명을 지르며 칼라인을 밀어내더니 황급히 달아나기 시작했다. 들고 있던 바구니가 떨어지며 안에 든 사과가 바닥을 굴러가는 게 느껴졌지만, 몸 주인은 그것조차 챙기지 않았다. 연신 뒤를 돌아보며 달린 몸 주인은 어두컴컴한 숲속에 들어와서야 숨을 헐떡거리면서 계속 걸어가다가, 어느 오두막집 앞으로 가더니 문을 열고 들어가며 외쳤다.

"엄, 엄마! 엄마! 또 누가 엄말 찾아!"

오두막 안에는 한 여자가 난롯가에 앉아 부지깽이로 장작을 들쑤시고 있었고, 한 남자는 탁자에 서서 칼로 야채를 다듬고 있었다. 가장 구석진 곳 요람에는 어린아이가 장난감을 양손에 들고 있다. 평화로운 광경이었다. 하지만 몸 주인이 외친 소리를 듣자마자, 야채를 다듬던 남자는 칼을 탁자에 거칠게 내려놓더니 난롯가에 앉은 여자를 향해 버럭 고함을 질렀다.

"그러니까 내가 저딴 건 주워오지 말라 했잖아!"

그러고는 이쪽으로 다가오기 시작했고, 곧 그가 몸 주인의 멱살을 잡았다.

"아빠, 아빠?"

몸 주인이 놀라 외치거나 말거나, 남자는 "누가 네 아빠야! 저주받은 년!" 하고 외치더니 크게 손을 휘둘렀다.

그 순간.

라틸은 눈을 깜빡였다. 정신을 차리고 보니 자신은 다시 소시지가 든 컵을 들고 있었고, 앞에는 주정뱅이들이 화가 나 씩씩거리고 있었다.

"지금 우릴 무시해?"

"우리 무시하냐고!"

라틸은 잠시 그들을 쳐다보다가, 컵을 손안에서 우그러뜨리면서 발을 들어 가장 앞에서 위협적으로 고함을 지르던 주정뱅이의 배를 걷어찼다. 아까 몸 주인이 느꼈던 상황 탓에 순간 덩달아 기분이 나빠진 탓이었다. 이 주정뱅이가 당장 얼굴을 내려칠 듯 손을 치켜들던 그 남자 같아서.

주정뱅이는 비명조차 지르지 못하고 날아가더니, 반대쪽 벽에 있는 쓰레기통과 부딪쳐 쿠당탕 소리를 내며 바닥을 굴렀다. 다 큰 성인이 발에 한 번 차였다고, 뒤로 넘어지는 정도가 아니라 반쯤 날아가 버린 것이다. 그 모습에 다른 주정뱅이들이 술김에도 깜짝 놀라 뒤로 주춤 물러났다.

라틸 역시 놀라서 그들에게 물었다.

"방금 내가 한 거야?"

라틸은 자신이 이렇게 세다는 데 정말로 충격을 받았다.

"내가 이렇게 세?"

라틸은 한 번 더 탄성을 뱉었다. 물론 자신이 세다는 건 이미 알고 있었지만, 발길질 한 번에 성인을 이쪽 길에서 반대쪽 벽으로 뻥 차버릴 정도는 아니었다. 그런데 사람을 말랑한 공 차듯 차버리다니.

"이 미친 여자가?"

하지만 주정뱅이들은 라틸의 진심 어린 놀라움을 듣고 더욱 화를 냈다. 라틸이 자기들을 놀리기 위해 깝죽댄다 여기는 눈치였다.

"감히 내 친구를 쳐?"

"똑같이 던져버려!"

여럿인 데다 술기운까지 더해지자 주정뱅이들은 방금 전 자기들 눈으로 본 그 믿기지 못할 광경을 다 까먹었다. 그들이 주먹을 쥐고 덤벼들자 라틸은 차라리 잘됐다 싶었다.

'안 그래도 기분 더러웠는데.'

머리 긴 칼라인이 도움을 주는 부분까지는 그냥 좀 신기한 정도였는데. 이후 오두막에서 만난 이상한 사람이 주먹을 휘두르려 하고 몸 주인이 거기에 얼굴을 맞을 뻔했던 때는 정말로 화가 났다. 심지어 애초에 밤거리에 나온 것부터가 서넛의 일로 마음이 복잡해서였지 않던가. 라틸은 방긋 웃고서 손에 들고 있던 종이컵을 가장 먼저 달려든 이의 얼굴에 대고 그대로 눌렀다.

"악!"

비명을 지른 주정뱅이가 옆으로 비틀거리자마자 라틸은 위험하게 단도를 휘두르려는 주정뱅이의 머리 쪽으로 상자 더미를 차버렸다. 상자 더미가 주정뱅이의 머리에 맞아 부서지자, 라틸은 그걸 집어서 옆에서 기습하려는 주정뱅이의 옆구리를 가로로 퍽 내리쳐 버렸다. 순식간에 주정뱅이들은 수적인 우세에도 불구하고 첫 번째로 날아간 동료와 같은 꼴이 되었다.

"우정이 깊네. 친구랑 똑같이 날아가고 싶다니."

그걸 본 라틸이 박수를 치며 빈정거리자 주정뱅이들은 또 술김에 공포를 잊고는 이를 갈면서 욕을 퍼부었다. 라틸은 마구 욕을 날려대는 그들의 입을 찰싹찰싹 때려줄 생각으로 주먹을 쥐었다 펴길 반복했다. 하지만 때마침 경비들이 우르르 달려왔다.

'패싸움이 벌어졌을 때 신고받았나 보다.'

라틸은 '쯧' 혀를 차면서도 주정뱅이들의 입을 때리진 않았다. 우두커니 서있자니, 가까이 달려온 경비병들이 상황을 빠르게 살피며 물었다.

"패싸움이 벌어졌단 신고를 받고 왔습니다."

그 말이 끝나자마자 두 번째로 라틸에게 얻어맞았던 주정뱅이가 벽을 짚고 비틀비틀 일어나더니 손가락으로 라틸을 가리켰다.

"저 여자가 우리를 때렸습니다!"

"우린 저 여자가 누군지도 모르는데, 갑자기 오더니 때렸어요!"

"여기 널브러져 있는 사람들, 다 저 여자가 때려서 다친 겁니다."

"감옥에 가둬야 돼요!"

다들 바닥에 엎어진 채로도 말을 참 잘했다. 그리고 주정뱅이들이 말을 잘할수록 경비병들의 표정은 황당함으로 물들어갔다. 결국, 경비병 중 하나는 아예 대놓고 물었다.

"저 여자 한 명이서 당신들…… 하나둘셋넷다섯여섯…… 몇 명이야? 하여튼 당신들 전부를 다 때렸다고? 장난해?"

"진짭니다!"

"저기 저 사람한테 물어보세요!"

주정뱅이들은 소시지를 판 상인을 가리켰으나 상인은 라틸 쪽을 힐긋 보더니 씩 웃으면서 손에 든 집게를 들어 보였다.

"죄송합니다, 전 이거 굽느라 못 봤어요."

상황을 지켜보던 라틸도 안타깝단 얼굴로 덧붙였다.

"저 사람들이 자기들끼리 치고받고 하더라, 경비병아."

라틸의 말이 차라리 더 신빙성이 있었으나, 신고자는 확실히 주정뱅이 일행 중 한 명이었다. 경비병들은 결국 라틸과 주정뱅이들을 모두 다 데리고 치안소로 데려갔다.

다른 주정뱅이들과 달리 라틸은 따로 조사를 받게 되었다. 주정뱅이들이 라틸을 신고하기도 했지만, 아무리 봐도 경비병들의 눈에는 라틸이 저 덩치 좋은 이들을 혼자 때려눕힌 것 같지가 않아서였다. 같은 장소에서 수사를 하면 라틸이 저 주정뱅이들에게 위협을 느껴 제대로 피해 사실을 말하지 못할 수도 있으니, 경비병들 나름대로 머리를 쓴 결과였다. 하지만 라틸에게 이름과 주소를 물어본 경비병은 얼마 가지 않아 주정뱅이들을 상대할 때와는 다른 이유로 답답해졌다.

"이름 라틸. 사는 곳은 황궁?"

경비병은 커다란 책상에 라틸과 마주 보고 앉아서 조서를 쓰다가, 라틸이 히죽 웃으면서 대답하자 기가 막혀서 입을 벌렸다.

"장난치지 말고. 이름."

"이름 라틸. 사는 곳은 황궁. 맞는데."

라틸이 또박또박 재차 말해주었지만, 경비병은 여전히 라틸이 장난을 한다고 생각해 화를 냈다.

“이봐. 머릿수가 너무 차이 나서 그쪽이 범인이 아닐 거라 생각하긴 하는데, 완전히 혐의를 벗은 게 아니야. 지금 이런 데서 장난치고 말고 할 상황이 아니라고.”

“진짜인데.”

그래도 라틸이 어깨를 으쓱하고서 주소를 황궁이라고만 하자, 경비가 매섭게 윽박질렀다.

“이런 거로 거짓말했다가 나중에 진짜 큰일 생길지도 몰라. 알아들어?”

“알아들었는데. 라틸, 황궁. 맞다니까.”

경비병은 징하다는 듯 고개를 설레설레 저으면서도 아래 직급의 경비병을 불러다 지시했다.

“여기 이 아가씨가 자기는 황궁에 산단다. 그쪽에 가서 라틸이란 여자를 아는지 묻고 와.”

“미쳤네요.”

부하 경비병이 낄낄거리면서 웃고 나가자, 라틸은 덩달아 웃으면서 경비병 앞에 돈을 한 뭉텅이 내려놓았다. 경비병이 ‘이게 뭐야?’ 하는 얼굴로 쳐다보자 라틸이 밝게 제안했다.

“내기할까? 내가 황궁에 살고 있다 아니다로?”

진짜로 뭐가 있어서 저러나……. 그 자신만만한 모습에 경비병은 그제야 조금 움찔했다. 귀족? 아니, 귀족이 황궁에 살진 않고. 하녀? 하녀도 황궁에 산다고 표현하진 않지. 하지만 여기서 뒤로 무르기에는 자존심이 상해서 경비병은 아무 대꾸도 하지 않고 화난 표정만 짓고 있었다.

얼마나 그러고 있었을까. 밖에서 동시에 의자 끌리는 소리가 났다. 여러 사람이 동시에 일어나는 듯한 소리. 웅성거리는 소리. 이윽고 그 모든 소리가 한번에 사라지자, 무슨 일이지, 하는 얼굴로 경비병도 닫힌 문을 쳐다보았다.

그 순간. 문이 덜컥 열리더니 서넛이 들어왔다. 빠르게 조사실을 살핀 서넛은 라틸과 눈이 마주치자 '이 말썽쟁이야' 하는 표정으로 인상을 구겼다. 라틸이 슬며시 손을 흔들어도 표정은 펴지지 않았다.

"뭐야?"

경비병은 여전히 무슨 일인지 모르는 얼굴이었다.

"근위기사단 단장 서넛 경이시네."

하지만 서넛을 바로 뒤따라 들어온 경비대장이 문을 닫으면서 설명하자, 경비병은 소스라치게 놀라 벌떡 일어나 인사했다.

"단장님을 뵙습니다."

서넛은 경비병의 인사를 받는 대신 바로 라틸에게 다가와 걱정스럽게 물었다.

"도대체 이게 무슨 일입니까, 폐하?"

'폐하' 소리를 듣는 순간 경비병은 모든 행동을 멈추더니 드르륵 눈동자만 돌려 라틸을 보았다. 경비대장도 라틸이 황제란 건 몰랐던 모양이다. 역시나 움직이던 자세 그대로 굳어버리더니 그 역시 경악해서 라틸만 쳐다보았다. 다들 평범한 치안소에 황제가 와 있다는 게 믿기지 않는 얼굴이었다. 그것도 잠시. 경비병과 경비대장은 정신을 차리자마자 거의 동시에 바닥에 무릎을 꿇었다.

"송구합니다, 폐하."

"알아보지 못하였습니다."

특히 라틸의 말을 내내 무시한 경비병은 '이제 죽었구나' 하는 표정이었다. 라틸은 손을 저었다.

"그건 됐으니 주정뱅이들 중에 혹시 피가 나도록 다친 사람은 없는지, 예전에 초록 사과를 바구니에 넣고 다니던 사람은 없는지를 확인해라. 내가 여기 있단 소리는 하지 말고."

초록 사과와 바구니라니? 경비대장은 이게 무슨 소리인가 싶었지만, 지금은 황제가 화를 내지 않는 것만으로도 감사한 일이었다. 더욱이 이 와중에 황제에게 설명을 요구할 수도 없어서 얼른 부하를 데리고 밖으로 나갔다. 얼마 지나지 않아 경비대장은 다시 안으로 들어와 보고했다.

"피가 나는 사람은 있었습니다."

'역시. 내가 피 냄새를 맡은 거구나.'

"어린 시절에 부모님이 과수원을 했단 사람도 하나 있었습니다. 하지만 아주 옛날 일인 데다, 사과나무는 없었던 거 같다 합니다."

"알았다."

라틸은 벗어두었던 망토 모자를 다시 눌러 썼다.

'그럼 내가 본 게 주정뱅이 중 한 사람의 속마음은 아닌 건가?'

하지만 다른 사람의 속마음을 읽을 때는 안 그랬는데, 왜 이번 속마음은 그토록 생생하게 자신이 경험하는 것처럼 느낀 것일까?

'나한테 또 새로운 능력이 생기는 건가?'

칼라인이 나오던 환상만큼 놀랍진 않지만, 피 냄새를 남들보다 유달리 잘 맡게 된 것도 좀 이상했다.

'서넛한테만 뭐라고 할 때가 아니네. 나도 좀 이상해.'

치안소에서 나갈 준비를 하면서 라틸은 엄마가 이야기해 준 오빠의 말을 떠올렸다. 라틸을 로드라 의심했다던 말을. 당연히 아니라고 부정만 하던 전제가 처음으로 흔들렸다. 라틸은 초조하게 입술을 짓이겼다.

'대체 뭐지?'

밤거리를 걸어가는 내내 서넛은 아무 말도 하지 못했다. 그는 단지 뒤를 조용히 따라올 뿐이었다. 평소라면 이미 쓸모없지만 기분 좋은 잡담을 했을 텐데. 하지만 너무 오랜 시간 침묵하자, 결국 서넛은 먼저 입을 열었다.

"이렇게 폐하와 나란히 걸어가니……."

"아직 화 안 풀렸습니다. 과거 회상하지 맙시다."

"……화가 오래 가시네요."

"아직 하루도 안 갔습니다."

"하긴, 폐하께선 어릴 때부터……."

"과거 회상 안 한다니까."

"폐하께선 나이가 드신 후에도 계속 속이 좁으실까요?"

"아, 이 사람이?"

라틸이 확 째려보자 서넛이 어깨를 으쓱했다.

"과거 이야기는 하지 말라 하시니."

"현재 이야기만 해요. 현재 이야기만!"

"폐하께선 나이가 드신 후에도 계속 속이 좁으시네요."

"서넛 경!"

라틸은 자기도 모르게 서넛을 보고 웃을 뻔했지만, 필사적으로 미소를 참았다. 지금은 같이 농담 따먹기 하면서 놀 때가 아니었다. 라틸이 팩 돌아서서 다시 걸어가자 서넛은 얼른 나란히 붙으면서 중얼거렸다.

"폐하께서 치안소에 잡혀가신 일은 함구하겠습니다."

"화 안 풀면 얘기 퍼뜨릴 거란 협박처럼 들립니다."

"속내를 잘 읽으십니다."

속내 이야기에 라틸은 괜히 찔려서 움찔했다.

"아주 잘 읽는 편이긴 하죠."

서넛이 흐릿하게 웃는 소리가 났다. 그 소리만으로도 라틸은 기분이 풀어지려고 해서 괜히 더 속이 상했다. 이렇게 자신이 그를 철석같이 믿는데, 그가 자신을 배신한다면 정말 견디기 어려울 것 같았다.

"서넛 경은 나 배신하면 안 됩니다."

"안 합니다."

"의심스러운데."

"괜찮습니다. 계속 의심해도."

"!"

"그동안엔 제게 집중하시겠지요."

"무슨 뜻입니까?"

"제가 관심받는 걸 좋아한단 뜻입니다."

라틸이 기가 막혀서 쳐다보자, 서넛이 주머니에서 손수건을 꺼내더니 라틸에게 건넸다.

"입에 기름기 묻었습니다. 뭘 맛있게 드셨길래."

소시지! 이 와중에 입가에 기름이 묻다니! 라틸은 속으로 비명을 지르면서 손수건을 빼앗듯 받아 들고서 입술을 벅벅 문질렀다. 서넛은 웃으려다가 라틸이 가자미눈을 뜨고 보자 큼큼 헛기침을 하고서 화제를 돌렸다.

"그런데 지금 어디 가시는 겁니까?"

"오빠한테요. 멱살 좀 잡으려고."

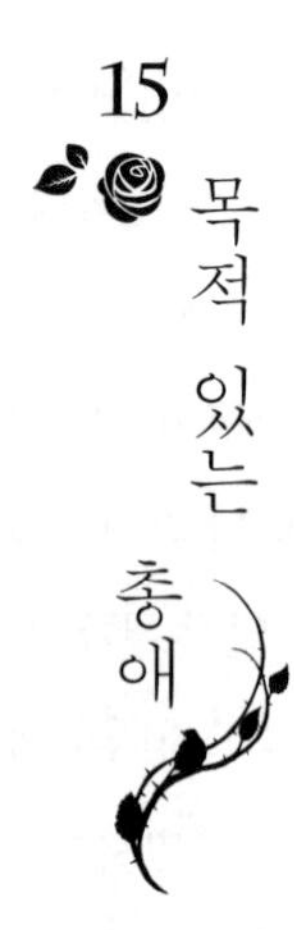

15 목적 있는 총애

"괜찮으시겠습니까?"

서넛이 걱정스럽게 물었다. 라틸이 레안에게 얼마나 화가 났는지, 레안이 얼마나 말을 잘하는지 누구보다 잘 알고 있기에 염려가 되는 모양이었다.

"계속 미룰 수는 없죠."

라틸은 덤덤한 척 대답했다. 라틸은 여전히 자신이 로드라고 생각하지 않았다. 그건 말도 안 되니까. 하지만 자신에게 생겨나는 능력들이 신경 쓰였다. 속마음을 읽게 되었을 때는 그저 좋기만 했는데. 하나하나 그 숫자가 늘어나자 두려웠다. 왜 내 힘이 그렇게 세진 거지? 왜 나는 그런 환상을 보는 거지? 왜 나는 피 냄새를 잘 맡게 된 거지?

오빠를 만나볼 때였다.

"어차피 한번은 만나봐야 했습니다."

지나가는 마차를 잡아탄 라틸은 레안이 머무는 별궁으로 갔다. 근처에 두고 행동을 관찰하기 위해 라틸은 일부러 일이 터진 후에도 오빠를 먼 곳에 쫓아 보내진 않았는데, 그 덕을 지금에야 보고 있었다. 마차가 별궁 앞에 도착하자, 호위를 핑계로 레안을 감시 중이던 병사가 다가왔다.

"누구십니까?"

라틸이 말없이 망토를 내리자 병사는 깜짝 놀라더니, 소란을 피우지 않고 옆으로 물러서서 문을 활짝 열어주었다. 마차가 안으로 들어갔다. 마차에서 내린 라틸은 건물 안으로 들어가서도 몇몇 사람을 마주쳤지만, 레안의 방 앞에 도착할 때까지 누구도 라틸을 말리지 못했다. 방 앞에 선 라틸은 마음의 준비를 할 새도 없이 바로 문을 노크했다. '쿵쿵' 화를 담아 문을 내려치자, 오래 지나지 않아 안에서 "누구?" 하는 소리가 들려왔다.

"나."

"그래. 너네."

레안은 문을 반쯤 열고서 착잡한 시선을 보냈으나, 라틸은 안부도 묻지 않고 곧장 응접실만 턱으로 가리켰다.

"나와. 물어볼 거 있어."

방에서 나온 레안은 부드러운 잠옷을 입고 있었다. 거기에 보송한 털 슬리퍼까지 신고 있어서, 라틸은 괜히 화가 났다.

"커피?"

응접실 소파에 앉은 라틸에게 레안이 여전히 사이좋은 남매라도 되는 것처럼 묻자 그 화는 더욱 커졌다.

"꺼져."

"오라며."

"물어볼 게 있어서 왔어."

레안은 맞은편 소파에 앉으면서 말해보라는 듯 손짓했다. 주춤주춤 눈치를 보던 하인이 슬그머니 다가와 라틸과 레안의 앞에 김이 올라오는 코코아를 놓고 가자 라틸은 차갑게 물었다.

"뭘 계기로 날 로드라 생각했던 거야?"

"그게 궁금해졌어? 갑자기 이 늦은 밤에?"

"늦은 밤이니까 궁금해진 거야. 자려고 누웠는데 속 터져서. 잠이 안 와서."

거짓말이지만 라틸은 눈 하나 깜짝하지 않았다. 라틸은 레안을 노려보며, 코코아 담긴 컵은 소파 뒤쪽에 서있는 서넛에게 건넸다.

"이거 마시면서 호위하긴 좀 그렇지 않을까요?"

서넛은 작게 중얼거리면서도 컵을 두 손으로 받아 들고서 후후 불었다.

"내가 진짜 일하다가도 순간순간 열이 뻗쳐. 아니, 생판 모르는 사람이면 모르는 사람이라 그렇다 쳐. 나랑 같이 나고 자랐으면서 왜 그딴 생각을 해?"

"몇 가지 징후가 있어."

"무슨 징후?"

"소소한 징후들. 그걸 알게 된 시점은 하이신스가 반란이 일어나 자기 나라에 돌아갔던 때였고. 하지만 그 징후가 나타났던 건 너와 그가 함께 붙어있던 시기였지. 그래서 헷갈렸어. 그 징후가 너한테서 나타난 건지, 그 사람한테서 나타난 건지."

라틸은 입술을 꾹 다물었다. 대충 저랬을 거란 예상은 했지만 들으니 더 불쾌했다.

"이후에 하이신스는 전혀 관련 없단 걸 알게 됐지만, 그래도 내 동생이 저주받은 존재란 생각은 하고 싶지 않았지. 그래서 미루고 미루면서 조사만 한 거야."

뒤에서 서넛이 계속 후 후 코코아 부는 소리가 들려왔다. 마시는 소리는 들려오지 않았다.

"나라를 위해 어쩔 수 없었다, 라틸. 네가 반대로 내 입장이었더라면 넌 어떻게 했겠어? 내 존재가 나라와 사람들에게 해가 된다면?"

라틸은 주먹을 꽉 쥐었다.

"그 변명을 계속 써먹으려면 엄말 배신하지 말았어야지. 엄마를 배신하면서까지 오빠 안위를 챙기는 순간, 이미 그 변명은 더 못 써."

라틸이 악담을 해도 레안은 침착하게 웃기만 하다가, 전혀 타격을 받지 않은 것처럼 고요하게 물었다.

"그래, 라틸. 나는 네 말대로 이중적이고 이기적이라 이랬다고 하자."

"'하자'가 아니라 그런 거라고."

"넌? 넌 어떤데?"

레안이 찻잔을 코앞으로 가져갔다. 찻잔을 사이에 두고 그가 지평선 너머를 보듯 라틸을 응시했다.

"넌 네 스스로가 나라에 해가 되는 존재란 걸 알게 되면, 어떻게 하겠어?"

"내가 그런 사람이 아닌데 왜 그런 생각을 해야 돼?"

"만약 그렇다면."

"해가 안 될 방법을 찾으면 돼."

"해가 될지 말지 여부가 네 의지와 상관없는 거라면?"

"글쎄. 내가 아무리 위험하고 무시무시한 존재가 되더라도, 사이 좋은 동복동생을 의심만으로 죽이려 한다거나 친엄마를 공개적으로 배신하는 놈보다 더 나쁜 존재가 될까 싶네."

라틸이 빈정거렸으나 레안은 역시 전혀 상처받지 않은 얼굴이었다. 그는 놀라울 정도로 자신이 옳다고 믿고 있었다. 그 신념이 옳은지 아닌지는 신념을 지키는 데 아무 관계도 없는 모양이었고.

"궁금해서 왔는데 역시. 별 이유도 없는 헛소리였네. 그래도 오길 다행이야. 오빠가 진짜 큰 증거라도 있어서 그랬으면 어쩌나 했는데, 그것도 아니잖아?"

레안이 웃었다.

"내 말이 진짜일까 봐 걱정했단 걸 보니, 너도 스스로를 의심하게 됐나 보네."

"그러길 바라는 거겠지."

라틸은 서넛이 들고 있는 코코아 컵을 뺏어서 탁자 위에 쾅 소리가 나게 내려두었다.

"하지만 아냐. 왜냐. 틀라가 살아서 아낙차 후궁을 빼내 간 걸 본 목격자들이 많거든."

"확신할 수 있어?"

"어."

방긋 웃은 라틸은 컵을 툭 쳐버렸다. 컵은 옆으로 넘어지면서 탁자 위로 검은 코코아를 끈적하게 퍼트렸다. 테이블을 흘러간 코코아가 값비싼 융단 위로 떨어지는 사이, 라틸은 뒤도 돌아보지 않고서 현관을 나갔다. 하지만 마차로 걸어가는 라틸은 두 손을 꽉 쥐고서 세뇌하듯 스스로에게 읊조렸다.

'내가 아냐. 반드시 내가 아니어야 한다. 절대 내가 아니어야 해.'

같은 시각. 어두컴컴한 지하 성안에서 틀라는 방 안을 연신 초조하게 돌아다녔다.

"젠장…… 젠장!"

자꾸만 그 인간 용병에게 꼼짝 못 하고 밀리던 순간이 떠올라 화가 치밀었다. 하지만 그 화 안쪽에는 인정하고 싶지 않은 두려움이 있었다.

'난 뱀파이어 로드인데. 어째서…….'

— 인간들은 도마뱀이 탈피한다는 걸 알지만, 도마뱀이 무슨 수로 탈피를 시작하는지는 모르지요. 마찬가집니다. 저는 로드가 각성한다는 걸 알 뿐, 무슨 수로 각성하는지는 모릅니다.

여우 가면이 조언이랍시고 해준 말이 이따위였다. 틀라는 옥좌 위에 앉아 엄지를 씹었다. 자신이 뱀파이어 로드라는데. 로드의 권능을 하나도 사용하지 못하고 있었다. 서재에서 본 역대 로드들의 힘은 이 정도 수준이 아닌데도. 오히려 그는 식시귀가 되어 부활한 혜움과 비슷했다. 틀라는 초조하게 주먹을 쥐었다 펴길 반복했다.

'나다. 반드시 내가 로드여야 한다. 반드시 내가 로드여야 해.'

쾅 하는 소리가 나는가 싶더니 몸 위로 나무상자가 우르르 떨어졌다. 상자에 어중간하게 튀어나온 못이 얼굴을 긋자 찌릿한 통증이 나며 피가 흘러나왔다.

'진짜 욕 나오네.'

라틸은 이를 악물었다. 오빠와 대화를 하고 나니 속이 더 터질 것 같아서, 별궁에서 돌아오자마자 얼른 씻고 침대에 누웠다. 그런데 갑자기 이게 무슨 일인가 모르겠다.

이건 그 주정뱅이들과 싸우기 전에 소시지 먹으면서 본 환상 아닌가? 그런데 그 환상이 왜 지금 이어서 보이는 거지? 오두막 안에 있던 남자가 주먹을 들어 올리는 것까지 보고 환상이 끊어졌는데. 그 후 '몸 주인'은 결국 그 주먹에 맞아 상자 더미에 쓰러진 모양이다.

'내 방에서 이어서 꾸는 걸 보면 역시 주정뱅이들 기억은 아니야.'

라틸은 상황을 냉정하게 분석해보려 했지만, 몸 주인이 흐느끼는 소리 때문에 잘 되지 않았다.

"아빠. 왜, 왜 그래요. 왜 나한테 그래요."

"네 아빠가 아니랬지!"

버럭 소리를 지른 남자가 옆에 놓인 도끼를 집어 들자 라틸은 속으로 비명을 질렀다.

'미친 새끼!'

남의 환상이라 해도 이런 장면을 굳이 보고 싶진 않았다.

"그만해!"

다행히 남자가 도끼를 휘두르기 전 오두막 안에 있던 여자가 달려 나오더니 남자를 밀쳤다. 그 바람에 남자가 발을 헛디디면서, 들고 있던 도끼가 여자의 등 위로 떨어졌다.

"엄, 엄마!"

몸 주인이 찢어지는 비명을 질렀다. 남자 역시 여자를 공격할 마음은 없었던지 황급히 여자를 살피며 물었다.

"여보? 괜찮아? 여보! 여보!"

도끼가 옆으로 툭 떨어졌다. 그나마 다행히 상처가 깊진 않은 듯 피는 거의 흐르지 않았다. 피는 자기 얼굴에서 나고 있는데, 그래도 몸 주인은 얼른 일어나 여자에게 달려가며 횡설수설했다.

"의사를 불러올게요. 엄마 내가 의사를……."

하지만 말을 마치기 전. 남자가 휘두른 주먹에 몸 주인이 다시 상자로 날아갔다. 어디에 뭘 잘못 부딪친 건지 이번에는 시야에 불그스름한 게 가득 차올랐다. 이마 부근이 찢어지면서 눈에 피가 들어간 듯했다.

"아빠. 왜 그래."

몸 주인이 겁먹은 목소리로 흐느꼈으나, 남자는 몸 주인을 경멸에 찬 시선으로 쳐다보다 삿대질을 했다.

"왜 그러냐고? 넌 내 딸이 아니니까! 넌 아내가 주워온 애라고!"

"아빠……."

"미친 짓이었지. 이런 저주받은 것이란 걸 알았다면 도로 가져다 버렸어야 하는데."

"아빠, 나는……."

"네년 때문에 네 엄마가 흑마법사 소리를 듣고 있다. 너 때문에! 네년이 끌고 다니는 그 불길한 징조들 때문에!"

눈앞이 뿌옇게 변했다. 몸 주인이 우는 것 같았다.

"이젠 이 짓도 질렸다. 넌 내 딸도 아니잖아! 저주받은 년 하나 때문에 우리 식구가 왜 이 고생이야!"

오두막 안에서 아이가 '으앵으앵' 우는 소리가 들려왔다. 잠시 오두막 안, 요람 안에 있는 아이를 본 몸 주인이 시선을 돌려 이번엔 여자 쪽을 보았다. 여자는 아직 바닥에 누운 채 두 손으로 얼굴을 감싸고 있었다. 손바닥 아래로 눈물이 흘러내리는 게 보였다. 하지만 여자도 여기까지가 한계인지 남자를 더 말리진 않았다.

"엄마…… 아니지? 아빠가 화나서 저러는 거지?"

몸 주인이 흐느끼면서 여자를 불렀으나 소용없었다. 여자는 얼굴을 가린 채 울먹였다.

“미안해 도미스. 정말 미안해. 하지만 엄마도 힘들어. 너랑 있고 싶지 않아. 널 지키다간 내 진짜 딸 안야까지 죽게 될 거야.”

‘도미스!’

라틸은 눈을 번쩍 떴다. 상체를 일으키자 등에 식은땀이 축축했다. 창밖은 이미 환한 아침 햇살로 가득하고, 사람들이 밝게 떠들어대는 소리가 들려오는데 여기만 이상하게 음침한 느낌. 아까 꾼 그 빌어먹을 꿈 때문이다. 라틸은 두 손으로 얼굴을 감싸고 자신이 들은 이름을 떠올렸다.

‘도미스. 칼라인의…… 애인.’

라틸은 당황했다.

‘죽은 사람 아니었어?’

대체 이게 무슨 일일까. 라틸은 혼란스러운 마음을 진정시키기 위해 얼른 욕실로 달려가 찬물로 세수했다. 하지만 머리를 감고 옷을 입고 하루를 보낼 채비를 하면서도 대체 이게 무슨 일인지 알 길이 없었다. 아침 식사를 하러 가서도 라틸은 마음이 무거워 입맛이 없었다. 갑자기 그 사람의 과거를 연달아 보는 것도 이상한데, 하필 또 그 내용이 너무 어둡고 눅눅해서 더욱 꺼림칙했다. 결국 라틸은 건성으로 수프만 몇 번 떠먹다가 시종장에게 지시했다.

“사블레 후작. 불안정한 시기이니 귀족들 관리도 좀 해야겠습니다. 나한테 들어온 초대장 중에 아무거나 하나 가져다줘요. 파티에 갈 테니까."

수도 안에서 어느 정도 규모가 있는 파티가 열리면 황족들에게도 자연적으로 초대장이 온다. 물론 대부분의 초대장은 시종들 선에서 전해지지 않지만, 파티를 열면서 초대장을 보내는 건 귀족들의 의무였다.

라틸은 황제가 된 후 한 번도 귀족들의 초대에 응한 적이 없었다. 그러나 지금은 너무 기분이 좋지 않으니, 최대한 밝고 활발한 분위기에 끼기 위해 그중 한 곳에 응하려는 것이었다. 그런데 시종장은 바로 초대장을 골라오지 않고 라틸의 눈치를 살폈다.

"왜요?"

좀 염려하는 시선이라 라틸이 묻자, 시종장이 조심스럽게 알려주었다.

"저…… 실은 로르드 공작가와 아트락시 공작가에서 초대장이 하나씩 왔습니다. 둘 다 오늘 저녁 7시에 시작되는 파티지요."

라틸은 수프에서 버섯만 건져 먹다가 눈살을 찌푸렸다.

"둘 다?"

"예."

"아니, 왜 같은 날 같은 시간……. 세상에. 둘 사이가 더 나빠졌어요?"

라틸은 황당해서 혀를 찼다. 라틸이야 초대를 받아도 안 가면 그만이고 초대를 보내는 쪽도 의무이니 보낼 뿐, 정말로 올 거란 기대는 하지 않는다. 반면 다른 귀족들은 두 대단한 귀족 가문에서 보내는 초대장을 가볍게 넘길 수 없었다. 두 가문이 같은 날 같은 시각에 파티를 연다는 건 사실상 '둘 중 하나를 선택하라'라는 경고나 다름없었다,

"이 정도까진 아니었잖아요? 전에 회의장에서도 좀 이상하다 싶더니."

"사소하게는 미술품을 사들이는 일부터 크게는 안건에 관해서까지, 계속 싸워대고 있답니다."

라틸이 혀를 차자 시종장이 걱정스레 물었다.

"어느 쪽으로 가시겠습니까?"

생각해 볼 것도 없는 문제였다.

"둘 다 안 갈 겁니다."

라틸은 단호하게 말하고서 다시 접시 속을 떠다니는 버섯을 건졌다.

"역시 그게 낫겠지요?"

시종장은 라나문을 지지하는 입장이었지만, 이번에는 라틸의 선택이 옳다고 여기는지 바로 동의했다. 라틸은 버섯을 입에 넣고 씹으면서 시종장에게 그만 나가보란 신호를 보냈다.

시종장이 나가자 라틸은 스푼을 도로 내려놓고서 팔짱을 꼈다. 원하는 구도는 후궁들이 자기들끼리 싸우면서 국서 이야기가 나오지 않게 서로서로 말려주는 모양새였다. 하지만 싸우는 것도 적당

해야지. 저렇게 딱 두 패거리로 나누어졌다간 무슨 정책을 펼치려 해도 한쪽은 무조건 발목을 잡을 것이다. 그 정책이 옳은지 그른지는 관심 없고, 그저 상대에게 반대하기 위해서.

'대립하되, 지금보다는 덜 싸워야 한다. 딱 이전 수준이 나은데.'

대립할 부분은 대립하면서도 국정에 방해되지 않는 선의……. 생각에 잠긴 채 라틸은 스푼 끄트머리를 잡고서 테이블을 툭 툭 툭 무의식중에 두드렸다.

'클라인!'

그러다 수프가 거의 다 식어버렸을 즈음. 라틸은 그 두 세력을 견제할 만한 완벽한 인물을 떠올리고서 스푼을 쾅 내려놓았다.

'클라인은 강대국 황자이니 아트락시 공작이나 재상이라 해도 함부로 대할 수도 없고, 세력이 강하지만 여기서 세력을 구축하진 않았으니 다른 귀족들에게도 덜 위협적이야.'

타시르와 칼라인은 이번에 라틸이 황궁에 돌아오는 일에 큰 공을 세웠는데도 평민인 데다 귀족들 사이에서 지지 세력이 없으니 치고 올라오지 못하고 있었다. 로르드 재상도 아트락시 공작도 그들을 위협으로 여기지 않으니, 잠깐 밀어준다 해도 그들을 견제할 세력이 되기 어려웠다. 여러모로 클라인이 완벽했다. 왜 이 생각을 진작 하지 못했나 싶을 만큼.

'하긴. 처음엔 분명 하이신스가 보낸 첩자일 거라 여겼으니. 어쨌든 됐어. 적당한 핑계를 대고서 클라인을 좀 밀어줘야겠다. 삼파전이 되면 아트락시 공작과 재상도 좀 덜 싸워대겠지.'

“폐하? 어디 가십니까?”

“칼라인에게. 내가 먹을 음식이랑 환자가 먹을 만한 수프를 싸줘.”

“칼라인 님이 좋아하시겠군요. 곧 가져오겠습니다.”

클라인을 로르드 재상과 아트락시 공작을 견제할 인물로 고른 건 완벽한 선택이다. 하지만 어떻게? 뭘 계기로 자연스럽게 그를 끌어올릴까? 이 부분이 잘 떠오르지 않았다.

결국, 라틸은 혼자 조용히 고민해보기로 하고서 전용 주방장에게 요리를 만들게 한 다음 칼라인의 방으로 찾아갔다. 현재 칼라인은 공식적으로는 몸이 좋지 않아 두문불출하고 방 안에 틀어박혀 있는 상태였다. 그곳에 가면 완전히 혼자 지낼 수 있으니, 지금 같은 때 틀어박혀 있기에 딱 적당했다.

“아. 여기서부턴 내가 가져가지.”

라틸은 하인이 웨건을 직접 칼라인의 방으로 끌고 가려는 걸 막고서, 방 안으로는 혼자만 들어왔다.

“제 방을 참 알뜰하게 사용하고 계시는군요.”

그런데 방문을 닫고 불을 켜자마자 안쪽에서 웃음기 섞인 목소리가 들려왔다. 라틸은 얼른 몸을 돌렸다.

“칼라인!”

융단 위에 칼라인이 긴 다리를 쭉 펼치고 앉아 한 손에 책을 들고 있었다.

"언제 왔느냐?"

라틸이 반가워서 다가가자, 칼라인은 책을 덮어 옆에 내려놓더니 몸을 일으켜 라틸이 문가에 두고 온 웨건을 직접 탁자로 끌었다.

"언제 왔냐니까?"

"주인께서 방만 사용하고 가시기 전에 왔습니다."

라틸이 장난스럽게 쏘아보자, 칼라인은 웨건에 놓인 접시를 탁자에 하나하나 옮기면서 물었다.

"이거 수프는 제 거지요?"

"맞아."

"계속 제 방에 다녀가셨습니까?"

"몇 번 정도."

"제가 있을 땐 몇 번 오지도 않으시더니. 제 방이 저보다 폐하와 더 친해지겠네요."

"말이 좀 많아졌다?"

"그동안 못 뵈었으니까요."

"아낙차는?"

"도망쳤습니다."

"틀라 황자는?"

"같이 도망쳤죠."

"만나봤어?"

"네. 저보다 약하더군요. 싸우다가 달아났습니다."

음식 세팅을 마친 칼라인이 테이블 맞은편 자리에 앉자, 라틸은 "오오." 하고 장난스럽게 추켜세우는 소리를 냈다.

"자신감 넘치는데?"

"타시르에게 물어보셔도 됩니다. 정말이니까요."

"안 물어봐도 믿어. 카리센에서도 너는 좀비를 쉽게 쉽게 제압했잖아."

"신경을 써주셨군요."

"하지만 헤움 황자도 그렇고 틀라도 그렇고, 어둠의 힘을 손에 넣는다고 해서 별로 강해지는 건 아닌가 봐."

칼라인은 긍정도 부정도 하지 않고 조용히 라틸의 앞쪽에 놓인 고깃덩어리를 대신 썰어주었다.

"하긴. 그러니까 부활할 때마다 죽은 거겠지. 뭔가 약하니까."

하지만 라틸이 이렇게 중얼거리자, 칼라인은 손을 움찔하더니 갑자기 잘 사용하던 나이프를 도로 내려놓았다. 왜 그러나 싶어 보자, 칼라인은 서운하단 투로 중얼거렸다.

"제가 강하단 소리는 절대로 안 해주시는군요."

"너 강한 건 전 국민이 알걸? 전 국민이 뭐야? 다른 나라 사람들도 다 알 거다."

라틸이 너스레를 떨자 칼라인은 그제야 굳었던 표정을 펴고서 수프를 마시기 시작했다. 하지만 그 모습을 보고 있자니, 이번에는 라틸이 그에게 자신이 본 환상에 관해 묻고 싶어졌다. 환상 속에서 칼라인은 머리가 길었다. 칼라인의 기억 속에서 칼라인도 머리가 길었다. 그러니 자신의 환상 속에서 칼라인은 지금보다 나이가 어린 게 분명했다. 외관상은 아무 차이가 없지만.

어쨌든, 그때 일에 대해 슬쩍 떠보고 싶었다. 뭘 묻고 싶은 건진 모르겠지만, 일단 뭐든 과거에 관해 묻고 싶다. 자신이 모르던 시기의 칼라인이 궁금해서. 그렇지만 꽤 아픈 과거 같아서 대놓고 물을 수는 없었다. 결국 라틸은 칼라인의 머리카락을 괜히 가리키며 떠보았다.

"넌 장발이 좀 더 어울릴 것 같아."

칼라인은 수프를 마시다가 자기 머리카락 끄트머리를 손으로 쥐었다 폈다. 뭐라 대답을 할 느낌이라, 라틸은 마음을 졸이며 그의 대답을 기다렸다. 하지만 칼라인이 한 말은 별 얘기가 아니었다.

"머리카락이 길면 거추장스러워서 용병 일에 적합하지 않습니다."

너무 무난할 뿐.

"넌 지금 용병이 아니잖아."

이에 라틸이 좀 더 떠보았지만 칼라인은 넘어오지 않았다.

"주인께서 원하신다면 머리를 좀 더 기르겠습니다."

오히려 이렇게 말했고, 라틸은 대답하지 못했다.

마음이 반반이었다. 과거 속 밝은 칼라인의 모습을 보고 싶은 마음 반. 다른 여자를 따라 죽겠다며 울던 시절의 그를 보기 싫은 마음 반.

'하긴. 밝았다곤 해도 그냥 지금에 비하면 밝단 거지만.'

결국, 라틸은 후자를 선택했다.

"생각해보니 안 기르는 게 낫겠어. 넌 용병은 아니지만, 지금도 가끔 내 부탁으로 싸우러 나가잖아. 너한테 편한 게 최고지. 안 그래?"

칼라인은 희미하게 웃고서 물병을 잡더니 물을 마셨다.
'아니, 재는 물을 마셔도 뭐 저렇게…….'
그 순간. 퍼뜩 라틸의 머릿속에 좋은 생각이 떠올랐다.
'그러면 되겠다!'

라틸이 떠올린 건 사람들에게 자신이 클라인을 총애하고 있단 걸 자연스럽게 알릴 방법이었다.
'클라인 생일이 6월 1일이었지.'
지금은 7월이었으니 사실 이미 지나갔다. 하지만 서너 달이 지난 것도 아니니, 이 정도쯤은 적당히 핑계를 댈 수 있었다. 집무실로 돌아간 라틸은 시종장을 부른 다음 들뜬 목소리를 누르며 지시했다.
"생각해보니 내가 자리를 비운 사이 클라인 생일이 지나갔더라고요."
"예. 그랬지요."
"먼 나라에서 여기까지 왔는데. 그냥 지나가면 미안하잖아요. 황자면 자기 나라에서 엄청나게 챙겨줬을 텐데."
시종장은 클라인을 싫어하기에 침묵을 선택했으나 라틸은 모른 척 말을 이었다.
"시기가 시기이니 너무 성대하게는 아니더라도, 체면이 설 정도로라도 연회를 열어줘야겠습니다."

"폐하께서 원하신다면 그렇게 하셔야지요."

라틸이 굳이 이 일을 비밀에 부치지도 않았고, 무엇보다 클라인 본인에게 직접 시종을 보내 '뭘 가지고 싶냐'고 물은 덕에 하렘 사람들도 곧 이 일에 대해 알게 되었다. 하지만 소문이 가장 빠르게 번져나간 원인은 라틸이 보낸 시종이 아니라, 클라인 본인이었다.

"폐하께서 보낸 시종이 전하더라고. 폐하께서 무엇이든 가지고 싶은 게 있으면 다 말하라 하십니다, 이렇게."

클라인이 후궁들에게 커피를 마시자 해놓고서, 그들이 찾아오자 두 시간 내내 자랑만 늘어놓은 것이다. 칼라인은 관심 없단 얼굴로 흘려들었고, 라나문은 애초에 초대에 응하지도 않고, 게스타는 클라인을 어려워하느라 거의 말을 하지 않아서, 사실상 제대로 대응해 주는 건 타시르와 대신관뿐이었는데도 클라인은 개의치 않았다.

"저라면 폐하께 개인용 연무장을 달라고 할 겁니다. 클라인 님도 운동을 많이 해야 하니, 그런 걸 달라 하세요."

"아니요, 대신관님. 하렘 안에 따로 여유 공간이 없으니 개인용 연무장을 받더라도 이 안에 있진 않을 건데. 그러면 왔다 갔다 시간만 흘러가죠. 클라인 님, 카리센에 한 달이나 두 달 정도 있다 오겠다고 하시지요."

클라인은 턱이 천장을 볼 정도로 높게 들고서 으쓱거렸다. 사실 라틸이 황궁에 복귀한 후 그를 잘 찾지 않아서 서운했는데. 지나간 생일을 챙겨주겠다고 하자 마음이 많이 풀렸다. 다 풀린 건 아니었지만.

그러다 클라인의 시선이 영혼이 빨려나간 표정으로 다 식은 커피를 보고만 있는 게스타에게 닿았다. 그 모습을 보자 클라인은 게스타에게 당한 일들이 떠올라서 입꼬리가 올라갔다. 게스타의 시종이 자신에게 물벼락을 끼얹은 일, 라틸이 자신에게 들렀다가 5분도 안 되어 일하러 가게 되었을 때 게스타가 위로하는 척 속을 긁은 일 등등. 그 생각을 하자 묵혀놨던 원한이 다시 솟아서, 클라인은 일부러 게스타에게 동정하는 척 말했다.

"어쩌냐, 무말랭이. 생일이 지났기는 너나 나나 마찬가지인데, 폐하께서 나만 챙기셔서?"

"……."

"하긴, 넌 존재감이 없으니까."

게스타가 상처받은 표정이 되자 클라인은 그제야 만족해서 타시르 쪽을 보고 웃었다.

"그래, 타시르. 아까 무슨 얘기 했더라?"

타시르는 아까 한 얘기에 대해 들려주면서도 연신 게스타를 힐긋거렸다. 게스타는 고개를 숙이고 있는데, 머리카락 사이로 풍기는 분위기가 섬뜩했다. 아무도 게스타를 눈여겨보지 않아서 모르고 있을 뿐. 게스타의 성격이 좋지 않단 걸 아는 타시르만이 미래에 대한 호기심에 즐거워졌다.

'저 매운맛 두부 도련님, 또 한판 뒤집겠는데?'

“이번엔 황제 폐하가 너무하셨어요.”

게스타가 긴 복도를 걸어가는 내내 트리는 옆에서 씩씩거렸으나, 돌아오는 대답은 없었다.

“난 한동안 여기에 있을 테니 너는 볼일 있으면 보고 와.”

“같이…….”

“혼자 있고 싶어.”

도서관 안에 들어가기 직전에야 게스타는 시무룩하게 중얼거렸다. 트리가 떠나자, 게스타는 홀로 서가에 들어가 전에 읽다가 만 책을 꺼내 구석 자리에 앉아 책을 펼쳤다. 하지만 자리에 앉자마자 참았던 눈물이 투두둑 떨어져 하얀 종이에 번져나갔다. 한 사서는 게스타가 왔다는 걸 알고서 일부러 무거운 책을 들고 그 곁을 지나가다가, 그 광경을 보고 흠칫했다.

‘게스타 님?’

당황한 사서는 얼른 책을 꽂아두고 게스타 쪽으로 갔다. 게스타는 여전히 눈시울을 붉히고 있었다. 그러다 사서의 인기척을 듣자 고개를 돌리더니, 민망한지 자기 얼굴을 가리려 했다. 그 애처로운 모양새를 본 사서는 머뭇거리다가 손수건을 꺼내서 두 손으로 내밀었다.

“이, 이거요.”

게스타는 처량하게 웃고서 손수건을 받았다.

“고마워요.”

자신이 근처에 있으면 게스타가 불편해할까 봐 사서는 얼른 자리를 떠나서 일부러 가장 먼 곳, 게스타는 볼 수 없는 곳으로 갔다. 그걸로도 모자라서 사서들만 들어갈 수 있는 휴게실로 아예 들어가 버렸다. 그 안에 들어간 사서가 문에 등을 기대고 숨을 몰아쉬자, 먼저 들어와 과자를 먹던 동료 사서는 의아한 얼굴로 물었다.

"왜 그래?"

"게스타 님이 울고 있어."

"아 그래?"

동료 사서는 별 관심이 없는지 계속 과자만 집어 먹었다.

"너도 먹을래?"

사서는 문에 등을 기대고 쪼그려 앉았다.

"네가 울렸냐. 왜 그래?"

동료 사서가 그걸 보고 다시 묻자 사서는 시무룩하게 중얼거렸다.

"게스타 님은 몇 년 전부터 여길 드나든 분이니 신경이 쓰이잖아."

"난 안 쓰이는데."

"분명 폐하 때문에 우시는 거겠지."

"너 때문은 아니겠지."

"……게스타 님은 내가 본 사람 중 가장 맑고 깨끗한 분인데. 남자 밝히는 황제 밑에 들어가는 바람에 고생하고 있단 게 너무 화가 나."

"별게 다."

이게 자꾸? 사서가 씩씩거리면서 쳐다보자, 동료 사서는 반쯤 다 먹은 과자 봉투를 돌돌 말아서 탁자에 두고는 가까이 다가와 그녀를 일으켜 세워주었다.

"뭘 화내고 그래? 게스타 님은 하렘에 안 들어갔어도 신분상 너랑 맺어질 수 없는 사람인데. 몰입하지 마."

"나랑 맺어지진 않더라도 게스타 님만 바라봐줄 귀족 영애들이 한가득이잖아. 그중 한 사람과 맺어졌으면 지금처럼 울 일은 없겠지!"

"그 귀족 영애 중에도 좋은 사람이 있고 나쁜 사람이 있을 텐데?"

"그래도 지금보단 낫겠지! 나쁜 여자를 만나더라도 로르드 가에서 애지중지하는 자식이니, 재상 부부가 나서서 이혼시켰을 테니까."

"……."

"하지만 황제를 상대론 그럴 수도 없잖아. 이혼도 못 하고 저렇게 우시는 게 너무 속상해."

동료 사서는 쯧쯧 혀를 차고서 다시 아까 앉아있던 자리로 가더니, 탁자에 다리를 올려두면서 시큰둥하게 경고했다.

"동정심을 가지는 건 네 선택인데. 필요 이상으로 마음을 쏟아봤자 너만 손해란 건 알아둬. 그만 열 내."

연회 날. 라틸은 아예 등장할 때부터 클라인을 데리고 들어갔다.

"저걸 좀 봐요."

"꼭 붙어 계시네."

"그래도 보기 좋네요."

"가짜 폐하 사건 때 가짜가 가짜인 걸 몰라본 건 클라인 님뿐이라던데. 그런데도 저렇게 챙기시는 걸 보니 정말 총애하시는가 보죠?"

"카리센 황제에게 도움을 받았으니 챙기는 건지도 모릅니다. 카리센과 동맹을 맺으려는 건지도……."

라틸은 사람들이 작게 소곤대는 소리를 모른 척하며, 일부러 애정이 가득 담긴 눈으로 클라인을 쳐다보았다. 평소 입고 다니는 요란한 복장 대신, 오늘 클라인은 진짜 황자처럼 입고 있었다. 그 덕에 다른 때보다 더욱 화려해 보였는데, 워낙 얼굴이 빼어나게 아름답다 보니 그 화려함까지도 클라인이 얼굴로 누르고 있었다. 한마디로 클라인은 얼핏 봐도 아름답지만, 뜯어보면 더욱 아름다워서 감탄사밖에 나오지 않을 정도였다. 덕분에 라틸이 갑자기 클라인을 챙기고 있어도, 다들 이상하게 여기기보다는 '저 정도라면' 하고 수긍하는 분위기였다.

"자, 클라인. 이거 먹거라. 화월국에서 먹는 연두부 요리라는데 무척 맛있어."

"화월국 요리요?"

"화월국에서 요리 유학을 하고 온 궁정 요리사가 있거든. 맛있다."

클라인이 라틸이 먹여준 음식을 먹고 만족스럽게 고개를 끄덕이는 모습을, 귀족들은 안 보는 척 곁눈질하면서 머릿속으로 여러 가지 계산을 했다. 특히 아트락시 공작과도 로르드 재상과도 가깝지 않은 귀족들은 더욱 머리를 굴려댔다.

"클라인 황자가 국서가 되면 나라와 나라의 결합에 도움이 될 겁니다. 카리센은 손을 잡아서 나쁜 나라는 아니지요."

"클라인 황자는 국서가 되기엔 너무 멍청하지 않습니까?"

"멍청하니까 좋은 거 아닙니까? 클라인 황자 뒤엔 권력을 다 차지하려 드는 세력은 없으니까요."

"아트락시 공작이나 로르드 재상이 힘을 틀어쥐는 것보단 훨씬 도움이 될 겁니다."

라틸은 자신이 원하는 분위기가 만들어지는 듯하자 만족해서 클라인을 더욱 챙겨주었다. 클라인은 영문도 모르고서 라틸의 옆에 붙어있다가, 음악이 시작되자 춤도 같이 추러 나갔다. 춤이 끝나자 클라인은 이 상황이 만족스러운지 라틸과 손깍지를 끼고 마주 서서 물어보았다.

"폐하께서 절 가장 좋아하는 걸 압니다."

아니, 질문이 아니라 확신에 찬 말이었다. 사람들의 귀가 더욱 이쪽으로 쏠리자, 라틸은 부정하지 않고 말만 돌렸다.

"하도 빙글빙글 돌았더니 머리가 어지럽다. 둘만 있는 데 가서 좀 쉬자."

'둘만 있는 데 가신다고!'

'노골적으로 챙기시는구나. 다른 사람들은 거추장스러우시단 건가?'

한편, 라틸이 '나는 로드일까?'에 대한 고민을 잠시 뒤로 미루고서 두 개로 나누어진 힘의 균형을 세 조각으로 쪼개려 애쓰는 사이. 아직 틀라는 '내가 로드일까?'에 대한 불안에 잠겨있었다. 하지만 자신이 부리던 부하들에게 '내가 가짜 같아?'란 말을 할 수 없다 보니, 그 역시 라틸 이상으로 갑갑했다. 아낙차는 틀라의 옆에 앉아 지하 성 서가에서 가져온 흑마법 책을 살피다가, 아들의 그런 어두운 낯빛을 눈치채고서 물었다.

"고민이 있니?"

틀라는 차마 '내가 뱀파이어 로드가 아닐까 봐 걱정이다'는 말은 하지 못하고서 고민을 털어놓았다.

"네. 좀 막막하네요. ……이럴 땐 형제자매가 있었으면 해요."

틀라는 무릎 위에 올려둔 노트를 옆으로 치우고서 침대에 엎어졌다. 그냥 하는 말이 아니라 진심으로 하는 말 같았다. 그러나 아낙차는 동의하지 않았다.

"형제자매도 사이가 좋아야 좋은 거지. 아니면 옆에서 뒤통수나 맞아. 가장 가까이에 있는 적은 상대도 더 어렵지. 레안과 라틸을 봐라."

동의할 수 없는 예시에 틀라가 의아해서 물었다.

"두 사람은 사이가 좋잖아요?"

한때 틀라는 자신도 라틸 같은 동생이 있으면 좋겠다고 생각한 적이 있었다. 레안의 뒤를 짧은 다리로 오리처럼 쫓아다니는 라틸이 좀 부러웠다. 얼마 가지 않아 그 다리 짧은 아기는 오리가 아니라 악어란 걸 알게 되었지만. 그래도 틀라는 여전히 새끼 악어라도 자기 악어는 귀여울 거라고 생각하긴 했다.

하지만 아낙차는 코웃음을 쳤다.

"내내 자기 동생을 의심하면서 제 아버지에게 동생을 조사해 보란 이야기만 해대던 레안이 과연 라틸을 좋아했을까?"

"무슨 소리세요?"

"레안이 라틸을 의심하고, 그걸로 선황제께서 고민하던 걸 보았지."

"정말이에요?"

"사람들은 선황후가 라틸을 배신했다고들 하는데, 내가 볼 때 주범은 레안 황자다. 그러고도 남지."

틀라는 전부 다 처음 듣는 이야기여서 놀란 표정으로 어머니를 쳐다보았다. 아들이 무슨 생각을 하는지 아낙차는 대번에 알아차리고 되물었다.

"처음 듣니?"

"네."

"……선황제 얘기야 내가 함구했으니 몰랐겠지만. 선황후와 레안 황자가 라틸을 배신한 이야기도 모르니?"

"몰랐어요."

틀라는 중얼거리면서 자신의 목 부근을 얼결에 만지작거렸다. 손에 희미한 금이 느껴졌다. 아낙차는 고개를 기웃했으나, 틀라가 워낙 외진 지하 성에 고립되어 살아가니 그럴 수도 있다고 생각하고 다시 책에 열중했다.

하지만 틀라는 계속 목을 만지작거렸다. 조금 전의 대화로 자신에게 주어진 정보가 너무 한정적이란 걸 알게 되자 새삼 의심스러웠다.

“여우 가면은 왜 저한테 그런 이야기를 안 해주었을까요.”

“관련 없는 일이라 안 한 게 아닐까?”

“종종 황궁 이야기를 해주었습니다. 그런데 그 커다란 사건만 말을 안 한다고요? 좀 이상해요.”

한참 고민하던 틀라는 우선 여우 가면에게 이 문제를 먼저 물어볼 생각을 하고서 방을 나섰다. 그런데 아무리 찾아도 여우 가면은 보이지 않았다. 심지어 자신의 방 안에도 없었다. 나가는 걸 못 보았는데도.

나중에 찾아봐야지, 생각한 틀라는 어쩔 수 없이 방문을 닫고 밖으로 나갔다. 하지만 문을 3분의 2쯤 닫았을 때 그의 눈에 이상한 게 보였다. 작은 초상화 끄트머리. 아무리 보아도 그렇게만 보이는 어떤 것이 여우 가면의 예비용 가면 아래로 삐져나와 있었다.

‘저건?’

틀라는 다시 문을 열고 그쪽으로 다가가, 삐져나온 작은 초상화 끄트머리를 잡아당겨보았다. 이윽고 초상화를 본 틀라의 눈이 커다래졌다.

‘여우 가면이 왜 이걸……?’

그 시각. 권력에 관심이 많은 중립 귀족들은 라틸이 클라인 황자를 가장 총애하는 일을 두고 머리를 굴리고 있었으나, 권력에 관심이 없는 중립 귀족들은 이때다 싶어서 아트락시 공작과 로르드 재상을 비웃는 데 바빴다.

"폐하의 총애를 두고 그렇게 다퉈대더니. 실익은 클라인 황자가 가져갔구만."

"최근에 얼마나 곤란했는지 모릅니다. 똑같은 날짜 똑같은 시각으로 계속 초대장을 보내대니."

"그러니까요. 어느 쪽에도 얽히고 싶지 않은 사람도 있고, 어느 쪽과도 싸우고 싶지 않은 사람도 있는데 한쪽에 붙으라고 닦달을 해댔잖습니까."

이런 분위기를 예민한 아트락시 공작이 느끼지 못할 리가 없었다. 아트락시 공작은 타시르와 대화를 나누기만 할 뿐 황제 곁에도 가지 못하는 아들을 보다가, 결국 안 되겠다 싶어서 로르드 재상을 찾아가 제안했다.

"아무리 그래도 외국인 황자를 국서로 둘 수는 없지. 폐하께서 클라인 황자에게서 관심을 거둘 때까지만이라도 우리 두 사람이 그만 싸우고 힘을 합치는 게 어떤가?"

하지만 로르드 재상은 아트락시 공작이 내민 손을 대번에 찰싹 쳐버렸다.

"네 아들내미가 국서 되는 걸 보느니 외국 황자가 국서 되는 게

백배는 낫네."

로르드 재상은 그 말을 하자마자 아트락시 공작을 흘겨보고 자리를 피했다. 물론 진심은 아니었다. 다 같이 후궁일 때는 그나마 괜찮지만, 불면 날아갈세라 키운 아들이 나중에 누군가의 아래에서 기죽어 살 생각을 하면 그도 견딜 자신이 없었다.

'안 되겠다. 게스타가 마음이 많이 여리지만 그래도 같이 머리를 모아 봐야겠어.'

로르드 재상은 게스타를 찾아다니기 시작했다. 게스타를 찾아서 머리를 맞대고 클라인에게서 총애를 뺏어올 방법을 연구해야 했다. 물론, 이건 절대로 나쁜 게 아니라고 착한 아들을 좀 설득하긴 해야겠지만.

"게스타는 어디에 있지? 게스타를 보았나?"

"죄송합니다."

하지만 아무리 찾아도 게스타가 보이질 않았다.

여기저기 곳곳을 다 돌아다닌 후에야, 로르드 재상은 연회장에서 조금 떨어진 계단 부근에서 아들을 발견했다. 아들은 계단 옆 바닥에서 위쪽을 쳐다보고 있었다. 로르드 재상은 얼른 그쪽으로 걸어갔다. 그런데 커다란 기둥 하나를 지나가느라 잠깐 그쪽을 못 보는 사이. 어느새 아들이 사라져있지 않은가.

'아니, 얘가 어딜 갔지?'

의아해서 두리번거리고 있는데 뒤쪽에서 쿵 하고 무언가 커다란 게 떨어지는 소리가 났다. 혹시 아들이 상처받아서 뛰어내린 건 아닌가, 로르드 재상은 기겁해서 돌아보았다.

"!"

바닥에 한 남자가 쓰러져 "으으." 하고 신음하고 있었다. 다행히 아들은 아니었으나, 계단에서 떨어지면서 다리를 크게 다친 것 같았다.

"이봐라! 이봐! 사람이 떨어졌다!"

로르드 재상은 커다랗게 고함을 질렀다. 남자에게 다가가자 그자가 끙끙 소리를 내면서 몸을 비틀었다.

"이봐, 괜찮나?"

"누가 다리를…… 다리를 잡아당겼……."

남자는 고통스러워하는 표정으로 몸을 비틀었다. 로르드 재상은 "이봐! 여기!" 하고 사람들을 불러 모으다가, 그 소리를 듣고 흠칫했다. 남자의 말을 듣자마자 계단 아래에서 위를 올려다보던 게스타가 떠올라서였다.

"무슨 일입니까?"

가장 먼저 달려온 기사가 질문을 던지자, 재상은 그제야 퍼뜩 정신을 차리고서 상황을 설명했다.

"계단 위에서 떨어진 거 같네."

"보신 겁니까?"

"아니. 난 다른 쪽을 보고 있어서 상황을 정확히 본 건 아니네. 묵직한 소리가 들려서 돌아보니 떨어져 있었어. 하지만 천장에서 떨어졌을 리는 없으니 계단에서 떨어졌겠지."

재상은 차마 자신의 아들을 보았단 이야기는 할 수 없어서, 게스타를 보았단 말은 아예 빼버렸다.

'내 아들은 떨어진 사람 근처에 있던 게 아니잖아. 그냥 올려다보던 거지. 게다가 이자가 떨어질 당시엔 아예 없었어. 어디로 간 건진 모르겠지만.'

재상이 속으로 자신이 본 상황을 정당화하는 사이, 소란을 전해 들은 사람들이 갑자기 많이 몰려들기 시작했다. 그중에는 아들인 게스타도 있어서 재상은 조금 안심했다.

"무슨 일이냐?"

몰려온 사람들 중엔 라틸 황제도 있었다. 라틸이 묻자, 재상은 한 번 더 아까 기사에게 한 말과 같은 말을 되풀이했다. 라틸은 그 말을 들으면서도 대신관에게 바로 손짓을 했고, 대신관은 지체 없이 앞으로 나서서 떨어진 남자를 치료해 주었다.

대신관이 무릎 위에 가볍게 손을 댔다 떼는 것만으로도, 남자는 고통이 싹 사라졌는지 바로 표정을 폈다. 어리둥절한 얼굴로 자신의 무릎을 바라보는 그 남자를 라틸은 대번에 알아보았다.

"넌 클라인의 시종이군."

"예. 바닐이라 합니다."

남자는 아직도 어안이 벙벙해 보였으나, 라틸이 말을 걸자 얼른 일어나 자세를 바로 하고서 자신을 소개했다. 라틸은 클라인에게 '네 시종 다쳤다'고 말해주기 위해 주위를 두리번거렸으나, 클라인은 밖에 나가 있어서 이곳에 없었다. 기분이 좋아서 술을 너무 마신 탓에 머리가 몽롱해지자, 술기운을 빼기 위해서였다.

"무슨 일이냐?"

라틸은 클라인을 찾는 걸 멈추고, 로르드 재상에게 한 것과 같은 질문을 바닐에게도 했다. 클라인의 시종은 왜 다리가 부러진 채 바닥을 굴러다니고, 로르드 재상은 왜 하필 그 자리에 있었는지 이상해서 한 질문이었다. 바닐은 라틸의 질문에 고개를 기우뚱하며 더듬더듬 대답했다.

"그게…… 클라인 님이 옷을 너무 얇게 입으셨길래 걸칠 망토를 가져다드려야겠다 싶어서 처소로 가고 있었습니다. 그런데 그때 누군가 절 잡아당기는 느낌이 나더니, 결국 계단에서 떨어지고 말았습니다."

로르드 재상은 바닐이 떨어진 직후에도 '누가 다리를 잡아당겼다'고 말하려던 걸 떠올리고서, 라틸을 불안한 표정으로 보았다. 자신의 아들은 당연히 범인이 아니겠지만, 혹시 밑에 있었단 이유만으로 의심을 받을까 봐 점점 불안해지고 있었다.

"저…… 폐하."

하지만 몰려 있던 사람들 중에 누군가 나서면서 그럴 염려는 사라졌다.

"실은 제가 저 시종이 떨어지는 장면을 목격했습니다."

"정말이냐?"

"예. 제가 볼 땐 혼자 걸어가다가 그냥 미끄러지는 것 같았습니다."

목격자의 말에 바닐은 억울한 표정이 되었으나, 숨을 죽이고 상황을 살펴보던 사람들은 이미 작게 소곤거리고 있었다.

"실수로 넘어져 놓고 다른 사람을 탓하려 했나 보네."

"그러면 아무한테나 덮어씌울 수 있으니까 저러는가 보다."

바닐은 어이가 없어서 라틸을 보았다. 다행히 라틸은 바닐을 비난하는 표정은 아니었다. 실제로도 라틸은 '흑마법사의 짓이거나 바닐의 실수거나 둘 중 하나겠네'라고 생각하고 있었다. 하지만 어느 쪽이든 이 자리에서는 답을 찾을 수 없기에, 라틸은 로르드 재상과 시종 그 외 다른 사람들 쪽을 향해 그만 돌아가란 손짓을 했다.

"바닐이라 했지? 너는 들어가서 쉬어라. 치료를 받아도 놀란 마음까진 어쩌지 못할 테니. 클라인에겐 내가 대신 망토를 전해주마."

"예, 폐하."

바닐이 시무룩해서 돌아가는 뒷모습을, 라틸은 망토를 접어 팔에 걸치는 척하며 눈을 떼지 않고 쳐다보았다.

'자기가 실수해놓고 저러는 거라면 대단한 연기다. 하지만 정말이라면? 헤움 황자가 연회에 좀비를 보낸 것처럼, 틀라는 연회에 흑마법사라도 보낸 건가?'

이번 일이 클라인을 견제하려는 물밑 싸움과 관련이 있는 건가, 정말 단순히 클라인 시종의 실수일까. 라틸이 고민하는 동안 사태가 진정되는 분위기로 흘러가자, 로르드 재상은 슬며시 인적 없는 테라스로 게스타를 불렀다.

게스타는 평소와 다름 없는 안색으로 쭈뼛거리며 들어왔다. 당당한 구석이라고는 찾아볼 수 없는 태도였으나. 로르드 재상은 그걸 보고 되려 안심했다.

'역시 내 아들과는 관련이 없어. 이런 애가 사람을 해치다니. 말도 안 되지.'

"아버지? 부르셨어요?"

"클라인을 보았느냐? 어디서?"

라틸은 사람들에게 물어 클라인이 있단 곳으로 직접 찾아갔다. 클라인은 사건이 벌어진 곳의 정반대 방향에 있는 발코니에 서서, 난간에 손을 짚고 어딘가를 바라보고 있었다.

"클라인."

그러다 라틸이 다가와 가지고 온 망토를 어깨에 걸쳐주자, 환하게 눈웃음을 지었다.

"자. 감기 걸린다."

"감사합니다."

인사를 한 클라인은 뿌듯한 표정으로 어깨를 으쓱거리더니, 안쪽을 눈짓으로 가리켰다.

"무슨 일 있었습니까? 사람들이 우르르 빠져나가던데요."

"사람들이 우르르 빠져나가는데 넌 왜 안 왔느냐?"

"제 일 아니면 관심이 없어서요."

라틸이 '아이고……' 하는 눈으로 쳐다보자, 클라인은 망토에 달린 방울끈을 리본 모양으로 묶다가 시선을 눈치채고 되물었다.

"제 일입니까?"

심각한 상황인데, 클라인의 손에서 이리저리 움직이는 방울 단추가 귀엽다. 라틸은 겨울 눈송이 같은 보송보송한 방울을 쳐다보며 대답했다.

"그래. 네 시종이 계단에서 떨어져서 다쳤다."

"예?"

클라인은 깜짝 놀라는가 싶더니 대번에 도끼눈을 뜨고 험악한 소리를 뱉었다.

"또 그 나무 새끼가!"

클라인이 말하는 나무가 누구인지 알기에, 라틸은 바로 오해를 지적해주었다.

"걔 아냐."

"걔가 아니면 바닐이 계단에서 넘어질 일이 없습니다!"

"목격자 말론 혼자 미끄러졌대."

"목격자 눈알이 잘못된 겁니다!"

씩씩거린 클라인이 끈 묶던 것도 멈추고 안으로 들어가려 하자, 라틸은 황급히 손을 뻗어 그의 옷자락을 잡아 막았다.

"뭐 하려고?"

"제가 게스타 그 자식을 아주……!"

"왜 또 화살이 그쪽으로 가?"

"그놈이 영악하고 미우니까요!"

얘는 빈말조차 안 하네. 라틸은 한숨을 내쉬고서 클라인의 옷을 더욱 힘주어 잡아당겼다. 상대가 황제이기 때문인지, 클라인은 순순히 뒤로 물러섰다. 그래도 영 표정이 좋지 않자, 라틸은 조금 걱정이 되었다. 앞으로 얘를 아트락시 공작과 로르드 재상에게 대항할 정도로 띄워줘야 하는데. 이렇게 다짜고짜 욱해대면 효과가 있긴 할까.

“좀 차분하게 굴어.”

“제 시종이 계단에서 떨어져 죽었는데 어떻게 차분합니까!”

“안 죽었어. 왜 멀쩡한 애를 함부로 죽이고 그래?”

“아. 안 죽었습니까?”

“어. 다리가 부러졌는데 대신관이 치료해 줬다.”

“대신관이…….”

덩치가 우람한 귀족들 사이에서 대신관은 자신의 완벽한 근육을 어떻게 만들었는가 열심히 이야기하는 중이었다. 비슷한 관심사를 가진 귀족들이 대단하다면서 박수를 치는데, 그 사이에 이질적인 인물 하나가 반짝거리면서 홀로 걸어왔다.

운동을 좋아하는 귀족들이 떠들던 걸 멈추고서 쳐다보니, 빛을 요란하게 반사시키는 옷을 입은 클라인이었다. 귀족들은 떨떠름했으나, 대신관은 마냥 반가운 얼굴로 물었다.

“클라인 님 아니십니까. 무슨 일이시지요?”

하지만 클라인이 손을 들어 말을 막자, 대신관은 무슨 일인지 모르면서도 얼결에 입을 다물었다. 그러나 막상 대신관의 입을 막아놓은 클라인은, 바로 볼일을 이야기하지 못하고 머뭇거리다 말했다.

"난 같은 말은 두 번 하지 않으니 잘 들어라."

"네?"

대신관을 둘러싼 귀족들은 처음엔 아무 관심이 없다가, 클라인이 계속 머뭇거리고 있자 오히려 그에게 집중했다. 그 시선에 클라인은 더욱 말을 하기 어려워졌으나, 다행히 대신관이 먼저 클라인이 무슨 말을 하고 싶은 건지 눈치채고서 웃었다.

"알아들었습니다."

"정말이냐?"

"고맙단 거 아닙니까?"

대신관이 귀에 대고 속삭이자 클라인은 "눈치는 좋네." 하고 중얼거리며 괜히 헛기침을 했다. 대신관은 그 모습을 보자, 클라인이 다짜고짜 자신을 경계하던 걸 떠올리고는 흐뭇해져서 겸양했다.

"괜찮습니다. 저는 대신관. 사람들을 돕는 건 제 기쁨이니까요."

"그게 네 기쁨인 건 네 사정이고. 그게 고마운 건 내 사정이고."

"그야 그렇지요."

"누가 너더러 근육밖에 없다고 무시하면 나한테 말해라. 내가 처리해 줄 테니."

클라인이 평소보다 거의 다섯 배는 빠른 속도로 말을 뱉고 황급히 자리를 벗어나자, 귀족들은 뒤늦게 사태를 파악하고서 대신관을 향해 감탄했다.

"황자님께서 대신관님을 마음에 들어하시나 봅니다."

"폐하께선 클라인 황자를 가장 총애하지 않습니까?"

"든든하시겠군요."

귀족들은 좋은 뜻으로 한 말이었다. 하지만 대신관은 웃으면서 화답을 하면서도 마음이 좋지 않아졌다. 그러다 아까 클라인이 지나간 쪽을 힐긋 곁눈질해 보니, 어느새 라틸의 곁으로 간 클라인이 자연스럽게 팔짱을 끼고 있었다.

라틸은 콧잔등을 찡그린 채 클라인에게 무어라 말했고, 클라인은 고개를 끄덕거리면서 머리를 숙였다. 두 사람의 이마가 닿을 듯 말 듯 가까워졌다 떨어질 때마다 대신관의 심장도 오그라들었다 펴지기를 반복했다. 화려하게 아름다운 두 사람이 붙어있는 모습은 참으로 잘 어울렸다. 잘 어울리지만…….

'이상해.'

대신관은 가슴 한구석이 묵직해져서 서둘러 고개를 돌렸다.

클라인은 대신관이 자기를 어떻게 쳐다보는 줄도 모른 채 라틸의 옆에서 소곤소곤 떠들다가, 시종장이 라틸에게 말을 거는 사이 슬쩍 연회장을 빠져나왔다. 계단에서 떨어져 다쳤다는 바닐이 걱정이 되어서였다. 대신관이 치료했다지만 그래도 두 눈으로 괜찮은 걸 확인하고, 누가 밀었는지도 물어야 하니까.

음악과 사람들 이야기 소리가 가득하던 곳에서 빠져나오자 풀벌레 소리가 여기저기서 들려와서, 클라인은 자기도 모르게 반쯤 눈을 감고 분위기에 취해 걸어갔다. 그 순간, 뒤에서 느껴지는 좋지 않은 기운에 그는 확 몸을 돌리면서 옆에 있던 나뭇가지를 꺾어 상대를 후려쳤다.

습격자는 클라인의 반격에 놀라서 뒤로 물러났으나, 클라인은 나뭇가지를 놓고 상대의 팔목을 움켜잡는 동시에 '우득' 소리가 나게 꺾어 내동댕이쳤다. 무기를 놓치고 쓰러진 습격자의 목에 발을 올린 클라인은 상대가 죽지 않을 정도로만 힘을 꽉 주면서 서늘하게 물었다.

"누구냐."

습격자가 버둥거렸으나 클라인은 꿈쩍도 하지 않았다. 예상치 못한 클라인의 실력에 습격자는 끙끙거리면서 클라인의 다리를 주먹으로 마구 내리쳤다.

"경비병!"

그래도 클라인은 멀쩡하게 경비병을 불렀으나, 경비병보다 먼저 화살이 나타났다. 몸을 뒤로 뺀 클라인이 화살을 낚아채는 순간, 습격자는 그 틈을 타 달아났다. 클라인은 그 뒤를 쫓으려 했으나 누군가의 느릿한 박수 소리가 그를 붙들었다.

습격자가 나타나고, 습격자를 잡자마자 누군가 박수를 친다? 클라인은 눈을 가늘게 뜨고서 소리 나는 쪽을 돌아보았다. 그곳엔 망토를 입고 모자를 깊게 눌러써 얼굴을 감춘 이가 서 있었다. 누가 봐도 수상쩍은 모습에 클라인은 누구냐고 묻지도 않고 바로 달려

들며 발길질을 했으나 상대는 재빨리 다리를 피했다. 클라인이 또 그 움직임을 쫓으면서 상대의 멱살을 잡았으나, 상대는 이번에도 몸을 피했다.

그러나 망토 자락이 잡아당겨지면서 상대의 얼굴이 드러났다.

"너……!"

드러난 얼굴을 알아본 클라인은 눈을 커다랗게 떴다. 그는 카리센에서 와 있는 대리공사였다.

"미쳤구나. 남의 나라에서 이게 뭐 하는 짓이지?"

어이가 없어서 중얼거린 클라인은, 곧 대답을 들을 필요도 없단 듯이 "경비!" 하고 외쳤다.

"후궁보다 더 높은 자리에 오르고 싶지 않으십니까."

그러나 대리공사는 달아나지도, 두려워하지도 않고서 클라인에게 말을 걸었다.

"뭐?"

클라인이 눈살을 찌푸리고 내려다보자, 대리공사는 방긋 웃으면서 한 번 더 또박또박 말했다.

"'공작님'께서는 클라인 황자님의 뛰어난 재주가 후궁 자리에서 묻히긴 아깝다고 하셨지요."

"다가 공작?"

클라인은 공작 소리에 인상을 확 구겼으나, 대리공사는 자기가 말한 공작이 어느 공작인지에 대해서는 더 말하지 않고 그를 빤히 보았다. 클라인은 그 뻔뻔한 태도에 헛웃음을 터트렸다.

"미친 건가. 감히 그런 말을 입에 올려?"

이윽고 목소리가 스산해지면서 클라인은 대리공사의 멱살을 확 잡아당겼다.

"반역죄로 처벌해버릴 거다."

"후궁 자리에 있는 황자님께 국서 자리를 노려보지 않겠냐 여쭌 겁니다. 자국인으로서 충분히 할 수 있는 말 아닌가요?"

그러나 대리공사는 멱살이 잡혀 목소리가 떨리는 와중에도 여전히 미소 지은 채 헛소리를 계속했다.

"그런 거라면 다가 공작 이야기는 꺼내지도 않았겠지."

그 말은 정치와 담을 쌓고 사는 클라인에게도 가당치 않게 들렸으나, 대리공사는 무슨 배짱인지 내내 태연했다.

"네, 그래서 다가 공작 이야기는 꺼내지도 않았습니다."

"그딴 말장난에 넘어갈 거 같으냐."

클라인은 코웃음을 터트리고서 대리공사를 확 밀쳤다. 뒤로 넘어지게 생긴 대리공사가 황급히 손을 뻗어 클라인의 망토 끈을 잡았으나, 고작 얇은 끈만으로 자신의 무게를 지탱할 수는 없었다. 대리공사가 뒤로 쿵 쓰러지자, 클라인은 차갑게 그 꼴을 내려다보며 다시 경비를 부르려 했다.

"타리움에 와 있는 자국 외교관을 함부로 처벌하는 건 타리움 제국을 무시하는 행동이기도 하지요."

"!"

대리공사가 '어떻게 할 거냐'는 듯이 웃는다. 그 모습을 빤히 내려다보고 있자니 더욱 열이 받은 클라인은 자제했던 거친 말버릇을 뱉고 말았다.

"새끼가……?"

눈가가 포악해진 클라인은 있는 힘을 다해 대리공사의 옆구리를 걷어찼다.

"전하."

그러나 어디선가 나온 악시안이 클라인을 뒤에서 붙잡는 바람에 클라인은 목표한 옆구리를 제대로 차지 못했다. 발이 아슬하게 대리공사의 몸을 스쳐 지나가자 클라인은 화가 나서 확 돌아보았다.

"놔라."

"바닐이 전하께 가보라 해서 왔습니다."

"말리지 마라."

클라인이 험악하게 명령했으나, 악시안은 그를 놓지 않고 차분하게 달랬다.

"저자의 말이 맞습니다. 공개적으로 처리할 일은 아닙니다."

"악시안!"

"카리센의 내분을 보여주는 꼴입니다. 자중하십시오."

"이 새끼가 뭐라 했는지……."

"들었습니다."

악시안의 어두운 눈을 본 클라인은 그도 자신만큼 화가 났단 걸 알아차렸다. 그런데도 이렇게 나온다는 건 대리공사에게 화풀이하는 게 정말로 카리센에 도움이 되지 않는단 거였다. 나라에 도움이 되진 못해도 나라 망신은 시키고 싶지 않았던 클라인은 마지못해 확 돌아섰다.

"네 말이 맞다. 저자는 언제든 처벌할 수 있지. 아니면 형님에게…….”

말을 해도 좋고, 라고 말을 이으려 했으나 뒤에서 풍겨오는 짙은 피 냄새가 클라인의 입을 저절로 다물게 했다. 놀란 클라인이 뒤를 돌아보자, 어느새 일어선 대리공사가 아까 습격자가 떨어트린 칼로 자신을 찌르고 있었다. 심지어 그 위치는 심장. 눈이 마주치자 방긋 웃은 대리공사가 갑자기 비명을 지르기 시작했다.

“괜한 오해를 살지 모르니 자리를 피해야겠습니다.”

악시안은 서둘러 클라인을 데리고 그 자리를 빠져나갔다.

“죽었겠지?”

자리를 피한 클라인이 싸우느라 헝클어진 옷매무새를 다듬으면서 묻자, 악시안은 생각할 필요도 없다는 듯 고개를 바로 끄덕였다.

“죽었을 겁니다. 정확히 심장을 찔렀으니까요.”

“미친 새끼. 뭐 하잔 거야?”

“뭐라 하던가요?”

“들었다면서?”

“제가 들은 건, 함부로 타국에 온 외교관을 처벌하는 건 타리움 제국을 무시하는 행동이란 것뿐입니다.”

“다 들은 게 아니잖아?”

클라인이 황당해서 묻자 악시안은 당연하다는 투로 대답했다.

“거기서 뒷부분만 들었다 할 수도 없잖습니까. 설마 그 자리에서 죽어버릴 줄은 몰랐으니까요."

클라인은 짜증스럽게 헝클어진 머리카락을 뒤로 넘겼다. 생각하는 것만으로도 다시 화가 치솟았다.

"다가 공작이 보냈대. 나더러 후궁 말고 더 높은 자리에 오르고 싶지 않냐 묻더라."

"높은 자리?"

"내가 거절하니 국서 자리를 말한 거라 둘러대던데, 그럴 리가. 보나 마나……."

악시안이 하이신스의 측근이란 걸 떠올린 클라인은 차마 뒷말을 잇지 못하고 입을 다물었다. 하이신스가 그러진 않겠지만, 사이가 나쁜 형제라면 자신의 이복형제가 이런 제안을 받았단 것만으로도 위협으로 느낄 수도 있었다. 이 생각을 하자 더욱 화가 난 클라인은 아까보다 더욱 성질을 부렸다.

"어쩐지. 간이 배 밖에 나오지 않고서야 저런 말을 쉽게 한다 했더니, 아예 죽을 작정을 하고 왔을 줄은 몰랐다. 이럴 줄 알았으면 기절을 시킬걸!"

"다가 공작이 뭘 원하는 걸까요."

"형님이 자기 뜻대로 안 움직이고, 자기 피를 이은 후계자도 태어날 것 같지 않으니 꼭두각시를 바꾸고 싶은 거겠지. 아니면 나와 형님 사이를 이간질하거나!"

"그럴까요?"

"그 외엔 다른 이유가 없잖아?"

"……."

"뭐야. 다른 이유가 있어?"

"그런 이유라면 굳이 클라인 황자님이어야 할 이유가 없어서요."

"무슨 소리야?"

"다른 이복형제자매들이 있는데, 굳이 클라인 황자님을 골라야 할 이유가 있습니까? 이미 다른 나라 황제의 후궁이 된 분을요? 오히려 가장 까다로운 상대인데?"

그런가? 이런 문제는 잘 알지 못하는 클라인은 고개를 기웃거리다가, 돌연 목덜미 부근을 손으로 빠르게 더듬거렸다. 그러더니 낯빛이 파랗게 질리자, 악시안이 덩달아 놀라 물었다.

"왜 그러십니까?"

"없다."

"네?"

"내 방울 단추!"

클라인은 망토를 여미는 끈을 들어 올렸다.

"여기에 방울 단추가 달려 있어야 하는데 그게 없어!"

"!"

"혹시 대리공사가 나랑 싸울 때 뜯었나?"

악시안은 당황해서 두 사람이 떠나온 쪽을 보았으나 이미 그곳에는 사람들이 몰려 있을 터. 확인하러 갈 수가 없었다.

"안 됩니다. 지금 찾아보러 갈 수는 없습니다."

"젠장!"

"그리고 지금 하렘에 돌아가는 것도 안 됩니다. 다들 이상하게 여길 겁니다. 망토는 제게 주시고 황자님은 연회 장소로 돌아가세요.”

“하지만…….”

“이건 제가 처리하겠습니다. 없어진 단추에 상징적인 문양이 있습니까?”

“아니. 그건 아닌데.”

클라인은 낯빛이 하얗게 질려서 자신의 얼굴을 한 손으로 쓸었다.

“황제 폐하께서 이 망토를 내게 직접 입혀주셨어. 모양을 기억할지도 몰라.”

악시안이 일단 망토를 처리하겠다며 다른 곳으로 빠져나가자, 클라인은 인적이 없는 길을 골라 연회장으로 돌아갔다. 다행히 사람들의 시선은 소란스러운 곳에 쏠려있어서, 클라인은 슬그머니 연회장 구석으로 가서 처음부터 그곳에 있었던 것처럼 있을 수 있었다. 하지만 대리공사가 뜯어갔을지도 모를 방울 단추 생각에 초조해져서 연신 입술을 깨물게 되었다.

‘그자가 뜯어간 게 맞을까? 아니면 그냥 줄이 끊어져서 바닥을 굴러다니는 건 아닐까? 습격자……는 아닐 거다. 그자는 너무 약했어.’

클라인은 한 자리를 뱅글뱅글 맴돌면서, 사람들이 수군거리는 곳을 뚫어져라 바라보았다. 그들이 대체 무슨 증거를 가지고 있을

지, 그들이 무슨 말을 나누고 있을지 두려웠다.

'피해서 될 일이 아니다.'

마침내 그는 용기를 내어 사람들이 몰린 곳으로 다가가 보았다.

그사이. 망토를 챙겨 하렘으로 돌아온 악시안은 그걸 태울 만한 곳을 찾았다. 하지만 여름이라 불을 피워둔 곳은 조리실뿐이었다. 그렇다고 조리실에서 망토를 태울 수도 없었다. 조리실은 온종일 사람들이 떠나지 않는 장소였다. 그곳에 가서 자리를 비켜달라고 하면 다들 이상하게 여길 터. 악시안은 초조하게 고민하다가 결국 클라인의 방 근처로 갔다.

"뭐 하세요?"

마침 클라인의 방 안을 청소 중이던 바닐은 악시안을 발견하고서 물었다.

"전하 곁에 있어달라니까요?"

"이걸 묻어야 한다. 나중에 태우더라도. 빨리."

"네?"

"사정은 나중에."

바닐의 눈이 악시안의 품에 든 망토로 향했다.

"이거 제가 황자님께 드린……?"

"나중에."

바닐은 영 의아한 얼굴이었으나, 악시안이 허튼소리를 할 사람이 아니란 것도 알기에 서둘러 고개를 끄덕였다.

"그럼 개인 정원에 묻죠. 거기는 오는 사람이 거의 없으니까."

"클라인은 어디 갔지? 클라인?"

오늘 하루종일 옆에 붙여두려 했는데, 얘가 그사이에 어디로 간 거야?

"클라인!"

라틸은 클라인을 찾아 이리저리 돌아다니고 있었다. 사람들이 어느 방향으로 달려가는 건 알았으나 라틸이 있는 쪽에서는 비명이 거의 들리지 않았기에, 라틸은 사람들과 같은 방향으로 가보기보다는 클라인을 먼저 찾았다.

"폐하."

그러고 있자니 서넛이 다가와 라틸을 불렀다.

"서넛 경. 클라인 봤습니까?"

라틸은 잘됐다 싶어서 얼른 물었다. 그러나 서넛의 표정이 좋지 않았다. 라틸은 바로 무슨 일이 터졌단 걸 알아차렸다.

"왜요?"

"카리센 대리공사가 죽었습니다."

"그게 무슨…… 어쩌다가요?"

"가면서 설명하겠습니다."

라틸이 사람들이 몰린 쪽으로 걸음을 옮기자, 서넛은 나란히 걸어가면서 목소리를 낮추어 빠르게 설명했다.

"심장을 찌른 건 대리공사 본인입니다. 더 자세히 수사해 봐야겠지만, 칼을 쥔 방향을 보아선 그렇습니다. 문제는……."

"대리공사가 연회 도중에 죽은 것보다 더 문제가 있습니까?"

"그 근처에 싸운 흔적이 있습니다."

"좋지 않네요."

"예. 게다가 적에게서 뜯어낸 걸로 추정되는 무언가를 쥐고 있었습니다."

사건 장소에는 사람들이 한가득 모여들어서 안쪽이 잘 보이지 않았으나, 라틸이 나타나자 사람들은 얼른 양옆으로 물러났다. 라틸은 서넛을 데리고 안쪽으로 가보았다. 서넛의 말처럼 대리공사가 쓰러져 있었다. 칼의 방향, 싸운 듯한 흔적까지 모두 다 서넛이 설명한 그대로.

그리고……. 라틸은 허리를 숙여서 직접 대리공사가 꽉 쥐고 있는 손을 벌렸다. 손은 바로 벌어졌다. 손바닥이 펼쳐지자 그 안에 있던 게 모습을 드러냈다. 보송한 방울이 달린 단추. 라틸은 두 손가락으로 그걸 들어 올리며 빤히 바라보았다.

'클라인 옷에 비슷한 게 달려 있었던 거 같은데.'

왜 죽은 대리공사가 내 후궁의 방울 단추를 쥐고 있을까?

'아니, 클라인 거라고 단정할 수는 없어.'

귀족들은 유행을 잘 따르고 유행에 따라 옷이 만들어지니, 이 세상에 단 하나뿐인 옷을 입기가 더 힘들지 않던가. 서닛은 라틸을 지켜보다가 작은 목소리로 물었다.

"본 적이 있으시군요?"

라틸도 남들이 듣지 못할 정도로 소리를 낮추어 수긍했다.

"있습니다."

방울 단추는 이 와중에도 손안에서 유독 보송보송하다. 눈살을 찌푸린 라틸은 자기도 모르게 귀족들을 한번 돌아보았다. 망토를 걸친 귀족들은 라틸이 자기들만 유독 집요하게 쳐다보자 괜히 주춤 뒤로 물러섰다.

"폐하? 찾는 사람이 있으십니까?"

"아니요."

있다. 클라인을 찾는 거였다. 클라인을 확인해보면 이 방울 단추가 클라인의 것인지 아닌지 바로 알 수 있을 테니까. 괜히 '이거 클라인 거 아냐?' 하고 초조해하느니, 그냥 한번 보고 안심하는 게 훨씬 나으니까. 하지만 아까 찾아도 없던 클라인이 이 자리에 갑자기 나타날 리가…….

"있네."

라틸이 중얼거리자, 서닛이 무슨 소리인가 싶어 라틸을 힐긋 보았다. 하지만 라틸은 클라인의 겉옷을 살피느라 정신이 없었다. 분명 바닐에게서 망토를 받아다 가져다주었고 클라인은 라틸의 앞에서 망토를 입고 끈을 여몄는데. 지금 클라인은 아예 망토를 걸치고 있지 않다. 라틸은 자기도 모르게 클라인을 빤히 보았다. 클라인도 평소에는 그 시선에 자신만만한 답례를 할 텐데 오늘은 바로 눈을 피했다.

'진짜 클라인이 범인? 아니야. 그것도 이상해. 왜 다른 사람도 아니고 자기 나라 대리공사를 연회에서 죽이겠어. 클라인이 타리움과 카리센의 전쟁을 바라지도 않을 텐데.'

클라인은 낯빛이 파랗게 변했으나 라틸은 무작정 클라인을 의심하진 않았다. 지금까지 보아온 클라인은 충분히 믿음을 가질 수 있는…….

'생각해보니 욱해서 자주 사고를 치긴 했네. 일단 살짝 불러다가 무슨 일인지 물어봐야겠다.'

"서넛 경."

"예."

"경찰부에 연락해라."

라틸이 서넛에게 반장난처럼 기사들 말투를 사용하지 않는 건 황제로서 지시한단 뜻이었다.

"예."

서넛 역시 이에 맞추어 평소보다 더 딱딱하게 대답했다. 라틸은 이번에는 고개를 돌려 클라인을 향해 평소와 다름없는 말투로 불렀다.

"클라인."

화난 내색은 아니었으나 클라인은 반사적으로 어깨를 움찔했다.

"네."

대답하는 목소리도 평소보다 의기소침하자 라틸은 속으로 혀를 찼다.

'평소처럼 굴기라도 해라. 생각 없던 사람도 다 의심하겠네.'

"계속 찾았는데 어디 간 거야? 오늘은 옆에 있으라니까?"

어쨌든 당장 클라인을 추궁할 생각은 없기에, 라틸은 일부러 애첩을 열심히 찾아다니던 황제처럼 가짜 화를 냈다. 클라인은 잔뜩 긴장해 있다가 어리둥절한 얼굴로 라틸을 보았다.

"이리 와."

라틸이 안쪽으로 걸어가자, 귀족들이 라틸이 지나갈 수 있도록 자리를 다시 조금씩 이동했다.

"폐하, 절 찾으셨습니까?"

라틸이 클라인의 팔을 잡고서 안쪽으로 끌어당기자, 클라인은 아까 떨던 것도 그새 잊었는지 바로 화색이 되어서 따라붙었다. 그 모습을 보며 라틸은 다시 한번 확신했다. 어떻게 얽힌 건진 모르겠지만, 역시 얘가 나쁜 수를 써서 자국 대리공사를 죽였을 거 같진 않아.

"저 대리공사 말이다."

클라인은 웃고 있다가 라틸이 죽은 대리공사 이야기를 꺼내자 다시 급격하게 표정이 어두워졌다.

'표정 관리 좀 하라니까.'

어쨌든 여기서 달래면 더 시선을 끌 게 뻔해서, 라틸은 귀족들이 춤을 추면서 놀다가 다리가 아프면 앉아서 쉴 수 있도록 만든 방에 들어갔다.

"아. 실례."

하지만 커튼을 확 열자마자 방 안에서 진하게 입맞춤을 나누는 귀족 둘이 보였다.

"폐하!"

"폐하!"

말없이 커튼을 닫고 옆방으로 가자, 다행히 그 옆방에는 아무도 없었다.

"앉아봐."

라틸은 자주색 벨벳 소파에 가 앉으면서 옆자리를 두드렸다. 클라인은 나란히 앉긴 했으나 아직도 심란한 얼굴이었다.

"저 대리공사, 너희 나라 사람이잖아?"

라틸은 클라인이 조금만 찔러도 속마음을 술술 뱉는 걸 알기에 일부러 조금 자극적인 말을 사용했다.

"자결한 것처럼 보이는데, 살해당했을 수도 있어. 그런데 클라인, 내가 이상한 걸 발견했는데."

그러고서 손바닥을 펼쳐 자신이 아까 주운 방울 단추를 보여주었다.

"이거 아까 네 망토에 달려 있던 거 아냐?"

단추를 보여주자마자 클라인이 벌떡 일어났으나, 라틸은 손을 잡아서 그를 다시 앉혔다.

"앉아."

클라인은 손을 뿌리치진 않았으나, 앉지도 못하고 라틸을 내려다보기만 했다. 눈동자는 몹시 흔들렸고, 입술도 초조하게 짓씹고 있었다.

날 범인으로 의심하시나? 내가 아닌데! 자기가 갑자기 나타났다가 그냥 죽어버린 건데!

클라인의 유리장 같은 마음이 오늘도 투명하게 내부를 보여주자, 라틸은 '그러면 그렇지' 하고 생각하면서 그제야 클라인을 달래주었다.

"클라인. 날 널 믿어."

클라인은 추궁을 각오하다가 라틸이 따뜻하게 말해주자 눈을 커다랗게 떴다.

"절 믿으신다고요?"

"널 믿으니까 이렇게 따로 불러서 묻는 거야. 넌 연회장에서 누굴 해칠 사람이 아닌데, 왜 네 방울 단추를 대리공사가 쥐고 죽은 건지 이상해서."

클라인은 그제야 주춤주춤 다시 엉덩이를 라틸의 옆에 붙였다.

"어떻게 된 일이야?"

라틸이 다시 묻자, 클라인은 이번에는 좀 억울해하는 목소리로 자신이 겪은 일을 하나도 빼놓지 않고 최대한 그대로 이야기해주었다. 라틸이 자신을 믿어주는 게 고마워서, 최대한 사실에 가깝게 표현하려 애쓰는 게 보였다.

라틸은 고개를 끄덕거리면서 악시안이 등장한 부분까지 들었다. 그런데 그 뒷이야기를 하려 할 때, 어디선가 인기척이 느껴졌다. 라틸이 클라인의 입을 막고 주위를 살피자, 클라인은 놀라서 눈동자만 옆으로 굴렸다. 라틸은 클라인의 입에서 손을 떼지 않은 채 주위를 계속 두리번거렸다.

'방금 근처 어디에서 인기척이?'

휴게실은 아주 좁진 않았지만 그렇다고 넓지도 않았다. 푹신하고 긴 낮은 소파와 작고 동그란 테이블을 제외하면 어떤 가구도 없어서 숨을 곳도 없다. 그런데 인기척이 날 수가 있나? 벌떡 일어난 라틸은 클라인의 입에서 손을 떼고 얼른 문 밖으로 나가보았다. 아무도 없었다.

'문 밖에 있던 사람은 아니다. 분명 안쪽에서 느낀 인기척인데.'

"왜 그러십니까, 폐하?"

"인기척 못 느꼈느냐."

"저는 잘……."

'클라인도 남의 기척을 잘 느끼는 편인데. 못 느꼈다니, 내가 착각한 건가?'

"인기척이 어디서 났습니까?"

클라인이 영 모르겠단 얼굴이라, 라틸은 잠시 생각해보다가 "아니다." 하고 중얼거리고서 안으로 다시 들어가 소파에 앉았다. 라틸이 이상하게 굴자 클라인도 괜히 엉거주춤해서 돌아왔다. 그러나 이번에는 클라인이 라틸의 옆에 앉으려다 말고 갑자기 "아!" 하고 탄식했다.

"찾았어?"

라틸은 그가 인기척이 난 곳을 알아냈다 싶어 벌떡 일어나며 검 손잡이를 잡았다.

"아니요. 습격자요."

"난 또. 계속 그 얘기 중이었잖아. 뭘 그렇게 새롭게 외쳐."

"첫 번째 습격자 말입니다."

"도망갔다며."

"제가 나뭇가지로 얼굴을 내리쳤습니다. 엄청 세게요. 대신관이 치료해주지 않는 한 얼굴에 그 자국이 남았을 겁니다. 잔가지가 많은 나무였으니까요."

말을 듣자마자 라틸은 황급히 휴게실을 빠져나갔다.

"네 말이 맞아."

라틸은 옆에서 속도를 맞추어 따라오는 클라인에게 잘 떠올렸다고 칭찬을 한 다음, 무언가를 찾듯 두리번거렸다.

"서넛 경은 저기 있습니다."

그 방향이 영 엉뚱해 보여서 클라인이 서넛이 있는 방향은 다른 쪽이라고 지적해주었으나 라틸은 계속 같은 방향으로 걸어갔다.

"아니, 대신관부터."

"네?"

왜 대신관을? 클라인이 의아하게 생각하는 사이. 대신관은 덩치 좋은 귀족들과 이번 일에 관해 심각하게 대화를 나누다가, 라틸이 다가오자 먹구름에 잠시 가려졌던 태양처럼 활짝 웃었다.

"폐하."

그 반가워하는 미소에 눈치 좋은 몇몇 귀족들은 불길한 촉을 세웠다. 하지만 지금은 그들의 얼굴을 볼 때가 아니기에, 라틸은 다짜고짜 대신관을 불렀다.

"이쪽으로. 얘기 좀 하자."

대신관이 얼른 따라오자 라틸은 인적 드문 곳까지 간 다음 주위에 아무도 없는 걸 샅샅이 살폈다.

"무슨 일이신지요?"

그 모습만 보아도 보통 일이 아닌 듯해서 대신관은 걱정스럽게 물었다. 라틸은 속삭이듯 작은 목소리로 물었다.

"대리공사가 죽은 건 알지?"

"예. 마침 그 이야기 중이었습니다."

"얼굴을 다친 사람을 보면 절대로 치료해주지 마라."

"네?"

"그자가 범인이다."

라틸이 대신관에게 클라인이 겪은 일을 이야기해주자, 대신관은 라틸처럼 속마음을 읽을 수 있는 게 아닌데도 바로 믿었다.

"알겠습니다."

그가 진지하게 대답하자, 라틸은 대신관의 어깨를 잘했단 뜻으로 툭툭 친 다음 돌아갔다. 대신관은 자기도 모르게 라틸을 따라가려다가, 클라인이 라틸의 곁으로 붙자 멈추어 섰다. 라틸이 다음으로 찾아간 건 한창 수사 중인 서넛이었다. 라틸은 그를 부른 다음 이번에도 목소리를 낮추어 지시했다.

"얼굴에 나뭇가지로 맞은 상처가 있는 사람을 찾아요. 오래되지 않은 상처일 겁니다."

"네."

서넛은 클라인 쪽을 힐긋 보았으나 말을 걸진 않고 돌아서 나갔다.

"이렇게 공개적으로 찾아도 괜찮을까요?"

클라인은 내내 말없이 따라다니다가, 서넛까지 자리를 비키자 걱정스럽게 물었다. 혹시 범인이 황제가 자신을 잡는단 이야기를 전해 듣고 더 멀리 도망갈까 봐 염려가 되어서였다.

"우리나라에서 네 나라 대리공사가 죽었어. 아예 우리나라 일이면 처리하기가 쉬울 텐데, 너희 나라 외교관이 죽은 문제잖아. 카리센에 보일 만한 범인이 필요해."

"……죄송합니다. 제가 철저하게 처리했어야 하는데."

기가 죽어 시무룩해진 클라인의 등과 어깨를 툭툭 두드린 라틸은, 네가 의기소침해질 일이 아니라 달래고서 이번에는 다시 시종장 쪽을 향해 걸어갔다. 하지만 클라인은 심장이 술렁이는 느낌에 이번에는 라틸을 따라가지 못했다. 클라인은 방금 전 라틸이 짚었던 자신의 어깨 위 같은 자리에 슬며시 제 손을 올려보았다.

연회가 파하고 시간이 흘렀지만, 라틸은 귀족들을 돌려보낸 다음에도 연회장에 남아서 계속 일을 지휘했다. 사실 명령만 내리고 가도 서넛과 시종장이 잘 처리하겠지만, 라틸은 클라인을 처음 습격했던 습격자. 아마도 대리공사와 연관이 있으리라던 그 습격자를 자기가 직접 나서서 추궁한 다음, 범인으로 지목해 감옥에 가둘 생각이었다. 남의 나라 외교관을 죽인 범인이라면 바로 카리센에 보내야 하지만 하이신스에게 먼저 말을 전한 다음 범인을 보낼 생각이다 보니, 수사를 계속 자신의 통제 아래 두기 위해 자리를 지키는 것이었다.

'클라인과 다가 공작이 얽혀있으니 하이신스도 이 정도 양해는 해주겠지.'

"폐하. 피곤하시겠습니다. 들어가서 좀 쉬고 계시지요."

시종장은 그런 라틸이 걱정스러워서 몇 번이나 말렸으나, 라틸은 무거워지는 눈두덩이를 누르면서 괜찮다고 대답했다. 그리고 시간이 지나 새벽 2시쯤. 경비단장이 들어오는데, 그 뒤로 경비병들이 두 팔을 뒤로 묶고 얼굴을 가린 누군가를 거칠게 끌고 왔다. 소란을 들은 라틸이 그쪽을 쳐다보자, 경비단장이 라틸 쪽으로 다가와 보고했다.

"폐하. 뺨에 상처가 있는 자를 잡았습니다."

"잘했다."

라틸이 범인 쪽으로 갔을 때는, 범인은 이미 경비병들에 의해 강제로 꿇어앉아 있었다. 라틸이 눈짓을 하자, 경비단장은 얼른 범인의 얼굴을 가린 천을 확 벗겨냈다. 그런데 드러난 얼굴은 뜻밖에도 낯이 익었다.

낯이 익은 얼굴이다. 틀라는 여우 가면의 예비용 가면 사이에서 발견한 초상화를 손에 든 채 방 안을 서성였다. 아무리 생각해도 이 초상화가 왜 여기에 있는지 모르겠다. 틀라 본인도 이 초상화의 주인공을 잘 알진 못했다. 이 초상화의 주인공은 공작가 출신인 데다 사교계에서 인기는 많지만, 본인이 사교계에 거의 드나들지 않기 때문이었다. 틀라 역시 이 초상화 주인공의 동생과 머리채를 잡고 싸우지 않았다면 얼굴을 몰랐을지도 모를 정도였다.

'라나문. 아트락시 공작의 장남.'

왜 여우 가면이 아트락시 공작가 장남의 초상화를 가지고 있을까. 틀라는 한 손에 초상화를 들고서 주인이 부재한 방을 연신 돌아다녔다. 여우 가면이 돌아오기 전에 초상화를 들고 떠나야 하는데. 호기심이 그의 발길을 붙잡았다.

'여우 가면. 라나문. 여우 가면. 라나문. 여우 가면. 라나문…….'

그런데 방 안을 빙글빙글 돌고 있자니, 복도에서 소리가 들려왔다.

"여우님, 로드께서 계속 여우님을 찾으셨습니다."

지하 성의 일꾼 중 하나가 여우 가면에게 말을 거는 소리였다. 여우 가면이 돌아온 것이다. 틀라는 황급히 여우 가면이 예비 가면을 놓아두는 곳으로 가서, 가면 사이에 초상화를 끼워둔 다음 최대한 처음과 가장 가까운 상태로 두었다. 귀퉁이만 조금 튀어나오도록.

"그렇지 않아도 로드를 찾아갔는데 자리에 안 계셔서."

여우 가면의 대답은 좀 더 가까운 장소에서 들려왔다. 여우 가면이 일꾼과 대화를 나누면서 이동하고 있었다. 틀라는 얼른 손을 떼고 일어났다.

'젠장!'

하지만 너무 서둘러서인가. 틀라가 일어나자마자 가면이 툭 앞으로 지나치게 기울어졌다. 귀퉁이만 조금 나왔던 초상화는 반절이 다 보였다.

"나도 로드를 찾고 로드도 나를 찾으시니 곧 만나게 되겠지."

여우 가면이 능청스럽게 웃는 소리가 좀 더 가까운 곳에서 들려왔다.

'제기랄!'

틀라는 다시 가면을 쌓은 곳으로 달려가, 가면을 세워두고 문으로 돌아왔다. 문에 귀를 대자 대화가 조금 더 뚜렷하게 들렸다.

"표정이 좋지 않으시던데, 무슨 일일까요?"

틀라는 문을 아주 조금 열었다. 가까이에서 들린 목소리는 아니었다. 잘하면 여우 가면이 하인과 대화하는 틈에 빠져나갈 수 있을지도 몰랐다. 로드인 내가 왜 부하의 눈치를 보아야 하지? 이런 생각을 하면 자존심이 상했으나 우선은 이 자리를 피하는 게 먼저였다. 누군가 자기 방을 뒤졌다는데 기분 좋아할 사람은 없었다. 여우 가면에게 추궁할 게 있지만 이건 나중에 떳떳한 상황에서 해야 했다. 틀라는 자신이 로드가 아닐 수도 있단 가능성을 떠올린 것만으로도 이미 움츠러들고 있었다.

"각성이 쉽지 않으니 애가 타시나?"

여우 가면이 능청스럽게 대꾸하는 소리를 들으며 틀라는 그의 위치를 확인하기 위해 문틈으로 눈을 내밀었다. 그 순간. 틀라가 발견한 건 여우 모양 가면이었다.

"!"

그는 다급히 뒤로 물러났다. 끼이익 소리를 내며 문이 열렸다. 여우 가면은 어느새 문 바로 앞에 서서, 조금 허리를 숙이고 있었다. 문이 열리자 허리를 편 여우 가면이 고개를 비스듬하게 기울이며 물었다.

"어라. 왜 여기 있으십니까?"

'이 사람이 왜 여기 있지?'

이렇게 황당한 경우가 있나. 라틸은 얼굴을 드러낸 사람을 쳐다보며 반사적으로 미간을 구겼다. 저 단정하고 영리해 보이는 얼굴. 이름은 기억나지 않지만 확실하게 누군지는 기억한다. 그럴 수밖에. 궁정 도서관에 가면 자주 보는 얼굴이니까.

"궁정 사서로군."

궁정 사서는 낯빛이 회색으로 질려 바닥을 손으로 짚고 외쳤다.

"폐하, 뭔가 오해가 있습니다. 제가 왜 여기에 온 건지 저는 잘……."

라틸은 사서에게 다가가 턱을 손으로 들어 올렸다. 사서가 고개를 들자 한쪽 뺨에 선명하게 그어진 여러 줄의 상처가 보였다. 날붙이보다는 거친 잔가지들에 난 상처. 얕은 대신 깔끔하지 않다.

"오해 없는 거 같은데."

"이건 나무를 타다가 떨어져서 난 상처입니다, 폐하. 그런데 갑자기 병사들이 와서 저를 끌고 왔습니다. 대체 이게 무슨 일인지 저는……."

"나무를 어디서 탔는데? 너희 집 뒷마당에서 탔느냐?"

"예?"

"어디서 탔기에 나무를 타다 끌려왔는데? 이 근처 사니?"

사서의 얼굴이 공포로 질렸다. 영문도 모른 채 내내 아니라고만 하던 사서는 한 방향을 쳐다보지 못했다. 라틸은 이번엔 경비단장에게 물었다.

"어디서 발견하고서 데려왔지?"

"연회장 주변 정원에 있었습니다."

라틸은 다시 사서를 보았다. 사서는 이젠 얼굴에 핏기가 아예 없었다. 누가 봐도 찔리는 얼굴이었다. 하지만 사서는 끝끝내 부인했다.

"아닙니다. 이건 오늘 아침에 난 상처입니다. 상처가 오래되지 않아서 헷갈릴 뿐이지, 절대로 아닙니다. 전 나무를 타던 게 아니라 그냥 그 근처를 지나가던 겁니다."

사서의 말이 끝나기가 무섭게 다른 경비병이 누군가의 목덜미를 끌고 와 사서의 옆에 내동댕이쳤다. 하인 복장을 한 사람인데, 사서와 아는 사이인지 오자마자 사서부터 보았다. 게다가 심약한 듯 라틸이 뭘 하기도 전에 바로 속마음을 드러냈다.

어떡해? 이렇게 일이 커질 거란 말은 안 했잖아.

"이자는 누구지?"

"망을 보고 있었습니다. 한패 같습니다."

하지만 동료가 등장했는데도 사서는 절대로 아니라고 발뺌했다.

"모르는 사람입니다, 폐하!"

하인도 사서와 얽혀서 좋아질 일이 없다고 여겼는지 말을 맞추었다.

"저, 저도 저 사람을 모릅니다. 그냥 경치가 좋아서 주위를 두리번거리던 겁니다."

이런 일까지 자신이 나설 필요는 없을 것 같아서 라틸은 서넛에게 '저 두 사람 수사한 다음 말해'란 눈짓을 보내고 다른 쪽으로 가려 했다. 하지만 그 순간, 망을 보다가 잡혀 온 하인의 머릿속 소리가 들려왔다.

어쩌지? 수사를 받으면 온갖 이야기를 다 하게 된다던데! '그 일'까지 털어놓게 되면 난 죽을지도 몰라! 그 일을 말하느니 차라리 사실을 인정하겠어!

'뭔가 약점이 있는 모양인데?'

라틸은 서넛과 경비단장이 사서와 하인을 윽박지르려는 걸 보다가 결국 다시 몸을 돌려 그들을 말렸다.

"아니, 됐다. 그냥 내가 계속하지."

그게 더 빠를 거 같아. 게다가 말 몇 마디로 상대가 진실을 털어놓게 할 수 있다면, 굳이 시간과 정신력을 소모해가며 고문할 필요는 없었다. 서넛은 그러시라고 얼른 옆으로 물러났다. 경비단장도 황제가 나서자 한껏 눈에 줬던 힘을 풀고서 옆으로 자리를 비켜섰다. 그뿐만이 아니었다. 경비단장은 호기심 어린 눈길로 라틸을 힐긋거렸다.

라트라실 황제가 범인을 심문하는 능력은 빼어나기로 유명했다. 하지만 라트라실 황제는 누군가를 심문할 때 되도록 혼자 들어갔다가 혼자 나왔다. 라틸은 자신의 '속마음 읽는 능력'을 최대한 잘 활용하기 위해 그러는 것이었으나, 사람들은 이를 몰랐다. 그러다 보니 경비병들은 이따금 라트라실 황제의 심문 방법이 무엇인지를 두고 내기까지 벌이곤 했다. 그런데 그 라트라실 황제가 당장 여기에서 심문을 하겠다고 나서자 어떤 식으로 심문을 하는지 궁금해진 것이다.

같은 생각인지 무뚝뚝한 얼굴로 서있던 다른 경비병들도 라틸 쪽을 열렬히 쳐다보았다. 그러다 라틸이 하인의 턱을 두 손으로 잡고 들어 올리면서 오싹하게 웃자, 경비단장은 자기도 모르게 감탄했다. 위협적으로 웃는 표정이 협박의 교본으로 삼아도 될 정도로 보여서. 실제로 하인 역시 라틸과 눈을 마주한 것만으로도 이미 덜덜 떨고 있었다. 물론 황제와 이런 상황에서 눈을 마주쳤을 때 멀쩡할 사람을 찾는 게 더 힘들겠지만.

"네가 가장 두려워하는 상황을 알려줄까?"

라틸이 스산하게 중얼거리자 경비병들은 단체로 라틸의 눈과 입을 주목했다. 우리 폐하가 무슨 수로 저자의 입을 열게 할까? 설마 연회장에서 고문을 하진 않으시겠지. 라트라실 황제의 서늘한 표정을 보며 기사들은 심장이 두근두근해졌다. 권좌를 차지하자마자 이복남매를 처형시킨 그 냉혈한 모습을 여기에서 보게 되는 건가!

"15년 전……."

라틸이 공포 소설의 도입부를 읽어주듯 낮게 중얼거리자, 병사들은 마른침까지 삼켰다.

'15년 전!'

협박의 시작을 왜 15년 전으로 시작하는 건진 모르겠으나, 예상이 안 가는 걸 보니 그만큼 더 무서운 협박 방식이 나올 게 분명하다. 병사들은 그 생각을 하자 미친 듯이 두려워졌다. 라틸의 입술이 천천히 다시 열리자, 병사들의 눈동자도 덩달아 조금씩 커졌다. 그리고 입 밖으로 튀어나온, 상대방이 가장 두려워하는…….

"형수님이 너한테 청혼한 줄 알았지?"

부끄러운 역사.

'어?'

'청혼?'

병사들은 잔뜩 긴장할 준비를 했다가 라틸을 보았다. 다들 순간 자신들이 뭘 잘못 들었다고 생각했다.

'미친, 뭐라고?'

라틸도 자기가 말을 해놓고서 자기가 욕을 뱉었다. 라틸 역시 저 하인이 뜸을 들이다 생각한 걸 그대로 읽은 거였기 때문이다. 라틸이 한쪽 입꼬리를 올리고 무섭게 웃고 있자, 병사들은 역시 자기들이 뭘 잘못 들었다고 생각했다. 라틸이 억지로 이 표정을 유지하고 있다고는 아무도 생각하지 못했다. 하지만 이렇게 된 이상 라틸도 물러날 수는 없었다. 게다가 이따위이긴 하지만 분명 이건 저 하인이 가장 두려워하는 비밀이 맞았다. 라틸은 마음을 굳게 먹고서 표정을 당당하게 한 채 한 번 더 쐐기를 박아주었다.

"심지어 받아들였지?"

사람들은 당황해서 라틸과 하인을 번갈아 보았다. 라틸은 여전히 표정은 냉혈한 그 자체였다. 하인도 진심으로 괴로워하고 있었다.

"그, 그걸 폐하께서 어떻게…… 형수님이 절대 얘기하지 않으신다고……."

'치정극!'

'사실인가?'

그런 하인에게 라틸이 악당처럼 히죽 웃으면서 협박조로 머리를 비틀었다.

"이 비밀을 네 아내와 형이 알면 어떻게 될까? 네 아내가 네 머리통을 부숴서 그릇으로 쓰려 할 거야. 네 형은 널 볼 때마다 '내 아내에게 차인 놈'이라고 놀려대겠지. 네 부모님도 이 일을 아실 테고, 네 조카들은 널 보면서 '우리 엄마한테 차인 삼촌'이라고……."

"으아악! 그만! 제발 그만하세요!"

병사들은 당혹스러워졌다. 라틸의 협박 방식이 자신들이 생각한 공포가 아니다 보니 이걸 어떻게 해석해야 할지 알 수 없었다. 하지만 하인이 진심으로 두려워하는 건 분명했다.

"그것만은! 제발 그것만은!"

"그럼 말해."

황제가 차갑게 요구하자, 하인은 입술을 움찔거리다가 결국 흐느끼면서 털어놓았다.

"맞습니다. 망을 봐주는 대가로 황궁 서가에 비치된 책 한 권을 몰래 대여받기로 했습니다."

병사들은 혼란스러워졌다.

'저게 통했어!'

'근데 폐하는 저걸 어떻게 아시는 거야?'

'모르겠어. 난 폐하가 저걸 아시는 게 더 무서워.'

'15년 전에 폐하는 어린아이였잖아?'

라틸의 표정 관리 덕에, 아무도 라틸이 지금 가장 수치스러운 상태란 걸 알아차리지 못했다. '10년 치 놀릴 거리를 찾았다!'는 눈으로 바라보는 서넛 외에는. 라틸은 서넛에게 '놀리면 죽일 줄 알아'란 시선을 강렬하게 보내고서 사서 쪽으로 고개를 돌렸다.

"그렇다는데?"

사서는 이를 악물면서 하인을 노려보았다. 고작 그따위 비밀에 입을 가벼이 놀린 하인이 한심하다는 듯이. 하인은 고개를 푹 숙였다. 끝끝내 궁전에서 나무를 탄 게 아니라 주장하던 사서는 더는 물러날 수가 없자 결국 사실을 인정했다.

"궁전 정원에서 난 상처가 맞습니다. 나무를 타다 생긴 상처입니다, 폐하."

사서가 인정하면서 다행히 분위기가 다시 수사처럼 변했다. 경비병들의 심란한 마음도 한결 진정이 되었다. 라틸은 이 틈을 타서 얼른 캐물었다.

"이 밤중에 정원에서 나무는 왜 탔는데?"

"그, 그게…… 그러니까 그게……."

"말하는 게 좋을 거야. 넌 지금 나무 탄 죄로 끌려온 게 아니라, 카리센 대리공사 살인 용의자로 끌려온 거라서."

살인 용의자란 말에 하인이 무릎걸음으로 사서 옆에서 멀어졌다. 궁전 사서도 눈이 다섯 배쯤 커지더니, 갑자기 사서의 속마음이 술술 들려오기 시작했다.

어떡하지? 폐하께서 이웃 나라 황자를 챙기느라 게스타 님을 등한시한단 소리를 들어서 진짠가 확인하러 왔다고는 할 수 없는데!

'게스타 보러 온 거였냐.'

라틸은 속으로 혀를 찼다. 그런 거라면 저 사서는 참 타이밍이 나쁘다. 그냥 걸려도 벌을 받았을 텐데. 하필 살인 용의자와 시기가 딱 겹치다니. 게다가 라틸 자신은 사서의 속마음을 읽어서 그녀가 범인이 아니란 걸 바로 알았지만, 다른 사람들에겐 이걸 어떻게 납득시킨단 말인가.

'그래도 살인 용의자가 되는 것보단 낫겠지.'

어쨌든 여기서 라틸이 거짓말을 코치해줄 수도 없는 노릇이라, 라틸은 사서의 대답을 기다렸다. 하지만 워낙 큰일에 얽혀버리자, 사서는 머리가 얼어서 적당히 둘러댈 말조차 생각나지 않는 모양이었다. 내내 어쩌지? 어쩌지? 어떡해. 하고 속으로 외치던 사서는 결국 한참 만에 눈을 번뜩 뜨면서 외쳤다.

"클라인 님을 짝사랑해서…… 먼발치에서라도 보고 싶어서 올라갔던 겁니다."

"클라인 님을 짝사랑한다고?"

"단순히 짝사랑한단 이유로 밤에 궁궐 나무를 탔다니. 이상한데?"

"둘러대는 거 아닙니까?"

"저 말이 진짜라면 정말 짝사랑해서 그런 게 맞긴 한가요?"

사람들은 사서의 말에 놀라 수군거렸다. 몇몇은 사서의 말을 몇 곁이나 꼬아 듣고서 괜히 클라인을 힐긋거렸다. 머릿속에서 이미 클라인과 사서 사이의 이야기를 몇 편이나 완성시킨 얼굴들이었다. 반면 라틸은 사서의 거짓말에 넘어가지 않았다. 이미 그녀가 머릿속에서 한 계산을 다 들었는데 넘어갈 리가 없었다.

라틸은 그뿐만 아니라 사서가 실제로 보고 싶어 했던 이가 게스타란 것, 하지만 게스타에게 피해가 갈까 봐 다른 후궁의 이름을 말했단 것, 굳이 클라인의 이름을 둘러댄 건 게스타가 '받아야 할 총애'를 클라인이 가져간 게 싫어서란 것 등까지도 다 알아냈다.

"폐하."

그때 가만히 상황을 지켜보던 서넛도 한마디를 보탰다.

"저 사서가 정말로 클라인 님을 사모하는지는 모르겠으나, 대리공사를 죽인 범인은 아닐 겁니다. 대리공사는 검술을 익혔는데, 저 사서는 무술을 익힌 체형이 아닙니다."

사서가 덜덜 떨면서 라틸을 보았다. 용서를 청하고 싶은 눈치였으나 라틸은 시종장에게 바로 지시했다.

"과하지 않게, 봐주진 말고 처벌하라."

라틸이 아는 바가 맞다면 아마 사서는 궁정 사서 자리에서 물러나게 될 것이다. 사서는 무어라 말하려 했으나, 라틸이 데리고 가라

눈짓하자 경비병들이 말할 틈도 주지 않고 끌고 가버렸다.

끌려가는 동안 사서는 “폐하, 죄송합니다. 폐하, 죄송합니다!” 하고 사정을 했지만, 그 너머로는 개새끼들, 내가 뭘 잘못했다고! 나무 타다 떨어진 게 그렇게 죄냐! 빌어먹을! 황제면 다야? 하는 욕설과 저주가 겹쳐져 들려왔다. 사서는 나무를 타다 떨어진 게 문제가 아니라, 여러 번의 거짓말로 수사에 혼선을 주었단 게 결정적 문제였단 걸 인정하지 않는 눈치였다.

‘속마음을 들으니 이런 건 별로네.’

라틸은 난생처음 대놓고 듣는 생경한 욕지거리에 불쾌해졌다.

‘속으로 욕한 걸 처벌할 수도 없고.’

하지만 뭘 어떻게 할 수도 없는지라, 결국 라틸은 피곤해져서 연회장에 딸린 휴게실로 걸어가며 지시했다.

“다시 범인을 찾아오면 말해라.”

라틸이 휴게실의 긴 의자에 다리를 쭉 펴고 앉아있을 때였다. 슬그머니 동그란 머리통 하나가 장막 사이로 나타나더니 자신 없는 목소리로 물었다.

“폐하, 제가 다리를 주물러드릴까요?”

클라인의 목소리였다.

“왜 거기 숨어서 말해?”

라틸은 웃으면서 물었다. 그 말을 듣자마자 클라인은 바로 당당한 미소를 띠더니 슬며시 휴게실 안으로 들어왔다. 그러더니 라틸의 곁에 성큼성큼 다가와서는, 라틸을 향해 '내가 이래도 좋지?' 하는 웃음을 보냈다.

"왜 갑자기 귀엽게 굴어?"

그 표정이 자신의 매력에 확신을 가지고 한껏 자랑하러 온 소형견처럼 보여서 라틸은 덩달아 웃음을 터트리고 말았다. 저 소형견 같은 애가 암습을 나뭇가지로 막아냈단 게 신기할 정도였다.

"아까 보니까 다리 아파하시기에."

클라인은 라틸의 다리를 슬쩍 내려다보더니, 치마 위 종아리에 손을 올리고서 쳐다보았다.

"저는 폐하가 가장 사랑하는 후궁이니까 다리를 좀 주물러드려도 되겠지요?"

"상관없긴 한데."

말이 끝나자마자 클라인이 라틸의 다리를 커다란 두 손으로 꾹꾹 주무르기 시작했다. 황자님이 다리를 뭘 얼마나 잘 주무르겠어, 생각했으나 넓은 어깨와 탄탄한 근육을 가진 클라인답게 근육과 살을 주무르는 손길에는 힘이 가득했다. 처음에는 뭐 하나 볼까, 생각하면서 쳐다보던 라틸조차 나중에는 '시원하네' 싶어서 반쯤 눈을 감을 정도였다. 라틸이 편안하게 몸을 맡기자 클라인의 입가가 조금 더 올라갔다.

그러다 라틸이 완전히 잠에 빠지자 클라인은 조용히 다리에서 손을 떼더니 라틸의 옆으로 가 앉았다. 얼마 남지도 않은 자리에 기어코 끼어든 그는 큼큼 헛기침을 하고서 라틸의 머리가 자신의 어깨에 닿도록 교묘한 작업을 벌이기 시작했다. 철저하게 각도까지 계산하고서 대기하자, 마침내 라틸이 그의 어깨 위로 잠에 취해 머리를 떨구었다.

"폐하도 참."

클라인은 그제야 구부정하게 내밀었던 어깨를 펴고서 흐뭇하게 웃었다.

"내가 그리 좋으신가. 자꾸 머리를 기대시네."

어깨가 아프다. 어깨가 결린다. 어깨가 떨어질 거 같다.

라틸은 누군가 주문처럼 빠르게 괴로워하는 소리에 눈을 번쩍 떴다. 잠시 라틸은 이게 무슨 상황인지 바로 알아차리지 못했다. 그 사이에도 괴로워하는 목소리, 정확히는 속마음 소리는 계속되고 있었다.

미치겠군. 폐하는 머리가 무겁잖아? 이러다가 팔이 떨어지면 대신관이 치료해줄 수 있는가?

내 머리가 무겁다고? 라틸은 인상을 구기고서 확 머리를 들었다. 상체를 똑바로 하고 보자 클라인이 옆에서 한쪽 어깨가 탈골된 것처럼 늘어뜨리고 있다가, 화색이 되어 "폐하." 하고 불렀다.

살 것 같다.

라틸은 인상을 구겼다.

"네가 왜 여기 있어?"

클라인은 팔이 저리는지 아픈 팔을 다른 손으로 주무르면서 설명했다.

"다리를 주물러드리다가 저도 쉬고 싶어서 폐하의 옆에 앉았습니다. 피곤하신지 제 어깨를 베고 주무시더라고요."

빙그레 웃는 클라인은 뒤늦게 자신이 팔을 주무르고 있단 걸 깨닫고서 슬그머니 손을 내렸다. 그러다 라틸이 가자미눈을 하고서 쳐다보자 몹시 불만스러운 목소리로 맑게 웃으며 거짓말했다.

"폐하는 머리가 가벼우시네요."

"그럼 좀 더 벨까?"

그게 얄미워서 라틸이 일부러 그의 팔에 착 달라붙자, 클라인은 속으로 비명을 질렀다.

"이렇게 꼭 붙어있으니 좋다. 그렇지, 클라인? 너도 좋으냐?"

그래도 라틸이 놓지 않고서 클라인의 팔에 꽉 달라붙자, 클라인의 비명이 더욱 거세졌다.

쥐! 쥐! 쥐!

쥐가 난 모양이다.

"우리 클라인은 이렇게 팔이 튼튼해."

쥐! 쥐! 쥐!

"왜 대답이 없느냐, 클라인? 응?"

라틸은 아예 클라인의 팔을 조물조물 문지르면서 올려다보았다.

"너도 내 다리를 주물러주었으니 나도 네 팔을 주물러줄까? 이렇게?"

하지만 클라인은 이미 제정신이 아니었다. 그가 표정 관리도 못

하고서 그저 입만 벌리고 몸을 꿈틀대자, 라틸은 그제야 팔을 놓아 주고서 놀란 척 새침한 목소리를 냈다.

"세상에 클라인! 너 팔에 쥐 났구나? 튼튼해 보이는데 의외로 연약한 팔인가 보네?"

클라인이 원망스럽게 쳐다보자 라틸은 그제야 방긋 웃고서 말했다.

"우리 클라인한텐 이제 못 기대겠다. 팔이 부실해서."

"폐하!"

"팔은 대신관이 튼튼하지. 쥐가 나도 혼자서 치료할 수도 있고."

"너무하십니다!"

"뭘 너무해. 사실을 말한 건데."

"사실이라고 다 그렇게 입에 담고 그러는 거 아닙니다!"

"사실이라고 인정은 하는 거네. 알았어. 조심할게."

"그게 아니라……!"

발끈해서 반박하려던 클라인은 인기척을 느끼고서 입을 다물었다. 라틸도 클라인을 놀리던 걸 멈추고서 "들어와." 하고 말했다. 말이 끝나자마자 서넛이 안으로 들어왔다. 클라인은 서넛을 보자 기분이 상해 고개를 옆으로 돌렸다. 예전에 라틸이 오래간만에 그를 찾아왔을 때, 서넛이 두 번이나 라틸을 데려간 적이 있다. 아직도 서넛을 보자 그 생각이 나 기분이 나빴다. 서넛 역시 굳이 클라인에게 알은체를 하진 않았다.

"폐하, 타시르 님이 습격자를 잡아 왔습니다."

하지만 이 말 없는 기 싸움의 승자는 서넛이었다. 타시르가 공을 세웠단 이야기에 클라인의 표정이 굳은 것이다. 반면 라틸은 화색을 띠고서 일어섰다.

"그래? 역시 타시르는 이런 쪽으론 대단하네."

가짜 황제 사건 때부터 아무 도움이 되지 못한 클라인은 그 말이 어쩐지 자신에게 하는 듯해 어깨가 축 처졌다. 물론 머리로는 라틸이 자신을 지적한 게 아니란 걸 알았지만, 감정은 꼭 머리가 지시하는 방향으로만 움직이진 않았다. 클라인에게 다행스러운 일이라면 라틸이 다른 사람은 몰라도 클라인의 속마음은 수월하게 읽는단 점이었다.

"클라인."

라틸은 클라인이 급격히 자신감을 잃자 나가려다가 돌아보며 그를 불렀다.

"네……."

"베개 해줘서 고마워. 팔 안 튼튼하단 건 그냥 한 말이다. 네 팔 최고."

라틸이 엄지를 치켜세우자 클라인은 잠시 눈을 깜빡였다. 하지만 그 말만으로도 기운이 펄펄 넘치는지, 바로 벌떡 일어서서 라틸의 옆에 착 달라붙었다.

"제가 부축해드릴까요?"

그래 놓고서는 본인도 '아차' 싶은지 팔이 저린 내색도 못 하고 움찔했다. 라틸은 속으로 혀를 차면서 됐다고 웃었다.

'팔에 쥐 난 거나 풀어…….'

“습격에 실패하자마자 바로 탈출했답니다.”

라틸이 진범을 잡아둔 방에 도착하자 타시르가 조금의 지체도 없이 설명했다. 둘만 있을 때는 온갖 잡다한 이야기를 하더니. 사람들이 많은 곳에서는 오히려 새어나가는 말이 없었다.

“어디서 잡았어?”

라틸은 의자에 손을 뒤로 한 채 묶여있는 범인 쪽으로 다가가며 물었다.

“수도 밖에서요. 미친 듯이 달아나고 있었죠.”

타시르의 대답에 진범의 눈이 공포로 까맣게 물들었다. 뭘 어떻게 잡아 온 건지는 모르겠으나 그 과정에서 좋지 않은 일이 있던 모양이었다.

‘하긴. 암살자들을 풀어서 잡아 왔을 테니 무서웠겠지.’

“겁이 많은데 의외로 입이 무겁더라고요. 아는 건 다 뱉고 목숨을 부지하라는데 입을 안 엽니다.”

“목숨을 잃는 것보다 겁이 나는 뭔가가 있나 보지.”

“가족의 생명, 뭐 이런 걸까요?”

라틸은 어깨를 으쓱하고서 타시르와 그의 부하들, 그리고 경비병들 심지어 서넛에게까지 지시했다.

“이젠 내가 알아볼 테니까 나가봐.”

경비병들은 라틸이 아까 사서가 나무를 탈 동안 망을 봐주었던 하인을 떠올리고 눈짓을 주고받았다. 어떤 경비병들은 라틸이 또 그런 식으로 심문을 하는 건가 생각했고, 어떤 이들은 라틸이 아까는 눈속임이었고 이번에야말로 진짜 심문을 할 거라 기대했다. 하지만 호기심을 풀기 위해 황제의 명을 어길 이들은 여기에 없었다.

"저도 나가야 하나요?"

타시르가 후궁의 위치를 이용해 라틸에게 슬쩍 붙어 시도했지만, 라틸은 그의 뺨에 입을 맞추고서 쭈욱 문밖으로 밀어냈다. 타시르가 아쉬워하며 문밖으로 나가자 라틸은 손을 들어 그에게 까딱까딱 밝게 인사했다. 하지만 문을 닫아걸고 돌아서는 순간, 라틸은 아까와는 다른 분위기로 웃고 있었다.

"네가 겁이 많아서 다행이야."

친구에게 하듯 말을 건넨 라틸은 의자에 묶인 범인의 곁으로 다가가 그의 어깨에 팔을 걸치고서 뺨을 톡톡 두드렸다.

"왜 내 남자를 죽이려 했나 한번 차근차근 살펴보자. 응?"

4권에서 계속

하렘의 남자들 3

초판 1쇄 인쇄 2023년 4월 19일
초판 1쇄 발행 2023년 4월 27일

지은이 알파타르트
펴낸이 김문식 최민석
총괄 임승규
책임편집 조연수 명지은
기획편집 박소호 김재원 이혜미 김지은
정혜인 김민혜 신지은 박지원
디자인 배현정
제작 제이오

펴낸곳 (주)해피북스투유
출판등록 2016년 12월 12일 제2016-000343호
주소 서울시 성북구 종암로 63, 5층(종암동)
전화 02)336-1203
팩스 02)336-1209

ISBN 979-11-6479-953-4 (04810)
979-11-6479-257-3 (세트)